岩 波 文 庫

31-201-1

漱 石 追 想

十 川 信 介 編

岩 波 書 店

目次

1

2

3

4

5

1

「猫」の頃

高浜虚子

漱石が「我輩は猫である」を書きはじめた頃の事をふりかえって見る。その頃私はホトトギス＊1の編輯《へんしゅう》の暇がある毎《ごと》によく漱石を訪ねた。何を話したかは少しも覚えないがフラフラと出かけて行って平凡な話をしてフラフラと帰って来たのに違いない。その頃漱石居を訪う人は余り多く無かった様に思う。遂《つい》ぞ私は他の客に出遇ったことがなかった。只《ただ》寺田寅彦君が折々訪ねて来る位のものであった。……

　その頃私は四方太《しほうだ》＊2、鼠骨《そこつ》＊3、左千夫《さちお》＊4、節《たかし》＊5など一しょに文章会＊6を開いていた。それは毎月自作の文章を持ち寄って朗読して互に批評し合うのであった。その文章会に持って行って読んでみるから、一つ漱石にも何か文章を作って見てはどうかと云うことを話した。それからその文章会の日になって私は漱石の家に寄って文章が出来ているかどうかを慥《たしか》めた。大方出来ていないであろうと想像したが、案外にも出来ていた。出来ていた許《ばか》りでなく私の来るのを待っているのであった。それから、「一つ読んで見て呉れませんか。」とのことであった。私は作者の前で声をあげてその一篇を朗読した。漱石は他人の作をきいて鑑賞するように熱心に聞いていた。そしておかしい所に到ると声をあげて笑った。朗読している私も覚えずフキ出さざるを得ない場合があった。

これが「猫」の第一回である。続いて「倫敦塔《ロンドンとう》」という文章が書かれて帝国文学*7の編輯者の手許まで送られた。

その日は朗読に相当時間を費《つい》やして文章会に出席するのが遅れた。私は早く出席しなければならぬと心急ぎがしたが漱石は愉快そうに私の朗読を聴いて居って時間のたつのも知らぬらしかった。それからこの一篇の標題がまだきめてなかった。「猫伝」としようか或は冒頭の一句の「我輩は猫である」というのをとってそのまま標題としようかどうしたものであろうと私に相談をした。私は無論「吾輩は猫である」の方を取ると云った。それから漱石に所々に冗文句《じょうもんく》*8と思わるるものがあるのを削りとっても好いかと念を押した。漱石はどうでもして呉れとの事であった。その席上でも一、二の文句は削り去ることを勧めた。漱石は筆を執ってそこを削り去ったと記憶している。

後の漱石は私がそう云うことを云っても軽々しくは肯《がえん》じなかったであろう。殊に虞美人草を書くようになってから後の漱石は自分の原稿を消して書きなおすと云うようなこともしなかった。一旦筆を下した以上は丁度《ちょうど》相撲がとり組んだものの様で、もう後には引けぬと云っていた。自分でも直すことを肯《がえ》んじぬ位であるから、まして他人の言を聞いて抹殺するとか改削するとかいうようなことは容易《たやすく》承知しなかったであろう。が始めて猫を書いた時分の漱石はまだそれほどに自信がなかったので容易に私の云う事を聞いた。そこで自宅に帰って後に、私は作文書生の文章を点検するような積りで、仔細にこの猫の文章を検《けみ》して無用の文句と思われるものは削除してしまった。私は今でも決して無益の削除をしたものとは思わない、これが為に全体が引き締っていると思う。適当な剪除《せんじょ》を為し得たものと思う。今でも少しも後悔するところはない。が猫の第二回以来は一躍して漱石が文壇の人となったので私は謹んでそういうことはしなかった。漱石の文章にはどちらかと云えば無駄が多い。剪採《せんさい》＊9すべき部分が沢山そのままにしてある様な感じがする。吾が輩は猫であるの第一回と第二回以下とを仔細に読みくらべて見たならば自《おのずか》ら明かになるであろう。吾が輩は猫であるがホトトギスに発表せられると同時に、倫敦塔が帝国文学誌上に発表せられた。天下の読書子が立ち騒いだ。殊に大学の学生や卒業生の仲間が大学の教師がかかる創作を為したということに驚喜した。漱石は一躍して文壇の大家となった。それから矢継早《やつぎばや》に創作を試みた。

始め猫は第一回きりで止めようかとも云った。或は二回以下続けて見ようかとも云った。

「猫は続けて書こうかどうしようか。かくのならば材料はいくらでもあるのですが……」と漱石は私に向って云った。私は無論つづけて書くことを望んだ。……そして二回の時も私に朗読さすことは一回の通りであった。

そうしてそれを聴きながら可笑《おか》しいところに至るごとに嬉々として笑うこともまた第一回のときの通りであった。第三回のときも第四回のときもいつもそれは例《ならい》になっていた。第二回以下のときに甚だしい冗文句と思われるものに出くわすと、私は少し朗読の声を絶って不興な顔をするのであったが、漱石は最早それらのことに頓着《とんじゃく》することとなしに早く次を朗読することを促した。………

私の漱石に対して抱く最も懐しい感じは郷里の松山ではじめて漱石に会った時から、漱石が自ら創作家を以てたとうと志を定めたまでの間にある。漱石が創作家を以て立つようになってからの私との関係はどうもその昔ほど無邪気に行かなかった。猫の第一回をホトトギスに載せる頃は何にも心に介意する所はなかった。けれども一旦その猫の評判がよくて忽《たちま》ち文壇の大家になった漱石に対しては何処《どこ》となく第二回以下をたのむのにたのみづらくなった。

「第二回を書く方がよければ書こうか。」と云う漱石の言葉には少しも不純なものは交ってなかった。しかし私の

「ええ、書いて下さい」と云う言葉のうちには多少重たい響きがあった。

「何か文章を書いて御覧なさい、文章会に持って行って読んで見ますから」と云うように軽く無邪気には云えなかった。第三回、第四回と数が重なるにつれていよいよその傾向は著しくなって来た。私がペンを執って猫の第一回の文章のところどころを抹殺した心地は、一漱石の文章を完璧なものにしようという心ばかりであって、何等そこに斟《しん》酌《しゃく》*10はなかったのであるが、第二回以下の多少飽き足らぬ節のあるのもその儘《まま》にして置こうと云う心のうちは、さきのように軽くすなおな心持ではなくなった。私の我儘な心持から云ったらばいつまでも漱石は大学の教師であって、ただ余技として文章を書き俳句を作る人でありたかった。そうして私と共に談笑して二時間も三時間も無用のことを談

笑し時には謡をうたって時間を空費する人でありたかった。

（「改造」昭和二年六月）

腕白時代の夏目君

篠本《ささもと》二郎

一

余と夏目君と相識《あいし》りしは、明治六年頃と記憶する。牛込薬王寺前町《やくおうじまえ》*1に一の小学校が設立された。その近傍の小供は、士となく商となく、一様に入学を許された。大抵年齢によりて、上は一級より下は六級まで分たれて、六級より三級までは、男女混合であった。余と夏目君とは三級*2にて、而《しか》も同じ腰掛に座を占めて居た。当時の小学校は、校舎その他の設備不完全なりしのみならず、先生も六、七十位の漢学者も交り、又洋算など教えらるる先生には、二十歳《はたち》前後の人もありて、極めて乱雑なるものであった。或時六十許《ばかり》の先生が、福沢塾出版の世界国尽しによりて、舶来の洋文字入り東半球の図を掲げ、緩《ゆ》る緩《ゆ》る世界国尽しと引合せて、亜非利加《アフリカ》北部の国々の名を覚束なく指示された。翌日は又同じ地理の時間に、同じ続きを教えらるることとなったが、驚くべし、口授さるる所は昨日と異ならざりしが、掛図は之《これ》に似寄《によ》った西半球で、先生は真面目に南亜米利加《アメリカ》の南部を指して、昨日の如く平然として、亜非利加《アフリカ》として教えられた。現今ならば生徒は忽《たちま》ち挙手して先生の誤解を正す所なれど、この時分は先生の威厳隆々として、そんな事をすれば直《ただち》に体刑を課せらるる恐れあるにより、之を気付しものも、唯《ただ》一夜の中に大陸の形が一変せしに呆れて、不思議の眼を張りつめて、課業を了《おわ》ったこともある。

この時代の小学生は実に乱暴なものであった。先生・父兄には処女の如くありしも、交友間、若《も》しくは他人に対しては、今想像も出来ぬ程あばれたものだ。殊に廃刀令前後のことであったから、小学生中でも、士族の子供が平民の子供を抑圧する度も、亦《また》甚しかった。夏目君の如きも、後《のち》余と共に、図《はか》らず同じ熊本五高に教鞭を執り、中年以後顔を合せる事になったが、この中年時代の憂鬱・寡黙に似ず、小学時代には頗《すこぶ》る活潑にして、善く語り善くあばれ、余の当時の綽名《あだな》であった悪太郎にも勝《まさ》って、屢々《しばしば》先生より叱責されたものだ。

この小学校の机及び腰掛は三人一組で、余と夏目君はその一組の腰掛の両端に座を占め、中央には牛込加賀町*3より通学せる、色白く眼は所謂《いわゆる》鈴の如き、極めて愛らしき女の子が座を占めて居た。この子は、余等の算術を受持たれたる廿歳許《はたちばか》りにして、同胞相似て色白く首細く歩行も伏目勝に極めて体質弱かりそうな先生の妹で、鈴木のお松さんと云う子供であった。他の先生達は、稍《やや》もすると教鞭で生徒の頭をたたき、或は机を打つ等の手荒きことをされたが、鈴木先生だけは温厚で且《かつ》病身らしく、なかなか生徒を撃《ぶ》つなどの気合《けはい》はなかった。当時余等子供心にも先生の弱々しきに密かに同情して居たが、惜むらくはその後二、三年にして故人となられた。然るにこのお松さんは容色秀麗なるのみならず、身体健康にして且《かつ》活潑に、各種の課業も余等の遠く及ぶ所でなかった。殊に夏目君と余は算術が下手で、幾度となく鈴木先生に諭された。算術の課業は、今の如く先生が黒板にて練習せしめたる後、類似の問題を出して生徒に試ましめ、出来たものは挙手するを例としたが、余と夏目君は殆《ほとん》ど出来た例《ためし》がなかった。お松さんは何時《いつ》も一番に挙手して問に応じて誤ることがなかった。余と夏目君は語り合わさざるも、時には景気付けに挙手することをしたが、人に遅れて挙手せしに拘《かかわ》らず、そんな時には運悪く解答を質問されて、赤恥をかきしこと一再ならずであった。かくして日を送る内、お松さんは余等を蔑視するが如く、時には余等の失策を外《ほか》の子供と一様に高笑することがあった。勿論《もちろん》先生の妹なれば、先生の課業の時は殊に慎み深くありし様に思われたけれども、包みきれぬ高慢心に駆られて笑ったことであろう。斯《か》くすれば余等子供心に、嫉妬心と憎悪の念を生ぜざるを得ない。殊にこの時代は婦女を賤《さげす》みて、学校にて男女席を同うして教を受くるさえ不快を感じて居たから、或時学校で夏目君から言い出したのか余から始めたのか覚えぬが、一つお松さんを酷《ひど》く苛《いじ》めてやろうと云うことを相談した。併《しか》し先生の妹のことであるから、打《ぶっ》たり抓《つねっ》たりすれば先生より大変な返報を受くるから、課外にお松さんが席に未《ま》だ居残れる時、お松さんの両端より腰掛けながら、余等一度にお松さんを肩にて押しつぶす程に圧し付けて苦しめてやろう、そうすれば何も証拠を残さぬから大なる罪を受くることはあるまいと一致した。その後この愧《は》ずべきことを実行した。お松さんは顔を赤くして大声で泣き出した。余等は今更《いまさら》驚き狼狽して、共に学校道具もその儘《まま》に、門外に逃げ出したが、忽《たちま》ち捕われて、その日より十日間、毎日課外に一時間宛《ずつ》、双手《もろて》に水を盛りたる茶椀を持たせられて、直立せしめられたるのみならず、その後は席を更《か》えられて同室中一番薄暗き片隅に移された。

二

夏目君とは小学校で同級となりし以来、日曜日は勿論平日も屢々《しばしば》互に往来《ゆきき》して遊び戯れた。当時の余の邸宅は二百年も住みなれた牛込区甲良《こうら》*4町で、夏目君の邸*5は町名は一寸《ちょっと》忘れたが、柳町を過ぎ、根来《ねごろ》＊6を経て、早稲田に至る十丁許《ばかり》手前の、左側の家と覚ゆる。何分四十年許《ばかり》昔のことで確《し》かと町名を思い出せない。十日間に少なくとも三、四回位往来したが、夏目君の家は余の家より一層淋しき田舎なりしため、余は四回に一度位しか遊びに行かなかった。多くは学校の帰途などに余が家に遊び、日を暮して帰られたことも多い。夏目君の家と余の家とは共に幕臣にて、両親は相互に勿論その名を知りたるが、勤め向が異なりし為めか相識の間ではなかった。余はかく親しく往来せし為め、その時分の子供の荒々しき風も加わりて、余と同君と喧嘩する場合も多くあった。当時余の伯父に、今は故人になったが、いたずらなる人があった。余の夏目君と親しくせるを知りて、或時こんなことを余に話した。夏目の祖先は、甲斐の信玄の有力なる旗下《はたもと》であったが、信玄の重臣某が徳川家に内通せし時、共にあずかりて徳川家の家臣となったのだ。又余の家も信玄の旗下にて、勝頼天目山《てんもくざん》に生害《しょうがい》せられし後、徳川家に降りて家臣となったのである以上、重臣の謀叛さえなければ武田家の運命も今少しは続きしならんと、真か偽か、余が耳には親友の祖先に関することで、極めて異様に感じた。然し当分は質《ただ》すも気の毒で、夏目君には何にもこの事に就きて言わなかった。或時大喧嘩を始め、口論も尽きて已《すで》に腕力に訴えんとせし時、手近かなこの事実を語りて嘲けった。夏目君は俄に色を変じて引別れ、逃ぐるが如く立去ったことがある。その後も再び仲直りして常の如く遊びしが、喧嘩の場合、この事が一番同君をへこますに有効であったから、その後も折々この策を応用した。今更思えば小供心とはいえ、余の行《おこない》の卑劣なりしを感ずると同時に、夏目君の廉恥を重ずる念の深かりしを感ずるのである。その後廿余年を経て同君に熊本に会したる時、色々幼年の時のこと共《ども》話し合しが、終《つい》にこの事実の真偽丈《だ》けは質さずして止んだ。

三

夏目君が、牛込薬王寺前町の小学校より、学校帰り余の家に立寄るには、麴坂《こうじざか》を登りて来るを常とした。又帰宅の時は焼餅坂《やきもちざか》＊7を下りて帰った。然るに麴坂の麴屋に一人の悪太郎が居り、焼餅坂の枡本《ますもと》と云う酒屋にも亦《また》悪太郎が居って、尚《な》お之等《これら》悪太郎を率ゆるに、鍛冶屋の息子で余等より四つ五つ年上なる大将が居た。夏目君はいつも彼等の為め種々な方法で苛《いじ》めらるるから、何時か余と協力してこの町家の大将を懲らしてやろうではないかと相談を持ち掛けた。この時代はまだ士族の勢力が盛んで、町人の子供は一般に士族の子供に対して恐れを抱いて居た。然し夏目君が学校帰り素手で四、五の町人の子供に苛めらるるのであるから、その内総大将を一人懲らせば後日の憂なかるべしとの考えで、その機会の来るを待って居た。或時夏目君と余は余の邸《やしき》の裏門で遊び居れる時、かの鍛冶屋の悪太郎が独り、余等の遊べる方向に歩行し来れることを遥かに認めた。余等は好機逸すべからずとなし、余は家内にかけ込みて何の分別もなく先ず短刀二振りを持来りて、その一を夏目君に与えたる時は、已《すで》に悪太郎は十四、五間の距離まで近づき来った。当時武士の斬り棄て御免とか云う無上の権威が、猶《な》お町人やその子供の頭に残れる時分であったから、武士の子供が短刀一本さえ携え居れば、年長の町家の子供四、五人を相手に喧嘩して、終に逐い散らして勝利を収むることが出来たのである。彼が余等に接近するや否や、余等は短刀を抜き放ちて彼の前後より迫った。彼は忽ち顔面蒼白となり、隙あれば虎口より脱せんとし、又近き小路《こうじ》の門内に入りて人の助けを乞わんとする態度にて、ぐずぐず言訳を唱えながら、二人に囲まれつつ次第に小路の中に退却した。彼が小路に入るや夏目君は手早く短刀を鞘に収めて、悪太郎に飛び付きて、双手にて胸元を押えて、杉垣根に彼を圧し付けた。悪太郎は年齢が余等より四つ五つも違い、腕力も余等二人協力しても及ぶ所ではなかったが、時代思潮上士族を恐れしと、余が白刃を持てるとによりて、夏目君の引廻わす儘《まま》に扱われて毫も抵抗しなかったのは、当時極めて愉快であった。夏目君は愈々《いよいよ》彼を杉垣根に圧し付けて、彼の身体が側面より認められぬ程にし、余はこの動作中短刀を彼の胸元へつきつけて、夏目君と共に彼を殺して仕舞うと威嚇《いかく》して居た。その内通行人が彼の家人に密告したものと見えて、余等の強迫に余念なき折、不意に廿歳許《ばか》りの彼の家に養わるる鍛冶屋の弟子が来りて、太き棒切れにて夏目君の向う脛を横に払った。余も夏目君も不意の襲撃に驚きて、夏目君が倒れて手を放すと同時に、当の敵は逃げ出し、余も亦一、二歩後退するとたんに、夏目君は腰に差したる短刀を抜き放ちて、倒れながら弟子を目掛けて短刀を投げ付けた。短刀は運好く彼の脛に触れて軽からざる傷を負わした。弟子も亦この勢に恐れて、主従共に雲霞に逃げ亡《う》せた。後に夏目君は打たれたる脛の痛みに、一時歩行が出来なかったが、辛うじて余が家に帰りて、水を掛けたり白竜膏《はくりゅうこう》を塗ったりして、日暮に跛行《はこう》して帰り去った。この事ありし以来余等柳町辺を闊歩するも、毫も町家の子供に苛めらるることがないばかりでなく、偶々《たまたま》四、五の悪太郎の集団に会するも、彼等は成べく見ぬ振りをして余等の視線を避くる様子であった。夏目君はこの時代、性質活潑なると共に、疳癪《かんしゃく》も著しかった。余と屢々《しばしば》喧嘩したのも之が為めであった。然るに中年沈黙・憂鬱の傾向ありしは、文学思想に耽りし為めか、或は修養の結果であろうと思わるる。

余等は当時の子供のあらゆる悪戯《いたずら》を仕尽したる中に、極めて面白く思い、今もその時の光景を思出しては、私《ひそ》かに微笑を浮べることがある。毎日午後の四時頃に、余が邸の板塀の外を二十二、三歳位な按摩が、杖をつき笛を吹きて通過した。此奴《こやつ》盲人に似ず活溌で、よく余等を悪罵し、時に杖を打振りて、喜んで余等を逐い廻わした。余等も折々土塊《つちくれ》など打付けて、彼を怒らした。或時学校で夏目君と一つ按摩を嬲《なぶ》ってやろうと色々に協議した。併し何時も矢鱈《やたら》に杖を振り廻わすから、容易にその側に寄る訳にはいかぬ。そこで或時二人して、恰《あたか》も按摩が塀の外を通過する頃、塀に登りて、一人は長き釣竿の糸の先きに付せる鉤に紙屑をかけ、一人は肥柄杓《こえびしゃく》に小便を盛りて塀の上に持ち上げて、按摩の通過を待つ程に、時刻を違《たが》えずやって来た。一人は手早く紙屑に小便を浸して、釣竿を延べて魚を釣るが如き姿勢を取りて、小便の滴《した》たる紙屑を、按摩の額上三、四寸の所に降して、一、二滴小便を額上に落した。この後の按摩の挙動を思い起す時は、今も笑を抑ゆることはできない。笛を持てる左手にて、晴天に怪しの水滴の降りたるに驚きて、俄《にわか》に立留りて、掌《たなごころ》にて水滴を撫でて、直にその手を嗅《かい》で見る所作をなす。嗅でその臭きを知るや、忽ち憤怒の形相となり、阿修羅王の荒れたるが如く、その近傍に人ありと察してか、左右前後に杖を風車の如く振り廻して、暗中人を探るが如き状をなせども、人の気配なき為に、再び立留りて思案の体《てい》をなす。この時更に又額上に二、三滴を落せば、愈々《いよいよ》罵り荒れて杖を振り廻わす間に、最後に十分小便を浸したる紙屑を鼻頭に吊り下げて、小便を塗り付け、共に静かに塀を下りて逃げたことがある。この悪戯は小供心にもそぞろに罪深く感じて、中合わさずも再びせなかった。

この頃牛込の原町に芸名玉川鮎之助と云う、日本流の手品師が居った。牛込の馬場下や又は焼餅坂下の下等の寄席に、時折り田舎廻りの芸人が臨時に寄席《よせ》を打つ時に交りて、手品を演じたものだ。さればこの地方の不潔な理髪店などにビラとして、屢々《しばしば》玉川鮎之助の名の掲げらるるを見た。余は或時夏目君にこんなことを言った。君の名の夏目金之助と云うのは、何んだか芸人らしい様で、少しも強かりそうでない。玉川鮎之助と余り異ならない。もっとえらそうな名に変じたらどうだと。夏目君は、僕も密かに気にして居るが、親の付けた名前だから、今更変えることが出来まいとあきらめて居ると。当時夏目君は武張《ぶば》った事が好で、後日文学を専門として、人情の微を穿つ様な優しい小説など書く人になろうとは思い寄らなかった。

この時代世間では、洋学を学ばざれば人間でない様に考えられた。余等はまだ幼少にして毫も考え及ばなかったが、両親は余に英語学校に入学することを勧めた。然し当時英語学校は希望者多くして、読本《とくほん》の四位《ぐらい》*9を読み得ざれば入学が六ケ敷《むつかし》いと云うので、外国語学校の仏語学に入学して、その間《かん》別に英語を修めて英語学校に入りて後、大学予備門*10に進んだ。故に夏目君とは小学の三級にて別れたる後、学校を異にしたる為め相逢うことなく、又交友も更《か》わり、稀に相互に訪問するも、不在等にて、別後殆《ほとん》ど夏目君の消息を得なかった。聞く所に拠れば第一高に在学せられし由なれば、小学も全課卒業し、中学・高等中学と順次正当に進んだものと思わるる。

四

夏目君は幼時より虚言《ウソ》を吐《つ》いたことがなかった。又人一倍然諾《ぜんだく》を重んじ、若《も》し余儀なき事故ありて約束を違えることなど起りし時は、平素の剛情に似ず自から非常に愧《は》じて、後日幾回となく弁疏《べんそ》をなし、相手の満足するまで気に掛けて止まなかった。尤《もっと》もこの時代の武士の子供は一般に不文律として、虚言を吐くな、人の物を盗むな、喧嘩したら負けるなを、言わず語らず、固く守って居た頃であるから、今日から見ると、当時の子供の心理状態は多少今日とは相違して居たのである。殊に夏目君は虚言《うそ》つきと言わるることを、神経質かと思わるる程に、気に掛けて居た。或年の初夏、同君が戸塚村*11の小丘に余を誘うたことがあった。是より先夏目君と穴八幡《あなはちまん》に銀杏《ぎんなん》の実を拾いに行こうではないかと、余を誘うたことがあった。是より先夏目君と穴八幡《あなはちまん》に銀杏《ぎんなん》の実を拾いに行って失敗したから、之《これ》に懲りて余は即答しなかったが、屡々《しばしば》戸塚村行を勧めらるるから、その後数日を過ぎて二人して出掛けたことがある。余が甲良町の家より戸塚村までは一里足らずあるから、一日の仕事に沢山摘みて帰らんと思いて、子供の持つに不似合な大きな籠を準備して同君を誘い、途中戸塚村に一軒家で、名物の粟煎餅《あわせんべい》を売る百姓家があったのに立ち寄りて、弁当を預け、煎餅を購《あがな》いて、左折して木苺のあると云う小丘に着いて、此処《ここ》彼処《かしこ》と共に探し廻ったが、木許《ばか》りで実は一つもなかった。何時か村童が来て取り尽したものと思われた。夏目君は十二、三日前に近所の友と来て夥《おびただ》しくありしを見しに、かく許り一物も留めざるは実に不思議なりと、余に対して非常に気の毒に思い、二、三丁の茨の間を隈《くま》なく探し呉れたけれども、十二、三粒を穫たるに過ぎなかった。最早《もはや》仕様がないから帰ることに決したが、道すがら夏目君は余を色々に慰め、且粗漏《そろう》の罪を謝された許りでなく、その日は直に自宅に帰らずして、余を家まで送ってくれた。その後余は戯れに夏目君に或機会に、君は虚言を吐くと曩日《のうじつ》*12のことを持出して笑ったら、同君は俄《にわ》かに色を変えて真面目になり、決して虚言を吐いた訳でないから、是非更に一回同行し呉れと言い、その後も数回気に掛けて同じ言を繰り返された。余は全く一寸戯れに言ったことで、毫も君が心を疑って居らぬと、その度毎に弁疏したが、当分同君自から苦悶して止まなかった様である。当時同君は独りを慎む*13ことの急なりしのみならず、交友の不信・不義を責むることも随分激くして、為めに交友の数も少ない様であった。然るに廿余年を経て熊本で再会せし時は、昔日の態度とは稍《やや》趣を異にして、生徒又は交友の或者が同君に不義・不信の行をなせしことなど、同君より聞きしに拘《かか》わらず、幼時の如く酷《きび》しく之等を咎めず、相変らず交際をして居られた。思うに長ずるに及びて修養の結果、自ら戒むるだけで、人を責むることを緩うした様だ。又一時怒っても忽ち氷解する、江戸子気質に変じたものらしい。（二月十九日）

（『漱石全集』（昭和十年版）月報第二号（昭和十年十二月））

予備門の頃（抄）

龍口《たつぐち》了信

私は明治十七年の九月に、芳賀矢一[*1]君や中村是公[*2]君、夏目金之助君（当時は塩原金之助といった）等と一緒に一つ橋の大学予備門に入学を許された。予備門に入る前は、神田中猿楽《なかさるがく》町の明治英学校へ、やはり芳賀君や中村君、夏目君と一緒に通っていたのであるが、私は英語を始めるのがおそく、他の者は一級まで進んでいるのに、二級までしか進んでいなかったから、試験を受けてはみたものの、はいれる自信はなかった。（一級、二級というのは、半年ずつで下からだんだん上に進むようになっていたのである。）それで成績の発表も見に行かなかったが、発表を見て帰って来た中村君や夏目君が、「龍《たつ》さん龍さん、おまえもはいっているぞ」といったので、非常に嬉しかった。その頃は私は「龍さん」と呼ばれ、中村君は名をそのままに「ぜこう」、夏目君は「金ちゃん」、芳賀君は「矢一さん」と呼ばれていたのである。芳賀君は当時、明治英学校から半町も離れていない同じ中猿楽町の伯父斯波《しば》有造さん*3（貞吉君のお父さん）の家に、貞吉君や和達《わだち》陽太郎君*4と共にいた。そこは今の三崎町の電車停留場の近くで、神保町の停留場の方から向って左側に当り、跡見《あとみ》女学校*5の南隣であった。女学校とは板塀一枚で隔てられているだけであるので、芳賀君の所に遊びに行く者がよく板塀の節穴から女学校の中をのぞく。女学校の方ではとうとう小さな板を打ちつけて穴をふさいでしまった。私は明治英学校に通っていた時分は、九段坂上の富士見町に中村是公君等と一緒に下宿していた。中村君と私とは、村はちがうが共に広島県の宮島の対岸に生れ、小学校は同じ小学校に通ったのだから、子供の時からの友達である。二人で広島から山陽道、東海道を歩いて上京したこともあり、仲よしであった。夏目君も同じ町内に下宿していて、よく三人が一緒になった。当時は靖国神社*6の前面には競馬場があって、その南側に我々は下宿していたのである。

予備門に通うようになってからは、斯波さんの家は中猿楽町から牛込の若宮町*7に移り、芳賀君と貞吉君とは、その家の門を入った右手にある長屋造の離れに起居していた。和達君も初めはそこにいたが、これは半年ばかりで他に移ってしまった。牛込の斯波さんの家は、もと片桐何とかの守《かみ》という幕府の御茶坊主の頭《かしら》の家で、家じゅうが茶室のようになっていて、茶を焙《ほう》じる妙な家などもあり、二千五、六百坪という広い邸には茶畑が到る所にあった。北隣は川田甕江《おうこう》*8さんの家で、西側にはさいかち坂*9という坂があった。芳賀君等のいた離れは八畳と六畳、それに玄関と台所がつき、また納屋のようなものがあった。部屋は茶畑に面していて、小さな机が隅の方に並べて置いてあり、こわれ椅子や粗末なテーブルもあって、それらが乱暴に散らかっていた。私などが遊びに行くと、縁側に腰かけたり、寝ころんだりして話す。時には蕎麦を食ったり、焼芋を食ったりもする。〔中略〕

　芳賀君は特に勉強家というほどでもなかったが、その頃から頭はよかった。お父さん*10が国学者で湊川や塩竈の宮司を勤めた人であるから、その感化を受けて、和歌には特に趣味をもっていた。百人一首も悉《ことごと》く諳記していて、カルタ取には勇者であった。人のことを悪くいうのでも、歌でやるという流儀で、常に歌を口ずさんでいたものである。しかし当時は芳賀君が将来国文学の大家になろうとは思わなかった。夏目君にしても、あれほどの有名な小説家になろうとは怪我《けが》にも思わなかった。ただ夏目君は大学へ入る頃には、朝日に載っていた半井桃水《なからいとうすい》*11の小説を始終読んでいて、「こいつはよく書いてある」などといっていた。後では桃水の所にたずねて行ったこともあったようである。〔中略〕

その頃は、勿論今のようなスポーツはやらなかったが、それでも予備門の運動場には機械体操の鉄棒があり、ボール投げもやっていた。それからボートがあった。私は予備門へ入ってからは、*12富士見町から猿楽町の末富屋という下宿に移り、中村是公君、菊池謙二郎君、得能文君《とくのうぶん》*13(得能君は遂に予備門には入らなかった)等と一緒にいたが、ボートは柳橋の下につないであるので、神田からてくてく歩いて柳橋まで行って、ボートに乗った。そして和服に袴をはいたまま隅田川を漕ぎまわるのである。大学に入ってからはボートの倶楽部《クラブ》も出来て、中村君や白石元治郎*14君は法科の名高いクルーであった。これに対して夏目君や私どもは文科でも倶楽部をつくったが、物にならなかった。芳賀君も下手な姿勢でボートを漕いだことを今に記憶している。

書生時代の一番の娯楽は寄席に行くことであった。講談と落語との寄席は分れていて、私ども硬派の者は講談の方の寄席に行き、落語の寄席には滅多に行かなかった。小川町*15に小川亭という講談専門の寄席があり、ここには、明治英学校に通っていた頃から、よく中村君や夏目君を誘って出かけた。芳賀君と一緒に行ったことも度々あったと思う。当時小川亭の木戸銭は二銭五厘か三銭。それで厳冬でも座蒲団も火鉢も取らず講談趣味で頑張っていたのである。芝居は高くてとても行かれなかったが、新富座《しんとみざ》*16の始めて開けたことを記憶している。牛肉店は、予備門から二町ばかりの所に松本という店[17]が出来た。これが牛肉店の初めである。珍しいから、時には行ったが、高いのでそう度々は行くことは出来ない。鳥屋はシャモ屋といって、牛肉店が出来ない前からあったが、これも高いから書生はあまり行かなかった。蕎麦、うどん、焼芋、炒豆《いりまめ》などが、まず書生の食うものであった。蕎麦はもり、かけ各八厘、当時は天保銭《てんぽうせん》[18]が八厘に通用していたから、天保銭一枚で蕎麦のもりを食うことが出来たのである。寿司などは高級のもので、書生は口にしなかった。何しろ下宿料が一ヶ月三円から三円五十銭、上等で四円という時代である。当時酒は日本酒が一合二銭か三銭であり、ビールは一瓶二十五銭か三十銭で、日本酒はどこにでもあるが、ビールは滅多になく、珍らしかった。こんなわけで書生は飲むならみな日本酒を飲んだ。芳賀君は後に非常な酒豪になったが、書生時代には酒豪というほどではなかった。書生時代からよく飲んだのは、後に支那公使になった山座円次郎《やまざえんじろう》[19]君で、下宿屋の机のそばには、いつでも一升徳利が置いてあった。山座君と芳賀君とは仲よしで、よく一緒に酒を飲みに行っていた。当時は予備門全体でも人数が少い時代であるから、今頃とちがって、全部がすぐに親しくなる。学友の心性も互によくわかっていて、意気相投合していた。そして天下をとることばかり夢みている連中だから、朗かなものであった。

当時も神保町の辺は街になっていたが、猿楽町の辺は邸ばかりで、町屋《まちや》[20]はなかった。一つ橋の予備門は東京大学法理文三学部と同じ構内にあり、その北に接して、斯波さんの持地があった。そこが後には校有となって、高い高いブランコが作られ、夏目君がそれに乗るのが一番上手であった。小川町の方は町屋が続いていて、街が曲るちょっと手前に有名な書物屋があった。西洋造のような土蔵造の店で、ここには西洋の新しい書物が沢山ならべてあったので、我々は度々その店へ本を見に行った。これが小野梓《あずさ》さん[21]の東洋館である。小野さんの姿もその店でよく見かけた。

私は病気のために学校を休んだので、明治十七年、一緒に予備門に入学した芳賀君や水野[22]、福原[23]、正木[24]、山座、白石の諸君、その他立花銑三郎《せんざぶろう》君[25]、薗田宗恵《そのだしゅうえ》君[26]、中川小十郎[27]君等より一年おくれて明治二十三年に第一高等中学校（我々の在学中、明治十九年に予備門が本郷に移り、第一高等中学校となった）を卒業した。第一高等学校の同窓会名簿を見ると、中村、夏目、正岡〔子規〕君等は私と同じく二十三年の卒業になっているから、これらの人々も何等かの理由で一年おくれたのであろう。

（『国漢』（芳賀博士記念号）昭和十一年十二月）

夏目君と私

狩野亨吉《かのうこうきち》（談）

夏目君と私と相識《あいし》ったのは、夏目君が松山へ赴任される少し以前で、山川信次郎君を介してであった。それから、ずっと交際を続けて、熊本高等学校時代にも一緒になり、英国留学から帰って来られて一高へ出られた時も一緒になり、又大学を止《や》められて、朝日新聞社へ入り、明治四十年の春、京都へ来られた時には、しばらく私の家に滞在しておられるなど、非常に親しくしておった。

併《しか》し、かように親しくしておったが、反《かえ》って、余り親し過ぎたせいか、少し考え違いされていたことがあった。それは、私を全然、文学などというものには門外漢で、小説などというものは少しも解さないものと思って、「君は、小説などはわからないだろうから、僕が著書などを出しても、進呈しないよ」と云って、後いろいろな著書などを出しても、一冊もくれないという風であった。これは誤解で、実は当時、しきりに文学亡国論等が唱えられて、私もその論を奉ずるものの様に誤り伝えられたためであった。当時は、文学亡国論以外に、学生の長いマントを着るのを見てマント亡国論、明るいランプを点ずるのを非難してランプ亡国論という風に、いろいろ亡国論が流行していたために一寸《ちょっと》した風説もそれが亡国論に関したことであれば忽《たちま》ち真実の如く伝えられ、私も文学亡国論を唱えたように誤解されたためであった。私は、何も文学亡国論などは少しも唱えなかったのである。

実は、私は少年時代から相当小説、文学というものに興味を持ち、大学予備門時代には盛んに、ゲーテやルソオのものを原書で読んでいたものである。尤《もっと》も日本の小説は殆《ほと》んど読まなかった。之《これ》は家庭が厳格で、小説なんか読むと父にしかられるためもあって、読まなかったが、原書だと何を読んでいるのか、父にもわからないため、盛んに原書で外国の小説を読んだものである。ところが後、スペンサーのものを読んで、非常に感じ、それ以来、科学を好むようになり、小説は読まなくなり、大学も理科へ入って数学を専攻するようになった。そんな風の関係が、誤り伝えられて、文学亡国論を唱えるもののように考えられたのであった。

夏目君の、この文学を好まないものには、その著書を与えないということは、何も私に限ったことではなく、元の満鉄総裁の中村是公氏も、非常に夏目君とは親しかったが、殆んど、夏目君の小説を読まず、又無論その著書も進呈されなかったということだが、私も夏目君とは非常に親しかったが、文学というようなことに関しては、中村氏と同じようだと考えられていたと思うのである。

（『漱石全集』（昭和三年版）月報第五号（昭和三年七月））

教員室に於ける漱石君

村井俊明（談）

漱石君の我等と一所に一つ学校にいた時は大分古い事で、それにこれと云う特別な記憶がないが思い出した少しばかりの事を云うて見ると、元来あの人は何かに無頓着な側の人で、何時《いつ》でも、職員室に在りてすら、両肱をウンと椅子の後方に廻しグッと反《そ》り身に寝る様な形で天井を仰いで居るばかりで、他の職員達が子供の様にガヤガヤと大声を出して騒ぎ立てて居ても丸で我不関焉《われかんせずえん》と云った風に耳をも傾けない、実に超然たるものであった。あれ程の大人物だからして心中では「何を子供等がザワザワ騒いでるんだい」と思っていたろうと今日になって思われる程である。

一体極めて黙《だん》まりの人で且《かつ》超然主義の人ではあったが、然しその中に亦《また》優しい心があった。例えば他の職員達が「小使ッ、火を持って来い」って呶鳴る所でもあの人は「火を持っておいでよ」と小さい声で優しく云うと云った風であった。独り小使のみでなく他の同僚に対しても宛然大人が子供に物を云うてきかすという風であった。然し荒々しくもないのに何だか圧さえつける様な厳かな(まあ然《そ》う云った風な)語調で常に云って居られた。そしてその黙っている時は常に空嘯《うそぶ》いて天井ばかりを仰視していた。だから自然あの人だけは多数の職員中別者の如き感があった。

他の職員達は薄給であるとか、生徒に教授する事が面倒臭くてならぬとか、受持が多過ぎるとか色んな不平を並べ立てていたが、あの人は決してそんな事を口にした事は曽《かつ》て無かった。

『坊つちやん』には当時の生徒が頗《すこぶ》る乱暴で随分先生達を手古摺《てこず》らせた様に書いてあるが夫程《それほど》迄でも無かったと思う。尤《もっと》も生徒の眼からしてもあの人は確かに一頭地を抜いてる人だと認めていた。

受持ち課目は英語で、あの時は別に小説等に筆を染めていられた模様は更に見えなかった。

あの人の居られた家……即ち『坊つちやん』に「なもしとなめしはちがうんじゃがなもし」と云ってあの人を笑わせたと云う婆さんと一所に居られた家は、二番町の上野の家[*1]で相当な広い小綺麗な家であった。私は時偶《ときたま》その家に訪ねていった事があったが例に依ってあの人は寡言であって無頓着で、婆さんが茶でも汲んで出しても知らぬ顔をして居る位全く愛想のない人であって、行っていても決してべらべら喋舌《しゃべ》る人でなく又別に些《ち》っとも面白くも何ともない人であった。「一杯飲みに行こうか」などは何《ど》うしたって云わない人、云い換ゆれば親しみの無い人であった。

辞して帰る時にでも「まあもっと話して帰ったら何うです」とも何とも云わなかった。

あの人の眼から見れば恐らく他の職員達はゴロゴロと其処《そこら》等に転っている石くれ位に思って居られたろう。一つには同僚中あの人と親しく語る様な思想の豊富な人もなかったからでもあろうが、其様《そん》な塩梅式《あんばいしき》であるから従って親近な友人なんて云うものは更に無かった様だ。夫《そ》れからこれは余談だが、婆さん婆さんと『坊っちゃん』に書いてあるあの婆さんに当る人は婆さんと云っても四十位の婆さんであった。

この所謂《いわゆる》お婆さんと殆《ほとん》ど無言で毎日暮していたのである。

終《おわり》に乏しい記憶のその中で何とはなしに記憶に残っている事が一つある。それは何時何の動機であったか、「地動説なんて余り当になるもんでない」と云われた事であった。併《しか》し夫《そ》れが何《ど》うした動機であったか趣意であったか今一生懸命に考えて見ても何うしても

分らない。（俊明翁病褥《びょうじょく》にての談話　里雪筆記）

（『渋柿』漱石忌記念号（大正六年十二月））

車上の漱石

近藤元晋（談）

正岡子規が松山へ戻って来て、*1 漱石の家に寄寓したのは、明治二十八年七月二十五日のことでした。その頃夏目さんは二番町の上野の離座敷《はなれ》を借りて住んでいられたが、子規が転げ込んで来た時、自分は二階へ上って、病身の盟友に階下の座敷を宛てがわれた。病中ながら子規は、松山の俳人を集めて、毎晩のように運座をやる。夏目さんは、気が向くと、ぼつぼつ二階から降りて来られると云ったような塩梅でした。

その間に子規の教えを受けた連中が松風会*2という会を造りました。柳原極堂《きょくどう》*3、伴狸《ばんり》伴《ばん》*4、大嶋梅屋《ばいおく》*5、中村愛松《あいしょう》*6、野間叟柳《そうりゅう》*7といった人々がその会員でした。私はその会には加わっていませんでしたが、子規の許《もと》へは時々出掛けたものです。極堂は朝から弁当を持って上野の宅へ出向くような勢いでしたし、梅屋は又自宅《うち》が隣家《となり》だから二六時中入り浸る。兎《と》に角《かく》、入れ代り立ち代りして、毎晩のように集まっていました。

私は一度子規の一行と海水浴に出掛けたことがありました。夏目さんも勿論《もちろん》一緒に行かれた。高浜の近くにある延齢館《えんれいかん》という貸席に上って――尤《もっと》も、この外に休憩所は一軒もなかったから、ここへ上る外なかったのです。で、子規一人後に残って、二階から見ていると、漱石以下の連中が皆海へ入って泳いだ。その時の夏目さんの泳ぎ振りが何《ど》んなであったかということは、一向記憶に残っていません。ただ一つ覚えているのは、一同が海から上ると、直ぐに運座が始まって、子規が

「夏目、お前も遣れ」と云い出した。

「俺は遣らん。」

「遣れ云うたら遣れい。」

「遣らんと云ったら遣らん。」

で、仕方がないから、漱石は捨てて置いて、他の者で題を出し合って始めた。処が、気が附いて見ると、何時《いつ》の間にか、漱石も運座の仲間に加わっていた。この時私は、夏目という人は一種の旋毛《つむじ》曲りだなと思って、今尚その時の印象が記憶に残っています。なおその時夏目さんは赤いタオルを腰に下げていたが、この時ばかりでなく、夕飯後道後の湯へ出掛ける時も、赤い手拭を腰にぶら下げていると云うので、生徒の間に「赤手

拭」という異名があるとも聞いた。私は「坊つちゃん」を読んだ時、「ははあ、これだな」と思って、海水浴の時の手拭を想い出したことである。

夏目さんには、自分の嫌いな人には物を云わぬと云ったような、一寸《ちょっと》融通の利かない所がありはしませんでしたかね。その世間と相容れぬと云った所が、天性私と相通ずる所があるような気がして、今でも心に残っていますよ。尤も、これは松山時代の印象をその後有名になられてから読んだ物の印象で不知不識《しらずしらず》の間に補充してるような所も大きにあるでしょうがね。

これは前の住田校長*8が辞任されて、未《いま》だ横地校長*9が就任されない間のことのように覚えていますがね、何かの式の時に夏目さんが校長代理として一場の訓示をされたことがある。その時私は中学校には関係がありませんでしたが、何かの理由でその席に臨んで、その訓示を拝聴した。その言葉の中に、「明《みん》の宋谿濂《そうけいれん》*10の云うた事に、かくかくの事がある」と云うて引用された。その時分私は偶然この宋谿濂の名を知っていたので、英文学者だという触れ込みだが、こんな本まで読んでいられるのかと、つくづく感に堪えたことを今でも記憶しています。

熊本へ行かれる時の送別会は、松風会が主となって、二番町の花《はな》の家《や》で遣りました。

後では勿論句会になりましたが、その時の委しい様子は少しも覚えていません。ただその時の句稿を東京の子規に送ったことだけは、はっきり記憶しています。

私は留別の句二枚を夏目さんから貰っていますが、何《ど》ういう時に貰ったか、それとも人を介して頂戴したか、一向記憶に存しない。「鳥雲に入る」[*11]の句と、「永き日や欠伸《あくび》うつして分れ行く」の聯句でしたがね。「分れ行く」の方は今大連にいる倅《せがれ》近藤元家が所持していますが、前者は写楽堂藤田政助(松山人)の手に渡って、その後何うなりましたか行方を知りません。(編者〔森田草平〕いわく、「永き日や」の句は先生の句集の中にも、「松山客中虚子に別れて」と前書きして載っているが、「鳥雲に入る」方は何処にも見当らない。近藤氏自らも句全体は忘れたと云われるから、何日かその短冊の所有者があらわれる迄待つ外ない。)なお虚子と別れるに際して送った句というのは、全集を見ても、下の句が「別れ行く」となっていますが、私の頂戴した短冊には「分れ行く」となっています。その辺は何うした訳でしょうな。

明治三十四年五月頃〔三十三年九月〕のことでした。私はその時分小石川竹早町[*12]の第二高等女学校に勤めていまして、毎日本郷から小石川の柳町[*13]を通って、善光寺前の急な坂[*14]を上って、伝通院[*15]前を脱けては学校へ通っていました。或日学校からの帰りに、例の大きな銀杏《いちょう》の樹*16の下を通り越して、善光寺の坂に差懸《さしかか》ろうとした時――御存じの通り、あれは元は随分急な坂でしたがね――わざわざ人力車から降りて坂を上って来る一人の紳士がある。私はぼんやりして誰とも気が附きませんでしたが、「近藤君！」と、向うから声を懸けられて、振向いて見ると、それが夏目さんなのです。

「明日《あした》洋行するので、そのお礼廻りに歩いてる所だ」と云うお話でした。何しろ松山でお目に懸ってからもう五、六年も経過してるのだから、一寸驚きましたよ。私の薄ぼんやりに対して、向うは非常に注意深い、一面識の者にも極めて情誼の篤い方だということをつくづく感じましたね。

で、明くる日はお見送りにも参らず、その後ずっとお目に懸りませんでしたが、下村為山《いざん》君*17から「倫敦塔」を送られたのが、夏目さんの文章に接した始めで、これあるかなと思った次第でございます。（編者いわく、為山氏から談者に送られた雑誌が「ホトトギス」であったとすれば、「倫敦塔」は「倫敦消息」の間違いであろう。「倫敦塔」は最初「帝国文学」に載った筈である。）

（『漱石全集』（昭和十年版）月報第十六号（昭和十二年二月））

夏目君の片鱗

藤代素人《そじん》

「オイ夏目！」

これが僕の夏目君に懸けた最後の言葉となった。それは昨年〔大正五年〕一月十八日に両国国技館の春場所で、偶然君を見懸けた刹那、思わず僕の口を迸《ほとばし》り出た不用意の一語である。

時も時、折も折、この思懸けない場所で、この思懸けない無遠慮の呼声に、君も少々驚いた風であったが、僕を見ると帽を脱いで、「失敬」と云った限《ぎ》り、二の句を続《つ》がずに志す席へと足を運ばれた。君の方では案外であったに相違ないが、僕はこの日にこの場所で君を見ることを幾分期待して居った。それは君が国技館の相撲をよく見物に出掛けると云う記事が新聞に出てもいたし、前日雑司《ぞうし》ケ谷《がや》のK君を訪問したら、「昨日大塚〔保治〕が夏目君を誘って一所に来る積りで来懸《きがけ》に寄ったら、相撲見物に行った留守であった相だ」と云う話を聞いて居るから、今日君を見懸けたのも別段不思議とは思わなかった。

何時《いつ》も東京へ出る度に一度君を訪問したいと思って居ながら、生来の無性《ぶしょう》が祟《たたり》をなして終《つい》にその志を果さなかった。唯《ただ》一度君の近所に親類があってその家を宿として居る時、訪問したら生憎《あいにく》君は不在だった。その頃君は散歩の序《ついで》か何か僕が車でその家を出懸《でかけ》る時偶然通り合わせたことがある。その時も話をする暇もなく別れた。君は妙な所から僕が出たと思ったらしく、その家の標札を眺めた。それから一度九段の能楽堂で御前能《ごぜんのう》*1があった時、食堂で君に出合い、君の説を聴きに行こうと思ってると言ったら、君のを聞かせて呉れと云われたことがある。最近数年間に於て君と顔を合わせたのはこの位のもので、その都度《つど》頗《すこぶ》る本意《ほい》ない別れをしたと思ってる。特に残念に思うのは去年の八月、鎌倉でS君*2に逢った時、京大文科から兼て夏目君に講演を頼んだのであるが、一度も実行して呉れないと云ったら、今度君が行って懇望して見給え、多分承知するだろうと云う話しで、此次に上京したら是非その話を切出して見ようと思い込んで居たのに、こんな事になって仕もうたのは、実に終生の恨事である。

夏目君の話は大分新聞雑誌にも出たから、更に珍らしい種子を追加することも出来ぬが、唯僕が友人として君に交際した方面に就いて、少しく話して見たいと思う。

君が英文学科に入学したのは明治廿三年であった。帝国大学に英文学科を設けられてから、第一期の学生は我々と同年の立花君*3であった。その翌年には志望者がなくて、一年置いて君が来られた。今度英文科の新入者は大分英語に堪能で、○○先生とは英語でばかり話してる相《そう》だと云う評判であった。その評判を裏書すると思う事実がある。それはその頃歴史の先生でリースと云う独逸《ドイツ》人*4があった。この先生の英語には大抵の学生が参って仕舞ったので、一同分り悪《にく》い下手な英語と極めたのであるが、夏目君はリースの英語は独逸人としては余程宜《よ》い方だと云った。君からこの話を聞く前に僕は或る独逸人にリースの英語は分り悪くて困ると訴えたら、そんな筈は無い。あの人は日本へ来る前二度も英国へ研学に行ってるから、英語は確かだと言われた事がある。それでも半信半疑で居たが、夏目君の話を聞いてから、すると矢張《やっぱ》り我々の耳が至らないのだと悟った。

学生時代には君が寄宿舎の食堂へ来る都度《つど》我々の部屋へも立寄られたが、その頃君は制服の上へ兄さんから譲られたとか云う、スコッチ*5の背広を着て居たことを覚えて居る。一度遊びに来ないかと誘われて、牛込喜久《きく》井町《いちょう》まで同行したことがある。君の部屋でどんな話をしたか思出せないが、君が浄瑠璃にも中々名文句がある。「啼く蟬よりは中々に啼かぬ蛍が身を焦がす*6」などは面白いじゃないかと語ったのを記憶して居る。その頃でも君は学生としては蔵書家の方で、英文学の書物が可成《かな》り書架に並んで居た様だ。

君が三年生の時、『哲学会雑誌』が『哲学雑誌』*7と改題して少し世間向《むき》の材料を加えようと云う方針になった。君も編輯員《へんしゅういん》の一人として雑録の原稿を担当して居たが、或時英国の催眠術師の記事*8を寄せた時、中に「豊頬細腰の人も亦《また》行く」と云う文句があって同人間《どうじんかん》の注目を惹いた。それから君は英文雑誌の受売《うけうり》を屑《いさぎよし》とせずして『英国詩人の天地山川に対する観念*9』とか云う題で自家の研究を発表した。君が文藻《ぶんそう》に豊かなることは、この頃既に同学間の推賞する所と成った。

君はその後寄宿舎に入舎した相であるが、その頃僕は神経衰弱に罹《かか》った一人の従弟が、親戚の別荘で美術学校の入学試験準備中であるのを、監督がてら退舎して、其方《そちら》に行って居たから、寄宿舎時代の夏目君を全く知らない。所が君が東京を去って松山中学へ赴任する際、早稲田の英文科に後任として出て呉れと頼まれた。僕の英語素養は余程覚束《おぼつか》ないもので一応は断わったが、「何に君なら屹度《きっと》遣れる」と云う君の一言に浮かと乗って引受けた。君も僕の英語を買被《かいかぶ》って居たのだが、僕が君の跡釜に据わろうと云うむら気を出したのは一期《いちご》の不覚で、僕の英書講演は散々の不成績で一学期の終りにソコソコに逃出して仕舞った。後にこの事を君に話したら「左様《そう》だった相だなあ」と云って君は苦笑して居た。

それから君が熊本の高等学校時代に僕を熊本へ呼ぼうとして、S君を以て交渉して来たが、その頃の僕は東京を離れる気にどうしても成れぬので、応じなかった。

明治卅三年に今の東大文科学長[*10]が専門学務局長をして居られる時、始めて高等学校教授を外国に留学せしむる一新例を開かれた。その時君と僕とが外国語研究の為め派遣せられる事になった。君は熊本から東京へ出て、当時貴族院書記官長の職に在られた岳父[*11]の官舎に足を留めた。僕はその官舎に君を訪問したが、今度留学生となるに就いて腑に落ちない廉《かど》を[*12]、専門学務局長に話して来たと云った。その話の内容は何であったか聞洩《ききもら》したが、僕は唯西洋に行かれると云うことが一図に嬉しくて、腑に落ちない事も何も無かった。君が斯《こ》う云う際にも内に省みて深く慮《おもんぱか》る所があるのは、流石《さすが》だと感じた。この時の一行は文科の芳賀君と農科の稲垣君[*13]と陸軍軍医の戸塚君と都合五名であった。高山樗牛君[*14]も同行の筈であったが、出発間際に咯血して見合わせることになった。

仕度万端に就いて僕は或独逸人を顧問としたが、服などは向うへ渡ってから新調した方が宜《よ》いと云うので、寄せ集め物で間に合わせたが、君は森村組[*15]の仕立てなら、何処《どこ》へ出しても恥かしくない相だと云って、その通り実行した。実際君の服装が一番整うて居た。汽船だけは僕の主張が容《い》れられて、独逸船で行くことに極《き》まったが、普魯士《プロシア》軍隊式の給仕頭《がしら》の横暴には、一番多く折衝の局に当った僕が少からず悩まされた。

神戸碇泊中諏訪山の中常盤*16で午餐《ごさん》を認《したた》めた。その時大阪から告別に出向いた僕の妹夫婦が三歳の甥を連れて来た。一同風呂に這入《はい》った時、君がよく甥の面倒を見て呉れたことを今でも妹は感謝して居る。その晩当時湊川神社の宮司であった芳賀君の厳父に晩餐に招かれ、灘酒の風味に上戸連《じょうこれん》は羽目を外したが、酒を嗜まぬ君には多少迷惑であったろう。

一行中馬鹿に飯の好きな人があって、愈《いよいよ》長崎が日本料理の食納めだと云うので、向陽亭に上って、風呂上りの浴衣姿と云う日本独特の快味を飽くまで貪ぼった。長崎湾口を出る時、丁度《ちょうど》上海から入港して来たハムブルク号から、夕暗の空を破って「君が代」の曲が聞える。我《わが》プロイセン号の音楽隊は独逸国歌を以て之《これ》に酬いた。独逸国歌と英吉利国歌とは全然同一の曲であるから、英文学専攻の夏目君も会心の笑《えみ》を湛えたに相違ない。横浜埠頭を離れる際には、恰《あたか》も入込み来った仏国汽船に敬意を表する為め、我プロイセン号は馬耳塞《マルセイエーズ》*17の曲を奏した。こう云う風に日英仏独の四国は音楽の微妙なる力により、握手交歓してる体で、我々は世界が一家に成った様な気分になれた。

　上海の見物を済ませて本船に帰った頃、颱風の襲来に遭い、船を呉淞《ウースン》河口に留めて風伯の本隊を遣り過したが、発船後も余波は中々強かった。一行中芳賀君一人は剛の者で毫《ごう》も船に酔わない。その他は皆似たり寄《よっ》たりの弱虫達であったが、中で夏目君が一番弱かった。その頃から胃弱病に罹って居たのではあるまいか。颱風後の航海では芳賀君が面の憎い程船に強くて、今日は食堂に出る人が少ないから、ウント食って遣ったと云う様に、自慢話をする。我々は枕も上らぬ病人の様に床上に呻吟して、部屋ボーイに一品二品を枕頭に運ばせ命を繋いで居るのである。ドンナに威張られても一言も無い。海の上では迚《とて》も敵わないから陸で讐を取って遣れと心窃《ひそ》かに思い定めた。香港でピーク[*18]に登った時この機逸すべからずと、トウトウ頂上まで引張り上げた。夏目君は学生時代に文科には珍らしい機械体操の名人であったから、この位の山を登るのは朝飯前だ。他の二人揃いも揃った青瓢箪ではあるが、目方が軽いだけに何の事はなかった。独《ひとり》芳賀君は一橋時代[*19]に豚と異名を授けられた程だから、途中で弱音を出して幾度か下山を主張したが、僕は委細構わずピークの絶巓まで漕ぎ付けた。併《しか》し頂上からの眺めは亦《また》一段の絶景で、芳賀君も淋漓たる流汗を十分償うて余りあったことと僕は確信して居る。

古倫母《コロンボ》でうるさく附纏《つきまと》う乞丐《こじき》の子供に、君が態々両換《わざわざりょうがえ》した小銭を振撒いても、猶執念《なおしゅうね》く附いて来るので、辛抱強い君がステッキを揚げた姿は、今に目に残ってる様だ。

船中では書生時代の気分に立戻って、お互に揶揄《やゆ》したり、悪口を言合ったりしたこともあるが、総体君は求めずして自《おのず》から上品な紳士の態度を得て居た。上海からは英米の宣教師が妻子眷属を引連れ二十名余り乗船した。何《いず》れも風采から見ると、迚《とて》も人を感化する力は無さ相に思われたが、中には可なり職務に忠実な向《むき》もあって、熱心に伝道を試みる。夏目君はその一人に見込まれて、神の存在と云う様な問題で、哲学的見地から対《あい》手《て》を手古擦《てこず》らしたこともある。或時僕は君と文学の話をした中に、君は今迄和漢洋の文学を研究して居るが、何一つ是れが分ったと思うものは無い。唯俳句のみはその趣味を解し得た様に思うと云ったことがある。君が漱石と云う号で日本新聞〔新聞『日本』〕やら、雑誌『ホトトギス』に俳句を寄せると云う噂はその前から聞いて居たが、その方面の注意を全然怠って居た僕は、君がそれ程造詣の深いことは知らなかった。船中からも君は東京の根岸で病を養って居る子規氏へ折々句を贈った様である。

古倫母《コロンボ》から亜丁《アデン》までの航海が一番長いので、一行は渡欧後の準備として独逸語やら仏蘭西《フランス》語やらの俄《にわか》勉強に取懸ったが、君は英文小説の耽読一点張りであった。

以太利《イタリー》に着く前に一行間の問題となったのは、当時巴里《パリ》に万国博覧会があって、ジェノアから巴里へ行けば間に合う。それとも博覧会を断念してナポリで上陸しポンペイを見て羅馬《ローマ》に行こうかと云うのであった。出発前東京で坪井先生*20に旅行中の心得を承《うけたま》わった時、巴里の博覧会などは、赤毛布《あかゲット》の奥山見物*21と同然だ。それよりはナポリで上陸して、ポンペイ、ペスツム*22を見物し、羅馬で一週間位滞在した方が、遥かに気が利いてると云われた。所が一行中の多数は以太利は留学中でも行かれるが、博覧会は今度でなければ見られないと云うので、巴里行に決した。留学期中以太利へ行き損った僕は、あの時坪井先生の忠告に従えば宜かったと後悔してる。併《しか》し夏目君は以太利観光に熱心と云う訳でもなし、博覧会も強いて見たいと云う風でも無かったらしい。唯目的地の倫敦《ロンドン》へ行くには巴里を経由するが一番便利である。そこで初めからその積りで巴里でも二、三の人に面会する予定だったらしい。けれども若《も》し一行の多数意見が以太利見物に傾いたら、夫《そ》れにも反対を唱えなかったろうと思われる。兎《と》に角《かく》君は航海中始終超然主義とでも云う様な態度を執って居た。

ナポリ碇泊中にも敏捷《びんしょう》な船客はポンペイの見物を済ました人もあるが、我々は不慣れのことではあり、以太利案内者の乞食根性に就いては随分警戒を加えられて居るから、市内の見物だけで船に還った。ジェノアで船を乗捨ててモン・セニーの隧道《ずいどう》*23を夜間に通過して巴里に着いた。大博覧会は二日程見物したら厭気《いやけ》がさして、ルウブルも見ず、グラントペラ〔オペラ座〕も覗かず倫敦へ渡る夏目君と袂を分って他の四人は伯林《ベルリン》へと志したのである。

程経て伯林の或る料理店から数名の日本人連署の絵葉書を夏目君に贈ったら、「君達は賑《にぎや》かで羨ましいね。僕は一人ポッチで淋しい」と云う意味の返事が来た。その後「巴里で懐郷病の講釈を谷本君*24から聴かされたが、この頃になって成程と思当ることがある」と云う様な手紙もあった。「一度賑かな我々の方へ遣《やっ》て来ないか」と言送ったら、「大陸へ渡る気分にはなれない」と云う挨拶だった。

立花の銑《せん》さんが病気で帰朝するとき、君は常陸丸へ尋ねて行って、「銑さんは可哀相だ、実に気の毒だ」と云う文通があった。その頃既に「縁起の悪い船」と云う評判を立てられた常陸丸が香港を離れると間もなく銑さんは船中で瞑目したのである。銑さんは帰朝の航海中芳賀君へ宛てた書信の都度《つど》、俳句めいたものを書送ったが、倫敦碇泊中の端書《はがき》に「戦争で日本負けよと夏目云ひ」*25と云う一句があった。憂国の士を以って自ら任じ、人からも許された同君と常陸丸*26の船室で夏目君が会見した折《お》り、倫敦辺に迂路付《うろつ》いて居る、片々たる日本の軽薄才子の言動に嘔吐を催おして居た君が、この奇矯の言を吐いた光景が目に見える様である。

我々の留学は満二年の期限であった。その期の満つる一ケ月程前に「夏目ヲ保護シテ帰朝セラルベシ」と云う電命が僕に伝えられた。これは君の精神に異状があると云うことが大袈裟に当局者の耳に響いた為めである。それでなくても僕は無論同船して帰朝する積りで、その前に君と打合せを仕て置いた。所が倫敦へ着くなり郵船会社の支店へ行くと、事務員が「夏目さんは一度乗船を申込んで置きながらお断りになりました」とさも不平らしく訴える。「若し同船して帰ると云たら船室の都合は附きますか」と聞いたら、「それはどうにかなりましょう」と云う返答だ。そこで夏目君に端書を出したら翌朝僕の下宿へ来て呉れた。君より前に来て居たO君[*27]は、例の電報を取次いだ関係で、是非一所に連れて帰れ、荷物の始末は跡でどうにでも付ける。ああいう電報のあった以上若しもの事があったら君は申訳はあるまいと熱心に同行を主張する。兎に角同行を勧めて見ようと答えて置いて、その日は夏目君とナショナル、ギァレリーを一所に見て、午餐を共にし、それから君の下宿に一泊した。君が帰朝を後《おく》らせることになったのは、蘇格蘭《スコットランド》へ旅行して、予定よりも長逗留をし、荷物が出来ない為めだ。そこで荷造りは人に頼んで体だけ僕と一所に帰ったらどうかと再三勧めて見たが、どうしても応じない。これを見捨てて他人に後始末を任せると云うことは僕にしても出来相もない。それに今日一日見た様子では別段心配する程の事もないらしい。この上無益な勧告を試みるでもないと僕は断念した。その翌日君にケンジントン博物館[*28]と図書館を案内して貰い、図書館の成る程君の部屋には留学生としてはよくもこんなに買集めたと思う程書籍が多い。これグリル・ルームで一片の焼肉でエールを飲んだ。

「モウ船までは送って行かないよ」と云う言葉を最後に別れた。

君は僕より二タ船後れて明治卅六年の正月帰朝した。それから後の消息は新聞やら雑誌やらに、委敷《くわしく》出て居るから一切省略する。思えば我々一行五人の内戸塚君は数年前物故した。芳賀君と稲垣君とは目下再度外遊中である。すると今日本に残って居る者は僕一人である。君が人物を評し君が作物《さくぶつ》を論ずる適任者は世上その人に乏しくあるまい。唯あの長途の旅行を共にした一人として、僕は適不適を顧みる遑《いとま》なくこの一篇を綴って見たのである。

（『芸文』第八年第二号（大正六年二月））

ロンドン時代の夏目さん

長尾半平（談）

私が夏目さんと知り合いになったのは、ロンドン滞在中のことで、当時夏目さんが下宿していたファミリーに私も入って、同じ屋根の下に暮らした時からである。そのファミリーというのは、ロンドンの西郊にあって、主人はドイツ系の人で、市中に洋服店を開いていた。当時、夏目さんは、文部省から送って来る僅少な学費で暮らしていたが、その学費も大半は書籍を買うのに費されて、その残額で暮らしているというような有様で、実際気の毒な位貧乏な暮らしをしておられた。之《これ》に反して、私は当時台湾総督だった後藤新平さんの命で、時間や金の制限なしに来ていたから、比較的経済上余裕があり、はじめはホテルにいたが、後、その下宿(即ち夏目さんのいるファミリー)の近所に知り合いがあったので、そこに移ったようなわけで、夏目さんに比べては、非常に贅沢な暮らしをしていた。又、そのファミリーに於ても、私の室は居室の外《ほか》にパーラーもあるという風で、そのパーラーでは、私はよく部屋着の絹製のガウンを着て、ソファーにより、本などを読んでいたが、そんな時、夏目さんは、いかにも呑気そうに「今、お暇だかね」などと云いながら入って来て、話しをするという風であった。

或る時、夏目さんが金を貸してくれというので、いくら位だいと問《たず》ねたところ、「まア二十ポンドばかり」というので、その時夏目さんがいかにも呑気なので、私はぶしつけに「一体その金は返してくれるんだか、それとも君にやるんだか」と問ねたところ、夏目さんはいかにも悠長に「いやア、返すんだよ」といって、結局その時、二十ポンド程、夏目さんに貸したようなわけである。ところが、後、日本へ帰ってから、私は英国の紙幣や金貨を記念旁々《かたがた》相当たくさん持ち帰ったが、多少贅沢に暮らして、一寸《ちょっと》出かけるにもすぐ二人曳の俥《くるま》という風な生活をしたので、記念にするつもりでいた紙幣金貨を忽《たちま》ち使い果たしてしまった。そんな時、或る日偶然途中で夏目さんに会ったが、その時、夏目さんが「アア君には金を返さなければならなかったね」というので「イヤどうでもよいが、今君はそんな余裕があるのか」と問ねたところ、「ウム、今は一寸余裕があるから」というので、多少私も困っていた際なので「そんなら……」といったところ、すぐその翌日金を持って来て返してくれた*1ような次第で、呑気なように見えて、その実非常に几帳面なところがあったように思う。

又ロンドン滞在中のその下宿というのは、オールドメードが一切の世話をしていたが、そのオールドメードはディナーの時などには、ピアノを弾き又歌などを歌うという風であり、又英語は勿論《もちろん》、元来がドイツ系の人なので独逸語も話せるし、それに仏蘭西語も少しは話せるというので、時々得意になって芝居の事やその他いろいろな事を話すが、そんな時夏目さんは、よく聞いていて、そのあやまりを正すという風であった。尤《もっと》もそのオールドメードは、自説を固守したが、元来夏目さんの方が芝居のことなどに関しては素養もあり、その説も根柢《こんてい》の深いものなので、すぐに負けてしまうという有様であった。そして結局、その主人が、パパと呼ばれていたが、ミストルナツメは学者だからといって然るべくとりなすという風で、夏目さんは、物事に対して非常に敏感緻密で、少しでもまちがったことは容赦しないというような、几帳面な潔癖なところがあったように思うのである。

（『漱石全集』（昭和三年版）月報第五号（昭和三年七月））

夏目君と大学

大塚保治（談）

明治三十六年一月末、夏目君は英国留学から帰朝し、その春から東京帝国大学講師及び第一高等学校講師として帝大及び一高へ夫々《それぞれ》出ることとなった。元来夏目君の英国留学は恐らく留学前まで勤めていた熊本高等学校教授の資格で行ったのであるから、順序から云えば帰朝後は熊本高等学校へ勤めるのが本当であるが、当時夏目君は余り熊本へ行くことを欲しなかったし、それに親友の狩野亨吉氏がその時一高の校長であり、又、菅虎雄氏[*1]も一高の教授であった関係上、狩野氏菅氏などの尽力で一高へ出ることとなり、尚帝大へは当時の文科大学の学長坪井氏へ私が推薦したことなどで出ることとなったのである。

当時帝大では小泉八雲氏のラフカジオ・ハーン氏が辞任し、その後へ上田敏氏、ロイド氏[*2]などと共に夏目君が入ったのであるが、夏目君たちが入るためにハーン氏をやめさしたのだなぞと取沙汰するものもあったが、そんな事は決してなかったと信ずる。ハーン氏は都合により円満に辞任したので、しばらく後任者がなく、その後任として夏目君などが入ったので、前々から夏目君などを入れる予定があったわけではなく、従って夏目君などを入れるためにハーン氏をやめさしたというような事情は全然なかったのである。当時の帝大の同僚中夏目君と懇意な人としてはドイツ文学講師の藤代禎輔《ふじしろていすけ》氏、私などであった。

夏目君の大学に於ける講義は、最初の二年間は今『文学論』として出版されているものであったが、非常に評判がよかったように思う。又、後その講義を整理して『文学論』として出した際、私も一本を寄贈されたが、それを読んで新聞紙上にその印象を書いたところ、それを見た夏目君からありがたいと感謝した手紙を貰ったこともある。尚《なお》当時夏目君は千駄木町に住んでいたので、私も屢々《しばしば》千駄木町の御宅に訪ねて行ったが、その時分夏目君はひどい大神経衰弱の絶頂で、いかにも苦るしそうであった。私は神経衰弱のことはよくも知らなかったので、どうも夏目君も近頃少し変だな位に思ったのであるが、後私も神経衰弱に罹《かか》っていろいろ苦痛を嘗《な》める様になって、当時の夏目君に大いに同情するに至ったのである。

　夏目君が大学をやめたのは、朝日新聞社へ入るためであったと思うが、当時私は夏目君に教授になって、大学のために尽くして貰いたいと思って、夏目君にもそんな話をしたのであったが、その時分夏目君はすでに『吾輩は猫である』や『坊っちゃん』や『草枕』等を書いて創作方面にも進んでいたので、教授になったからと云って創作をやめるということは承服しないだろうと思い、当分創作と教授と両天秤でやって貰いたいと思ったが、それには大学当局の承認と夏目君の承諾を得なければならぬと考えて、先ず大学当局へその話をしたのであった。当時大学総長は浜尾氏であったが、いろいろ考慮するとのことで中々急には進捗せず、大分たってからようやくそれではということになったので、急いで夏目君のところへ行ってその具体的な話をしたところ、すでに晩《おそ》く夏目君は朝日入社に決定してしまったあとであった。尤《もっと》も夏目君の新聞社へ入るということは前々から聞いていたが、そう急には運ばないだろうと思っていたのに、すでにきまってしまったと聞いて少し失望したようなわけである。併《しか》し乍《なが》ら創作と教授と一人の力を両天秤に使うことは、結局両方共不十分な結果をもたらし、双方に不満足を与えるようになるので、夏目君が創作一方に努力するために大学をやめたのも止むを得ない至当なことだとあきらめ、夏目君の精進を祈ったような次第である。

（『漱石全集』（昭和三年版）月報第九号（昭和三年十一月））

2

夏目先生を憶う

吉田美里

僕が夏目先生のお世話になったのは明治二十九年から三十一年迄僕が熊本の第五高等学校の学生だった時である。当時僕は一部の英法科に居たから先生の受持の英語は最も重要なる学科であって、毎週八時間、この外に先生は春夏秋冬を通じて、毎朝始業前七時から八時迄一時間宛《あて》英語の課外講義をせられた。僕はこの課外講義の最も熱心なる聴講者の一人であったのである。だから毎日必ず二時間以上は先生に咫尺《しせき》*1した訳である。僕は何時《いつ》でも一番前の列の席に着き先生の唾のかかる所に居て一言一句を聴き洩らさじと勉めたものである。僕が直接先生の謦咳《けいがい》に接したのはこの高等学校時代丈《だ》けであるが、之を延べ時間としたら随分長いものであらねばならぬ。

先生は正課に於ては学校の教科書たる「オピヤム、イータア」*2を講義せられた。先生の歯切れのよい江戸ッ子風の講義振りに時々は軽妙な警句や犀利な批評を加えられ僕等は惚れぼれしてこの時間を楽《たのし》みとして居た。「オピヤム、イータア」が上ると先生は、先生独特の方針によりて既定の教科書を排して極めて卑近な論文集見た様なものを課せられた。先生の説に英法科のものがなにも英文学を研究するの必要はない、それよりも英字新聞等がすらすら読めて全体の意味が分る様になればよいと、僕等は本が容易《たやす》くなったのはよいが一瀉千里でずんずん進むのには閉口した。ちょっと傍見《わきみ》でもして居るともう頁は次へ次へと進んで居る、一頁に字引を引く字数は少くなったが全体から云うと前よりも余程字引を引く度数が多くなったのだ。然し先生の熱誠には皆なが感動して嬉々として勉強したものだ。

先生の正課の教科書は簡易な代わりに、特に英文研究者の為めに課外講義をせられた。それは六ケ敷《むつかし》い劇や文学もののみを講ぜられた。沙翁ものの「ハムレット」や「オセロ」などは最も熱心に然かも仮色《こわいろ》まで混ぜて講義せられた。僕が今日多少にても西洋の劇を解し趣味を有するに至ったのは全く先生の賜物と云わねばならぬ。

余談に渉るが熊本の冬は随分寒い。殊に朝の始業前の七時から八時迄はまだ教室にはストーブもは入《い》って居ない、この寒い室に先生は七時にはきちんと来られる。然かも先生のお宅から学校迄は約一里もある。早朝には霜柱をざくざくと踏んで来ねばならぬ、先生は往路は滑らぬ為め帰路は泥濘《でいねい》にぬからぬ為め靴の上に護謨《ゴム》の「オバア、シュー〔オーバーシューズ〕」を穿いて来られた。実を云うと僕はこの時九州の山猿で未だこの護謨の上靴なるものを知らなかった、僕は毎日一番前の先生の机の正面に(教師の机は一段高い)席を占めてこの光る靴を眼の前に見て不思議でたまらなかった、遂に或る時先生にこの光る靴の何物なるかを尋ねた、先生は只《ただ》笑って脱いで見せられた、不思議や一つの靴が二つとなった。先生は僕に「オバア、シュー」を知らないなんか未来の外交官にも似合わぬじゃないかと云われたから、僕は外交官は馬車に乗って歩きますから上靴などは知りませぬと云ってやった。

上靴の序《つい》でに更らに余談になるが、後年僕の上靴を田舎の友人の小学校長が見てこの靴は光ってて磨く世話がないから呉れいと云うから遣ったが、その後やって来てあの靴は歩き悪《に》くくって雨降りには水がは入っていけないと云うからよくよく聞いて見れば、素足の儘「オバー、シュー」をつっかけて居た事が分って大笑いをした。漱石先生が之《こ》れを聞かれたら更らに興ぜられた事と思う。

先生の講義振りは実に要領を得て居てどんな難解の句でも軽妙な比喩なんかで極めて平易に説明してのけらるる。今は字句は忘れたが嘗て僕が腑に落ちぬ句があって首肯し兼ねて居ると先生はこれは日本語で言えば煙草がないとない程益々のみたくなると云う様なものと説明せられたので直ちに氷解した事もある、また英語の Parliament なる字を僕が「パーリアメント」と発音したら、それでは倫敦っ子には分らないよ、これは「パーリメント」と発音すべきだと云われたから僕がだって「ア」と云う字があるではありませんかと云ったら、先生は造作もなく、なに江戸っ子は大根のことを「デイコン」と云うと。

また或る時僕は先生と英語の熟字なるものについて議論した。先生は「長い多くの字をつめて言葉少なに分り易い様に云うのが熟字」と、僕は「熟字は一字一字に切り放しては意味をなさぬ言葉例えば By and by を追々と訳するが如し」と云ったら、先生はその日は黙って切り上げられたが、翌日長い六ケ敷い字句を二十ばかりも写させられて之れを短く分り易い様に云う事が出来るのが熟字だッ。

先生は実に熱誠を以て子弟を薫陶せられたから、僕等も亦先生の講義を楽みに日々欠かさず下読をしていった。殊に僕は英語が一番好きな課目であったから先生には一番接近して居った様に思う、この時代の文科の小松原隆二[*3]君や理科の寺田寅彦君やは最も先生が輓推して居られた人の様に思う、法科では斯《か》く申す僕なども先生に特別の指導を蒙ったものである、その外《ほか》今京城に居る矢野法学士*4の如き愛媛中学以来の旧弟でもあり熊本でも常に先生に影の形に添う如く随従していた。

「猫」の多々羅三平*5君は今満洲で成効して居る俣野義郎君の事でその時先生の内の食客をして居て先生の特別の庇護に預かったものである。

この頃熊本の高等学校には英語に夏目先生あり、独語に管虎雄氏あり、漢文に内田周平*6氏あり、哲学に狩野亨吉氏あり、と云う有様で実に済々たる名士揃いで然かも皆んな一種の俠骨を帯びて居た所が面白いではないか。

先生は頭が明晰であると同時にその風采も堂々たるものであった。始めて赴任して来られた日には「フロックコート」に身を堅め八字鬚《ひげ》の両端をピント跳ね上げて（後年先生が英国より帰朝後は英国風に鬚を刈り込んで居られた様に思うが熊本時代は寧《むし》ろカイゼル式に巻き上げて居られた）キビキビした調子で新任の挨拶をせられた時は、僕等は先生の容姿の端麗と威厳とに打たれたものだ。そうして挨拶が済むとさっさと出て行かれた、僕等は先生の後姿を見送ってこの堂々たる品性のある先生を得たのを誇った、その翌日からは先生は早速教壇の人となられた、ところがこの日からは教授の制服たる詰め襟の黒服黒ぼたんの簡素なる職工然たるもの（生徒の方は金ぼたん）鬚は相変らず跳ね上がっては居るが前日の堂々たるフロック姿に比べては如何《いか》にも貧弱に感ぜられた。

加之《しかのみならず》僕が最前列の席につきて先生と咫尺するに及んでああら不思議や僕は一大発見をした、夫れは先生の顔に痘痕《あばた》のあることであった(然《し》かしこの痘痕こそ後日先生に親《しん》炙《しゃ》するに及んで景慕の徴象となったものである)。僕は先生は遠くで見る程近くで見れば好男子ではない、など考えて居る中に講義が始まった。僕は先生の始めの一句の説明に於てそのキビキビした灰汁《あく》ぬけのした然かも真摯犀利な講義振りに参ってしまった、どうかこの先生が永くこの学校に居て呉れればよいと思った。之れが僕が先生に対する第一のイムプレッションであった。話は脇道に入るが先生の風采の堂々たることは当時五高教授中第一人者であった。この頃僕等は各教授に夫《そ》れ夫《ぞ》れ渾名を奉って居た、夏目先生に対しては誰れ云うとなく華族様と云う様になって居た(尤《もっと》も或る口の悪い男は遠《とお》見華族《みかぞく》の近痘痕《ちかあばた》など云って居た)。いつか親睦会の席で誰れか歌ったのに「夏目先生ニ上ゲタイモーノハ朱塗ノ馬車ノ二頭立」と云うのがあった。

先生は僕等の組の担当教員であった、学生監と云った様なものだ。その頃独逸《ドイツ》語の教師に、ボルヤンと云う独逸人*7があった。若手で乱暴で不親切だから学生仲間の嫌われものであった。よくボ先生が教室に来る前に黒板に色々の徒《いたず》ら書きをして先生を嬲《なぶ》ったものだ、ボ先生もつむじ曲りになって或時などはボートレース云々と掲示したのを、先生多少片仮名位は読めるものだからボートレースを的切《てっき》りボルヤンの悪口を書いたものと邪推して、早速担当教員の夏目先生に告げ口した。先生の説明で始めてボ先生の怒りも解けた。その時夏目先生曰く、片仮名なんかで書くから間違が起るよ之れから、ボルヤム先生のことは漢字で書きたまえ暴戻邪無先生と。

先生は実に勉強家であった。先生を無精ものなどと云う人があるが僕が知る限りでは先生は比類なき精勤家であった。冬の寒い朝、夏の熱い昼、一日として欠勤された事はなかった。尤もこの頃の先生は身体も極めて強壮であった。只だ令夫人の方がお弱くてよく薬餌《くすり》に親んで居られた様に記憶する。先生の句に「枕辺や星別れんとするあした」*8と云うのはこの頃の述懐かと思う。なんでも或る時なんかは奥様がよほど悪くて先生は徹夜して看護せられたと云う事を食客の多々羅《たたら》三平君が注進に及んだから僕等は的切《てっき》り今日一日は英語が休めてあすの分は下読をせんでよいと思って居たら、その時間になったら先生はいつもと少しも変らず教壇に立って居られた。

僕は前云った様に教室では日々先生と二時間以上も親炙して熱心なる先生の講義を傾聴し、また僕のくだらぬ異説も立てて先生に刃向い先生とは極めて密接の関係があった、然《し》かし教室以外に先生の私宅を訪問した事は無かった。これは当時熊本の一般の風習もそうであったが何んだか学生が先生をその私宅に訪問することは心が咎める様であって屑《いさぎよ》しとせなかったからである。尤も当時先生の所に食客をして居った多々羅三平君（俣野義郎）は僕の同窓でもあり同県でもあり時々その書生部屋までは遊びに行った事はあるが、坐敷に通って先生をお尋した事は一度もなかった。否、一度あった。夫れは僕の同郷の人の試験の点数のことに就いて先生に嘆願に行った事がある。同郷人と云うは二部の工科の男で、前年一度英語で落第した男である、今もそうかは知らぬが、その頃高等学校では二年引き続き落第すれば退校に処せらるる。所がその男は今年の英語も慥かに落第点である、自分は学校を下がらねばならぬと大に悲観して僕の所に頼みに来た、当時この学校では斯《かく》の如き試験の点数については運動すると云う事が大に流行したものだ。殊に同郷のものはその後輩の為めに肩を入れてやると云う事は一つの義務であった。僕も仕方がないからこの時始めて先生をその私宅に訪問した。先生は心よく会って呉れた、僕は色々お願する所があって、殊に工科の男ではあり外国語は兎《と》も角《かく》工科専門の学科は優秀であり、若し二年引き続いて落第して退学せしめらるれば永久に大学に入る機会は無くなるなど述べて先生に訴うる所があったが、先生は別に明快の回答を与えられなかった、然し附け加えて置きたいのはその男は今は工学士となって九州の或る大工場の技師長をして辣腕《らつわん》を振って居る事である。

僕が熊本時代に先生をそのお宅に訪問したのは之れが後にも先きにも只一回である。僕が東京の大学に移ってからその翌年かに先生は英国に留学せられたから遂に御目にかかる機会に遠ざかった。それから先生が帰朝せられた時は、僕はもう外務省の人となって海外勤務をして居って、又々先生の謦咳に接するの機を失した。その後何んでも僕が亜米利加《アメリカ》へ赴任する前ちょと帰朝した事があって或る日お暇乞《いとまごい》かたがた久振りに先生を千駄木のお宅に訪問した事がある。ちょうど先生がその好きな風呂から帰られたばかりの所で（先生のお宅には風呂がなかったと見える）、今もよく記憶して居るが明けっぱなした障子から夕日を受けて、先生の髪は未だ濡れて、額はてかてか光って居た。僕が景慕の徴象たる先生の痘痕《あばた》も一層鮮やかに、拝見する事が出来た。先生は僕に英語は相変らず勉強してるかと尋ねられたから、僕は実はこの頃あまり勉強してない事を白状したが、先生に教わった丈けで僕が仕事をして行くには、ネセッサリ、エンド、サッフィシエント*9ですと云ったら先生は相変らず五高時代の様な事を云ってると笑われた。夫れから僕はこの節盛んに仏蘭西《フランス》語を勉強して居ると云ったら、それは結構だ外交官には仏語は極めて必要だ、と同時に早く一度は欧羅巴《ヨーロッパ》の土を踏んで来なくては駄目だよと注意せられた、僕は久振りに我が憧憬する夏目先生にお目にかかって非常に嬉しかったが先生も僕に会ったのは余程懐しかった様にお見受けした。それから僕は亜米利加から欧羅巴に廻わってストックホルムに在勤して居る時であった、寺田寅彦君が旅行して来られたから僕は寺田君から詳しく先生の近状を聴くことを得た、寺田君との話題は終始夏目先生の事であった、そうして寺田君と連名でストックホルムの画はがきを先生に差出した。後に先生からも亦た画はがきの返事が来た。それから今一度僕が仏蘭西に居る時先生の画はがきを戴いた、この二葉の画はがきは今は永《とこし》えに先生の紀念となって、僕が先生を想うのよすがとして遺って居る。噫先生は遂に逝かれたのである。

（『渋柿』大正六年二月）

私の見た漱石先生（抄）

木部守一（談）

私が夏目先生を知ったのは、明治二十九年頃五高在学の時からであります。私は皮肉に物を見る悪い癖がありますのと、もう一つは夏目先生という人は、最初からあんなに偉くなかった、だんだんデヴェロープした人だと信じていますので、私の見た先生は後に門下生の方々が見られた程偉大でない。どうしても先生を低く評価している傾向がありますから、どうかそのお積りで聞いて頂きたい。マコーレーの「ヘスティングス伝」[*1]に、クロムウェルが画工に自分の肖像をかかせた時、「俺の顔を如実に描け、顔の傷や皺一つでも描き落すと一文も払わないぞ」と云ったというようなことがあったと記憶して居ります。クロムウェルと夏目先生とを比べるのは如何と思いますが、先生位に偉くなられた方は懸値のない所を有《あり》の儘《まま》に知られることを寧《むし》ろ喜ばれると思いますから、先生が私の恩師であるということを構わずに、私の見たり感じたりしたままを試みに述べさせて貰います。但しそれが当っているかどうかは勿論《もちろん》保証の限りでありません。
先生は私が五高の二部――只今《ただいま》の理科の確か二年に在学している時、熊本に赴任して来られました。私は一年病気で休学したために、寺田君なぞと一緒になったので、それがために或意味で先生の愛弟子《まなでし》たる同君をもよく知る機会を得ました。貴方の御来訪が寺田君の話しに基づくということですから、この話を印刷前一応寺田君にも見て戴きたいものです。で、私が五高時代の夏目先生に関して特に記憶していることは二つあります。一つは、その頃亜米利加《アメリカ》帰りのマスター・オブ・ローで○○という英語の先生がありまして、この先生がティンダル*2及びヘルムホルツ*3の「ベルファスト・アドレス*4」という教科書を使っていましたが、学歴に似ず余り英語が出来ないところへ持って来て、書物が理科学的なものでありますので、一日に三ケ所や四ケ所は怪しい所が出て来て、生徒は閉口しました。処が、その頃、数年前亡くなられました理学博士の田丸先生*5も物理を教えていられましたが、田丸先生は無類の頭の好い方で、本職の数学物理に限らず頗る多能でありまして、英語でも私どもの担当教師よりは堪能であると推定され、殊に教科書が理科学的のものでありますから、級の生徒が評議をして、マスター・オブ・ロー先生の代りに田丸先生に願うことに致しました。そして、私ともう一人の学生とが代表となって、英語の主任をしていられた夏目先生の許へその請願を申込んで行きました。その目的は達しませんでしたが、生徒も元来かなり無理な願いですから、不平もなかったわけです。が、その時の私どもに先生の与えられた印象は、後年先生が盛名を馳せられてから以後、世間に与えていられる印象と頗る異って居りました。別に横柄でも威張っていられたわけでもなく、無理な註文を持って行った私どもに対しても、極く穏かに応対されましたが、かなり官僚的な人であるという感じがしました。その時の先生の挨拶は、「○○君は高等官何等の人で、総理大臣が奏請して任命され、校長が適当と認めて、君等の級を担当せられたのだから、君達の意見に依って取換えるべき筋合のものでない」というような意味合いであったと記憶します。教師の取換えの如きは学校の威信や当の教師の信用にも関することで、勿論そう軽々に生徒の要求を容れられるものでないのは固《もと》よりでありますが、先生の答弁が如何にも形式的で、それに先生の口吻《こうふん》態度も聊《いささ》か気障《きざ》に感ぜられました。その頃の先生は少しあらたまると、頤をしゃくって物を言われる癖がありました。

それからもう一つは、私が休学する前の同級生某（工科）が肋膜炎を患って永く欠席したために、定期の卒業試験を受けることが出来ませんでした。が、翌学年の九月には追試験を受け得る規定がありまして、追試験を受けさえすれば、及第が出来る。しかし追試験を受けるには、それ迄に取った点数に制限がある。どうも一科目だけその点数が足りないか何かで、その友人を救うために、又もや夏目先生のお宅へお願いに参りました。夏目先生の許へ参ったのは、先生が級主任であったか、それとも先生に勢力があると思ったためか、その点は一寸《ちょっと》忘れました。すると、その時の先生の挨拶に、「なに落第というものはそんなに悪いものじゃない、人間の一生には一年位前後しても大した事ではない、僕も一年落第したことがある」と云って、その例を示されましたが、何《ど》うもそれが自分のこせつかない、点数や及落には超然とした所を特に私にイムプレスするように取られました。「満韓ところどころ」にもいろんな名士が落第して、自分もその中の一人であったというような事が書いてありますが、そりゃ、そういうように落第しても構わない人もありましょうが、学生の中には一年落第したために、廃学の余儀なきに到るというような者もある。私の友人も一年後れることは家情の上で大苦痛であったから、そのような願いをした訳で、別に特に齷齪《あくせく》する人間ではなかったのです。それで、この時も亦《また》私は先生の御説法にあまり感服しないで帰りました。尤《もっと》も、ここで先生のために弁じて置かねばならぬのは、その学生は後に追試験を受けることが出来るようになりました。これは多分夏目先生の庇蔭[*6]に拠るものだろうと存じます。これ等は、後の先生に見るように、関係人に対して温情を持って居られた方であった証拠と見ることが出来ましょう。但し以上のような先生の短所(?)は極めて高い標準で(少し言葉が不穏当か知れませんが、先生が如何《いか》にも達人を以て任じていられたような感じから)批判してのことでありまして、凡人の物指《ものさし》を当てはめれば、五高時代でも平均以上に立派な先生でした。教師というものは、自分の学力に十分の自信がないと質問を厭がり、甚しきは怒ったりいたしますが、先生は高等学校の教授をされるには、有り余った学力があられたからでもありましょうが、私なぞが矢鱈に質問しても、一々穏かに応答せられて、無暗に癇癪を起されるというようなことはない。勿論解釈も極めて明快で、少しも晦渋な所がないから、生徒は非常に尊敬して居りました。私は今でもよく記憶して居りますが、その時分「ジェムス・オブ・イングリシュ・プローズ」[*7]という教科書を使っていられまして、その中に――was more than made up for――という句が出て来る。先生はそれに「償われるに余りがある」という訳を附けられたが、私はそれがどうも腑に落ちない。時間中に自分勝手の理窟を捏《こ》ね廻して、それでもまだ足りないで、鐘が鳴った後に教壇迄も押懸けて行って、執拗に自説を主張しました。それにも係らず先生は怒りもされず、

「君がいくらそんな理窟を云っても、意味は僕の云う通りに間違いないよ」と云っていられたことがあります。〔中略〕

夏目先生が洋行から帰られて後は、千駄木のお宅へも早稲田へも伺いました。その時分私はもう学校を出て外務省にいましたが、或年の夏、千駄木のお宅へ伺って色々の談をしている間に、「この夏は何処へもお出掛けになりませんか」と訊ねると、「ああ避暑なぞへ出掛けると、山へ行っても海岸へ行っても金持ちがうようよいて、自分だけがプライヴェーション[*8]を感ずるから、何処へも出掛けないのだ」と云われた。この一語が又妙に私の心に残りました。一体先生は、世間周知の通りに、一面には俳人でもありましたが、俳人にしては物に拘泥される風があったように感じます。かなり複雑な性格の方であったようです。ヴェイン[*9]なことが嫌いであって、先生自身又一種のヴァニティ[*10]を持っていられることは、少くも初期の作物を見てよく分ります。先生の「虞美人草」は美辞麗句オン・パレードだと申上げましたが、少し後の作品でも随分気障《きざ》な譬喩などが少くないと思います。安倍能成とか云う方が同様の事を近頃書かれていたように思いますが、先日新聞に出た狩野先生の漱石に関するお話にも、博士辞退などは、夏目君は後日後悔(?)したろうと云うように書かれてありましたね。あれなど、私は全く同感であります。

私の思うに、先生という人は、どうも自分の持っている天分のマグニチュード[*11]を最初は十分自覚していられなかった。従って謙遜でもあれば、一面に於ては又人一倍物に拘泥するような所もあった。最初は自分を詰らないように思っていられたが、他人を見ると一層詰らない人間ばかり揃っている。そこから自信を生ずると共に、自分の欠点も目に着いて来て、それではならぬと云うように、だんだん修養を積んで、自分を矯め矯めしながら、死ぬまで精進して行かれた人ではないでしょうか。仰しゃる通り、晩年には則天去私なぞと云われて、大々的精進に力《つと》められたようですが、ずっと以前はなかなかそうは行かれなかったのでしょう。性来曲った事は嫌いであられたが、それかと云うて、相当自我を発揮することは憚られなかった。つまり初めは自分の偉大さを自覚されなかったからだろうと思います。それなればこそ、洋行から帰られた時なぞも、狩野さんなぞに頼んで、わざわざ運動してまで東京に残るようにされた。あれが本当に自分を大きく見ていられたのなら、熊本から洋行したから熊本へ帰るんだとばかりで、平然として五高へ戻られたことと思います。先生が学芸に於てのみならず人格に於ても年と共に進歩発達されたこと、殊に自ら鞭撻して理想に進まれようとされたことが尊い処だと思います。

それから又何日《いっ》か夏目先生の一高教授時代にお目に懸って、狩野先生の事を伺ったことがあります。私は狩野さんという方は、前々申しました通りに、本当に偉い人だと思って、平生から憬仰していましたが、——いえ、熊本では教頭ではない、単に教務課長をしていられたに過ぎないので、倫理の外に多分論理を受持っていられたと思います。官等《かんとう》などもあまり高くなかったと思います。年齢も三十三、四でありましたろう。それが地方の高等学校の一教務課長から、高等学校の中でも最右翼たる一高の校長に抜擢されたのだから、当時にあっても異常の躍進ではあったのです。しかもその下には今村有《ゆう》隣《りん》[*12]その他の一高に根を生やした古い老教授連もあって、その当時治めにくいというので評判の一高を何《ど》うして統帥して行かれたか。それを夏目先生にお訊ねして見たのでございます。処が、先生は、「狩野君は第一身体《からだ》があの通り頑健で、連日教授会を開いて、その後で三、四時間も自分一人居残って事務を取ってびくともしない。これだけでも教授連を圧するが、その上に狩野君は高等学校の科目殆ど何科でも担任教師に劣らぬ学力を持っている。だから教師連一言もないよ」と云われました。〔中略〕

それで今度は夏目先生を牛込南町のお宅へ伺った時でしたか、「一体、狩野さんという人は何《ど》ういう方でしょう？」とお訊ねすると、「あれは僕も親しくしているが、僕にも分らんよ、まあ支那でいう隠君子《いんくんし》というのがああいう人だろうな」と云っていられました。夏目さんは狩野さんには世話にもなられたし、平生から推重していられたと聞いてもいますが、いかにもハンブルでキャンディッドな気持ち*13は、この一言にもよく表われているではありませんか。狩野さんに対してのみならず、夏目先生は少くもジェラシーは立派に超越して居られました。

私が外務省にいました時、政務局長をしていた山座円次郎という人がありました。この人は生きていたら勿論外務大臣になった人でしょう。一見粗笨《そほん》で豪傑風な慷慨の士のように側目《はため》には思われていましたが、その実極めて細心な才人であったと思います。この人の書を見ると何うしても才人の書いたものとしか思われませんが、夏目さんの書を見ると、何処か似通った処があります。前にも申しましたように、どうも主に才の優れた方であったのが、修養錬磨の結果、世間と相剋《あいこく》し相須《あいま》って、だんだん人物が大きくなられたように思いますが、如何《いかが》でしょう？　あんなに偉くなられると思えば、熊本で貰った添書《てんしょ》でも蔵って置いたのですが、惜しいことをしました。その時分に先生が後日あんなに偉くなられようとは、何人も予想しなかったでしょう。あの伊藤公がそうですね。あの人の書も、何う見ても才人の書です。いずれにしても偉大な人物には違いありませんが、矢張り才人型で、夏目先生などとその点似通っているように思われます。

「草枕」の初めに「智に働けば角が立つ、情に棹させば流される」云々の句がありますね。私なぞあれだけ読んでも、もう後を読むことがいやになります。つまり才気が勝って、見ようによっては気障《きざ》にも取られるからですね。一寸「虞美人草」を開けて見ましても、「宗近がずしんと畳をおどかして坐る」というような文句がありますが、これなぞも如何にもウィットを示すために作ったわざとらしい表わし方ですね。前にも申したように、一体この作は美辞麗句オンパレードと云ってもいいような気がいたします。が、夏目先生としては、新に朝日新聞に入社して、ここで一つ読者を惹き附けなければならぬという気があって、一生懸命になられたからでしょう。その痕跡が歴々《ありあり》と見えているように思われます。そこが又先生の正直な所でもあったのでしょうね。あれが正岡子規なら「知己を後世に待つ」位で澄ましていたことだろうと思われます。そうですか、高山樗牛のことを「大言壮語」だと云って嫌っていられましたか。しかし樗牛は最初から自分の天分を自覚していた。それが間違っていても何でも、兎《と》に角《かく》その自覚の上に立って、初めから天下に教えるような態度で読者に臨んだ。先生にはそれがない。前にも申上げたように、最初は自分を比較的卑小なものと考えて、分に安んじていられたと云っては悪いかも知れないが、兎に角自分の持っているものの偉大さを知らずにいられた。先生の偉大さを認めたのは、先生よりも寧ろ天下の方が先である。先生は寧ろ天下の反響に驚いて、そこは才人だけに、自ら省《かえりみ》ていよいよ修養を積むと共に、終《つい》にその大を全うされた。従って先生の眼から見れば、高山樗牛の如きも当然野郎《やろうじ》自大《だい》のように見えたのではないでしょうか。まあ、そこの相違でしょうな。

夏目先生が最初いかに自分を小さく見て、いかに謙虚な気持ちでいられたかの実例としては、「思想」の漱石記念号で誰かが書いていられたと思いますが、島崎藤村の「破戒」を見て、「自分も一度ああいう立派なものを書いて見たい」と云っていられたことなぞですね。そして、そういう風に最初自分を小さく見て、自分の持っているもののマグニテュードを自覚されなかったということが、五高時代には官僚的にも見えるような態度を取らしめたのではないでしょうか。例の博士問題でもそうです。三宅雪嶺[*14]先生のように、「強いて辞退する程のものでもないから受けて置こう」というので、あの儘《まま》受けて置かれた方が先生を大きくする所以であったように思った次第でした。先生の門下生は一般に先生の人情に厚かったことを称えていられますが、この点は私も同様に感じます。殊に弱者に対して同情が深く、その反面強者には反抗的な感情を持っていられたようです。或いはこの性格が博士号辞退ともなれば、避暑にさえ行かれなかった所以であるかも知れません。先生のお世話になった人に俣野義郎君というのがあって、「猫」の多々羅三平は同君という定評があり、又未亡人の「漱石の思ひ出」では全く滅茶苦茶な男になっていますが、私は熊本時代にも又大連でも極く別懇《ご》にして居りました。ただ人間が普通の規矩縄墨《きくじょうぼく》にて律しられないというだけで、美点の尠《すくな》くない人物だったのです。私は先生の夫人にはお目に懸ったことがありませんが、大抵の婦人には確《たしか》に嫌われたでしょう。先生の夫人があれ程嫌われた俣野君を、五高時代に、永い間自分の家に食客として置いて置かれたのを見ても、先生の雅量と温情とがよく分ります。ええ、俣野君が死んだのは本当に惜しいことをしました。随分永く先生のお宅にいたのですから、あの男に聞けば、他では得られない材料がいくらもあったんでしょうがね。あの男が大連で身を立てたのも、夏目さんが中村是公さんに紹介して、それから満鉄に関係を附けるようになったからです。いえ、そんなに大きく儲けたわけではありませんが、世界戦争に際して四、五十万は手に入れたという話でした。が、すぐに又失くしてしまいましたよ。全く服装などはだらしのない男で、私も大連ではちょくちょく会いましたが、背広でもフロックコートでも味噌汁で前の汚れてないものを着ていたことのない男でした。この性分が先生の夫人に嫌われた原因だろうと思います。無頓著で、どんな人の許《ところ》へでも押掛けて行くが、ピントが外れているから、誰にもそう嫌われるということはない。夏目さんばかりでなく狩野さんの家にも居りましたよ。東京では田尻稲次郎*15さんのお宅にも置いて貰ったことがありますが、それ等の先輩に対する彼の情誼は極めて厚いものがあって、曽《かつ》て夏目先生に貰った先生の書を高価に買取ろうと云う人がありましたのに、その頃俣野君はあまり豊かでなかったにも係らず、これは恩人の遺物で金には換えられぬと大切に秘蔵していました。

私は前にお断りしましたように物を皮肉に見る癖がありますから、夏目先生に就いてのお話もそのおつもりで然るべく割引を願います。しかし仮りに私の見方が正確としますれば、先生が晩年芸術に於ても人物に於ても非常に偉くなられたことは、万人の認めるところでありまして、それが卑小から出発して努力、自省、精進によって到達されたとすれば、この事実は寧ろ先生を一層偉大なるものにすることと思いますから、自分の所見所感は赤裸々にお話しした次第であります。恩師に対する私の気持を誤解されないようにお願いいたします。

（『漱石全集』（昭和十年版）月報第六・七号（昭和十一年四・五月））

我等の夏目先生

大島正満

文豪漱石としてその名天下に著聞するに至った猫の主人も、我等が一高で初めて御目にかかった頃は、単なる英語の先生夏目金之助教授であった。揚げ足を取ったり取られたり、兎《と》に角《かく》白線帽の三年間*1ロンドン仕込みの英語できたえられたのであるから我等に取ってはどこまでも恩師夏目先生である。ホトトギス*2にロンドン塔が現われ、猫が漸《ようや》く世に姿を見せた頃、云いかえれば明治卅五、六年頃の先生は、羽化して漱石となるべく、自らつむいだ美わしい繭の中に閑居していたのであろう。云わば蛹《さなぎ》であった時代の夏目先生に親しく英語を習った教え子の一人として、今茲《ここ》に漱石ならぬ夏目金之助教授の風貌を描いて見る。

博士の辞書

明治卅五〔三十六〕年の九月、天下の秀才の一人となった筆者は、初めて一高の教室に踏み込んで所定の机に腰を下ろしたが、所謂《いわゆる》分館と号した平べったい建物の教室が、中学のそれに比して如何に汚なかったことよ。三年生になるまで時計台のある赤煉瓦の本館に席を占める資格がないとのことで、幾多の博士の卵が座ったらしい傷だらけの座席に落ちつかねばならぬこととなったが、カンカンカンと鳴り響く鐘の音と共に、教室のドアーをあけて無雑作に教壇に立ち上った英語の先生の姿が、中学校の誰氏彼氏に引き較べて、如何《いか》に垢抜けがしていたことよ。

生粋《きっすい》のロンドン仕立てとでも云うのであろうか、鶯がかった鼠《ねず》の背広がピタッとその身についている。顔一面にあばたが散在してはいるが、髪をきれいに分けて、アイロンでもかける身だしなみがあるのか毛の先が心持ち捲き上っている、そして上着のポケットからまっ白いハンカチーフの三角のはしがチラッと顔を出しているその調子のよさ、教室の見苦しさに引きかえて、高等学校の先生は役者が一枚上だナと云う感が起ると共に、その威容に押されたのか、一同片唾《かたず》をのんで教壇を注視した。これが初めて我等と顔を見合わせた夏目先生である　ロンドンから帰ったばかりの夏目教授の姿である。

無雑作に出席簿を読み上げて、扨《さ》て先生が頁を開いたのは、特に理科の生徒のためにと撰ばれたサイエンスリーダーと云ぅ本であった。行儀よく並んだ生徒の顔を一わたり見廻わして、「火山の噴火」と云う章をいきなり読み初めたが、その発音の正確で垢抜けがしていること、声ばかりを聞いたら誰がこれを日本人と感づこう。いや味のない典型的な英国紳士の口をついて出る申分のないその英語、我等は夏目先生に威圧された態《てい》で最初の一時間を夢のように過してしまった。

スタートで気合負けがしては、生徒は徹頭徹尾敗戦の憂き目を見なければならぬ。時を重ねる毎に夏目先生の突撃は猛烈さを加えて来た。そして生徒の誤訳を耳にする毎に、「オイオイ待った待った。そんな訳はどこで見つけて来た」ときまったように追究する。

「辞書に書いてあります」と生徒が答えると

「博士の書いたちっぽけな英和辞書だろう、駄目駄目」とまっこうからこき下ろす。

その頃世に行われていたのは、文学博士何某博言学博士イーストレーキ*3と云うような名を連ねた赤い表紙の小さな英和辞書であった。

これより他に頼みにするもののなかった生徒どもは、お面を取られたりお胴を打たれたり、日々散々に打ちのめされているうちに、めくる頁の数がドシドシと重なって来た。こんなに進められたら試験が思いやられると心配し出した生徒軍は、やたらに質問を発しては課業を進ませない手段を取り出したが、百戦練磨の夏目先生がどうしてその手に乗せられよう。快刀乱麻を断つが如く愚にもつかぬ質問を受け流してはドシドシ授業を進めてゆく、これではたまらぬと騒ぎ出した生徒が額を集めて対策を練った結果、適当なる選手を押し立てて、十分間でよいから先生の授業を止めて見せようと云う案を立てた。

その役目を負わされた筆者は、とつおいつ思案投げ首の態であったが、つと名案を思い浮べて、その夜図書館へと駈け込んだ、そしてウェーブスターの大辞書を借り出して、懸命に訳読の予習に取りかかった。そのうちにsole（ソール）と云う字が出て来たが、その場合「足裏」と訳すのが適訳であった。然し「したびらめ」と云う魚名と考えて無理にこじつけると何とか文意がまとまらないこともない。これこれとひそかに快哉《かいさい》を叫んだ筆者は、早速その訳を書き取った。そしてその翌日胸に棘を蔵して夏目先生の時間を待った。策戦通り名ざされた生徒が「やって来ません」とお辞儀をした。次とお鉢を廻わされた生徒もお辞儀をした。

「それでは大島君！」

と筆者が名ざされた。どしどし訳をつけて愈々《いよいよ》問題の場処に来たので、わざと声を張り上げ「したびらめが……」とやり出したら、早速例の「待った待った」が先生の口をついて出た。

「大島君！　そんな馬鹿な訳がどこにある」

「辞書に書いてあります」

「また博士の小辞書だろう」

「いいえ先生、大きな辞書に書いてあります」

「何と云う辞書だネ」

「ウェーブスターの大辞書です」

「馬鹿を云っては困るよ、それなら君、一寸《ちょっと》本館の教官室へ行って、僕の机の上にあるウェーブスターを持って来給え。そして君が見たと云う頁を見せて貰おう」

分館の教室から本館の教官室までは相当の距離がある。往復に十分はかかると目算をたてた筆者は、赤い舌をペロリと出しそろりそろりと歩を運んで、大辞書をかかえて来た。

「どれどこに君の云う訳がある、サアあけて見せた見せた」

「先生これです」

と昨夜図書館で見て置いた個処を指して示した。

「何だと、ソールとは平目の一種だと、して見れば君の見つけた訳も満ざらうそではないが、よく眼をあけてその上にある訳を見た。足の裏とチャーンと書いてあるだろう、辞書を見て適訳が拾えないような男はさしずめ注意点だナ　よしよし、もっと先を読んだ読んだ」

約束の十分はとうに過ぎ去った。級友は俳味を帯びた夏目先生の顔を見上げてドッと笑いこけた、さすがの先生もこの時ばかりは狐につままれたような顔をして教壇を去ったが、今初めてかかるわなにはまったと聞き知ったら、地下にいます漱石先生は何と申さるることであろう。

大根問答

今は立派な人物になっているSが訳読を命ぜられて先ずリーディングを初めたが、Pleasant(プレザント)と云う字をプリザントと読み上げたら、教壇から「待った待った」と云う声がかかった。

「S君！　今のところをもう一度読んだ」

夏目先生の命に応じてSは又もやプリザントと読んだので口鬚をひねり上げていた先生は、

「S君！」

と呼びとめた。

「君！　それはダイコンをデーコンと読むが如し、さあ先を読んだ読んだ」

とすました顔をして先を急がせた、Sは何のことか先生の言がわからなかったと見えてキョトンとした顔で立往生をしていた。

Sは今日帝都の中央に巣を構えてのさばっている。然し今でも尚プリザントとデーコンとの関係を解し兼ねているらしい。

江戸の敵を長崎

夏目先生は「やって来ません」とお辞儀をしても決して怒らない良い先生であった。出席簿をつけてから、毎時間きまったように一番隅の座席の生徒を指す。

「やって来ません」

「次ぎ！」

「やって来ません」

「次ぎ！」

「やって来ません」

次ぎ次ぎ次ぎと全生徒が将棋倒しにお辞儀をする時間が五分はかかったろう。最後のお辞儀を見届けた夏目先生は、

「それでは僕がやるから聞いていたまえ」

と云って、鮮《あざやか》な発音で読み上げては訳をつける。夏目先生の英語は下読みをしないでよいものと相場を踏んだ生徒一同は、一学期を通じてお辞儀を仕通したが、とこうするうちに試験に直面した。問題はやさしかった、筆者の如きは確《たしか》に百点と云う自信を持って答案を認《したた》めた。

次の学期の初めに閻魔帳を持って教壇に姿を現わした夏目先生が「これより注意点を読み上げる」と宣告して、あばたづらに微笑を浮べながら負傷者の名を呼び出した。首席の男二番の男三番の男、驚いたではないか全級すべて落第点であった。

「さあ又初めるぞ！」

と先生は一言も生徒の不勉強に言及しないで本を取りあげたが、寝首をかかれた生徒は、猫の主人の辛辣さに避易した、そしてその後は「やって来ません」と云う声を全く封じ込めて懸命に努力した。

授業を休まない弁

学年の終り近くに教科書があらかた片づいたので、

「先生！　もうよい加減に休んで下さい」

と生徒側から申し出た。

五つ紋の黒羽織に袴と云う出でたちの先生は椅子に腰を下ろし、教卓に頬杖をついて生徒を見下ろし、

「僕も休みたいがネ……」

と俳味を帯びた口調で語り出した。

「休むからには足腰を延ばして朝湯にもはいりたいさ。手拭を下げてただ家へ帰るのもつまらないから、その足で梅月《ばいげつ》＊4（その頃一高附近で菓子を喰わせた家）へ行くとしよう。

お茶を入れてすきな栗まんをつまんでいるところへ、僕が出勤しなければ君達も休だから、誰かがそこへやって来るだろう。生徒とにらみ合って菓子を喰ったんじゃうまくないから、梅月も朝湯もまった学校を休むことも僕はやめる。

それに手拭を下げて落雲館中学のあたりを歩いていると、頤に鬚の生えている人(当時の一高校長狩野亨吉博士)に出くわすから、一日身をかがめていなければならないからネ！　僕は頤に鬚の生えている人はこわいよ、そして窮屈な思《おもい》をして家にかがんでいるのは嫌だ。だから休むのはいやだよ、さあT君今日のところを読んだ」。

夏目先生にかかっては如何な一高の健児も刃向うすべがない。何と云われても突込む余地が無かった　我等の夏目先生は、後年果して漱石と銘を打って広い世界に躍り出た。その作品を手にする毎に我等の眼には恩師夏目先生の姿が浮び出る。そしてウェーブスターをかつぎ出したその当時の光景が、走馬灯の如く廻り出る。

(『政界往来』昭和七年十二月)

東京帝大一聴講生の日記

金子健二

明治36年4月20日（月）

本日より夏目氏の授業あり。小泉師〔ラフカディオ・ハーン〕を見て夏目氏を比較せんとするは無理なり夏目氏如何《いか》に秀才なりと云えどもその趣味の点将《は》た想の点に於て到底小泉師の相手たるに価せず。小泉師をすててロイド、夏目、上田〔敏〕の三氏を入れし井上学長の愚や寧ろ憫察《びんさつ》すべきなり。

明治36年4月23日（木）

夏目講師本日よりサイラス・マーナー[*1]を生徒に訳せしむ　通読の上アクセントを正し難句を問うに過ぎず　つまらぬ授業と言う可《べ》し。

明治36年4月28日(火)

夏目氏のサイラス・マーナーに出席す　アクセントを直すは先生の得意なり　蓋《けだ》し自ら得たる所あればなるべし。(中略) 二時より再び昇校す　夏目氏の〔文学概論の〕講義は実にアンビギャス*2にて筆記し難し。

明治36年5月5日(火)

弐時より昇校す　夏目氏のレクチュア余り称すべきものにあらず　語尾を呑むくせありて筆記し難し　森氏*3そのまねをなし衆を笑わす。

明治36年5月25日(月)

一時より三時迄夏目氏の文学概論に出席す　休みなく引続けらるるには閉口す。講義中三年生の秀才石川林四郎氏*4、先生の誤解せる点を上げて質問す　氏はなかなか博覧なり　講義終《しまい》にうやむやにもみ消す　能《よ》き気味なりき。

明治36年5月28日(木)

夏目氏学生の下しらべなきを推し不機嫌なりき。試験には一種風変りのことをなし来学年より執らんとする英文科授業方針の参考に資せんとすと。英文科を文学的になすと語学養成的となすとは試験問題の答案を参考として一決すとの意なり。深慮は可なれ英文科の目的は今更言うの必要なきにあらずや。

明治36年6月11日（木）

午前拾時より弐時間の予定にて夏目氏の英訳試験あり　問題実に突飛《とっぴ》にて復習せし者は馬鹿げたる目に会えり　曰くサイラス・マーナーの梗概と之が批評を英文にて記せと。問題は大人気なれ共かかる大なるものは論文として出さしむる方却《かえっ》て可なるべきに。

明治36年6月15日（月）

午前九時迄に夏目氏の文学概論通読す　午後一時より夏目氏の試験あり　問題は又候《またぞろ》突飛のものなり　曰く四月以来口述せしものの大要を述べ合せて之が批評を試みよと。三時に至るも答案を出《い》だすもの至て稀なり　予は書くことに飽きたるを以て早く出だす。

明治36年9月29日(火)

夏目氏のマクベスに出席す　出席者廿番教室に充溢す　前学年に比して一大変化を来せり。

明治36年10月1日(木)

拾時より拾二時まで夏目氏のマクベス講義をきく。前学年に比して出席者多し　先生快感胸に溢るるものあらん。

明治36年10月8日(木)

拾時より十二時まで夏目氏のマクベス講義に出席す。講師詳しく解註を下し毫も疑念をはさむべき所なけれどもただそのきざなる所あるは予の感心せざる点なり。

明治36年10月13日(火)

マクベス講義及《および》文学概論講義に出席す　夏目氏は自らも博学を以て任ぜる如く吾人も亦《ま》たその深遠なる読書眼を歎称せざるを得ず　ただその欠点を上ぐればきざなる所あ

りて相手の者に厭や味を起さしむることなり。なかなか一すじ縄にてはくえぬしろものなり。

明治36年10月27日（火）

午前夏目氏のマクベス講義及英文学概論に出席す　マクベスの時間に夏目氏面白き端《は》書《がき》を読み聞かす　そは六道の辻[*5]にてシェクスピーア出だす夏目様へと表記せしものにて文面実に抱腹絶倒の文字に富み滑稽の字を藉《か》りて教師を諷戒する所あるものに似たり恐らくは哲学科の学生ならん前にフロレンツ宛の端書[*6]現われ今又夏目氏宛の端書現わる奇と云うべし。

明治36年12月1日（火）

九時昇校し拾時迄夏目講師の講義を聞く。二人の西洋婦人参観に来る。夏目氏の「マクベス中に現われし幽霊に関する議論評講」は何人《なんぴと》も言わんとする所にて毫も注意に価すべきものなし　氏の長所決して此《かか》る点にあらず。

明治36年12月7日(月)

拾二時迄夏目氏の文学概論を聞く　例証の広きをただ称すべきのみ　他は陳套のことのみなり。

明治36年12月17日(木)

午前拾時夏目講師のマクベス講義に出席し拾弐時に帰える。講義中暗《あん》に当時のハイカラ文学者を冷評するの語気ありき　夏目講師得意の筆鋒なり。

明治37年1月18日(月)

夏目講師の講義はこの学期より新らたまるとのことなりしを以て心何となく勇みて出席せしに又昨年と大差なき講義を見るに至れり。曰く文学の材料を詳しく論究せんと……　此《かか》る問題は趣味深きものにはあれど夏目氏の如き人には不可能の事にあらざるか(昨年は失敗に帰せしにも関らず)　予は寧ろ大塚教授の美学に於てこの講義を聞かんと欲する者なり。ただ夏目氏に於て敬服すべきは多読の一点にあるのみ。

明治37年2月23日（火）

午前九時より十一時迄夏目講師の時間に出席す　キング・リーヤの講義はマクベスに於けるが如く成功するならん　何となれば出席者の数は以前よりも却《かえっ》て増加したればなり。面白味を与うる点に於てシェキスピーアは千古独歩の勢を有す　故に此《かか》る大天才の作を真面目に講義するは徒《いたず》らに新しきをのみ求むるよりは学生の為め利益なることならん。予はこの点に於てロイド博士、夏目講師の労に謝せんとする者なり（中略）兎に角く実力を養わんとする上に於て夏目、ロイドの二氏がとれる方法稍々《やや》当を得たるに近し。

明治37年4月22日（金）

上田敏氏（中略）の講義に出席する者は以前よりきわだちて減じぬ　是に反して夏目講師の沙翁《しゃおう》講義は常に聴講者多く初めより廿番の大教室に充満していささかも減ぜず（姉崎氏*7の神秘主義講義と好一対）　之を見るにつけても人は実力のあらんことを欲せざる可《べか》らず。

明治37年6月15日（水）

夏目講師の文学内容論試問あり。問題は六問なりしが自己の講義せしもの僅か二問ありしのみ　而《しか》も之すら習いしものをその儘に記すべからずとの注文なりき。他の四問は何《いず》れも批評にて漠然たる問いと言うべし。

明治37年10月13日（木）

夏目氏の文学論講義に出席す。文学論は講師赴任以来つづける講義にして予は最初より聞ける一人なり　その内容を言えばさしたる特色なけれども例の多きには驚歎せざるを得ず。こは講師の多読なるに依るものならん。

明治37年12月1日（木）

九時より十一時迄夏目講師の文学論講義に出席す。英文二年の手の不具なる一学生時間中に懐手して他の書物を見たりとて講師の怒を受け反論する事はげしかりき。こは講師が本学生の手なきを知らずして常に懐手しつつあるものと誤解せしに由る。

明治38年1月17日(火)

ハムレット講義の折に夏目講師の談わき道に走り学長、校長などを望む者は多くの場合に於て利害をのみ打算する人にありと公言す。一理ある事なり。当時「文科大学々生の生活」読売紙上にある折とて衆皆な耳を傾く。

明治38年1月23日(月)

午前十時より夏目講師のハムレット講義に出席す。昨年に比すれば時間割上の都合にて聴講者の数三分の一ほど減ぜし様子なれどなお盛況を呈しつつあり。二、三日以前よりこの講師と上田敏氏との比較論*8読売紙上に載せられて面白し　言うまでもなく敏氏の遠く及ばざるは何人《なんぴと》も認むる所なれどその人格の上までけなさるるに至りては寧ろ気の毒の感に堪えず。名誉心に汲々たる敏氏の胸中や如何《いかん》又之《これ》と同時に非常の賛辞をうけし夏目講師の感や如何　聞かまほしきはこの間の消息にこそ。

明治38年2月14日(火)

文学論講義に出席す　悲劇も喜劇もそのコントラスト使用の点に於て一致すとの説は

聞くべき価値あり。悲劇は喜劇となり得る要素を有し喜劇は悲劇となり得る傾向を具有すとの謂《いい》なり。要するに夏目講師の口吻は頗《すこぶ》る世の所謂学者批評家と異り一種の特質を有するは注目すべき事なり。

明治38年2月16日(木)

夏目講師の文学論講義に出席す。講義終りける後読書の注意をなして曰く　如何に多くの書を読むも己の心先ず定まらざれば何の益もなき事なり、特に文学を味わんと欲する者はこの点に心をとめざる時は底ぬけとなり終るべし、世には多くの書を読みたりとて誇れるものあれど何が故に誇るものなるや予には毫もわからず、大学の図書館に一生涯もぐり込みて書を読みたりとて到底読みつくすべきにもあらず……又世には読むこと多くして然《し》かも読書の為めに影響をうけざる者多し是等《これら》は何のために読書せしなるか頗《すこぶ》る怪しきものなり　従てかかる徒の多読を誇るは愚の極みと言うべし云々……平凡の様なれど聞くべき値あり。

明治38年3月9日(木)

文学論に出席す　夏目講師の写実主義（平凡なる事を材料とする意）は従来の論者と多少見界を異にして聞くべき点多し。

明治38年4月18日（火）

午前九時より夏目講師のハムレット講義、文学論講義に出席す。文学は現今の評家が言える如く千古不変のものにあらず又普遍的（ユニバーサル）のものにもあらず只科学に比して比較的不変のものに過ぎずとの議論がこの講師の持論なり。全面的に賛成すべき説にはあらざれど文学を徹頭徹尾難有《ありがた》がりて好都合なる定義を下す者に比すれば頗る敬服すべき名論なりと思うなり。

明治38年4月20日（木）

午前九時より夏目講師の文学論に出席す。今日より講義の題目改まり文学的要素の一たるコグニチーブ・エレメント*9の各時代各個人に由て異ることを述べらる。観察点の奇警なるはこの講師の特色なり。来六月迄にこの講義を完結する予定なりと言えば余等は最も幸福の位置に立てりと言わざるべからず（三年引続いて同一の問題にて研究せられしを以てなり)。

明治38年5月16日(火)

午前九時より拾一時迄夏目講師の講義に出席す。講義の折　談たまたま批評家の上に及ぶや熱心にその持論を述べて曰く　今日の批評家は見識頗る狭く度量余りに小なり、例えば彼等の或者は他人の小説を評して曰く　かかる作中のカラクターは実際の世の中にあり得べからず故に不自然なりと　安《いず》んぞ知らんや文学的作品は定木《じょうぎ》に由て常に律すべきものにあらざるを、又或者は曰くかかる主人公はかかる境遇に会うてかかるカラクターに変ずべき理《ことわり》なし故にこの作は実際を穿《うが》てるものにあらず従て見るべき価値なしと安んぞ知らんや人間界の事は評家の言える如く一つの鋳型にのみ入るる能《あた》わざるを、謂《おも》うに文学者の活動すべき位置、材料拾集の田地はこの評家の言えるが如き狭きものにあらず　否極めて広き極めて自由なる天地を有す、人事もと複雑　評家の以て不自然とな す所必ずしも文学的材料とならざるに非ず、現今の評家は狭き自己の経験的智識を以て宏大無限の文学的要素を律せんと　抑《そ》も抑《そ》も過《あやま》れるの甚《はなはだ》しと言うべし云々。この言余りに極端に流るれども又一面の真理を穿てり。

明治38年6月6日（火）

午前九時より夏目講師の講義に出席す。ハムレットの講義は面白く読まれたり。惜むらくはなお四ページを残して本年度の授業を終らんとするを。

（金子三郎編『記録　東京帝大一学生の聴講ノート』私家版、リーブ企画、平成十四年三月所収）

一高の夏目先生

鶴見祐輔

蟬がまだ、烙《い》りつくように啼いていた。部屋の中が、むーっとするように暑かった。しかし自分たちは、ある生々《いきいき》した期待を抱いて、うれし相に待っていた。それは、明治三十九〔三十八〕年の九月の半《なかば》ごろで、自分は一高の英法三年生であった。今は地震でなくなって仕舞ったが、その当時、英法三年の教室は、煉瓦造《れんがづくり》の本館の、時計台の真下にあった。広さの割に窓の小さい、薄暗い部屋であったけれど、自分たちは、その教室の持つ歴史に対して、一種の誇りを持っていた。そうして、今日はこれから夏目先生が来られるのだ。

紺の背広の夏服を着た先生が、左小肱《ひだりこわき》に、教科書と出席簿とを抱えて、少し前かがみに、足早やに入ってこられた。漆黒な髪の毛、心持ち大きい八字髯《じひげ》、パッチリした眼。そして、どこか取り澄ましたように、横など向いて、出席簿を手早やに片附けて。鉛筆をなめて、何やら一寸《ちょっと》書き込んで。そして、教科書をパッと開かれた。

自分たちは、みんな眼を据えて、先生の一挙一動を見守っていた。後から思うと、先生は一寸てれい気味であったかも知れない、実際、先生が、我輩は猫である、と、倫敦塔《ろんどんとう》とを書いて、文名一時に騒然として海内に上《あが》ったのは、その前の年であった。従て当時の一高生たちは、一高に夏目漱石を有することを、非常な誇としていた。それで先生に初めて教えられるクラスの連中は、薄気味悪い程、先生を窺《のぞ》き込んだものである。一体が感受性の鋭い先生であったから、内心は少してれいて居られたろうと、今日は思う。

本を開けて、先生はいきなり、読み出された。それは実に歯ぎれのよい英語であった。まず江戸前の英語である。今から思うと、それは純粋な英語ではなかった。日本人の英語である。しかし、当時の自分の耳には、実に愉快に響いた。勿論《もちろん》それは、いま自分は日本一の文豪から、英語を習っているのだ、というような、子供らしい満足の情もあった。

そして、先生が、一頁程読んで、突如《とつじょ》としてやめて、

「何処か解らない処があるかい」

と聞かれた。こんな痛快な気のしたことはなかった。それ迄《まで》英語や独逸《ドイツ》語の教授法の、

だらしなさに、うんざりしていた自分は、中学入学以来、八年目で初めて、こんな溜飲《りゅういん》の下るような先生にぶつかったのだ。先生は、生徒はみんな下読みをして来ているものと決めて、さっさと読んでいって、一頁ごとに、解らないところだけ、質問に応じようと言うんだ。高等学校の三年の英語教授法は、これが本当なんだ。そう思って、自分はぞくぞくするように嬉しかった。

「別に質問がなければ、先を読むよ」

そう言って先生が、また先を読もうとした。

すると級中で、飄逸をもって聞えたKが――彼は試験の時、一円五十銭の大きい眼ざまし時計を教室に持ち込んで、机の上へ置いて平気でかちかちやらした。お蔭で一同が後《うしろ》から、彼の置時計を見乍《みなが》ら答案を書いた。先生が詰《なじ》ると、だって懐中時計を買う銭《ぜに》がないんですから、と済ましていた――そのKが、頓狂《とんきょう》な声を出して、中国訛《ちゅうごくなま》りで、

「初めから、おしまい迄、みな解らへん」

と言ったので、一同がドッと吹き出した。緊張した空気が一時に崩れて、気安い感じが、つと皆の胸のうちに湧いた。夏目先生が、我輩は猫である的な、可笑《おか》しい表情をして、Kの方を見た。

「じゃ質問をし給え」

先生が、微笑しながら。そう言われた。

「どこを質問してええか、それが解らん」

とKが、大仏様のように、平然として言った。みんなが囃《はや》すように笑った。実際みんなは、先生がこの速力で進まれたら、試験までに、どれだけ進むか知れない、と震え上ったので、Kの無神経な突撃で、議事が停頓《ていとん》して来たのが、うれしかったのだ。

先生は堪《たま》らないような顔を我慢しながら、

「それでは、誰かに当てて訳させようか」

そう言って出席簿を睨み出した。一同が、雷の落ちる前のように、恐縮してしまった。その一擒《きん》一縦《しょう》、場面の変化は、流石《さすが》一代のユーモリストであった先生の、お手のものであった。

「先生、この二行目のオンの字は、どういう意味ですか」

あわてて、奇智に富んだMが――彼は後に、小説家となって名をあげた――質問した。当てられては、一大事と思ったからである。すっかり見抜いていた先生は、皆の方を向いて、にっこり笑われた。それで、先生と、みんなとの妥協が成立したのだ。

その教科書というのは、ロバート・ルイス・スティーヴンソンの、ゼ・アイランド・ナイト・エンターテーンメントであった。あの洗練し切ったスティーヴンソンの文章を、夏目先生からならったのであるから、自分たちは、すっかり魅せられてしまった。幼稚な南国の島に棲む土人たちの、奇異な生活と、自然の描写とが、深い印象を自分たちに与えた。自分は熱帯地に対する憧憬《あくがれ》を、どの位この一巻の書から受けたか知れない。*1

先生の教授ぶりを思い起すごとに、自分は、この当時一高の学生であった幸運を感謝する。金之助という名の示すように、先生は江戸っ子であった。気に入らないと、一寸《ちょっと》教壇で啖呵《たんか》位《くらい》切りかねない調子であった。そして、生徒の質問に対する返事が痛快であった。真地目《まじめ》な質問には、真地目に答えられた。拗《ひね》くった質問には、拗くって答えられた。

ある時、一人が、イン・エ・ボックス、という句を質問した。彼は、先生に対して、いつも素直でなかった。すると、先生が、

「イン・エ・ボックスか。それはね、たとえば君が、あんまり拗くれているから、親《お》爺《や》《じ》にまで嫌われて、月末に為替が来ないのさ。そうすると、下宿の払いが、出来ないだろう。そうーら、そうすると、君が、イン・エ・ボックスさ」

などと答えられた。

またある日、剽軽《ひょうきん》な生徒が、

「先生！　このイン・グーッド・タイムというやつは、何んですか」

と訊《き》いた。その時、丁度放課の鐘《かね》が鳴った。すると先生は、すぐ本を畳んで、

「放課の鐘《かね》が鳴ると、質問があろうが、あるまいが、教師は、イン・グーッド・タイムに、部屋からさっさと、出ていった」

と言い乍《なが》ら、一同の拍手を浴びて、さっと教室から出てゆかれたりなどした。

先生の講義の一時間は、自分たちは、時の移るのを知らなかった。今まで解らずに解ったと思っていた字などを、先生は、平明にして、懇切な例《たとえ》を引いて、すっかり納得するまで話された。

ある時一人の生徒が、デリケートという字の意味を訊いた。

「そうだね。この字は全く、日本語になり悪《にく》い字だね。そう、こういう話がある。今から何年か前にね、英国のエドワード七世が、まだヴィクトリア女王の皇太子で居《お》られたときにね、印度《インド》をご訪問になった、ことがある。印度太守が、ある夜、盛大な宴会を開いて、皇太子をお招きしたんだね。そのとき印度のある国の王様が、正客で、その次

席が皇太子ということに、なったんだね。食卓につくと、色々の料理が出て来た。英国風に大きい皿に肉を盛って給仕が持ってきた。先ず正客の印度王に給仕人が、その大きい皿を持っていった。すると、その王様が皿のうちの肉叉《にくさじ》と小刀《ないふ》とを使わずに、手づかみで、皿の中から肉を攫《つか》み出して、自分の皿の上に置いた。置くときに気がついて、サッと顔色を変えたんだね。けれども、もう仕方がない。その次に、給仕人が、その大きい肉の皿を、英国皇太子に持ってゆくと、皇太子は隣席の人と話しをし乍ら、さりげなき風に、手づかみで、また肉を取って自分の皿の上に置いた。そこで、その次の人も、次の人も、みんな手づかみで肉を取った。ところが、肉を手づかみにするのは、印度の食事の式《しき》なんだね、だから、この夜の宴会は英国式をやめて、皆なが印度式でいったわけなんだね。それが英国皇太子の突嗟《とっさ》の機転から来たんだね。

もう一つ、こういう話がある。それは、ある時、たしか南阿戦争中の出来事と憶《おぼ》えているが、ある軍曹が戦場で抜群の功績を顕わしたんだね。そこで、彼の名誉を表彰するために、師団長が、旅団長、聯隊長、その他の将校をみんな集めて、本営で宴会を開いて、この軍曹を正賓にして歓待したんだね。食事が終って、果物が出るときに、果物皿の上に、フィンガー・ボールが出たんだね。え、知ってるだろう。ガラスの小椀《こわん》に水を盛って出すんだね。手を洗うためだね。ところが、この軍曹は、卑賤の生れであったから、フィンガー・ボールというものを、知らなかったんだね。そこで、うっかり、その小椀を取りあげて、ぐっと、水を一口飲んで、飲み乍ら、ハッと気が付いたんだね。これは仕舞った。飲む水ではないな、と、そう思って顔を赤くしたんだね。師団長は、それを見て見ぬふりをして居た。そうして、暫らくして、立って挨拶を初めたんだね。軍曹の功績を賞讃して、我が師団の名誉である、とか何んとか、まあそう言った演説をしたんだね。そうして、その演説の終りに、この師団長は、それでは諸君、この某々軍曹の健康を祝う為めに、杯を挙げようでは、ありませんか、と言って、自分のフィンガー・ボールを取りあげて、ぐっと飲んだんだね。するとみんなが、同じようにフィンガー・ボールを取り上げて飲んだ。すると、件《くだん》の軍曹は耳の根まで赤くして恥じ入って仕舞った、というんだよ。

いいかい、この二つの話の区別が解るかい。この区別が、デリケートなんだよ。ね、英国皇太子のされたことは、実に美事な機転だったんだね。いいかい、それは、肉叉をつかえば英国の礼式、手づかみにすれば、印度の礼式。そこで、印度の王様は初めは、間違えたんだが、それを皇太子はわざと、印度の礼式で王様が手づかみにされたように、取りなしたから、その晩は印度式の宴会になったんだね。ところが、この師団長は、軍曹のしくじりを取りなす積りであったのだが、フィンガー・ボールの水を飲む礼式は、どこの国にも無いんだね。それを、態々《わざわざ》演説の折に飲んで見せたんだから、軍曹の恥を明るみにさらけ出したんだね。この二つの話は、実によく似た話で、実はまるで違う話なんだね。賢愚相距《あいへだた》る三十里さ。いいかい、こういう区別を、デリケートというんだよ」

こんな例は、数えきれない程あった。

丁度、その時分、先生の傑作、坊ちゃん、が中央公論（『ホトトギス』）で発表された。あの坊ちゃんの中に、坊ちゃんが相手の野だに、喧嘩して卵子をぶつけるところがある。それを見て、前述の小説家になったMが、

「先生、あの卵合戦は、この本の話と似ていますね」

と教場で、だしぬけにやった。

すると先生が、済ました顔をして、

「うん、あれは、この本から剽窃《ひょうせつ》したんだよ。しかし、それを知っているのは、君達ばかりだから、言っちゃいかんよ」

と言った。この本というのは、初《はじめ》に記した我々の教科書ゼ・アイランド・ナイト・エンターテーンメントである。あのうちに、花火仕掛と卵の滑稽な大喧嘩があるのだ。

そう言った風《ふう》で、先生について英文学を学んだ、英法三年の英語の時間は、一生忘れ難き印象を私の頭に刻んだ。（一九二六・九・二〇）

（鶴見祐輔『壇上・紙上・街上の人』、講談社、大正十五年十一月所収）

思ひ出《いづ》るまゝ

寺田寅彦

講壇の隅にのせおくニツケルの袂時計《たもとどけい》*1を貴しと見き
春寒き午前七時の課外講義*2オセロを読みしその頃の君
何もなき庭の垣根に朝顔の枯れたるまゝの坪井の邸*3
帽を振り巾《きれ》振る人の中にたゞ黙して君は舷に立ちし
家づとのカバン開けば一束の花ありぬ絹の白薔薇の花

行春の音楽会の帰るさに神田牛込そゞろあるきぬ

瀬戸物の瓶につめたる甘き酒青豆のスープ小鳥のロース＊4

庭に咲く泰山木を指《ゆびさ》して此《この》花君は如何《いか》に見ると云ひし

先生の湯浴果てるを待つひまにスチユデオ＊5の絵を幾度か見し

或時は空間論に時間論に生れぬ先の我を論じき

帽子着て前垂かけて小春日の椽の日向《ひなた》に初書きし君

美しき蔦《つた》の葉蔭の呼鈴《よびりん》の釦《ボタン》を押すが嬉しかりしか

年毎に生ひ茂るまゝの木賊原《とくさばら》茂りを愛《め》でし君は今亡し

此の憂誰《た》れに語らん語るべき一人の君を失ひし憂

――一九一七(大正六)年二月

金縁の老眼鏡をつくらせて初めてかけし其時の顔

マント着て黙りて歩く先生と肩をならべて江戸川端を

もみ上げの白髪抜けども抜きあへず老ひぬと云ひし春の或夕

杉の香を籠めたる酒ぞ飲めと云ひて酔《え》ひたる吾を笑ひし先生

先生と対ひてあれば腹立しき世とも思はず小春の日向

俳句とはかゝるものぞと説かれしより天地開けて我が眼に新《あらた》

（『渋柿』第三十・四十四号（大正六年二月・十二月））

夏目先生の俳句と漢詩

吉村冬彦（寺田寅彦）

夏目先生が未だ創作家としての先生自身を自覚しない前に、その先生の中の創作家は何処かの隙間を求めてその創作に対する情熱の発露を求めて居たもののように思われる。その発露の恰好な一つの創作形式として撰ばれたのが漢詩と俳句であった。云わば遠からず爆発しようとする火山の活動のエネルギーが僅に小噴気口の噴烟や微弱な局部地震となって現われて居たようなものであった。それにしてもその為に俳句や漢詩の形式が撰ばれたという事は勿論偶然ではなかったに相違ない。先生の自然観人生観が始めから多分に俳句漢詩のそれと共通なものを含んで居た事は明であるが、併《しか》し又先生が俳句漢詩をやった事が先生の自然観人生観に可也《かなり》の反作用を及ぼしたであろうという事も当然な事であろう。兎《と》も角《かく》も先生の晩年の作品を見る場合にこの初期の俳句や詩を背景に置いて見なければ本当の事は分らないではないかと思う事がいろいろある。少くも晩年の作品の中に現われて居る色々のものの胚子がこの短い詩形の中に多分に含まれて居る事だけは確実である。

俳句とは如何《いか》なるものかという問に対して先生の云った言葉のうちに、俳句はレトリックのエッセンスであるという意味の事を云われた事がある。そういう意味での俳句で鍛え上げた先生の文章が元来力強く美しい上に更に力強く美しくなったのも当然であろう。又逆にあのような文章を作った人の俳句や詩が立派であるのは当然だとも云われよう。実際先生のような句を作り得る人でなければ先生のような作品は出来そうもないし、あれだけの作品を作り得る人でなければあのような句は作れそうもない。後に「草枕」*1のモニューメントを築き上げた巨匠の鑿《のみ》のすさびに彫んだ小品をこの集に見る事が出来る。

先生の俳句を年代順に見て行くと、先生の心持と云ったようなものの推移して行った迹《あと》が最もよく追跡されるような気がする。人に読ませる為の創作意識の最も稀薄な俳句に於て比較的自然な心持が反映して居るのであろう。例えば修善寺に於ける大患以前の句と以後の句との間に存する大きな距離が特別に目立つ、それだけでも覗って見る事は先生の読者にとって可也《かなり》重要な事であろうかと思われる。

色々の理由から私は先生の愛読者が必ず少くもこの俳句集を十分に味わって見る事を望むものである。先生の俳句を味う事なしに先生の作物《さくぶつ》の包有する世界の諸相を眺める事は不可能なように思われる。又先生の作品を分析的に研究しようと企てる人があらばその人は矢張充分綿密に先生の俳句を研究してかかる事が必要であろうと思う。

（『漱石全集』（昭和三年版）月報第三号（昭和三年五月））

漱石先生の書簡

鈴木三重吉（談）

先生は純情な、正直な、規帳面な人だっただけに、ひとからの手紙に対しても、一々克明に返事を出されたものである。いつの年の冬のことであったか、たしか或雪どけの日に、南町のお家へ伺うと、先生は茶の間の縁側にこごんで、十二、三ぐらい？うすぎたない着物を着た、そこいら近所の子どもらしい少年に、英語の第一リーダーを教えていられた。先生は、胃がいたいと見えて、元気のない顔をしていられたが、でも、語気や態度には、ちっとも面倒くさそうな容子もなく、丁寧に、訳解してやっていられた。少年がかえってから、どこの子ですと聞くと

「どこの子だか、英語をおしえてくれと言ってやって来たのだ。私はいそがしい人間だから今日一度だけなら教えて上げよう。一たいだれが私のところへ習いにいけと言ったのかと聞くと、あなたはエライ人だというから英語も知ってるだろうと思って来たん

だと言ってた。」

先生はこういう意味のことを答えて微笑していられた。

すべてこういう態度の先生は、田舎の下らない青年なぞが、つまらないことを言って来ても、先生は必ず一々返事をかいて、必要により教戒もされたり、慰藉《いしゃ》されたりしたものである。

先生がなくなられてから、奥さんが、これを処理しておいてくれと、書棚の引出しから出してわたされた一と束の手紙を見ると、それは、地方の青年なぞからよこしたもので、病中だったりして、返事を出さなかったのを、気にして、別にとっておかれたものであった。

そのくらいだから、門下のものや先生のところに出入したことのある人たちが、めいめいの煩悶を訴えたり、感想や議論を述べて来た場合なぞには、しばしば長い手紙をいとわずかいて、慰撫したり訓諭したり、教導されたのはいうまでもない。書簡集には、そういう応答の書簡の数が多く見られる。かけ出し当時の私のために、文芸に向う態度について、二通つづきの手紙で諭された手紙のごときには、直ちに先生の文芸作家として立っていられた根底の心情の一面も窺い得られて悲壮である。ついでながら最初この書簡集[*1]をまとめるとき、人々から呈出された先生の手紙の中で、公開してはその御当人のために迷惑になりそうなことは、注意して部分部分に伏せ字を入れたりして礼儀をつくしたのであるが、少くとも小宮や草平や私の三人と、奥さんとに関しては、先生その人の陰影を出来るだけ残しとどめる意味からも、すべてを削除せず、どんな手紙もあけすけに入れたものだ。従ってお互の子供等が大きくなって読みでもすると、親爺として甚だきまりのわるいことも沢山あるが、どうもこれも天罰と見るより外はあるまい。

　先生について話せば限りもない。要するに先生は、深い学問と教養とを備えた、人格的の高士である。先生の芸術家としての価は、作品を読めば量られるが、先生の人格者としての偉大さは当然作品だけでは窺いつくすことは出来ない。先生の作品は、そのことごとが、先生の人物、人格の直面的な展開ではないからである。人々が先生の「人」を知るには、この書簡集より貴重な材料はない。先生は手紙でも、面語《めんご》と同様に、飾らず偽りなく、親しいものには、何でもぶちまけてかかれたので、先生が、自己を語られた記録として、このくらい赤裸々な、真実なものはない筈である。

　書簡の性質上、だれの書簡集についても、そういうことが言えようが、先生の場合においてはその表われが全人格的に出ている。先生はカミシモを着ないで、平服で対している。

人々はこの集において、偉大な、温情的な先生に面接し得る点において、永久に、多くの教訓と慰藉と、啓発とを、自分自身への与えられとして受取り得るに相違ない。一つの貴い典籍と言ってさしつかえないであろう。

（『漱石全集』（昭和三年版）月報第六号（昭和三年八月））

ケーベル先生と夏目先生その他

安倍能成《あべよししげ》

「小品集」の中の「ケーベル先生」[*1]は確かに夏目先生の小品中の傑作である。私は夏目先生と一緒にケーベル先生[*2]のこの静かな、質素な夕食に招かれたので、この文章にはとりわけ思出の深いものがある。

ケーベル先生は夏目先生の先生であって、又私達の先生でもあった。両先生共人間の純真さという点では特に相通じて居た。そうして両先生共に人間の心の観察者として勝《すぐ》れて居た。そうして自分達がそうである如く他の人々に対しても何よりもその純真を重んじ、純真を発見するに敏感であった。そうして学問とか位置とかの遮蔽物に妨げられることなく、この人間にとって一番貴いものを貴ぶことを知って居られた。両先生はこの点に於てその教養や学識を別にしても互に相愛し相敬して居られた。両先生は非常に親しい間柄ではなかったが、しかしこの点に於て両先生の間に美《うる》わしい感情の往来のあったことを私は明かに認め得た。

明治四十四年の七月にケーベル先生を尋ねた時には、(「ケーベル先生」参照)私は牛込東五軒町に住んで居たので、夏目先生はその夕早稲田南町から私の寓《ぐう》へ誘いに来て下さった。そうして帰りに夏目先生と一緒に「大きな暗い夜」の中を抜けて、ぱっと明るい神楽坂の雑沓の中へ出た。夏の夜の浴衣がけに白く化粧した女の群が、ケーベル先生の食卓の側とは著しいコントラストを以て私の前に現われた。私はその時日本の女が非常に肉感的な様な感じがして、夏目先生に西洋の女もこんなにセンシュアルですか、と聞いた所が、先生は「イギリスの女などはそうでないね」といわれた。先生が生きて居られて大戦後の欧羅巴《ヨーロッパ》を見られたり、銀座通りのモダーンガールを見られたりしたら、どういわれるだろうか。それは私には分らない。

東五軒町の家では思出が今一つある。先生の胃のわるかった時、家のものが何とかいうプジングを造って御見舞に持っていったところが、病気が直ってから、先生は散歩かたがたその時分ホトトギス社で受売して居た丹波の西山泊雲醸造の「小鼓」の一升瓶をさげて持って来て下さったことがあった。

ケーベル先生が愈《いよいよ》立つことになった大正三年の七月十五日に夕食に先生の招待せら

れた時にも私は一緒であった。（「ケーベル先生の告別」参照）その時にはたしか京都の深田（康算《やすかず》）＊3さんも卓を共にせられた。両方の場合とも先生の家人《かじん》で私の親友である久保勉《まさる》＊4君は固より同じ食卓に列した。しかし（「戦争から来た行違ひ」参照）欧羅巴へ立つ筈になって居たケーベル先生をそれから九年の後まで日本に止《とど》めて日本の土とした運命は、ケーベル先生に比べては十五、六歳も若い先生をその翌々年の末にこの世から奪い去った。

私は近頃大連や旅順や奉天を始めて見たので、先生の「満韓ところどころ」を久しぶりに読んで見る気になった。これも或る意味で先生の傑作である。先生の軽快なおしゃべり、楽天的な呑気な、そうして都会人らしい洒落さはこの中によく現われて居る。私は自分などの観察と比べて見て、先生のあんなに面白く、巧みなそうして細かな観察と文章とに今更の如く感心した。しかし先生のこの旅行中にも到る処に胃のなやみのことが書かれて居る。この時の無理などが重なり重なって、翌明治四十三年夏の大患を誘致したものであろう。私はあの時はちょうど沼津の知人の所に居合せて、電報を受取った朝の一番で修善寺へかけつけた。千本松原から沼津駅までの途中無我夢中にかけ抜けた遊廓の軒灯はまだ影が明《あ》かかった。東海道線の三島駅から豆相線の三島駅までの途中は、家という家は殆どまだ戸を明けて居なかった。私が修善寺の先生の宿に著いたのは十時頃であったろうか。私は報を得て来著《らいちゃく》した者の第一人であった。

先生のこの大患の追憶である「思ひ出す事など」は「満韓ところどころ」とは又違って、先生の遺品の中でも一番しみじみしたものである。私は今度新しく出来る「小品集」を朝鮮へ送ってもらって、静かに当時の思い出を先生と共に繰返したい。

（昭和三年四月十六日夜　東京にて）

（『漱石全集』（昭和三年版）月報第三号（昭和三年五月））

夏目先生の「人」及び「芸術」(抄)

和辻哲郎

〔前略〕

先生を高等学校の廊下で毎日のように見た頃は、ただ峻厳な近寄り難い感じがした。友人たちと夕方の散歩によく先生の千駄木の家を見に行ったが、中へはいって行く勇気はどうしても出なかった。併し先生に紹介された時の印象はまるで反対であった。先生は優しくて人を吸いつける様であった。そうしてこの印象は最後まで続いた。私は如《い》何《か》に峻厳な先生の表情に接する時にも、先生の温情を感じないではいられなかった。

私が先生を近寄り難く感じた心理は今でも無理とは思わない。私は現在同じ心理を、自分の敬愛する××先生に対して経験している。それは恐らく自分の怯懦から出るのであろう。併しこの怯懦は相手が恰《あたか》も良心の如く自分に働きかけて来るから起るのである。その前に出た時自分の弱点と卑しさとを耻《は》じないでいられない故に起るのである。私は夏目先生が気難かしい癇癪持であることを知っていた。もとよりそれは単なる「我儘《わがまま》」ではない。総《すべ》て自己の道義的気質に牴触するものに対する本能的な気短い怒である。従って、自己の確かでない感傷的な青年であった私は、自分が道義的にフラフラしている故を以て無意識に先生を恐れた。そうして先生の方へ積極的に進んで行く代りに、先生の冷さを感じていた。こう云う感じを抱いた者は恐らく私一人ではなかったろうと思う。この事実を先生の方から見ればどうであるか。私はそれを明かにするために先生の手紙の一節を引く。——

……私は進んで人になついたり又人をなつけたりする性《しょう》の人間ではないようです。若い時はそんな挙動も敢てしたかも知れませんが、今は殆んどありません。好きな人があってもこちらから求めて出るような事は全くありません。……然し今の私だって冷淡な人間ではありません。……

「私が高等学校にいた時分は世間全体が癪に障ってたまりませんでした。その為にからだを滅茶苦茶に破壊してしまいました。だれからも好かれて貰いたく思いませんでした。私は高等学校で教えている間ただの一時間も学生から敬愛を受けて然るべき教師の態度を有《も》っていたという自覚はありませんでした。……けれども冷淡な人間では決してなかったのです。冷淡な人間ならあぁ肝癪は起しません。

「私は今道に入ろうと心掛けています。たとい漠然たる言葉にせよ、道に入ろうと心掛けるものは冷淡ではありません。冷淡で道に入れるものでありません。」

それは先生の前に怯懦を去った時直ちに解ったことであった。先生は寧《むし》ろ情熱と感情の過冗《かじょう》に苦しむ人である。相手の心の動きを感じ過ぎるために苦しむ人である。愛に於て絶対の融合を欲しながら、それを不可能にする種々な心の影に対してあまりに眼の届き過ぎる人である。そのため先生の平生にはなるべく感動を超越しようとする努力があった。先生は相手の心の純不純をかなり鋭く直覚する。そうして相手の心を細かい隅々に亘って感得する。先生の心臓は活溌にそれに反応するが、併し先生はそれだけを露骨に発表することを好まなかった。先生は親切を蔭でする、そうして顔を合わせた時にその親切に就て言及されることを欲しない。先生にとっては、最も重大なことはただ黙々の内に、瞳と瞳との一瞬の交叉の内に、通ぜらるべきであった。従って先生は対話の場合かなり無遠慮に露骨に突込んで来るに関わらず、問題が自分なり相手なりの深味に触れて来ると、直ぐに言葉を転じて了う。そうして手触りのいい諧謔を以て柔かくその問題を包む。(勿論心の問題でもそれが個人的関係に即してではなく一つの人生観思想問題としてならば、先生は底までも突込んで行くことを辞しなかった。）これらの所に先生の温情と厭世観との結合した現われがあったようである。

右のような先生の傾向のために、諧謔は先生の感情表現の方法として欠くべからざるものであった。先生の諧謔には常に意味深いものが隠されている。熱情、愛、痛苦、憤怒など先生の露骨に現わすことを好まないものが。そうして人々は談笑の間に黙々としてこの中心の重大な意味を受取るのである。先生がその愛する者に対する愛の発表は主にこれであった。（私の考《かんがえ》ではこれが「諧謔」の真の意味である。従って諧謔は「痛苦」から「悩み過ぎる人」から、「厭世的な心持」から産れるのである。そうでないものは浮薄と卑賤の徴候である。）〔中略〕

先生の厭世的な気分は恋愛を取扱う態度に充分現われている。しかしそれが更に明かに現われているのは生死の問題に就てである。ここに先生自身の超脱への道があったように思う。

元来先生は軽々しく解決や徹底や統一を説く者に対して反感を持っていた。人生の事はそう容易に片附くものでない。頭では片づくだろうが、事実は片附かない。――しかしこれは片附ける事自身に対する反感ではなくて、人生の矛盾や撞着をあまりに手軽に考える事に対する反感である。先生は望ましくない種々の事実のどうにも出来ない根強さを見た。そうしてそのために苦しみ踠《もが》いた後、厭世的なあきらめに達した。顧みて口先ばかり景色のいい徹底家の言葉をきくと、思わずその内容の空虚を感じないではいられないのである。

けれどもあきらめに達した故を以て先生は人生の矛盾不調和から眼をそむけたわけでなかった。先生はますます執拗にその矛盾不調和を凝視しなければならなかった。寂しく悲しく苦しかったに相違ない。(たとえ種々の点で所謂《いわゆる》徹底家よりもあきらめに沈んだ先生の方が遥かに徹底していたとは云え。)

それ故先生は「生」を謳歌しなかった。生きている事は致方《いたしかた》のない事実である。望ましいことでも望ましくない事でもない。ただ併し生きている以上はしなければならない事がある、則《のっと》らなければならない法則がある。それは苦しいかも知れない、苦しくても止むを得ない。――抑《そもそ》も生きる事が苦しむ事なのである。生きている以上は種々の日常の不快事を(他人の不正や自分自身の不完全や好ましくない運命やを)避ける事が出来ぬ。寧《むし》ろそれらの不快事が生きている事の証拠である。人生とはもともとかくの如きものに他ならなかった。

併し先生は「死」をも謳歌しなかった。死も亦致方《いたしかた》のない事実である。「死」は「生」よりも好くはない。また「生」より悪《あ》しくもない。従って死んでもいいし死ななくてもいい。生きていてもいいし、生きていなくてもいい。

このような生死に対する無頓着が先生のはいって行こうとした世界であった。先生はそこに到着するまでの種々の心持を製作の内に現わしている。「門」「彼岸過迄」「行人」「心」などはその著しいものである。ここにも開展のあとは認められる。「心」に於て極度までも押しつめられた生死の問題は、右の無頓着が著しくなるにつれて、もう再び取り上げられる機会がなかった。

併し人生観の如何《いかん》に関わらず、先生の内の「創作家」は先生を駆使して常人以上に「生かせ」働かせた。殊に生死に対する無頓着は反《かえ》ってこの創作家を強健ならしめたように見える。「明暗」を書いていた先生は或時こう云った。「毎日すべったのころんだのとクダラない事を書いているのは、実際やり切れないね。」実際こう感じる事もあったに相違ないだろう。而《しか》も先生は渾身の力を注いで製作しないではいられなかった。そうして芸術的労力その者が先生の心を満足させた。「明暗」の執筆中の如きは、製作の活動それ自身を非常に愉快に感じていたようである。そのため生理的にも今迄になく快適を感じていたらしかった。(その実は製作の興奮のため徐々に身体を疲労させたのであったろうけれど。)

先生が製作によって生の煩わしさを超脱する心持は、私の記憶では、「草枕」や「道草」などに描かれていたと思う。〔後略〕

(『新小説』臨時号、大正六年一月)

木曜会の思い出

松浦嘉一

昨年の、確か九月のある木曜日であった。その夜の面白かった有様が今でも思い浮ばれる。

その夜、高い所から落ちる夢を見るのは、人間が猿であった時、よく木から落ちた時の感覚が残っているからだそうだと、いう話が出た。すると内田〔百閒〕君が、「すると、この頃僕は水鳥に惚れた夢を見たが、僕は昔水鳥だったかな」とか、「昨夜小さな鬼が幾つも腹の上で躍っている夢に悩まされた。」とか真顔で言って笑わかしたりした。

狂人の話が出ると、芥川〔龍之介〕君がこんなことを言った。

「ある狂人は、他に別に変った所はないが、只、時々周囲が騒々しい騒々しいと口癖に言うんです。座敷に閉じ込められていて、時々、騒々しいから畳を拭いて呉れと言うそうです。」

獣に追い掛けられる話が出ると、先生が、

「僕は馬に追われた事があったが恐いもんだね、然し馬が目懸けて走っていたものは、僕か、僕でないか分らないんだ。」

芥川君が一宮（愛知県）で、門内へ犬入るべからず、入る犬は撲殺すべしという張札を見たと話すと、先生が、

「僕が倫敦《ロンドン》にいた時、あるお寺の庭へ入ると、パーラムブュレーターは入るべからずと書いてあるんだ。パーラムブュレーターは羅典《ラテン》語で散歩する人ということだね。僕はお参りする気はなし、散歩するつもりで来たのだから、戻って帰って、下宿のお神さんに、なぜ散歩する人は入っていかないかと、訊いた。そして大《おお》いに笑われたね。下宿のお神さんからパーラムブュレーターとは乳母車のことだと教えられた。」

芥川君が、勝手に息を止めたり、勝手に息を戻す、仙人見たいな男を知っていると話した。すると先生が

「ウィルの力で息を止めたんだろう。そして今度はウィルの力で息を戻すんだろう。その時のウィルは何処から来たろう？」

「意識は続いているんでしょう。」

「それなら苦しいね。」

こんな夜を思出すにつけ、先生位いい方には、天命は、なぜ、もっともっと長寿を許さなかったろう。先生位いい方には死の最後というものが全然なくてもいい。而《し》かも臨終の際には先生の肉体を人並み以上に苦しめた運命の没常識さがしみじみかこたれる。

(中略)

私は、先生の死に出会ってから、隙《ひま》さえあれば、只ひとり書斎に閉籠って、先生の追想に耽けるのが何よりの慰みであった。こうした最初の夜、私は、私が気の向いた時しかつけない日記を取出して頁を繰って見た。大正三年十一月十二日の所に、初めて木曜会の折の先生のお詞が書留めてある。偶然にも、それは先生の死生観であった。

こんな事が書いてある——

先生はこの頃早く死にたいというようなことを言われる。今夜先生は戯談《じょうだん》のように、又真面目のようにこう仰言《おっしゃ》った。

「死が僕の勝利だ、僕が死んだら葬式なんか、どうでもいいよ。只みんなから万歳を称えて貰いたいね。何んとなれば、死は僕にとりて一番目出度い、生の時に起った、あらゆる幸福な事件よりも目出度いから。」

先生がいつ頃から生に於ける精神上と肉体上の苦痛に堪えられなくなったかは知らないが、この生の実際問題から起るいろいろの煩わしさと苦しさとに、あきあきしていられることが事実である。先生は立派な厭世家である。それに、先生の常病は肉体上、非常な苦痛であるそうな。只、その肉体上の苦痛を逃れるために、死んでもよい位に思ったこともあると言われた。

「が、自殺するほどの大胆さはないね。又自ら手を下して死ぬということは拙《まず》いから。」

又こんなことも仰言った。

「このライフ、人々が云々する理想とか、イズムとか、哲学とかいうものは、死に比べたら、吹けば飛ぶようなものだね。けれど死は絶対です。死ほど人間の摑み得るものの中で確かなものはない。」

この先生の詞は、瞬間であったが、若い私等《わたしら》に重々しい沈黙を起さしめた。

〔大正三年〕**十一月十九日**

先生の宅へ行くと、もう、小宮〔豊隆〕さんも森田〔草平〕さんも鈴木〔三重吉〕さんも、みんな晴々した顔して坐っていられた。（中略）

それから、先生はふとこんなことを仰言った。

「シェクスピーアでも、近松でも、黙阿弥《もくあみ》でもその時代の気に入るように書いた。言わば、何の目的もなく只々パンを得るために書いた。だから、その作には何となく嫌味がない。そしてどこかに味がある。時代を超越して、吾が作は今後何年立ったら再版されることを欲すと遺言して死んだ人も西洋にはあるそうだが、そういうものはどこかに、嫌なところがあるね。」

十一月二十六日

今夜、又、この前の夜にあったような話題が出た。

先生はこう仰言った。

「意識が総てではない。意識が滅亡しても、俺というものは存在する。俺の魂は永久の生命を持っている。だから、死は只意識の滅亡で、魂がいよいよ絶対境に入る目出度い状態である。」

それから、先生はこんなことも仰言った。

「僕は文芸の批評の上に、ある時代迄は一つの煩悶があった。自分がある外国の作品を読んで、これはいいものでないと思っても、あちらの人がいいものだと言う時に煩悶が生ずるのだ。が、今日《こんにち》に於ては、僕にはこうした煩悶も迷いもない。ある意味で、僕は、文芸上に安心立命を得ている。」（大正六年三月）

大正四年十月〇日

先生は、今夜、雪舟《せっしゅう》の絵に就いて大いに論じられた。

「あれ位調子の高い、あれ位崇高な絵は、一寸《ちょっと》、珍しいね。ああいう絵の気品というものは西洋にはない。シャバンヌ*1の絵がああいうものに近いと言えるが。何しろ、西洋の絵は人情が主である。人間臭いものが多い。人間を離れた、人情をとり除いた、気高い芸術品を絵の方に求めると、まあ、雪舟がそれだ。が、文学にはない。文学は人情から出来ているからだ。」

森田さんや久米〔正雄〕君達が、それならどういう所が雪舟の絵は気高いのですと問した。

「雪舟の絵にはムービングがないね。馬一匹描くにしても走っていたりしている所を描かない。北斎はそういうマンネリズムをやっているのは落付いて、ちゃんと坐っている馬でなければならない。雪舟はそうい

馬の本態をよく現わすのである。又馬のエッセンスはそういうポーズで

のである。木でも、雪舟のは木のエッセンスが出ている。水でも、水の本性を描くのである。風が吹いて立つ浪の所は描けても、静かな水の本性の所を捉えて描いている人は、あまりない。要するに、雪舟の絵は気高い。ディバイン*2である。探幽《たんゆう》、宗達《そうたつ》、光琳《こうりん》*3の一派の絵と、雪舟派とを並べて見てよく味って見ると、すぐ分ることだが、前者には、一向、気高いという所はないね。後者に比べて見ると調子が低い。露骨に言うと、前者のは後者から見て下品である。」

先生は、最後に、次のような断案を下された。

「全体、動くということは下品なものだ。動くより凝《じ》っとしている方が品がよい。だから文学や音楽は動かない絵より下品なものだ。」

この短い先生の詞が、先生の生涯のすべてを説明し尽しているような気がする。

大正五年一月六日

内田君と一緒に先生をお訪ねした。

野上〔豊一郎〕さんがこんなことを話していた。

「胡桃《くるみ》ばかり喰って十二年も生きている人があるそうです。」

先生が「仙人だろう。」

「いや。ある汽船に乗込んでいる船医なんですが、結果が大へんいいから、もう十二年も続けているそうです。そして、あまり結果がいいから、その船の運転手や船長までも、この人の真似をして、その船に乗込んでいる人は、俺はこれで六年目とか、もう三年目になるとかいう人ばかりだそうです。而《しか》もその船医は哲学が大いに出来るそうです。」

「じゃ、ベジテーリアンなんだね。」

「ええ、たまに林檎《りんご》とか他の果物を喰べるが、米とか肉とか魚は、ちっとも、喰べないんですと。」

「吽《うん》、世間には、実に、いろいろの人があるものだが、君、平井金三*4ね、あいつ妙なことを言うそうだね。いつか、あいつの前で大きな筆が逆さに立ったというのだ。そして、特筆大書という文字が空中に出たというんだ。すると、その夜、誰かが死んだそうだ。支那で筆が逆さに立つと、何か兇《わる》い前兆だというのだね。それから、ある時、あいつが道を歩いていると、空に印度《インド》人の姿が、大勢映ったそうだ。何かというと、家へ帰って見ると、ある印度人から手紙が来ていたってね。だからよそから、来る手紙なんか、もう、見なくとも判るというんだ。」

一月二十日

もう、森田〔草平〕さん達がきておられた。

昨今先生は春場所を見続けていられるので、自然、話題は相撲に走った。先生は中々相撲が面白いようであった。そして、相撲は芸術だよと、言われた。

そこへ赤木〔桁平〕君が来て、なぜですか説明して下さいと、言った。先生はこう答えられた。

「だってあれは日頃の練習に依って、筋肉の総てを自由自在に思い切り働かせることを覚えておいて、数秒の僅かな間に、相手の手に応じて、妙技を奮って勝負をつけるのだ。相手が、こうやったら、よし、こうしてやると、頭の中で考えてやる仕事ではない。瞬間に、全く本能的に相手に応じて押掛けて行くのである。相手が押掛けてきた手をぱっと外して、それに応ずる手をこちらから仕掛けて、瞬間に勝を取るか、負けるにしても、綺麗にぱっと負ける所はいいね。全く一つの技巧だね。相撲を肯定してかかると、相撲には以上のような芸術的な所があるね。」

「すると太刀山《たちやま》*5は面白くありませんね。太刀山は只《ただ》力でばかり押し通すのだから。何等かの技巧で以て相手を負かすというのではなくて、只無闇な力で相手を負かすのですから。」と赤木君が突込んだ。

「そうだ。太刀山なぞには、あまりチャンスな、争うという所はないからね。」

「とにかく、相撲を面白く見ている人は、大抵、満足な生活を果している人ばかりのような気がするね。僕は、金に少しも苦労がない人達ばかりのような気がするが、どうです先生。」と森田さんが笑いながら先生に尋ねかけた。

「そうだろうよ。九州あたりから業々《わざわざ》、見にくる人もあるんだからね。すると、又馬《ば》関《かん》*6あたりの芸者が、その人の跡を追って、東京へやってきて、一緒に相撲を見ているんだからね。世の中にはいろんな酔興があるもんだね。僕は相撲を見ていて、時々、果して人生はこれでいいものかと思うね、あははは……」

みんなもくすくす笑った。

（『漱石全集』（昭和三年版）月報第十三・十四号（昭和四年三・四月））

注釈

小宮豊隆

明治三十八年九月十六日中川芳太郎宛の漱石の手紙に、*1こういうのがある。——

「一寸《ちょっと》申上ます。昨夜来客があって帰ろうとすると帽子がない。玄関にあった小生のゴム製の雨具がない　よって泥棒だろうと云う鑑定であった。

所が夜更に及んで月を見ながら椽《えん》の下をのぞいて見たら君から来た三重公〔鈴木三重吉〕の手紙を入れた状袋がある。而《しか》して中身がない。して見ると是も泥棒君の所為《しょい》だと思う。三重吉君が三間《さんげん》余の手紙〔一間は約一・八一八メートル〕を天下の珍品と心得て持って行ったとすればこの泥棒は中々話せる泥棒に相違ない。然し君の所へ来た手紙を僕がぬすまれて平気で居る訳にも参りかねるによって一寸手紙を以て御詫《おわび》を致す訳だがね。どうか御勘弁にあずかりたい。向後《こうご》気をつけると申したいが僕の家は是より気のつけ様がない。気をつけるなら泥棒氏の方で気を付けるより仕方がない。尤《もっと》もあんなうつくしい手紙を見たら泥棒も発心して善心に立ち帰るだろうと思うからその内手紙も自然どこから戻るかも知れない。戻ったら正《まさ》に返上仕るから左様御承知を願い度い。先は古今未曽有の泥棒事件の顚末を御報《ごほう》に及ぶ事しかり。是で見ると今迄も色々なものが紛失して居るのかも知れんが少しも気がつかない。随分物騒な事だ。このつぎは僕の書斎を焚き払うかも知れない。泥棒が講義の草稿を持って行ったら僕は辞職する訳だが泥棒君も中々仁恵のある男だ　以上」

この手紙は、いろんな意味で、面白いと思う。第一に是は、いかに漱石が三重吉の手紙に動かされていたかを、表現する。漱石は「あんなうつくしい手紙を見たら泥棒も発心して善心に立ち帰るだろう」とまでも言っている。第二に是は、凡《およ》そ漱石の頭が、一つの刺激に会って、どういう風に動いて行く事を常としていたかを、表現する。「向後気をつけると申したいが僕の家は是より気のつけ様がない。気をつけるなら泥棒氏の方で気を付けるより仕方がない。」というのだの、「是で見ると今迄も色々なものが紛失して居るのかも知れんが少しも気がつかない。随分物騒な事だ。」というのだのが、それである。第三に是は、自分の遭遇した不愉快な事に、どういう風にして漱石が風を入れる事を常としていたかを、表現する。その場合漱石は、「泥棒が講義の草稿を持って行ったら僕は辞職する訳だが泥棒君も中々仁恵のある男だ」という風に、現在よりももっと悪い場合を想像する事によって、現在の不愉快に寛《くつ》ろぎをつけようとするのである。

――

然し、私が今此所《ここ》で「註釈」しようとしているのは、実はそういう点にあるのではなかった。それはもっと物的の、三重吉の「三間余の手紙」の行衛《ゆくえ》に就いてである。

元来漱石のうちには、千駄木、西片町、早稲田南町とかけて、どういうものか、よく泥棒が這入《はい》った。この前にも、例えば明治三十八年四月十三日森巻吉宛の手紙の中に、「僕も君の様に泥棒に這入られた綿入がなくて袷《あわせ》で少々寒いです。」とあるように、漱石は泥棒に這入られて、いろんなものを持って行かれている。もっとも是は、明治三十八年七月発行の『ホトトギス』で発表された、『猫』第五の重な材料として用いられた。その意味でこの泥棒は、相当漱石の創作欲を刺激したものだと、言って可《よ》いのである。但《ただし》この泥棒が、果して山の芋の箱まで持って行ったものかどうかは、訊いてみた事がないから、私には分からない。次いで、この後にも、例えば明治四十一年十二月十九日鈴木三重吉宛の手紙の中に、「先達《せんだって》泥棒這入る。両三日前赤ん坊生る。*2 是にて今年も無事なるべきか。」とあるように、漱石はまたしても泥棒に這入られている。是が不思議に帯ばかりを狙う泥棒で、漱石の所から大小合計十本の帯を盗んで行ったという事は、明治四十二年一月十五日から十六日へかけて『東京朝日新聞』に連載された、漱石の『泥棒』(『永日小品』)の中で報告されている。この泥棒も亦《また》、漱石の創作欲を刺激した泥棒である。

然しこういうのは、言わば「記録」に残っている泥棒で、その外《ほか》私の記憶に存しているのでも、例えば漱石のニッケルの袂時計《たもとどけい》一つだけ盗まれたというのだの、玄関に脱いであった森田草平の靴と一緒に漱石の二重廻しが盗まれたというのだの、いくつも例があるのだから、そういうのを寄せ集めて見たら、漱石のうちへ這入った泥棒の頻度は、相当の高さに達している筈だと思う。それにしても、三重吉の「三間余の手紙」が盗まれたなどというのは、漱石の書いている通り、まったく「古今未曽有の泥棒事件」だったに違いないのである。

然し事実は幻滅的であった。泥棒はその「三間余の手紙」を「天下の珍品と心得て持って行った」のでもなんでもなかった。泥棒は一般に、仕事にとりかかる前とか後とかに、気を落ちつける目的か何か、まじないとして大便をする習慣を持っているというが、この泥棒も亦その目的の為に、手近にあった手紙を、そういう、漱石が大事にしている手紙とは知らずに、持ち出したのに過ぎなかった。下女だか植木屋だかが、後になって、裏の方で、その事実を発見したのだそうである。

ずっと後になって、私と三重吉とは、その話を夫人の口から聴いた。それを聴いて三重吉が、実に厭な顔をしたのを、私は今でもありありと想い起こす事が出来る。自分の心を打ち込んで書いた手紙が、そんな残酷な運命に曝されたという事を知ったのだから、不愉快な思いをするのに無理はないと、私もその時沁々《しみじみ》と三重吉の心持に同情した。勿論二人とも、夫人に対して不快の念を懐いたのではないのである。そういう事実そのものが不愉快だったのである。然し漱石は、後にも先きにもその事実を、自分の口からは、三重吉にも外の人にも誰にも、ひと事も言わなかった。況んや物に書いたりなぞ、なおの事しなかった。漱石は恐らくそういう事を、三重吉に言うに忍びなかったのだろう。のみならず漱石は、この泥棒の仕打で、自分の持っていた美しい「夢」が、無残にも踏みにじられたような気さえしたに違いないのである。

（『漱石全集』（昭和十年版）月報第十四号（昭和十一年十二月））

永久の青年——夏目漱石氏——

久米正雄

漱石先生に初めて会うた時、壮年時代の、書棚を前にして、髭をぴんと刎《は》ねかした写真に、強い印象を作っていた自分の眼は、先生も齢を取られたなと思った。実際先生の顔は、五十にしては老《ふ》け過ぎている。併し話を窺っている中に、吾々は直ぐこの割合に老けた先生の顔の中に、「永久の青年」の輝きを見出す。それが燦々《きらきら》と閃《ひらめ》き出《いづ》る時、先生と自分たちとの間には、不思議に年齢の溝渠《こうきょ》がなくなる。——自分は屡々《しばしば》この事を経験した。

先生の顔は、先生も何かの中に書かれた通り、頤鬚《あごひげ》を生やすと釣合の取れるように、額の広い顔である。而《しか》してその上を、少しの白髪はあってもまだ黒い艶々《つやつや》した一、二寸程の髪が、撫でつけたか撫でつけない程度で、落着よく分けられてある。鼻の下のじょきと剪《はさ》んだ口髯は、頭髪よりもずっと白を交えて、既に半白と云う位いになっている。

その短い口髭の蔽うた下で、先生は唇の開閉が余り激しくない、口籠ったような物言いをされる。それから小鼻に表情があって、笑ったりなぞする時、それは窘《いじ》められるように鳥渡《ちょっと》動く。併《しか》し乍《なが》ら就中《なかんずく》先生の顔の特色をなすものはあの眼である。この間ある骨相をやる人が来て、先生の白眼が黒眼へ流れ込むような相のあるのを大変吉相だと見て云ったそうであるが、先生は何か物を考えて云う時は、その眼を先ず斜に中空へ向ける。而してそれをじっと真っ直に対手へ落して、徐《おもむ》ろに話し出される。この時は実にいい眼附をされる。自分は幾度かこの時の先生の眼の理智と温情を交《かた》みに湛えた輝きを経験した。

先生の全体の顔色は、浅黒いと云った方の、沈んだ光沢を持っている。徳田秋声氏もこの顔色の所有者である。見ている中に落着いて、静かに大作をしたくなるような顔色である。

先生は多くの場合、懐ろ手をし乍ら、端坐して居られる。而してあらゆる人に平等な態度を取られる。自分は先生の処へ行き初めた頃、それがとりわけて嬉しかった。

（『文章倶楽部』大正六年一月）

漱石先生の顔（抄）

松岡　譲

この度先生一代の写真を集めて見て感じた事だが、二十歳以前はさておいて、大体に於て五つの時代の変化が見えるかと思う。尤《もっと》も人が写真に納まるのは、シャッターの開いて閉じる多くの瞬間なのであって、その瞬間、愉快の時もあれば不快な時もあり、心の動静も一定してないのだから、いつもその時代時代の代表的な顔をして居るとは限らない。しかし一年に一度、二年に一度位たまさかにしかとらない照相《しょうそう》をずっとならべて見て行くと、やっぱりそこに争えない時代時代の変化が見出されるのである。

まず予備門時代から大学卒業前迄が一つの時代をなして居て、集まった写真は六枚ある。年代からいえば明治十九年から廿五年、制服の関係もあろうが、まずまず大同小異だ。とはいうものの最初の弊衣にドタ沓《ぐつ》を穿《うが》った豪傑流の写真と、最後のキチンと大学の制服をきて髪をわけて居る写真との間に発展のあるのは勿論《もちろん》である。この頃は大学生間に写真の交換が流行したものらしく、卒業前後の学友の写真が現に多く漱石山房に蔵されて居る。藤代禎輔、松本文三郎[*1]、松本亦太郎[*2]、正岡子規など十枚に余ろう。

次の二十六年の卒業後の写真には立派な口髭が立てられて居るのを見る。「猫」の作者だからといって、髭の有無で人品の鑑別をするわけではないが、誰しも大学を出て実社会に踏み出すと気構えが違って来る。先生にそういう事があったかないかは私にはわからないが、見た目はこの髭の為め顔が違って来て居る。先生はこの髭をつけたまま、大学院に籍をおいて高師に教鞭をとり、松山中学の教員室に入り、熊本五高の教壇に上った。髭をひねりつつ英語を講じられたかどうかは私の知らないところであるが、見合いの写真にも、新家庭の写真にも、卒業生の記念写真にも、洋行の為め上京するに際して撮影された写真にも、皆同じような髭が目立つ。この時代の写真は数が多い。どれにも先ず敦厚な君子人の俤《おもかげ》が見える。

明治三十三年九月の外国留学から、三十六年正月帰朝迄には一枚の写真もなく、その年も次の年もついに姿を現わさずに、漸《ようや》く三十八年になって写真があり、自画像がある。洋行中一枚の写真のないのは実に惜しいのであるが、しかし考え様によっては、この写真のないという事がかえって当時の先生の心境自身の写真をして居るのかも知れない。

とまれしばらく目で見た写真は、すっかり以前の熊本時代と面変《おもがわ》りがして居る。問題にして居た髭はピンと先が上がり、眼差《まなざし》は突きさすように鋭くてその癖皮肉な調子を帯び、どこかに絶えず癇癪《かんしゃく》の破裂してるのが感じられる。気力も旺《さかん》で、どこからどこ迄神経がびりびり震えて居そうだ。精神上に大きな変化があったものに違いない。三十八年から四十一年迄六、七枚の写真がこれを証明して居る。こうした緊張した顔の持主が、何を仕出来《しでか》したか。外からも内からも動かすものがあって、恐らくは最も不幸にして最も幸福な時を送ったに違いない。先生の写真はこういう事を物語るが、当時の先生の家庭と教職と業績とをあげて見れば、思い半ばに過ぐるものがあろう。

明治四十二〔四十三〕年は修善寺大患の年である。この年の病前に三枚の写真がある。どれも皆前期にくらべれば長者の風格が見えるのに、いかにも疲れたという感じがありありと見える。これはすぐ次に来る大患というものを頭において見るからかも知れないが、この心身共に疲れたという感じは、顔が鋭く深い丈《だ》けにそれ丈けいたいたしい鬼気を感じさせる。たった三枚の写真乍《なが》ら、私はこれを一つの時代と見たいのである。

大患によって先生は一度死の門迄辿りついて、又戻って来られた。再生の人の心が深まり改まるのは当然であろうが、それにつれて顔が変って来るのも亦当然であろう。写真は雄弁にそれを物語って居る。髭は短く刈り込まれて、以前の病的な鋭い衰えの暗い影は消えた。その代りそこには恐らく血色のいいであろうと思われる肉体のいい健《すこや》かな老を見る事が出来る。先生の顔はこのまま次第に老《ふ》けて完成されて行ったのだと見れば見られようかと思う。〔後略〕

（『漱石全集』（昭和三年版）月報第十二号（昭和四年二月））

先生と我等

菊池　寛《かん》

一昨年の秋自分が遊び旁々《かたがた》卒業論文の参考書を読む為に上京した頃、久米と芥川は初て漱石先生を訪ねたらしい。何でも、久米の下宿を訪ねた時、久米は其処《そこ》にあった「社会と自分」の表紙を開けて見せた、すると其処には「久米正雄様　著者」と書いてあった。自分は、先生を訪問して署名した本を貰った久米が一寸《ちょっと》羨しくなった。「皆貰って居たから僕も貰ったんだ、直ぐ署名して呉れたよ、芥川の奴も貰った」と久米は、稍々《やや》得意らしく云った。

僕達の連中は、高等学校時代には、夏目先生の事を、余り話題にはしなかった、夫《それ》よりも、谷崎潤一郎氏とか、木下杢太郎《もくたろう》氏とか小山内《おさない》薫氏などをつい手近の先輩として、その作物《さくぶつ》を貪り読んで居た。

所が自分が、京都から時々上京する毎《ごと》に、連中が夏目先生に傾倒して行くのが、著しく目に着くようになった、久米や松岡は頻《しき》りに「道草」を賞め立てて居た。以前の「新思潮」時代には、夏目先生と同人《どうじん》とは全く没交渉であったのが、今の「新思潮」になって、夏目先生の作物なり批評なりが同人の創作に強い影響を及すようになった。

成瀬は創作の方面では余り影響を受けなかったが、文学者としての先生に深く私淑して居た。成瀬[*1]と文学の話をして居ると、よく「文学論」や「文学評論」が引合に出された。先生の著書を悉《ことごと》く蒐《あつ》めて居たのも、成瀬であった。

然し、自分は戯曲ばかりに興味を集注させて居たので、戯曲に対して少しも興味を持って居られなかった夏目先生に対しては、文壇の先輩に対する尊敬以外には、別に特別なものは持って居なかった。

自分は夏目先生の作物の愛読者ではあったが、夫《それ》は素人が文展の画に感心するような、感心のし方であった。

所が、去年京都から上京すると、久米や芥川は可《か》なり夏目先生に近づいて居た。ただ、あれほど崇拝して居た成瀬が一度も先生に逢って居ないのは意外であった。成瀬は、「洋行する前に、一度逢って行くんだ」と念願のように繰返して居た。

何でも七月の下旬で、成瀬が愈々《いよいよ》洋行する間際になって、同人《どうじん》が揃って先生のお宅へ行く約束が出来た。自分も一度は逢って見たいものだと思ったので、一緒に行く事になった。

皆は久米の下宿へ集まる事になった。所がその日晩の六時が過ぎても松岡丈《だけ》は何《ど》うしても、来なかった。すると久米は、

「彼奴《あいつ》はきっと行かないのだ、何か用が出来たのだよ、きっと」と独断した。そして四人丈で行く事になった。松岡は誘って呉れるのだと思って、自分の家で待って居たそうで、後で可なり腹を立てた。

その晩自分達が先生の書斎に通されると、先客として、小宮氏と野上氏とが居た。誰でも、夏目先生に初て逢うと、あまりに衰弱して居られたのに驚いて居るが、自分も同じであった。そしてある哀愁をさえ感じた。

野上氏はその時、ゴリラが人間と、夫婦になって、子供を産んだ話をして居た。先生は時々不審な点を質《ただ》されて居た。

「ゴリラと云うものは、そんなに強いものかね」と先生が云った。すると久米が、

「獅子よりも強いそうで、鉄砲を両手で折るそうです」と云いながら、鉄砲を折る手

真似をした。

「ふむ、そうかね」と先生が感心せられると、久米は急に恐縮したように、

「然し僕達のゴリラに関する智識は皆押川春浪《しゅんろう》＊2から出たものですからね」と頭を掻いた。

すると、芥川が狒々《ひひ》と人間とが夫婦になった話は、支那の何とか云う本にあります。本の名も確《たしか》に云ったが、自分は忘れてしまった。すると先生が、

「君はあの本を読んだか」と云われた、そしてその本に就て芥川と先生とが、二、三度問答をした。おしまいに、芥川は平素のように、早口でパラドックスを云った。すると、先生は暫く考えて、

「そんなものかね」と云われた。

小宮氏は頻《しき》りに、戯曲を書く事を、先生に勧めて居た。然し先生は、色々に芝居の悪口を云って居られた。要するに、先生は劇的幻覚を信ぜられないのであった。自分は、先生の心持をよく解する事が出来た。そして非常に、聡明な人間に対しては、劇的幻覚は起らぬものではあるまいかと思った。何でも、武者小路氏の戯曲が、盛んに引き合に出された。

先生は自分達に、日本の創作劇では何が一番いいと問われた。自分が「和泉屋染物店」[*3]を挙げると、小宮氏ともう一人誰かが反対した。久米が、「武者小路の「その妹」[*4]です」と云った。が、先生は「その妹」を読んで居られなかった。

自分は、殆《ほとん》ど黙って居たが、然し気づまりや圧迫を少しも感じなかった。

帰りに芥川が、

「夏目さんには温情があると誰かが云ったが本当だね」と云った。外《ほか》の三人は、夫《それ》を肯定するような事を云い合った。世の中で得がたい経験をしたような気がして、二、三日は幸福であった。

（『新思潮』大正六年三月）

黒　幕

中　勘助

今年は先生がなくなってから二十年めになるので、「思想」の十一月号を漱石号にして、縁故のある人たちがそれぞれなにか書くのだそうだ。今から楽しみだ。それは、余人はもとより先生自身も気づかれなかったことかもしれないが、先生が私にとってやはりなにものかであったばかりでなく、執筆者の多くは程度の差こそあれ直接間接にその人を、またその人と先生との関係を私が知っている人だろうからである。話は私のところへもあった。原稿の〆切まで十日ばかりしかない。書くこととなると悪くいえば、我《わが》儘《まま》一杯な私がいつになく即座にそれをひきうけて末席を汚すことになったのも、畢竟《ひっきょう》その「なにもの」のためである。――先生は生前には私の最も敬愛する人のひとりであり、その後は懐しい記憶のひとつなのである。

私は「末席を汚す」といった。これは私の柄にもない儀礼や謙遜ではない。私だけの感情は別として、先生と私の個人的関係は他の誰彼のそれにくらべるも末席が当然なほど短く且《か》つ浅かったからである。それはそうと昔あの和洋折衷の寺子屋めいた先生の部屋に集った弟子たちのみんな立派に成長したことはどうだ。涎《よだれ》くり*1なぞはとんと見当らない。いるとすればさしずめ私だが、私はいわば寺入り*2するかしないに師匠に別れたかたちで弟子といわれるほどのものではなく、首になってまで「でかしおった」の「けなげな奴」のといわれる段か、御迷惑はかけたが「お役にたった*3」ことはさらにない。

個人関係がそうなばかりでなく学校での師弟の関係に於ても同様であった。一高の一年から大学の二年ごろ先生が辞職されるまで私はまあ直系の生徒、学生のひとりだったけれど、教わることを覚えようとしないのが悪い学生ならば、私は疑いもなくいちばんというよりは唯一の悪い学生だったであろう。高等学校はともかくずっと自由な大学では、十八世紀の英文学史の講義のほうは、頭へさえ入れておけばいいと思うところは筆記をしなかったし、自分に必要がないと思えば欠席したし、偶《たま》ま筆記をするにしても頗《すこぶ》る不熱心であった。といって私は決して講義そのものを軽視した訳ではない。ただそれがそのじぶん私の棲息していた世界とはまったく別の世界に属していたからである。私はシェクスピアのほうへは割合実直に出席した。

先生の作物に対しても私は愛読者でないばかりかただの読者といわれる資格さえない。あれほど評判だった「猫」も全部読んでいないし、新聞小説を書かれるようになってからはまったく読まない。鶉籠《うずらかご》という創作集だけはどうしてか学生時代に面白く読んでその豊富が羨しかったことをおぼえている。近年俳句の選集をみて、私はつい知らなかったがなかなかいい句を作られたのだなと思った。先生の作品の価値については尊敬する友人たちの高い評価をそのまま認めてもいいだろうとは思う。とはいえ私には今にいたるまで御縁がないのである。〔中略〕

それからこれは余技にすぎないが、先生の書画についても私はいっこう無関心であったためひとのようにあれこれとねだったこともなく、見る機会も殆《ほとん》どもたなかった。その後版にした記念帖など頂いてみるも素人芸ながら結構なものがあるらしい。先生はなんでもわかる明敏な頭と、やればなんでもできる器用な手の持主であった。

そんな訳で私は学者としての先生にも芸術家としての先生にも御縁がなかったものの、一個の人間、有徳の人としての先生にはひそかに心をひかれていた。それを先生にはもとより友人にも多分漏らしたことはなく、また性来はにかみ屋の臆劫がりで引込思案のうえに、いったいに心酔的渇仰的態度をとり得ない私は、友人の誰彼のように特にこちらから親近することをしなかったけれども。

　私が大学を出た翌年、病後の保養のために小田原にある親戚の別荘へ厄介になっていた間に先生の最初の胃潰瘍がおこった。私は電報で修善寺へお見舞を出した。その後先生がよほどいいということをきいて、野暮《やぼ》ではあるが美しく彩色した蝶形の麦藁細工《むぎわらざいく》の籠にいろんな色紙や千代紙でこしらえた折物、ちりちりなどを入れて送ったら、小宮の代筆かなにかで手紙がきて、鷺《さぎ》、ふくら雀、と目録を読みながら枕もとへ並べるところが書いてあった。先生はそれをみて
「このなかに中のこしらえたのは一つ二つしかないんだろう」

といわれたとか。いかにも私の作ったのは蓮花と鶴だけだったかもしれない。今でもそれっきりしか折りかたを知らないから。二十幾年前の気もちをはっきり呼びおこす由もないが、私は先生に対してよっぽどいい感情をもっていたにちがいない。単なるお義理でそんなことをする私ではないのだから。

　先生のどこにいちばんひきつけられたか。この点では私よりもずっと関係の深い、いわば直参とか愛弟子とかいうべき人たちでも多分私とかわりはないであろう。学識に対する信頼、作品に対する傾倒だけが私の見うけるような風に人びとを先生に結びつけよ

うとは思われない。そうして一個有徳の人間として敬愛されること、それは先生が最も高い意味に於てみんなの「先生」だったことである。

先生と私の師弟としての関係は三十幾年前私が一高の一年の時からだが、個人的関係は大学を卒業後二、三年して「銀の匙」を書いた時から始まる。それは先生の御尽力で朝日新聞へのることになった。先生は私が不承不承にも原稿書きをしなければならなくなった事情を人からきいて知っていられたのだろうと思う。なんだかよほど好意的、同情的に感じられた。誰に対しても親切だったらしいが。その後ほかから新聞のほうでだいぶ迷惑らしい話もきいた。尤《もっと》もなことだ。特に新聞というものの性質上。それが掲載されたことも、中止されなかったことも、紹介者、推薦者である先生のお蔭だったろうと想像している。その後また後篇をかいた。その時は先生と朝日の関係も前とはちがっていたためによほど御迷惑らしい様子だったのを、結局ずるずるべったりにお願いして再度朝日へ載せてもらった。それを私は今でもたいへんすまなく思っている。先生にかけた御厄介がどの程度のものかは知らないけれど、私としては当時の事情が事情なり、今日までも深く恩義を感じているのである。間もなく先生がなくなったので私は作品を見て頂く機会を永久に失ってしまった。時たまつまらぬ著書を出すたんびにこのことを心淋しく残念に思う。

さて最後に表題の「黒幕」のことになる。先生は私と向いあってるとまっ黒な幕が垂れてるようでいちばんいけないといわれたとかきいた。まっ黒な幕！　いかにもまっ黒な幕だ。それを私は特に先生にばかり用いた訳ではない。当時の境界《きょうがい》からして自然に世間、人間一般に対して用いさせられたのだが、しかし黒幕というと聯想が悪い。別の言葉でいえば舞台の暗転である。生憎《あいにく》先生は匆々席を去ってしまわれたゆえ私の人間悲劇のその後の進展を見ていただくことができなかったのは遺憾だが、爾来《じらい》幾十年、いまだに舞台が廻りきらない不手際さだから、よしんば辛抱強く待っていてくだすったところで依然として暗転中である。それからこれは聊《いささ》か枝葉末節にわたるが、先生と私の関係を内側で妙にこじらしてしまった最初の直接の原因は先生の髭にあったような気がする。教室で見た髭は柔《やわらか》く捲きあげられていたのに久びさではじめてお宅へ伺った時には刈り込まれていた。それが先生の顔を尖鋭にし、私が想像していったのとは別の先生にしていた。尤も捲きあげ式は当時すたれていたからその点先生を責めることはできないけれど。その感じのトガリが病的に鋭くなっていた私の神経にズキズキとこたえて、たっぷり持っていった懐しさの自然の流露を妨げてしまったらしい。将棋の最初の歩のつきかたひとつでその駒組み全体がかわることがあるように、世間でもそんな些末事が意外の結果を惹き起すものである。

それはそうと先生の臨終の様子もまだまざまざと目に残っているのに、はやくも二十年が過ぎて、私たちの仲間がちょうど先生の年頃になった。先生を随分年寄だと思っていたのだったが。存命なら古稀にも達していられるのである。また葡萄酒を飲み倒して今度はひとつ遠慮なく自作の小唄でもうたってきかそうものを。叱られるかな。

漱石号の舞台に立ってある人は渋い引幕をあけ、他の人は絢爛《けんらん》な緞帳《どんちょう》をあげて、めいめい持ち味のある独白をきかせることであろう。なかで私だけは黒幕だが、それもこう切って落してみれば別にかわったこともない敬愛と思慕の追善の一幕物なのである。

（『思想』漱石記念号、昭和十年十一月）

3

漱石君を悼む

鳥居素川《そせん》

嗚呼《ああ》夏目君を失った。自分は夏目君を東大より我社に奪った発頭人として感慨殊に深いのである。夏目君の文学の大家であることは疾《と》く何人《なんぴと》も知って居たろうが、自分は知らなかった。『我輩は猫である』という本の頻《しき》りに持囃《もてはや》さるる時分、自分は見向きもしなかった。或日、社の林寛君が『我輩は猫である』の一冊を投げつけて、一度読んで戴きたいといって去った。一度読んで見た、感心もしない。二度読んで見た、感心もしない。何だか下らない事を勝手に書いてあると思い、この世の中に今少し有益な事を書いてある本を読まねば、一生に時間は足りない、青年輩が斯《か》かる本に没頭するは困ると、聊《いささ》かの反抗心も持っていた。殊に自分は小説嫌いである。読まず嫌いである。小説なるものは男女の関係を書いたもので、士君子の手にすべきでない。書く者の人物は勿論、之《これ》を読む者も卑むべしという独断から、所謂《いわゆる》小説というものを読まなかった。所が日常の勤務に疲れた頭を医《いや》すべく、春の暮れ方の何時《なんどき》であったか、夏目君の著作を今一度読んで見ようと、今度は『鶉籠《うずらかご》』というを袖にし、阪神線の芦屋の麦畑の畔《ほとり》の小川の浚《ふか》く流るる所に、蝙蝠《こうもり》に顔を蔽い、菫花、蓮華草《れんげそう》を枕にして、心静かに『鶉籠』を読んで見た。ハテな、唯の小説ではない。殊に篇中の『草枕』に逢著し、ハテな、我等の論ずる所を君は小説で書いている、偉い、唯の人物ではない。仰げば蒼天、俯せば草枕、自分はこの時を以て君の筆に融合して仕舞った。その翌、忘れもせぬ我社の旧建物の中の真韮館《しんきゅうかん》と称えられし総務局に於て、我が読みし『鶉籠』を村山社長に見《し》めし、一度この書の幾分を読んで戴きたいと願った。是れが君の我社に入りし端緒である。

自分は社長の命に依り、東朝の池辺《いけべ》三山《さんざん》君に申送った。三山君よりは迚《と》ても六《むつ》ケしかろうとの返事が来た。併し石田三成が島左近《しまさこん》を抱えた例*1もある。況《いわ》んや我社をやで、交渉を託すると、意外にも反響がある。稍《やや》話の進行中、自分は不図復《また》考えた。彼《か》の草枕の中に肺病患者の心理状態を余り委しく書いてある。夏目君も自然は肺病患者ではあるまいか、病人を抱え込んでも仕末に終えぬ、殊に推薦者に責任ありと、自分は早速燈下に筆を執り、交渉を今少し緩慢にして戴きたいと三山君宛の書面を書きかけた。併し半ばに至り、急に筆を投じ、縦《よ》し肺病患者にせよ、斯《かく》ばかりの人を見棄つるは不可なり、肺患ならば何《いず》れ薄倖の人なるべし、斯《こ》の人を不遇に終らすのは社会の罪なり、我社は一層君を迎うべしと、乃《すなわ》ち話を進め、君はその親友たる当時の京大文科学長狩野亨吉氏の下《しも》鴨《がも》の邸に来られた。自分が君に対面したのはこの時が初めである。君は閑雅な、飄逸《ひょういつ》な、寧ろ、俳人めいた人であった。併し、話の中に一徹な気格があって、高風の掬《きく》すべきものがある。成程、この人が、草枕の中に現われていたなと思った。陰森《いんしん》たる糺《ただす》＊2の森の小影に白昼肩を鎖し、百姓の老夫婦を一家の主宰者とし、自らは禅僧の挂錫《かいしゃく》＊3にも似る生活を営んでいた狩野博士の親友として相応《ふさ》わしかった。自分の勧めに依り、君は大阪に来て、社長に面会せられた。『京に着ける夕』という瑰麗《かいれい》の奇文が君の名を以て我紙に現われたのは、君が社長に面会せられた後、僅かの日であった。

人は妙なもので、互に相感ずるものあれば、亦《また》相応ずるものである。爾来《じらい》、君と自分とは唯の交友ではないようであった。君の小説に洗礼を受けて以来、自分も小説というものを読むようになった。併し君の小説の外には、マダ他を愛読するの余裕を持たない。詰り哲学として君の小説を読み、又人にも勧むるのである。されば例として君の著書の出版さるる者の第一本は必ず余の机上に置かるるのである。君は江戸ッ子のキビキビした、而《しか》も高雅隠逸な人で、容易に人に許さなかったが、池辺三山君には矢張り推服された一人であった。三山君既に去り、君亦去る。更に更に憶うのは、二葉亭四迷君が露都に行く前、君と四迷君と自分と東京神田川に鱔魚《せんぎょ》*4を喰ったことがある。君と四迷君は盛んに文学を談ぜられたが、文学に門外漢たる自分は唯箸を放さなかった。四迷君と君と今は則ち亡し。而して残るものは碌々たる自分一人である、嗟《ああ》。

（『大阪朝日新聞』大正五年十二月十一日）

始めて聞いた漱石の講演

長谷川如是閑《によぜかん》

私が『大阪朝日』にいた頃の事である。社で催す講演会に漱石にも出て貰うことになった。たしか明治四十一年か二年だった。当時の『大阪朝日』にはまだ漱石の講演振りを知ったものはなかった。ただ一人今は名誉主筆の高原蟹堂《かいどう》*1が、高等学校時代に漱石のお弟子だったので、講義のうまいことは云ってたが、大衆向きの講演は知らなかった。私も個人的には余りよく漱石を知っていなかったし、小説も『朝日』に出た『虞美人草』と『坑夫』、その以外に『琴のそら音』『草枕』それ位しか読んでいなかった。有名な『猫』もまだ読んでいなかった。『坑夫』などを読んだ感じでは、話はうま相《そう》だが、座談では寧ろむッつりやらしく、いわゆる座談家ではないようだった。むろん大衆向きの講演などが得意の人のようではなかった。で講演を頼む時にも、私は、要するに此方《こちら》の方面では、ただ漱石の名前で人を寄せて、あの『文学論』のような講壇風の話で、上方の聴衆に欠伸《あくび》をさせることになるだろうと思っていた。

その時大阪駅に漱石を迎えたのは、私と、当時の営業部長今は同社の大元老の小西勝一翁[*2]との二人であった。旅宿の多景気楼へ同君を送り込んで暫時《ざんじ》話して帰りがけに、小西翁は私に、漱石という人はもっと先生風の高慢らしい人かと思ったら、寧ろ東京の町家の旦那といったような風采なので驚いたといっていた。洋服もプロフェッサーの着るような黒ッぽいのではなく、派手でもないがじみでもない色合の霜降りのような背広で、変りチョッキを着ていたが、話し振りも、いかにも江戸の下町の少しむずかしい主人公といった処もないでもなかった。落ちついた話っ振りで話しながら、そのジェスチュアーに江戸ッ子特有のこいなしがあって、私にはいつもそれが、高座の落語家の極上品なの態度を想い出させたのであった。小西翁をして『東京の町家の旦那』と云わしめたのは、そうしたジェスチュアーだったろう。

小西翁はまた、漱石という人は、学者や文士らしく投げやりやずぼらを自慢するような人だろうと思っていたら、恐ろしく几帳面な人だったと云った。その時に、漱石が前に執筆の都合で講演の依頼を拒絶したことがあったのについて、極めて丁寧に申訳をしたので、そんなに感じたのだったろうが、小西翁はその後も屢《しばしば》漱石が事務的に忠実な人だということを繰り返して感謝していた。漱石も小西翁には好感がもてたと見えて、私への手紙にはいつも『小西摂津守殿へよろしく』と書いていた。この小西翁は『朝日』創業以来の村山龍平翁の股肱で、純大阪人に似合わず、云うことも為《す》る事もテキパキしていて、言葉のアクセントさえ少し何《ど》うかすれば江戸ッ子としても充分通るような人物だったので、漱石には多少は案外で、好感がもてたのかも知れない。

愈《いよいよ》講演の夜である。その時分はまだ今の大阪公会堂が出来ない前で、木造の相当大きい建物だったが、超満員で演壇にまで聴衆を坐らせる騒ぎで、講演者はテーブルの傍で講演が出来ないで演壇の前の方に立ってやった。

当夜は漱石の前にはやはり社員の故本多静一郎氏*3が得意の財政演説をやったが、すばらしい雄弁で踊るようなジェスチュアー入りで、盛《さかん》に政府の財政を攻撃して聴衆を湧《わか》したので、その後でじみな文学論をやる――たしかあの『創作家の態度』というのがその時の講演の筆記だった――漱石の迷惑想うべしと、私は気の毒で聞くのもつらいようだったが、愈漱石が演壇に立って一言二言話し出すのを聞いて私は全く驚いた。政談演説の会場のようにざわついている真中で文学論などを落《おち》ついてやる気分も出なかろうし、第一演説使いのような声でなければ通らない会場なので、大声で講義じみた講演を何うしてやるかと心配していたのだが、少し聞いているうちにそんな心配がとんだ見当違いであったことを知らされて私はほんとうにホッとした。

漱石は、ざわついた会場の空気に応じた、言葉とジェスチュアーとで先ず聴衆の心理を捉えて置いて、徐《おもむ》ろに話をすすめて行ったが、私の最も驚いたのは、大劇場で世話物を演ずる俳優のように、通常の会話風の言葉を大声で語り得る技術だった。これは今日でもまだ新劇の連中などには充分出来ているといわれないほど修練を要するものだが、漱石はあの座談風の言葉を二千人もの聴衆で埋めている会場に行き亙るように発声することが出来るのである。これには全く驚ろかされた。

相当むずかしい問題を通俗に崩して話す手際に至っては、これはその時分慌てて私のよんで見た『猫』によっても多少は察しられたが、羨ましいと思って見た処で始《はじま》らないが、全く羨ましいと思った。その時分の大阪の聴衆には馴染のない内容だったろうが、彼等は多分始めて文学及び文学者というものについて、珍らしい、面白ろい、彼等にも充分呑み込まれる、そうして親まれる話を聞いたと感じたであろうと私は思った。それほど聴衆の嬉れしがったことが私共にも解ったのである。

（『漱石全集』（昭和十年版）月報第十九号（昭和十二年十月））

師匠と前座

高原　操（談）

私は熊本五高の出身で、明治三十一年七月の卒業です。先生が熊本へ来られたのは何年でしたかね。明治二十九年ならば、私は二年教わったわけです。その後先生が朝日新聞に入社されてからは、又一つ釜の飯を喰うようになったもので、比較的縁故の深い方です。今大審院長をしている池田寅次郎君[*1]なぞは、私より一年後で、私は文科で向うは法科でしたが、よく出来て先生に可愛がられたものですよ。あの男の話も聞いて御覧になるがいいでしょう。

奥さんが熊本へ来られたのは何年でしたかね。ええ、先生が春来られて、その年の夏でしたって？　そうでしたかね、奥さんの来られない前から土屋忠治[*2]と俣野義郎[*3]の二人が先生の宅に置いて貰っていましたよ。俣野――例の多々羅三平が生きてると、いろいろ面白い話があるでしょうが、去年死にましたね。私なぞと違って、池田はよく下読みをして来るから可愛がられていました。その時分の高等学校は生徒の数も少なく、文科と云いましても一級三十人足らずでしたが、先生はよく人の名を覚えていられ、下読みをしないで出ると、わざと当てられるのには衆皆《みんな》弱ったものです。注意深い、厳格な先生で、文士としての先生と教師としての先生とは、全く別人の観がありましたね。私なぞも下読みをしないで出て、当てられると困るので、本の蔭に隠れて、こっそり字引でも引いていようものなら、直ぐそれを目附《めっ》けて、「高原さん、どっちの頁を見ています？　今そんな所を教えてるんじゃない。下読みをして来なけりゃ、教場へ出て来るな」と、頭から遣られて閉口しましたよ。なに、これは私一人に限ったことじゃない、誰も遣られるのですが、私もそう云われたことがあるから記憶《おぼ》えているのです。

教科書は〝Opium Eater〟と〝Attic Philosopher〟[*4]でしたかね。何でも易しいものを沢山読んだ方がいいと云う主旨のようでした。その外課外講義に〝Othello〟を教わりました。朝早くから遣って来て、時間外に教えて頂いたのですよ。それから割方《わりかた》露骨なことを云う人でしたね。〝Opium〟の中に妙な文句があった。「誰さんは何《ど》う思うか」、「彼さんは何う考えるか」と、一人一人訊かれたが、自分でも能《よ》く分らないらしい。そうも取れるが、こうも取られるというような塩梅でね。で、一々他人《ひと》に訊いて置いて、最後に

「俺にも能く分らぬ」と云われるのですよ。その後の言草がこうなんです。「日本の新聞を読んでも、全部隅から隅まで分るものじゃない。況《ま》してや外国人の書いたものだから、分らぬのが当り前だ。僕もこの学校にあるだけの字引は悉《ことごと》く調べてみたが、どうもはっきり分らない。高等学校の教師としては、これだけ調べれば沢山だ。これ以上調べる義務はない。それ程の月給は貰って居らぬ」と、こんな皮肉なことを云われるのですよ。で、そんな事を云われても、学生は皆心服していました。一体、英語の文典位《くらい》不正確な、紛らわしいものはないと、よく云っていられました。力がなくて胡魔化すのでない、力があってそう云われるんだから、学生も心服していたのですよ。その時分の学生は、出来ぬ先生と見ると、随分いじめたものですが、先生には却《かえっ》て生徒の方がいじめられたものです。

明治三十年に初めて五高に短艇《ボート》部が出来た。あなたも今度入《い》らしたでしょうが、あの画図《えず》湖＊5に艇庫を拵えて、あそこで遣ったものです。その時の寄附金勧誘状を先生に頼んで書いて貰ったことを憶えています。先生が部長であったか何うかは、つい忘れましたがね。私なぞは、そう云う手紙の署名人は、総務誰某、部長誰某、委員誰某というように、先ず偉い人から始めて、だんだん左に並べて書いて行くものだと思っていましたが、先生の云われるには、「そうじゃない。逆に一番下の者から始めて、宛名に接近した所に偉い人の名前を書くのが本式だ」ということを、初めて先生から教わりました。よく知らんが、本当にそういうものですかね。兎《と》に角《かく》先生には、そう云った細心な所がありましたよ。で、私どもは遽《あわ》てて活版屋を後から招《よ》んで、その通りに直させたことがあります。

漢文の書物をよく熊本市内の古本屋にあさっていられたことは、誰も知っていることです。思うに、あの頃の人は、日本文学というものを、在来の国文漢学から離れて、世界的の目からそれを研究し直すために、英文学を研究したんじゃないでしょうか。そうだとすれば、先生もその一人であったと云われましょう。英語研究のために、文部省から外国留学を命ぜられたことは、大分不服であったらしい。私はその当時別段そんな話を聞いたわけではないが、後から思い合せると、どうもそう考えられる。

先生から頂いて、私の持っている手紙の中に、『坊つちやん』や『虞美人草』を外国語に翻訳されることは困る、実は絶版にしたい位に思っているが、時々検印を取りに来て、幾分か金が入るのと、又どうせ一度さらした恥を今更引込めても仕方がないから、あの儘にしているんだと云ったような皮肉なことを云っていられる。（編者〔森田草平〕いわく、『坊つちゃん』の方は翻訳されてもいいが、条件つきでなくちゃ厭だと云ってられるのだ。）強いて独訳したい御希望ならば、『門』とか『彼岸過迄』とか『行人』とかなら御相談してもいいと云うような意味のことも述べていられる。思うに、『門』『彼岸過迄』や『行人』を書かれる頃から、『虞美人草』に見るような、漢文脈を模倣した日本文が厭になったんじゃないでしょうかね。例えば「秋風颯々《しゅうふうさつさつ》」と書いた所を、「秋の風がさらさらと鳴る」と云ったように、自然になって来た。つまり「颯々」が「さらさら」と変化したように、私には思われるのですよ。

ええ、和歌の浦には、先生と後醍院《ごだいいん》＊6と私の三人で行きました。私は樺太から帰って直ぐに、あちらの講演会へ遣られたものです。その時先生が、「只今前座を勤めた高原は、実は私のお弟子だが、お弟子でもあの位巧いのですから、お師匠さんはさぞ巧かろう云々《うんぬん》」と云われたのを記憶しています。そんな所が大いに受けたものですね。あの時箕面《みのお》へもお供したが、彼処《あそこ》へは私一人で連れて参りました。箕面には朝日新聞の倶楽部で、朝日閣というのがあって、そこへ行ったものです。近所に秋琴楼というお料理屋《ちゃや》があって、その秋琴楼に又お婆さんがあった。そのお婆さんが遣って来て、倶楽部のお婆さんの頭を剃ってやる。処が、その婆さんが二人とも聾なのです。聾と聾の話しを先生は頻《しき》りに筆記していられる。成程、こういう所の観察から、先生はそれを材料にされるんだなと思って見ていましたが、果してそれが何かの中に出ていますね。『行人』でしたか、『彼岸過迄』でしたか、それとも随筆の中でしたかね。

そう云う細かい観察もそうじゃが、『坑夫』の間接経験の描写には一層驚きましたよ。あれは全然他人から聞いた話でしょう。先生は鉱山の竪坑《たてあな》の中へ這入《はい》ったこともなければ、又あんな坑夫のお葬礼《とむらい》なぞ見たこともない筈だ。それがあれ程詳細に、実際見て来たように描写してあるんだからね。

話は変るが、奥さんは厳《きっ》かった。先生が大阪で病気になられて、湯川病院に入院された時、社では驚いて電報で奥さんを招《よ》び寄せた。その時停車場《ステーション》へ迎いに行ったのは私ですがね、病院へ連れて来ると、病室へ這入るなり、「大阪ではお菓子なぞ病室へ入れることを許すのか」と、いきなりこうなんだからね。それには参りましたよ。ええ、お見舞いの菓子箱がそこに積んであったのです。すると、先生はにやにや苦笑しながら、「まあ、そう云わんでも好かろ。自宅《うち》を出る時、お前はお守札なぞ衣嚢《かくし》へ入れてくれたが、それでもこうして病気になったからな」と云っていられた。実際先生は始終洋袴《ズボン》の衣嚢《かくし》にお守札を持っていられましたよ。

*7

何《ど》う云うものか、先生には一番親しいものが一番先に遠ざけられる。俣野義郎、土屋忠治なぞがそれですよ。彼奴等《あいつら》は先生の宅に置いて貰っていたから、一番欠点も目に着くわけですかね。私なぞは学校時代からそう親しくもしていなかったから、まあ、そんな目にも遭わなかったのですがね。処で、世の中に親しいものの随一は、他ならぬ奥さんだ。だから、何遍も「出て行け！」と云われる。それが少し経つと、又何でもなくなると云うわけですかね。あそこいらは、一つは病気の加減でもあったのでしょうね？私の話はまあこれ位なものです。

（『漱石全集』（昭和十年版）月報第十四号（昭和十一年十二月））

追想の断片

馬場孤蝶

夏目漱石君は長者の風のある人、客扱いのうまい人、人によって話をせられる人であった。雄弁の人は概して客には話させないものだが、夏目君は客にも話させ自分も話されるという方の人であった。私は明治四十年、森田君の家でお遇いしたのが初めであった。私の宅へも二度ほど来られた、私も行ったがそう度々《たびたび》は行かなかった。

七月(大正五年)中旬、上田敏氏*1の葬式のとき式場の入口で一寸《ちょっと》挨拶したきり、それから一度も会わなかった。漱石君は実生活では複雑な変手古《へんてこ》な生活をされなかったが、あいう人だから思想上ではいろいろの生活をせられた。実際当った生活は割合に狭い。作物《さくぶつ》の上に肉あり血ありと云う部分で十分でないということがあるとすれば、それは実生活に触れた点が余り無かった所に原因することと思う。

作物、特に近頃の氏の作物を見て感服するのは、書いたところに抜目なく、此処《ここ》にもう一句あったらば好く分るだろうとか、此処にもう一行欲しいとか云う感じの起らない点である。私どもは夏目君の注意力の広く精密に油断なく働いているのを見て感服するばかりである。

夏目君は癇癪《かんしゃく》持ちだという話を聞いた事があるが、そう云えばそう云う所もあったろうと思う。が、一方から言えば、多分腹の立つような心持ちになって来ると、その感情を抑えずにわざと口に出して見ることをやっていられたのではなかろうかと思う。

頓才《とんさい》のすぐれて居られたのは誰でも気のつく事であると思うのだが、演説とか講演とか云うものを聴いた人は誰でも皆夏目君の到意《とうい》即妙の頓才に感服したことと思う。門下の某君が自身の小説の中に「子を作るのはawful〔厳粛な〕なことである、何となれば自分の伝えて居る一切のものが子に伝えられ、子は亦《また》それを子に伝え、その子は亦その次の子に伝えると云う風で、親が有《も》っている凡《すべ》てのものが永遠に伝えられて行く。子を有つのはオーフルなことである」と書いたときに夏目君がその某君に——「おれがクソをするとそのクソが野菜にかかり野菜が育って人に食われ、人の血となり肉となる。で、その人は亦子を作ると云うわけになる。故にクソの功果も永遠である、君の云う通りにすればクソをするのもオーフルだ」と言われた。で、その某君が夏目先生は他人の熱心を打ち消そうとするように、恋愛のところへクソを持ち出したのは如何《いか》にもうまい、これにはひどく閉口したと話した事がある。

もう二年ほど前かと思うのだが、私は外濠線《そとぼりせん》*2の電車で図らずも夏目君と一緒になって、少しの間話をしたことがある。その時夏目君は自分の口髭《くちひげ》と両鬢《びん》とのしらがをさして「こんなに白くなりました、でも頭の真中は黒いのだが、この通り帽子を被ると肝心の黒いところは隠れて白いところばかり出ます」と言って笑って居られた。

五十に近い私どもに取っては、ああ云う夏目君のような理解力の豊かな人が知人の中からなくなると、甚だ淋しい心持がする。私が明治四十四年頃に、小説を少し書いたことがあるが、三田文学*3に出た「屈辱」に就いては夏目君が好くその作中の人物の心持を理解して門下の人々にも説明されたように聞いている。間接にも直接にも、私に小説を書けと勧めてくれたのは夏目君が一番度々《たびたび》であったように覚えている。我々の行こうと思う方面で教えを乞うべき人であった夏目君の長逝《ちょうせい》は我々所謂《いわゆる》文壇の老朽者に取っては特に損失である。

これは私ばかりの感じではなかろうと思うのだが、夏目君がもう少し若い時分から作者生活を始められなかったのは残念な事であった。一方に於てはなかなか花やかな筆もあったのであるのであるし、感情に於ても決して乏しい人ではなかったのであるから、それの盛んに流露するような若い時代に於て筆を執り始められたのであったら、もっと盛んな作物が出たろうかと思われる。夏目君の作物の如何にも結構布置井然《せいぜん》としていて、作者は何処《どこ》までも冷静であるというところに何等かの不満を有《も》つ人々があるとすれば、その人々は私どもと同じように夏目君の若い時分に作を始められなかった事を残念と思うであろう。

然しそんな事は隴《ろう》を得て蜀《しょく》を望む＊4と云うことに過ぎないのであるから、我々は夏目君の与えられた丈《だ》けのもので満足すべきである。しかも十分満足すべき価値のあるものを夏目君が遺されたことには概《おおむ》ね何人《なんぴと》も異存はあるまい。

要するに夏目君は人物として見ても作品から見ても全く特別な上等品である。手のこんだ念の入った品物である。出来合では決してない。随ってこれから先も夏目君にひどく似たような人が出来ようとは思われぬ、尤《もっと》もそれには時代を考量する必要があるのではあるが。

夏目君のことでは、思い出せば色々のこともあろうと思うのだが、今さし当ってはそう細かなお話をするわけには行かない。で、私の著書の中に書いた夏目君の事を左に引用する――

△

先生に始めて拝顔の栄を得たのは、明治四十年の冬頃かと思う。場所は、その時分森田草平氏の居た本郷の丸山福山町四番地――故樋口一葉の住んだ家――であった。

その時に僕が受けた印象は、先生の態度は、話し振り等に籠って居る或る物が、故中江兆民《ちょうみん》＊5、斎藤緑雨《りょくう》＊6の態度、話し振り等に籠って居た或る物と同じであるという印象であった。二人の故人に共通であったウィットとしての風趣、即ち何処《どこ》か飄逸《ひょういつ》とでも云って宜いような趣が漱石先生にもあるように感ぜられたのだ。が、その感じは、漱石先生に僕が始めて拝顔の栄を得た時の感じであって、今日ではそういう感じは殆んど無くなって居る。今日では漱石先生の寛大な、温藉《おんしゃ》な方面が、より多く僕には感ぜられる。

△

漱石先生が帝国大学の学生で居られた時分には英文科の先生の組の学生というのは先生一人きりであった。所へプロフェッサア・ウード＊7が英文科の教師として渡来せられた。ウード氏が始めて大学へ出席された日、漱石先生に教科書彼此《かれこ》れは相談の上極《き》めるから旅宿の帝国ホテルへ来て呉れと云うのであった。で漱石先生は外国人を訪問するのだからというので当時の日本人の考《かんがえ》で能《で》きるだけハイカラに仕立てて帝国ホテルへ出懸けた。尤《もっと》も当時のハイカラは今日の蛮《ばん》からで漱石先生その日のおん出《い》で立ちというものはその時分流行《はや》った縮《ちぢみ》の――節《とき》は夏である――折襟の前は紐で締めるようになって居る襯衣《しゃつ》の上に直接にフランネル金鈕《きんボタン》附の制服を着して居られたのだ。所《ところ》でホテルではボーイに案内されて行くとウード氏の寝室へ連れて行かれた。奇異な所へ案内するものだとは思ったもののそういう習慣もあるものかと思って室へ入るとウード氏は「フン」とか何とか云って一向に挨拶もせずに室にある革篋《かばん》に指をさした。漱石先生には一向何だか合点が行か無かったが多分は革篋の中には書籍が入って居るから開けて出せ、そうした上でいろいろ相談しようという意味であろうと推察したので、直ぐ立寄って跪《しゃ》がんで革篋の蓋を開けた、所が中には襯衣だの衣服の古いのなどが一杯入って居るきりで書籍らしいものは影さえ無い。何《ど》うした事とも解らぬので、蓋を両手で押し上げたままでウード氏の顔を凝乎《じっ》と見あげて居ると、やがて氏は傍へ来て蓋に手を掛けて元の通り蓋を為《し》ようとするので漱石先生は直ぐに元の通りに蓋を下した。とウード氏は又《また》蓋に手を掛け開けようとするので漱石先生も一緒に蓋を持ちあげた。漱石先生には何の事やら一向に解らぬ。そういう同じ事を二度三度繰り返した後で漱石先生も堪《こ》らえ兼ねて、これは一体何ういう訳なのかと尋いた。ウード氏は「錠前が毀《こ》われて居る」と云う。漱石先生はますます解《げ》せず「錠前は成《な》る程《ほど》損じているがその錠前の損じて居ることと我輩との間に何等の関係があるのか」と斯《こ》う哲学的に尋ねた。するとウード氏は「でも御前は錠前直しだろう」と云った。漱石先生ここに至って憤然と立ち上って「否」と答えた。所でその"No"なるものが如何《いか》にも激烈な調子で云い表わされたものなので、漱石先生その如何に錠前直しと呼ばれたのを憤っているかが明《あきらか》に知り得られたからウード氏は少時呆れて漱石先生の顔を見て居た。がやがて「君はそれでは何ういう人なのか」と尋いた。「イヤ自分は文科大学の学生で、こうこういう用向きで来たのだ」と漱石先生が説明するというと、ウード氏大《おおい》に慌てて「ヤアそれは飛んでも無い間違いであった。実は錠前直しを待ち受けて居た所へ入って来られたので、一図にそうと思って誠に何《ど》うも失礼をした。疎忽《そこつ》の段は幾重にも勘弁せられ度《た》い I beg your thousand pardons」〔深く深くお詫びする〕という様な事を云って、改めて漱石先生を応接室へ通らせて書籍の相談を為《し》たというのである。一体ならば前日教場で差向《さしむか》いで話を為たのであるからウード氏は漱石先生の顔を覚えて居るべき筈であるがウード氏は日本へ来たての西洋人に有勝《ありがち》な通り日本人の顔が皆同じに見えて区別が付かなかったので斯ういう間違が起ったというのである。漱石先生の云わるるには、その後西洋へ行ってから考えて見ると自分の当時の服装は西洋人の眼で見たら何うしても錠前直し相当のものであったというのだ。

この話は僕等のようなウード氏によし半面でも識あるものには特に面白い。あの人柄な訥弁《とつべん》なウード氏が初め漱石先生を錠前直しと思って扱かった態度と後の慌て方とが何と無く眼前にチラ付くような気がするのだ。

△

これは明治二十三年の秋かと覚えて居るが、本郷の若竹《わかたけ》*8へ越路《こしじ》*9が掛かった。漱石先生はその時、令兄より拝領の外套――中古ではあるが仕立のなかなか良い――を着《ちゃく》せられて大分得意で聞いて居ると、傍に安座《あぐら》をかいて居たへんな男が「今日は休みか」と尋《き》いた。漱石先生は無論先方が此方《こちら》を学生と認めてそう尋《き》く事と思って「今日は休みだ」と答えた。それから先方がいろいろのことを尋くので相当の返答を為て居ると段々話が喰い違って来るようになって、これは少し異様《へん》だなと思って居るうちに到頭先方から判然《はっきり》と「お前は造兵《ぞうへい》*10へ出るのか」と尋いたというのだ。この話は漱石先生が前の話ほど描写的には話され無かったので是れ切りしきゃ書け無いが何にしろいろいろな者に間違えられたものでは無いか。

これは明治四十年頃のこと、漱石先生の今の早稲田南町の家へしかも庭先へ入って来て先生に逢い度《た》いというものがあった。先生が出て見られると椽先に十四、五の少年が立って居る。「用は何だ」と尋くと懐から英語読本を出して、「読めぬ所があるから其所《そこ》を伺い度《た》いのだ」という。先生が「お前は俺の所へ来れば分かると思って来たのか、それとも当て無しに来たのか」と尋くと「多分分かるだろうと思って来た」というのだ。――この問答では漱石先生の方が負けたという評である――で又「これから毎日尋《き》きに来る積りか」と問うと「いや今日だけで宜《い》いのだ」というのであった。で少年を椽《えん》へ腰掛けさせて置て英語読本の烏が木の実を啄《つ》つくというような所を読んで遣った。前後を見ると一面に仮名が付いて居る。烏の所ばかりは仮名無しであるので何処でか習って居るのかと尋くと、何処か牛乳屋かなんかに奉公して居て大学生の所へ夜学に行くのだが烏の部分だけは欠席して抜けたので尋きに来たというのであった。少年は二、三ケ月前に田舎から出て来たものであったそうだ。夏目氏の直話を聞いた時には非常に面白く思ったが僕の取次では何うも十分にその興味を伝えることの能《で》きないのは残念である。

△

これは又聞《またぎ》きの物語であるのだが、漱石先生が帝国大学で教えて居られた時学生の中に一人何時《いつ》も隻手《かたて》を懐にしたままで講義を聞いて居る者があるのに漱石先生は気が付いた。一面に於て潔癖な几帳面な漱石先生は、その学生の姿勢が甚《ひど》く癪に触ったと見えて、或る日の講義中に講壇を下りその学生の傍へ行って「手をお出しなさい」と少し鋭《とが》った声で云った。学生は顔を赤くしたのみで何とも返答せず又手も出さ無い。漱石先生更に強く「手をお出しなさい」と云った。が学生は一層赤くなり魚の如く黙して居るのみでどうしても手を出さ無い。夏目漱石先生も為方《しかた》が無いものだから講壇に戻って如何にも不機嫌そうな様子で講義を終った。

とその後になって何時も手を懐に入れて居た学生の友人が漱石先生の家へ行った。そうしてその友人は、その手を出さ無かった学生は手を怪我して居る男なので手を出さ無かったのでは無くして手が出せ無かったのだと漱石先生に向って説明した末にその友人は「下世話にも無い袖は振られ無いと云うではありませんか」と警句一番した積りで云った。

真面目な漱石先生はその学生に対して甚《ひど》く気の毒がった。が重厚なる紳士漱石先生は唯《た》だまことに悪るかった気の毒なことを為た先方へ宜しく僕に代って挨拶して呉れ給えと云うような意味のことを云うだけでは——普通の人がそういう場合には大抵云うようなことを云うだけでは——漱石先生自身気が済ま無かった。漱石先生はこの際自分をも笑って了《し》まい度《た》かったのだろう——伝者はそう云って居る——漱石先生は渋い顔をして斯《こ》う云った——

「僕等は無い学問を出して講義を為《な》し居るのだ。……君も気が利かんでは無いか。無い手位出して呉れても宜いのに」。

（『新小説』臨時号、大正六年一月）

漱石先生の憶出（抄）

戸川秋骨

漱石先生に関するものの展覧会などに出品させられた事もある絵画が一幅私の手許にある。そうした会に出されたものであるから、知って居る方もあるかと思うが、それは墨絵で、極めて簡単なものである。絵としては素より大したものではあるまいが、先生の絵としては相当に大事なものであろうと思う。少くとも私には余程価値のあるものとして珍重して居るのである。絵ばかり見たのでは、何を描いたのかわからない位で、笠を深く冠《かぶ》った男が、長い棒のようなものを小脇に抱いて居るのであるから、一寸《ちょっと》鳥さしのようにも見える。が、それには賛があってそれが、雪の日や佐野にて喰いし粟の飯、とある。これに依って、その絵が最明寺殿《さいみょうじどの》の雪の日の徒歩《かち》*1であることがわかる。なるほど雪に踏み迷う最明寺殿であるから、白いところへ墨染の衣を着た黒い人物を出したというまでで、絵は頗《すこぶ》る簡単に出来て居る。その描かれた時日は残念ながら逸してしまった。もっともそれに伴った書翰[*2]には五月二十八日と日附がついて居るが、恐らく四十五年頃のことであろうかと思う。漱石先生の絵画を始められた極《ご》く初期のものに相違ないと考えられる。この絵に伴って居る書翰も、一、二回は展覧会に出品させられたものと記憶するが、それには、この絵は表装などをして床の間にかけなどしてはいけない、装飾用には又別のものをやるから、と云ったような意が伝えられて居る。先生もその書信のうちに、これは記念であると言われて居る通り、私も記念として、これを表装してしまったのであった、そして床の間にも折々はかけて居るが、これは必らずしも先生の意を無視した事として批難さるべき業とも私には考えられないのである。

書翰のうちには「我ながら見上げた出来栄《できばえ》に有之《これあり》大に喜びこの手紙と同便にて差上候間」云々《うんぬん》とあり、「絵は最明寺殿が後向になってあるいて居る所と御承知被下度《くだされたく》候、斜に出ているものは杖にて決して刀には無之《これなし》。山妻《さんさい》は侍が帯剣の姿と間違候間《そうろうあいだ》念のため説明を加え置候」とあって、最後に「書画共に上達の見込あればうまくなった時改めて立派なものを入御覧《ごらんにいる》る覚悟に候」と書かれてあるのである。ところでこの書信の劈頭《へきとう》に「昨日わざわざ御断りの手紙を差上候処今日午前に至り不図《ふと》自画自賛試みたく相成《あいなり》生れて始めての画をかき候」とある、それ故先生の絵としてこれは初期のものに相違あるまいと思うが、どうしてこんな自画自賛の絵を私が頂いたかに就いては、少し許《ばか》り話題となりうべき事があるのである。

私はその当時から能というものに好みがあったので、何か能画がほしかったのであった。それはたとえば「班女《はんじょ》」*3の曲と云ったようなものから、扇でも配してその一場面を描き出し、それに賛を加えて見たい、それはたとえば「欄干に立ちつくして」と云った風なものにしたかったのであった。それで画をだれかに頼む事にして、賛は是非先生を煩わしたいというのであった。先生は快くそれを承諾して下さったが、併《しか》し先生の言わるるに、僕は書家でもなく、またそういう事に慣れても居ないのであるから、或《あるい》は書き損ないをしないとも限らない。立派な絵が折角《せっかく》出来上ったのに、それに書き損じをして、それを反古《ほご》にするような事があっては、恐縮千万である。であるから賛の方を先きに書かして貰い、絵を後から描くと云ったようにしてくれるなら、都合が好いから試みても宜《よ》い。そうなると、画家も自分が撰定したいと、先生は言われるのであった。そう願えれば、私の方はいよいよ幸《さいわい》なので、と私は言って約束が出来たわけであった。

先生の賛を先きにするなんていうのは、前代未聞の事で、従ってそんな事は中々出来る筈のものではない。で、この約束はそれ以来可《か》なり長い時日が経過したのであった。

多分一年近くもそのままになって居たかと思う。私もまアそれは難題で、結局は出来ないだろうとも考えた位であったから、その後別にそれに就いては何とも言わなかったのであった、が果してその揚句先生から手紙があって、どうもこれは難しい事だからお断りするというのであった。私は覚悟して居たのではあるが、これには可なり失望はした。併しもう諦めるより外《ほか》はないと観念して、その意をしたため直ちに先生へ書信を差し出したのであった。すると忽《たちま》ち折りかえして先生から手紙が来て、こん度は前のとは正反対に、私をして喜びに浮き立たせるような通知であった。それは則ちこの絵画に伴った前記の書翰なのである。そしてそれと共に送られたのが、この最明寺殿の一幅である。自画自賛云々というの理由は、恁《こ》うした話と連関した事なのである。則ち賛を先きにして画を後にするというむしろ出来ない相談を、改めて画も賛も一人でやるという事にしたというの意である。これは先生の逸話としても一寸面白いものではあるまいかと思う。

いつの年のお正月であったか、年始まわりらしい年始まわりなどは、嘗《かつ》てやった事のない私のことであるから、これは特別に何か先生のところに集るという、御招きでもあったのではないかと思うが、お正月のまだ松の内に先生の御家へうかがった事があった。

お宅は南町で、私はフロック・コオトを着込んで罷《まか》り出たのであった。時は灯火の点ぜられてから可なり経っていた頃だったと思うが、宴はすでに開かれ、大勢の来客は居並んで居た。多分私は最も後れて行ったものであったろう。先生を訪れたものは皆知って居るであろうが、南町のお家の先生の書斎は全く板敷で、次の室とは一段高くなって居る。その一段高い書斎の方に先生は坐を占められ、その左右とでもいうのか、その室には先生の同輩の人々が居並んで居た。そしてその室につづく次の室には、主として先生の門下の人達がつめて居た。つまり上段の室には先輩、次の室には若い連中が居並んで居たのであった。そうなると私は中途半端な人間で、先生よりは後輩であるが、先生の教をうけたほど後輩ではない。則ち其処《そこ》に居並んで居る若い人達と比べれば大分年長である。要するにどッちつかずである。ところで遅参であるから先ず末席に坐を占めたのであった。周囲にはどんな人が居たか、もう二十年以上も前のことであるから大抵は忘れてしまったが、安倍能成君、生田長江君[*4]の居られたのは確かに覚えて居る。併しその時どんな話があったか又どんな事があったか、そんな事もすっかり忘れてしまった。

ただ一つ覚えて居ることがあるので、今私はそれを書いて見ようと思って居るのである。可なり時間も経って、興も深くなってからの事であったが、多分漱石先生の意であったのであろう。私にその上段の室の方へ来いと言われるのであった。私の居る若い連中の方では、その上段の方を貴族院だと云い、自分達の方を衆議院だと云って居た。私は今は殊にそうであるが、その時も心置きがなく大して作法も要せず勝手にふるまいうる衆議院の方が好きであったので、どうか貴族院入りは勘弁して頂きたいと云って、衆議院に頑張って居た。すると大勢が切《しき》りに上院入りをすすめるのであった。若い方達は中途半端な私が居ては工合が悪かったのかも知れない。私があまり頑張るので、とうとう二、三の人達は、私を引き立て、手取り足取りと云った形で、席から引き出そうとしたのであった。私はまた今居るところが快いので、立つまいとする。相方での力くらべとなったが、その揚句私は尻餅をついてしまった。然《しか》るに尻餅をついたのが口取りの皿の上だったので、私はフロック・コオトを着たまま、キントンの上に坐ってしまったのであった。そうなってはもう仕方がない、結局上院へ祭り込まれたのである。

上院にはまたどういう人が居たのか、さっぱり解からない。が坐らせられた席のお隣りは大塚〔保治〕博士であった。大塚博士の盛名はかねてから聞いて居たので、その当時今一度大学に通って博士の講義を拝聴して見ようかと思った位であったのであるから、この同席初対面は非常に嬉しかった。上院に入ってから、どんな事があったのか、それも全く覚えて居ない。ただ大塚博士にあった喜びだけは強く感銘して居る。なおこの一《いっ》夕《せき》の事件としては、キントンの上への尻餅である。キントンの付いたフロック・コオトはどうにもならない。よしキントンがつかなくても、当時すでに十年位は経過して居た代《しろ》ものであるから、今日では三十年以上の古もので役に立つ筈もなく、またそんなに古くないにしたところで、今日フロック・コオトなどを著るものはあるまい、それでも私はこの一夕の記念のために、今でもそれを所蔵して居る次第である。

これも亦《また》明らかな時日は覚えて居ないが、雑誌「新潮」で漱石に関する感想ようのものを、諸家にもとめた事があって、私にも何か書くようにとの事であった。私は元来漱石党のつもりであるから、考えるところ、つづいては書くことが、漱石びいきになる恐れがあると思ったので、たしかそんなことを前置きして感想文を送ったのであった。そして定めし発表されたら私のが一番漱石礼讃になって居るだろうと思って居たのであった。然るに雑誌が来るのを待って、それを披《ひら》いて見ると驚いた。誰れも彼れもがみな漱石を称揚して、足らざるを恐れると云った風なので、ひとり漱石びいきと自惚《うぬぼ》れて居た自分のが、尤《もっと》も讃美に不足して居るではないか。或は反漱石とも言えば言える節もあったかと思われる程なのであった。私は全く驚いてしまった、のみならず困ってしまった。面目ない次第だ。親しくして居る先生のことを或る点まで悪く言ってしまったような事になったのである。

どうもあんまり工合が悪いから、私は先生のところへ書を寄せて、右に言ったように自分は漱石党と思って居たに、案外世間の人達が漱石党であるに驚きもしたが、喜びもしたと云ったような事を書き送ったのであった。その私の感想のうちにはこんな事もあった、則ち家庭に於ける漱石は、相当やかましい人だろうと思うなんて、想像まで逞《たくまし》うしたところがあったのである。先生は私のその手紙に対し、直ちに一書を寄せられ、*5君は何事をも気にかけない、気さくな拘束されない人だと世間から言われ、自分もそう思って居る、然るに君は自分に対しては何処か遠慮がある、打ち解けないところがある、と云ったような事を言って寄越されたのである。私はそう大して遠慮もせず打解《うちと》けても居るつもりであるが、前に言った通り、先生の門下でもなければさりとて同輩でもない、まア他人行儀で言えば外様《とざま》であるから、そう何事にも立ち入ることは出来ない、従って先生の目からすると、それが遠慮と見られた事があるかも知れない。その後先生に面と向ってそんな事を言って大いに笑ったのであった。私はその時「新潮」に執筆した人々の、私程漱石党らしくもないのが、私よりも遥かに漱石礼讃者になって居るのを知って、今でもこれを不思議に思って居る。これも或は私の悪い忖度《そんたく》かも知れないが、多くの人はただお座なりに賛めたたえたのではないかとも思われるのである。ただ家庭に於ける漱石先生に就いての私の想像むしろ忖度は、どうも今に何とも言えないのであって、私の知りたく思うところなのである。先生の門に常に出入した人達には、それがよく解って居ることであろう。漱石夫人の書かれたものなどから、多少推測も出来ようと思われる節もないではないが、要するに私にはまだそれが不可解である。〔中略〕

先生との始めての対面の際のことと、最後の面会の時のこととは、すでに私の筆にした事のある話であるが、いろいろの憶出を記すと共に、又も頭に浮んで来るので、重複を顧みず、再びそれを一言さして貰おう。始めて先生を知ったのは明治三十七年の夏であったかと思う。先生が海外留学から帰って来られた際の歓迎会の折であって、場所は一ツ橋外のもとの学士会でのこと、丁度その時神田さん*6が、アメリカへ行かれるので、その送別会をかねての会合であった。その時神田さんは切《しき》りに饒舌《しゃべ》って、幾度か若いのから揚げ足を取られて居たが、先生に至っては、一向に口を利かず、返事と云っては、多くは然り否の一点張りであった。食卓に即《つ》く事になって、私は自分の座席を見ると、そのお隣りが先生なのである。これは大変な人と並ばされたものだと、酷《ひど》く弱ってしまったが、どうすることも出来はしない。仕方がなくて席に坐ったが、敵同士という程でもないが、あんまり仲の好い同志とは正に見受けられないような様子で、二人並んで坐ったのであった。時々何か話しかけても、先生は相変らず、然りか、否か、それ以上は何も言われない。全く困ってしまったが、併しこれが先生を知った始めなのである。

それから後三十八年に、私が地方の高等学校をやめて、東京に帰って来てから、就職若《も》しくは仕事を求めて、私は千駄木の先生のお宅を尋ねたが、その時は非常に親切に扱われ、いろいろの指導を受けたのであった。以後それが縁となって、恐らく先生はうるさく思われたかも知れない程、屢々《しばしば》訪問を重ねるようになったのである。千駄木町から南町へ来られる前かと思うが、私の家へも来られて、一緒に大久保に貸家を探したこともあった。或る家が貸家になるという事を聞いて居り、且《かつ》その家賃までも概《おおよ》そ何ほどと、私が耳にして居たので、その家を外から先生に見て頂きながら話をした。その時先生は、君こんな立派な家がそんなに安く借りられる筈はないョ、と言ってその家は全然問題にしなかった。今日少しくはやる文士の家としてならば、その家はむしろ小さい方なのであるが、当時は先生の位置を以てしても、それは甚だ宏荘とされたのであった。

なお先生と語った最後の事であるが、それは丁度最初に学士会で紹介された時に、先生の緘黙《かんもく》に弱らせられたのと正反対に、この度は、先生は盛んに語られたので驚いてしまった、同時に非常に悦ばされたのであった。この最初と最後との対照の面白さが、さきに言った私の既に筆にした処であるが、なお順序として重ねてその事も言わして貰おう。この最後の時は大正四年の秋のことであったが、戸山の原で、*7私は散歩中の先生に行き遇ったのであった。其処《そこ》は少し坂になって居る細い道で、ようやく一人が通行しうる程度のものであったが、その片方は多少の傾斜をなした草原、片方は大分勾配の急になって居る崖のような形になって居たところであった。この細い道の上で立話が始まったのである。

私は自分の家がすぐ近くにあるのだから、一寸来て一《ひ》と休みされてはと、先生にすすめたのであったが、先生は胃の悪いのをよくするために、こうして運動に出たのであるから、君のところへ行って休んだり、また茶などを飲んでは、外出の効がなくなるからやめよう、と言って、依然として立話をつづけて居たのである。その話は必らずしも雑談ばかりではない、文学談もあれば評論もあり、殊に先生の近作の評なども相互に試みられたのであった。それ故その立話の時間は可なり長きに亙ったのであった。その間に若い男と女とが相い携えて其処へ通り合わせ、細い一本通を塞《ふさ》げられて居た為め、除《よ》けて傍を通過した拍子に、盛装した若い婦人は崖の方へとすべり落ちて、その着飾った服装を台なしに汚してしまい、傍にあった葦簾《あしすだれ》がけの茶屋へ入って、その汚れを清めなければならなかったが、これは、甚だ気の毒なことでもあった。その婦人と連れの男とが、暫らくして茶屋から出て来ても、私共二人の立話はまだ終りそうにもなかったのであった。どうも正確な時間はわからないが、恐らく二十分以上三十分に及んだものと考えられる。談ははずんで面白かったので、ツイうかうかと時の経つのを知らなかったのであるから、或は案外もっと長かったのかも知れない。この長い対話が、初対面の時の先生との黙りッくらべと対照されて、私には少なからぬ興味と、忘れられない記念となって居るのである。〔後略〕

（『思想』漱石記念号、昭和十年十一月）

夏目さんと英吉利《イギリス》

平田禿木《とくぼく》

もう二十年近くになる、夏目さんの訃に接した時、自分は次のように書いた。

何だか大木が倒れて、急にあたりが寂しくなった心持がしてなりませぬ。夏目さんというと、あのシモンズ[*1]の Great Writer ということが憶い出されます。Great Writer というのは、劇作家にしたら沙翁などは勿論第一に指を折られるのですが、そこまでいかずとも、スコットとかバルザックというような、一方稍《やや》大衆的という嫌いもありましょうが、舞台の大きい、広く世間にアッピィールする、普遍の才分をきたえ上げた作家をいうのです。花にしたら先ず桜といってよいでしょう。幽花一枝という趣はないが、万人の眼に映る、こぼれるような美しさに充ちているのです。夏目さんはその天分と努力とに依って、たしかに斯《こ》うした域にまで到達されたと思います。藤村《とうそん》君なども傑れた作家ではありますが、何やら斯う梅の花といった風の、限られた眼にアッピィールするように思われます。勿論これは悪い意味ではないので、初め多少侮蔑の意で用いられたマイナア・ポエットという言葉が、今は却《かえっ》て一種幽趣微韻《ゆうしゅびいん》を伝える純粋の詩人という意になっていると同じです。藤村君などには何《ど》うしてもまだこのマイナアという趣が脱しきれないように思われます。そこがまた大きに面白いところで、料理屋にしたら、大分に凝った物を客の卓に供する、瀟洒《しょうしゃ》な旗亭《きてい》という趣があります。夏目さんとなると、何うしても亀清《かめせい》*2とか柳光亭《りゅうこうてい》*3とでもいうような、推しも推されぬ堂々たる大屋台で、広間では多人数の宴会も出来る、といって、水際や植込みの蔭には洒落れた離れもあって、望みとあれば、折々茶風の卓をもしつらえられるという、何うしても名代《なだい》の、大がかりの家といった風が見られます。

夏目さんの初期の作では、私はあの「ふた夜」(「一夜」)*4という小篇を非常に面白いものに思います。何ですか、「草枕」のエチュウドとも見られますと云ったら、夏目さんは会心の笑みを洩らされたのを今に忘れませぬ。中頃の物では、代助というのが主人公になっている、「それから」が特に傑れているように思われます。世間の人気にめげず、今まで容易に賞讃の辞を氏の作に呈さなかった批判家が、「始めて文芸の大道に歩を着くるものなり」と嘆賞したのがこの作ですが、全くその通りに思われます。昨年あたり書かれた思い出の記の或る部分なども、亦《また》非常に嬉しく読まれました。最近の物では、何といってもあの絶筆になった「明暗」の断篇です。書き方とか技巧とかいう点ではないのですが、全体の精神に於て、正に彼《か》のエゴイズムを笑うメレディス*5のComic Spiritに触れているのが、あの一篇であろうと思います。近頃は大分大陸の物なども読まれたように聞きましたが、何といっても英吉利《イギリス》の物をその素地としていられたので、英文学界の諸氏、また私達の特に氏の逝去を惜しむのも、全くこの点にあろうと思います。

その後一度、ゆっくり漱石全集を繙《ひもと》いて、夏目さんの全貌を窺いたいと思いながら、つい機会がなくて、今に果さずにいるが、氏に対する大体の感想に於ては、今も全く変らずにいる。夏目さんの英文学から受けた影響というと、それはそう直接のものではないように思われる。即ち、ジョオジ・ムアー*6の仏蘭西《フランス》文学に於けるように、何々の作は誰の何々に当っているのでなく、寧ろシング*7のように、何とはなしにその気分、素地が、深く深く浸み込んでいる方であるらしい。よく「虞美人草」をメレディス張りと云うが、それも唯、あの絢爛《けんらん》この上なき文章そのものだけではあるまいか。高義に於ける客間のコメディィとしてのコツが英吉利のあの文豪風に手に入って来たのは、却《かえっ》て後のずっと円熟した作にあるようである。先頃歿した英作曲界の巨匠エルガア[*8]の肖像を出して見たが、夏目さんは実に酷《ひど》く似ている、殆《ほとん》どもう生き写しである。芸術家というより紳士といった趣も全く同じである。あの位似ている二人は殆どない。それ程までに夏目さんは英吉利風になりきっているのである。知らず識らずのうちに、その気分、精神に感染して仕舞っているのである。それが凡《すべ》て自然で、強いて学ぶとか、気取るとかいう跡は微塵もない。その作もまた同様であると思う。

夏目さんの倫敦《ロンドン》の宿を自分も知っている。河向うの本所《ほんじょ》といった、労働者の多いバタッシイ公園[*9]から遠くないクラパム[*10]にずっといたのだ。ザ・チェースというあの通りも、コムモンの方へ近い上手《かみて》になると、蔦《つた》や鉄銭花[*11]などを門《かど》にからました、幾分瀟洒とした邸宅もあったが、宿はずっとその裾の方になっていて、場末に見る侘《わ》びしい住居が軒を並べていた。スピンスタア[*12]の標本ともいうべき未婚の姉妹が主人《あるじ》で、老耄した退職の陸軍大佐が同居していて、その老人が地階の表ての一室を客間兼食堂にして、家の者や他の下宿人は地下室で食事をし、夏目さんは三階のベッド・シッティング・ルウムへ陣取って、チェアリング・クロス[*13]あたりへ古本屋をひやかしに行く以外には、殆ど外出もしなかったらしい。実に侘びしい、しがないその日を送っていられたのだ。旅行をして海水浴地や鉱泉地の清新な、而《しか》も一向に贅沢でない宿へ落ち着くと、夏目さんはなぜ斯《こ》ういうとこへ出かけなかったのだろうと、友達とよく話しあったのであった。が、倫敦場末の下宿籠城三年の成果として、直接にしては「文学評論」として知られている、あの十八世紀英文学の傑れた批評と、間接にしては等身に余るあの立派な創作が生れたのである。

大器晩成とでも云おうか、夏目さんは長いこと鳴かず飛ばずでいたのだ。大学を出て間もなく、十八世紀英文学の自然といった題目で、当時の「哲学雑誌」[*14]へ初めて一文を公にしてから、英吉利から帰朝後、「ほととぎす」紙上へ「我輩は猫である」を連載するまでは、幾年の間絶対に沈黙を守っていた。「帝国文学」が出て、赤門から諸才人の輩出した際も、夏目さんは独り田舎にいて、全然その新気運の外に立っていた。

独逸《ドイツ》文学の藤代素人氏と携えて外遊する際、学士会か何処かで、その送別の小宴が催されたが、その席にいた人の話を聞くと、神田男などが例の江戸弁で軽く氏を揶揄《やゆ》[*15]しても、夏目さんは終始黙って、唯微笑していたそうである。ところが、上野精養軒[*16]かで「明星」一派の同人の会のあった折、夏目さんは鷗外博士と対《むか》って席に就かれていたが、次々に静かにその口を洩れる警句に、森さんの方が初終《しょっちゅう》受け太刀だったのには誰も皆意外と驚いたのだった。一《ひ》と度《たび》潮流に乗り出すと、人もああまで変るものかと思った。森田草平君などは漱石門下でも、警句とパラドックスにかけては第一人者という豪の者だが、その草平君が先生には初終ぎゅうぎゅういう目に会わされていたらしい。書斎乃至《ないし》風呂場に於ける漱石、草平の禅学問答をそのまま筆記したら、立派にメレディス小説の一場面になるかも知れない。

（九年八月一日）

（『浪漫古典』昭和九年九月）

思い出二つ

野上弥生子

長い間いろいろとお世話になったわりに、私は先生には数えるほどしかお目にかかっていない。家庭を持って気軽に外出する習慣を失っていたのと、夫を通して先生のお話や木曜会などの様子も聞き、お目にはかからなくも絶えず先生の風貌に接している気でいたので、特別お訪ねしようとも思わなかった。一つはお客様が多くて困っていらっしゃる先生には却《かえ》って御迷惑であるし、殊に田舎に生れ、挨拶の言葉さえ完全に知らない自分のようなものが、先生とどんな話をすることが出来るだろうと思うと、怖くもあり、恥しくもあった。それより家にじっとして勉強し、少しでもいいものを書けるようになればそれが一番先生に対する御恩返しだと信じていたので、何かの折にお訪ねしてもただ小さく、硬くなり、帰るまでどうか失策をしなければよいが、とそんなことばかり気になって落ちつけなかった。

大正二年の夏の或る日のことを私は今でもはっきり覚えている。バルフィンチの『伝説の時代』[*1]を出版するに就いて序文を頂いたので、私はその日、ほんのお礼心にわん屋[*2]で作らした謡本《うたいぼん》の箱を持ってお宅に伺った。先生はあの書斎の赤い支那の絨毯《じゅうたん》を敷いた方の部屋で快く逢って下すった。而《そう》して私の選択した贈物に対しても悦んでいられるように見えた。私は嬉しかった。が、さし出された箱をよく見ようとして、あの短かいちょこんとした膝の前へ引き寄せた時――よくしていられた前掛は、この場合にはかけていらっしゃらなかったようであった――先生は急に眉をしかめ、

「こりゃ何んだろう」

と不機嫌そうに云われた。見ると赤銅《しゃくどう》の金具のついた、真新しい箱の上に点々として黒ずんだしみのようなものが出来ていた。当惑と心配で私はいっぱいになった。たしかに家にあった間はそんなしみはついていなかった。いつどうして出来たのであろう。――が、その時ふと気がついた。それは七月半ばの灼きつくような暑い日で、車の梶棒を握った車夫の頸筋からは盛んな汗が垢じんだ水滴になってしたたり、白い半被《はっぴ》の背中は水に浸ったように濡れていた。私が大事に膝の上に乗せて来た箱を、門で下りると受け取って玄関まで運んで行ったのはその車夫であった。それに、百八十番の謡本をふた側《がわ》に

分けて納められるだけの容積を持った箱のわりにしては、包んだ風呂敷が狭かった。結び目の下に露出した白木の肌に、彼の拭いても拭いても流れ出す汗が浸み込まなかったと云えるだろうか。

私はその訳を話した。併《しか》しそんな説明が箱の表の不幸なにじみに対する先生の気《き》懸《がか》りを転ずることは出来なかった。

「消えないね」。

先生はひとり言のようにそう云い、明かに忌々《いまいま》しそうな面持《おももち》でにじみの場所を透かして見ながら、浴衣《ゆかた》の袖口で熱心にこすった。奥さまが出ていらして、十五分ばかり何か話をした間、先生はそれに仲間入りしながらも、やっぱりそのにじみが忘られないように、時々箱の方をしかめた険しい眼つきで凝《じ》っと眺めた。その変な執念深さが私にはなにか怖いような、而して取り返しのつかない失策をしでかしたような気がして、悄《しょ》げながら、頓《やが》てお暇《いとま》をした。

×

これは長男[*3]がまだ五つか六つ位の頃であったと思う。私はこの子供を連れて先生をお訪ねした。早稲田の商科に通って、その近所の下宿にいた弟を訪ねる途中であった。併し幾ら近所まで序《ついで》があったとは云え、本統ならそんな子供づれでお邪魔しなくてもよい筈であったが、それには理由があった。私はバイロンがごく小さい時スコットに逢ったと云うような記事や、その他有名な人の自叙伝などで、当時の偉人たちを著者の幼児に見たと云うような記事に興味を持っていたので、その機会を利用して長男にも夏目先生を子供の時書斎で見たと云う記憶を持たせておきたかったのであった。先生は彼の名前や年齢を優しく聞いて下すった。彼はそれを指で示した。

「なぜ帽子をかぶっているんだ」。

先生は仰しゃった。彼は糸織の小さい羽織に、よそ行きの、焦茶色したびろうどの帽子をかぶっていた。これは彼の大好きな帽子で、一度かぶると、家に入っても決して取らないのであった。それを話すと先生は笑った。

この子供は今は高等学校の生徒である。あの時の夏目先生を覚えているかと尋ねると彼は答える。

「小さい叔父さんと、雀の焼いたのを食べたことだけは覚えてる」。

私たちはその日雑司ケ谷でおそい昼御飯をたべたのであった。幼い彼に取っては私が記憶させておこうと企てた夏目先生よりは、焼雀の方が何十倍か感銘が強かったのだと思うことが、この話の出る度にいつも私を微笑させる。

（『漱石全集』（昭和三年版）月報第五号（昭和三年七月））

夏目先生と春陽堂と新小説その他（抄）

本多嘯月《しょうげつ》

〔前略〕

初お目見得と「草枕」

私が先生の眷顧《けんこ》をいただいてから、早いもので、もう足掛で十二年になる。今から十二年前の夏、たしか七月であったと思う。はじめて先生の本郷千駄木の邸（今の高等学校の斎藤阿具君の住邸）*1に伺候した。それは先生に当時の日露戦役の結果が日本の文壇に及ぼす影響に就て、雑誌『新小説』の為に先生の御意見を伺いに出たのである。丁度《ちょうど》畳換をして居られた日で、先生は彼方此方《あちらこちら》と書斎から座敷と畳屋に追われながら、それでも二時間ばかりも高見を洩らして下された。私はその頃動坂《どうざか》*2町に居て春陽堂へ通勤して居たので、動坂から大観音《おおがんのん》*3のところへ出て、先生のお宅の前から高等学校の側を本郷三丁目へいって電車に乗るので、往返《ゆきかえり》共に先生のお宅の前は屹度《きっと》通る。で、一度お伺いした、それからは屡次《しばしば》お邪魔するのであるが、先生は決して五月蝿《うるさい》といったようなお顔もなさらず、いつも心持ちよく会って下すって、種々利益になる話を聞かせて下すった。その内私は、『新小説』編輯《へんしゅう》という傍《かたわら》に春陽堂の外交部を主任することとなって、出版上の件に関して各著者の許《もと》にお伺することになった。で、先生の「我輩は猫である」の第一編が大倉書店から出た当時、何か先生の新しい著作をいただきたいと、それはそれは五月蝿ほどお願いした。寧《むし》ろ強要したのであったが、容易に承諾して下さらなかったのが、漸《ようや》く『新小説』に小説を一つ書こうという事になって、その代り、そう毎日せがみに来ては不可《いけ》ない、今日一週間後に来い、七日間の間に書いて遣る。といわれたので、うれし喜んでその日は帰ったが、どうもその七日間が待ち遠くて堪らなかった。七日経つとその翌朝店〔春陽堂〕への出がけにお伺いすると、もうちゃんと出来て居た、而《しか》もその原稿は実に奇麗な立派なもので、それで先生は殆《ほと》んど書き流しだから校正は見せてくれ、といわれるのであった。委細畏《かしこ》まり奉って店へ持て来て頁数を改めると、十行二十字詰二百何枚、二百何枚が一週間、一日を待せないで書き上げられた健筆は敬服の外はない。これが「草枕」の一篇で、時の文壇は挙《こぞ》って先生の手腕に嘆服し、その頃精勁《せいけい》俊辣《しゅんらつ》＊4の批評家を以て目せられた竹風《ちくふう》登張《とばり》＊5君は二六新聞＊6（今の世界新聞）の評論壇に於て

「夏目漱石論」を草して、殆《ほと》んどその全一面を尽して、この「草枕」を尤《もっと》も意義ある明治文壇の一大傑作、最大雄篇なりと激称された。されば斯篇《しへん》登載の『新小説』は発行当日に於てその全部を売り尽して、遂に追かけの注文を全部謝絶したのであった。

その後、『新小説』へ再度のお作をお願いした傍《かたわら》、単行本の出版をお迫りしてこれもその乞いを容《い》れられた。それが、「坊ちゃん」、「草枕」、「二百十日」等を合巻した、『鶉籠《うずらかご》』であった。その間に先生の文名は愈々《いよいよ》文壇に嘖々《さくさく》たる有様で、当時の萎微した文壇は先生に由て復活した観があった。先生が朝日新聞社の聘《へい》に応じて高等学校及《および》帝大文科の教職を辞され、専ら同紙文芸欄の為めに尽されるようになったのはこの頃からである。この朝日へ入社の初めに連載された小説は、尤も世間一般から歓迎された「虞美人草」で、先生のお作としては、大《おおい》に一般世間から受けたものであった。これも単行本として春陽堂から発行するお許しを得た。そうこうするうち、先生はお宅を西片町《にしかたまち》十番地（本郷）阿部邸*7のならびの新阪上へ引き移られたが、ここも御都合で二、三ケ月で他へ変ろうというようなことで、「何処《どこ》かないかね。」などとおたずねで、自分の住む動坂の附近で、田端一帯を眺望する松源の持家（松源とは元上野三橋際に在り大割烹舗《かっぽうほ》として時めきしが、今は田端附近に逼塞《ひっそく》せり）がある。間数も十室ほどあって普請も却々《なかなか》に凝って、その門の如きも曽《かつ》て松源が三橋に在って時めいた頃、丁度今の活動写真館の在った辺に建って居て、門扉《もんぴ》の彫刻なども頗《すこぶ》る寂び人の注意を惹いた門であったと思う。これなら宜《よろし》かろうとお勧めして、先生も見る気になられて出掛られたところその前日他へ約定が出来て了《しま》った後であった。それから現在の早稲田南町のお邸へ引移られた。ちょうどこの移転のお話しのあった頃であった、私がお伺いした数日前、金尾文淵堂《かねおぶんえんどう》*8君がお伺いして、居宅のお話になって、金尾君が先生の為にお家を建てて献上しようといったそうで、私がお伺いすると、先生は「二、三日前に金尾君が来て、その時僕のために家を建ててやろうといったが、まアそれにも及ばないと断わったよ。どうだい春陽堂にはその勇気はないかねえ。」と呵々《かか》として大笑された。〔中略〕

著書装幀上の趣味

先生がその著書の装幀の上に付ては、最初は余り苦心を為《さ》れなかったが、漸々《だんだん》とその趣味が加わって来られたようで、私がお扱いした最初の『鶉籠』は表紙はただ青磁色を出すようにとの命令で、橋口五葉君*9が引受けられた。爾来《じらい》すべて橋口さんと先生との御相談で出来たのだが、『草合《くさあわせ》』*10の時などは、漆をつかって見ようという橋口さんの発案で、表紙の刷りの乾かなかったのには刷師が殆んど閉口したことがある。「文学評論」の出版の時は、扉に先生所蔵の漱石山房の印を捺《お》されるというので、文学評論の文字も印刻して刷出することになり、その文字と印刻を誰人《だれ》におたのみしようということで、先生のいわれるには、漱石山房の印を彫った人がよかろう、これは営業にするのではないから、先方が承諾するか、否かは分らない何しろ好意で持って来てくれた人だからというので、兎《と》に角《かく》その人をおたずねしておたのみしようと、私が赤坂仲ノ町に大館[*11]というその老人を尋ねると、この人のいわれるには、春陽堂といえば商売人だ、その商売人がたのみなら、そのようにした礼を貰いたい。そして何日までということは請合えない心持ちの宜い時に彫ってやろうという御挨拶で、馬鹿に器計[*12]を悪くして引下がった。が、さてそれでは誰にしようというので、遂々《ついつい》故浜村蔵六[*13]君のところに私が持ち込んで納《しま》った。『草合』の中の「坑夫」は、先生自身は太《いた》く嫌って居られ世間でもあまり受けなかったが、それは鉱山内の状景が連続して場面の変化がないために新聞小説としては色彩が寂しいからであったろう。然し鉱山内の写生の筆は生動して石も点《うなず》く想がある。これと合巻になって居る「野分」、あれの扉絵《とびらえ》の起《た》って居るフロック姿の紳士がシルクハットを手にぶら下げて居るのを太《いた》く気にして居られて、どうもシルクハットをぶら下げて持って居るのは閉口だと言って居られた。この『草合』は全体に先生の気に入らない様子であった。それからは挿画は決して入れない事となった。近頃先生の縮刷物の装幀は津田青楓[*14]君の手に成って居るが、新刊の方は先生自身の考案に成るようである。それでその表紙の色の選択といい、絵模様なり、標題の字の配置なりのすべては禅味と俳味と支那式と英国式とをコンデンスしたようなところに、先生の趣味の一端が仄見《ほのみ》えるようである。

裸体と裸体

私は先生の人格や、芸術観や、人生観やに付て、茲《ここ》に何事をも書く資格はない、またそういう事に付ては何等言うべき智識も持たない。私は過去十二年間、先生に接近して申上げたり、伺ったりした「浮世話」の一端を始めもなく終りもなく、茲に双《なら》べて見ようと思う。而《しか》しそれでも先生のある面影はどこかに偲ばれようとおもうのである。

先生が東京朝日新聞に入社されて間もなくである。それまで大阪朝日記者として東京に駐在して閑散の地位にあった長谷川二葉亭（四迷）君が東京朝日新聞にもその筆を執ることとなった。そこで世間では何か両氏の上に文芸上の競争でも起るかのように噂して刮目《かつもく》したが、両者の間にはそれらの考えは微塵《みじん》もなく、従って朋党争の如きものは天からあるべき理由もない。私は二葉亭君にも十有余年の知遇を得て、且《かつ》は同君の内裏にまで親昵《しんじつ》した横山天涯君[*15]や黒川文淵君[*16]などとも二十年来の知友であったため心置きなく出入してお話もして居たが、そんな気は些もないのと、夏目先生にも世間ではこんな噂がありますがなど申上げても、「勝手に見るように見せておくさ……昨日も長谷川君と風呂屋で会ったよ、両方とも裸体だろう、そこで両方で前をおさえて、ヤッ今日は、という始末だ、なんでも裸体が天真爛漫でいいね。」などと諧謔なことを言って居られた。で、この間何等一点の邪気は見えぬ、真に天真爛漫の真《ま》っ裸体《ぱだか》の様子がありありと見られた。この時は先生も二葉亭君と共に西片町[*17]に住まわれて居た時である。（当時東朝紙上には先生の小説の下の方の欄に古峡生《こきょうせい》の名で露西亜《ロシア》物の翻訳が載って居てこれがなかなか評判がよかった、で世間ではこれを二葉君の筆であるかと思ったような人も多少あったようだが、これは中村古峡君[*18]の筆で、二葉亭君は「其の面影」の聯想に苦心中であったのである。）

先生が、胃潰瘍の病みはじめの伊豆修善寺で、その危篤を伝えられた時であった。東朝主筆の池辺君[*19]が見舞金を持て行かれて慰藉されたのに対して、篤くその厚情を謝して、そしてその東朝の見舞金を受けられなかったということは、大分世間でも知って居ることで、また先生の博士問題も、世間では一時評判の問題になった。また西園寺首相の文士招待会[*20]にも出席を謝絶して「ほとゝぎす厠《かわや》なかばに出かねたり。」という俳句を咏んでおくられたことに付ても、世間は何か先生を人気取りの政策を弄する人のように評判したが、私は先生は決してそうした意味でされたのでない、どこまでも、前の裸体の話で天真爛漫、自分の思ったことを思い通りに遂行されたに過ぎないのだとおもう。〔中略〕

先生と北海道

或る時、私は三重県の人物史伝を書くことを或る人からたのまれて、何となく紳士録に目を通すと、夏目金之助という名をその紳士録に探り当てた。不図《ふと》見ると北海道に籍を置いて居られる[*21]。私は江戸ッ子とばかり信じ切って居た先生が北海道はおかしいとおもって、先生へお伺いした時におたずねした。すると先生は、「君は能《よ》く僕の身許《みもと》をいろいろと探ってくるね、仰せの通り北海道だ。それには子細があるので、北海道という処も知らない僕が北海道に籍があるなぞは不思議だが、それは昔気質《かたぎ》の僕の親が丁度《ちょうど》徴兵令の更《あらたま》った時分に養子にやったのだそうだ。併《しか》しつまらぬ話は出来ないもので、これに付てついこの間おかしな話がある。自家《うち》の娘が女学校に行くが、それが学校で先生の話に、日本国民の男子はすべて兵役の義務がある、然るに世間では兵役に服する事をどうかすると嫌う者がある。不心得な事で、皆さんも大きくなって家庭の主婦となられたら皆さんのお子にかような不心得の男の子のないようにせねばならぬ、それは主婦たるべき皆さんがそうした心がけを、今から平常に養って置かなければならぬ。というような意味の教訓をした。すると小児《こども》は無邪気なもので、いつか北海道か何かの話から、自分の昔を話したことでもあって、それを聞き嚙《かじ》ってでも居たものか、娘は教師に向って、妾《わたし》のお父さんは徴兵除けに昔北海道に養子に往ったそうです、これは甚だ不心得で国民の義務に反しますね、とやった。教師もこの質問には困られたと見えて、それは人に由るので、貴娘《あなた》のお父さんは例令《たとい》兵隊に出ないでも、文学という立派な事業を有《も》って国家に貢献して居られるからそれでよろしい、立派に国民の義務をその方面で尽して居られる。すべて或る事業を以て国家のために尽して居られる方は、国民の義務に背いては居られないのです、といわれたそうだ、こんなことがある。君などは小児《こども》がないからいいが、小児には滅多なことは聞かされないよ。と笑い話をされた。

悲惨なる猫

私がお伺いして能《よ》く世間話の次でに話題に上るのは、講談や落語、芝居などの話である。そしてそれらの噂について種々な質問が出るが、またそうした場所にあまり往かれたことのないように思って居る先生にしては、甚だ精通した事を却《かえっ》て先生から聴かされる。「僕は先日ある会の余興に宝井馬琴＊22という人の講談を聞いたよ、あの男は一体何歳位になるのだろう、僕等の若い時分には宝井琴凌《たからいきんりょう》といった男だが、あの時分から、頭があんなに禿《はげ》て綺麗に光っていたのは同一だ、それにあの男の知識も芸術も、あの時代から一向に進んで居ない、時々変な乃公《だいこう》＊23がなどという言葉を使って客に対するところなどは二十年一日に下品な男だ。」などと評をされる。「本郷の岩本という日蔭町の寄席《よせ》＊24で松林伯知《しょうりんはくち》＊25が僕の「我輩は猫である」を講談にして居るそうだ、一度聴きに往こうかと思うが、まア往かない方が花だろう、とおもって止めた。……この間この近所の寄席に柳家小せん＊26という落語家の独演会があった、あの男は病気なんだそうだね、それであぁして高座に上って三時間でも四時間でも独りで話をするのは大事業だ……兎《と》に角《かく》一大事業だ。併し落語は余り旨くないね。現今の落語家で小せんを聴かなければ全く落語を聴かない人だと、誘った人が大層な触れ込みで伴《つ》れて往かれたのだが、どう考えても旨くない、その皮肉もその警句もその軽口も、どうも気障《きざ》だ。それにあの身体であの大事業を遂行するのが、如何にも悲惨だ。自分はやはり円喬《えんきょう》[27]や円右《えんう》[28]を聴て居る方が心持ちがいい……。」というお話しから私が「悲惨といえば、何とかいう〇一《まるいち》の俄師《にわかし》[29]で、ワキに据《すわ》る男が俄《にわ》か茶番の落ちに頭を仕手《して》に打《うた》れて赤い手拭を逆に冠《かぶ》って、我輩は猫である、という下げをするのがありますが、あれでは猫が悲惨ではございませんか。」と、申上げて笑ったこともある。芝居の事に付ては先生の小児時代に牛込あたりから猿若町《さるわかちょう》[30]まで行くことの大変で非常な手数のかかった事や、その頃の俳優の噂などもあったが、これは確か後に先生の物の本の中に出たとおもうから省略するが、先生の書かれたもののうちで「虞美人草」を松居《まつい》松葉《しょうよう》[31]君が脚色して舞台にかけたいということを先生に御相談されたことがあったそうだが、先生はこれを謝絶された。私しは先生のお心持ちは兎に角何だか残り惜しいような心地がした。〔中略〕

猪苗代湖畔の大地主

後藤宙外[32]君が『新小説』の編輯主任の頃、さよう今から八年ばかり前であった。同君の仮寓地たる猪苗代湖畔の地所を大挙合同して文士村にしようという計画で、後藤君の言うには坪一銭五厘で引き受けようということで、泉鏡花、柳川春葉[33]、その他稲門《とうもん》の文士連もまじり、春陽堂主人[34]も一部乗ろうといい、鰭崎英朋《ひれざきえいほう》[35]、高崎春月[36]、また私も加わって、それに宙外君から依嘱を受けて私が是非先生にも合同を願うという使節に立ったところ、先生は坪一銭五厘は廉《やす》い、これは煙草を買うより廉い、敷島三本を煙にすれば、猪苗代湖畔に一坪の地主となる、真実《ほんとう》かい、よし真実なら三町か五町一番眺望の宜いとこを約束しよう、と笑い話にお話がまとまった。春陽堂からは小林管理[37]が実地踏査というので出かけて行く、宙外君は必ず一銭五厘で取引が出来るかということを念を推しに行くというので、この一連は猪苗代に出発する。鏡花君の如きは一坪でも地主といえば大したものだ、下へ掘ればその深さに於て方図が知れない、それが何町歩と一躍しての大地主だと、例の諧謔を弄して居たが、数日して春陽堂の小林管理が帰って来て、イヤ一銭五厘でも一銭でも大変なところですと、寒いのとさみしいのとで呆々《ほうほう》の態《てい》で、漸《ようや》く会津の東山で命だけ助ったという報告、これで少々落胆したところへ今度は宙外君から、今回翁島へ有栖川《ありすがわ》家の別邸が出来るということで、地の持主に慾が出て如何《いか》なる場所でも湖畔の地所は一体に値上げになって、もう一坪何十銭ということになったとのことで、遂に一同が岩代《いわしろ》の大地主たることは出来ずじまいになった。それからは私が先生の許《もと》へ伺うといつも、「君、猪苗代の地面はどうなったのだい。」とからかわれて、「新聞だか雑誌だかで、僕が非常に金が出来て、何処《どこ》かへ大きな地面を買ったということを書いたそうだ、定めて猪苗代の地面の事を聞き間違えたのだろうけれど、僕は君のお蔭で非常に世間から金持のように思われて、信用が出来たよ。」との皮肉で、恐れ入って引き下がった。

先生の食味識

先生の食味に付ての嗜好はどんな物か、私はその日常平素の事を知らないからこれに付《つい》て何事をも申す資格はないが、料理屋の事や、酒の事などについては、能《よ》く先生から質問がある。然し見聞の狭い私などに満足のお答えが出来る訳のものではない。けれども先生は斯《こ》うした事までも能く気を注《と》めて聴くことを好まれた。野人の言を棄てられないで記憶に存して居られて、どうかした拍子にまた同じ事を訊かれてその時に、「デモ君は先日は斯ういったじゃないか。」などと詰られるので、先生の前では余程考えてお話しないとやり損うことが屢次《しばしば》ある。で、能く昔しの古いお留守居茶屋《るすいぢゃや》*38の事などからお話がはじまって、深川の平清《ひらせい》*39は今はどうなって居るかとか、近頃の深川ではどんな家がいいのかとか、亀戸の橋本*40の料理はこの頃はどうだろうとか、「近い内に友人が山谷《さんや》の八百善*41で会をする、会費は七円宛《ずつ》だそうだ、自分も当日は出かけるのだが、あの家はどんな家で、此頃も古風な慣例を守って居るか。」などと訊かれる。私はこれらについて知って居るだけはお答えをしたが、酒は上らないと言われる先生で、これに対しても却々《なかなか》の通をいわれる、そして広くその醸造地の状況なども知って居られるには敬服する。

生活状態と文士

また先生は、世間の生活状態などに付てお話をなすったが、それが却々些細に観察されて、毎日外出をして歩く我々などの知らぬ事までもなかなか綿密に能《よ》く知って居られた。それであるから一ト船*42の単行本を出す費用なども、私共の違算を却《かえっ》て先生から屢次《しばしば》注意されることがあった。また文士間の一般生活などにも能く留意されて居て、あれこれと御門下の方にでも話で聞いて居られたことのないような思いの外のお話まで為《さ》れることがある。『草合』発行の時から春陽堂との印税が更定されたが、その時に他の二、三の作家の単行本の買収額などに付てもお話があり、深く現代文士と一般書肆《しょし》というものの間、世間の文士に対する待遇等に感慨が深かったようだ。そして先生の頭には一般の本屋というものは、余りに算勘にあたじけない[*43]というお考えが一杯で、劇《はげし》くこれを不快におもわれて居られたようだ。

(『新小説』臨時号、大正六年一月)

夏目漱石（抄）

中村武《む》羅《ら》夫《お》

〔前略〕

夏目漱石は、家が近所だったので、一月に一度や、二月に一度は、用事以外でも遊びに行った。木曜日が面会日だったので、大抵その日の午後出かけて、夕方ごろまで、いろんな話しをした。門下の人々は、みんな夜集まるので、私は、漱石の客間で、門下の人々に会ったことは一度もないが、その他の人々には、ちょいちょい面《かお》をあわした。中村是公氏や、三宅[*1]やす子氏や、その当時の文部次官をしていた、福原何とかいう[*2]人達を、最初に見たのは、漱石の客間であった。

人に会っても、敬愛の感じを以て、心から頭を下げるような人物というものは、そんなに多くはない。多くはないどころか、殆《ほとん》どないといっていい。殊に私なんか、性質が偏屈なせいか、相手の美点よりも、欠点ばかりが目に附いてこまるが、漱石だけには、心から頭が下がる気がした。ああいうのは、人間の徳とでもいうのであろう。極《ご》く、平々凡々に見えながら、それで、どこか底光りがしているのである。

人物の品位――奥深さというようなものは、客間などで相対している時よりも、たとえば集会の席などのような、大勢集まった中に置いて見ると、一番、はっきりと分かるものだ。鈴木三重吉氏の夫人の告別式*3が、銀座教会にあった時、私も参列した。ちょっとつむじ曲りの三重吉氏のことであるから、普通の告別式とは大分毛色の変ったもので、牧師なんかまねかず、小宮豊隆氏が司会者になって、安倍能成氏が、聖書の朗読をしたりなんかして、焼香の代わりに、会葬者全部が、かわるがわる立って、一輪ずつの白百合の花を、黒布で蔽うた寝棺の上に捧げるのであった。漱石も自席から立って、やっぱり白百合の花を、夫人の寝棺の上に捧げたのであったが、私はその時の漱石の紋附羽《は》織《おり》袴《はかま》の姿と表情とを、わすれることが出来ない。丈の高い方ではなかったが、堂々たる風姿が場を圧して、鋭い双の眼は鷲の如く、ぴんとはね上がった口髭の下の唇辺《しんぺん》に、何とも形容の出来ない微苦笑をふくんでいるのであった。

○

もう少し夏目漱石のことを――。

漱石のその時の微苦笑は、「三重吉の奴、キザな真似をしやがるな」とでもいう苦《に》が苦がしさと、それから若くして逝《ゆ》いた三重吉氏の夫人に対する敬虔な哀悼の感じとを、ごっちゃにして現したようなものだった。少くも私には、漱石のその時の微苦笑が、そんな風な心持ちを現してるように感じられたのだった。

それでも漱石は、ゆっくりした、重々しい足どりで、棺前まで進むと、皆がするとおなじように、白百合の花を一枝手にして、黒布で蔽うた棺に向かって、ちょっと頭を下げた。そしてその時は、彼れの唇辺から微苦笑の影が消え失せて、ひどく厳粛な、苦がい表情に満たされていた……私の目には、漱石の死後、今でも、時々、その時の漱石の姿と表情とが、髣髴《ほうふつ》として目に浮ぶのである。

私が、湯の中で小便して、漱石に顔をあらわせて、大いに漱石をおこらしたというようなゴシップが、つたえられたことがある。が、これはまちがいである。私だって、まさか自分の小便で、人に顔をあらわせるような、そんな人の悪いまねをする筈はない。

それは多分、次ぎのような話しが、誤伝されたものだと思う。

その当時、漱石の家に、湯殿があったかどうかを、私は知らない。漱石の家は、やっぱり現在の、早稲田南町だったが、今のような堂々たる邸宅ではなく、確に家賃は四十五円とかと漱石自身の口から聞いたことがあると思うが、借家だった。勿論、湯殿はあったことだろう。が、直き前の銭湯に、よく出かけて来た。大抵、一番空《す》いた十時ごろから二時ごろまでの間だった。私も、よくその銭湯に行ったので、時々湯の中で出逢うことがあって、「やあ」「やあ」と、裸で挨拶するのであった。

「先生、湯に入ると、自然に小便が出たくなりませんか？」

或時、私が、風呂の中で聞いた。

「湯の中でか？」

「そうです。」

漱石は、やっぱり湯に浸りながら、斯《こ》う反問した。

「ないね。——君は、そんなことがあるか？」

「じゃ、僕だけですかね。僕は湯に入ると、自然に小便がしたくなるんです。」

「汚ないね。」漱石は口尻をしかめて苦笑したが、急に立ち上がって、「そんなことをいって、君は今、したんじゃないか？」と詰問した。

「そんなことがあるもんですか。」と私は笑った。

「どうだか、怪しいものだ。君が小便したんだと、僕は、君の小便で顔をあらったことになる。汚ないね。」

漱石は、もう一度顔をしかめて、苦笑した。

そんなことが、私が、自分の小便で、漱石に顔をあらわせたなどというゴシップに、誤りつたえられたのであろう。お蔭で私は、その後時々、徳田秋声氏と一緒に旅行などして、風呂には入《い》ったり、温泉に浸ったりする度に、「君、小便をしはしまいね。」などと、念を押されるのである。「僕と一緒の時には、そいつだけは、一つ勘弁してくれたまえ。」と秋声氏は、私をからかうのである。

一度、漱石をひどく怒らしたことがある。それは私が、彼れの印象を書いて、床の間の置き物のような、時代離れのした骨董品の感じだといったのに、憤慨したのである。

「時代離れのした骨董品に、談話をさせて、雑誌に載せてもつまらないだろう。僕は御免被《こうむ》る。」

その後、私が談話を求めに行った時、漱石は斯《こ》ういって謝絶した。

「談話筆記は、僕の職業で、僕はそれで生活してるんです。少しばかり先生の悪口を書いて原稿料にしましたが、そのために談話をことわられると、僕は食っていけません。」

私は、やりかえした。そして二、三の議論を上下した後、漱石の気持ちは打ちとけて、彼れはやっぱり私のために談話してくれた。

（中村武羅夫『文壇随筆』新潮社、大正十四年十一月）

先生と俳句と私と（抄）

松根東洋城

〔前略〕

最初に私達の眼に映じた先生は、一口にいうと、世の常の学校の先生とは全く趣を異にしていた。どこでもある事ではあるが、一体松山という土地は一段所贔負《ところびいき》の甚しい所で、土地の人といえば比較的よく互に相許し相助け合うが、他の土地から来た者は何かにつけて排斥などする傾《かたむき》が多い。先生の傑作「坊ちゃん」が果して松山を舞台にして松山中学校を描かれたものであったとしたならば丁度《ちょうど》あれに描かれた様にこの学校も中々面倒な学校であった。教師と生徒とは、よくごたごたしていて、生徒は教師に中々心服しない、通り掛かる教師を綽名《あだな》に呼び立てるなどいう事はありふれた事になっていたところが中々いたずらな生徒があって、あらわに理屈をこねたり甚だしきに至っては授業時間前に机をすっかり積上げてしもうて一同をそそのかしてどっかへ隠れてしまい授業も何も出来ない様にしたり、或は授業中に揶揄《やゆ》嘲笑到らざるなしという有様であった。こういう風で一、二松山出身の者をのけては教師は何等畏敬の念を以て迎えらるるどころか「余所者《よそもの》」としては生徒の為に翻弄せらるる者が多く面白くない風習であった。自然師弟の関係の温かいなどという所は至って少なかった。

先生はそういう情弊の多い学校へ赴任して来られたのであったが、謹厳で真面目な先生に対しては流石《さすが》いたずらな生徒も毫も乗ずる隙を持つ事が出来なかった。是は生徒一般の感想であったろうが、更に仔細に私自身の印象を辿って見ると、英語の先生だけでもそれ迄ずいぶん沢山に送り迎えたし、その多くの先生達には厳《きび》しい人もあれば優しい人もあったが、先生はそのどちらにもきっぱり属するという風でなく、無闇に怒りぽい人でもなければ御世辞の様な事は毛頭もいわれない、授業より外に無用の言はきかれなかった。その英語の教授法についても至れり尽せりで先生の学識が広く高かったからではあろうが、その事に従わるるや極めて忠実で親切でしかも生徒の智識脳力を量ってよく了解のゆく様によく納得するように教えられた。私などは特別に語学が好きと思う方でもなかったが、先生に教えて戴いてからは英語は面白いものだと心底から感じ出した。会話など西洋人に教わるより先生の教えて下さる方が余程面白くむしろ西洋人の教師が教えても説明もしてくれないあるものを先生は我々に与えられた。要するに先生は人を教えるに余りある学識と学才とを持っていられた上に教わるべき人達の能力をよく了解せられ、さて愈《いよいよ》教を垂るるに方《あた》っては人気とか評判とか云う事は念頭になく只《ただ》誠に親切をたるるという事が余の教師達と大いに異る所以《ゆえん》であったらしい。

□

この良師恩師たる懐しい先生が、俳句の上手であると聞いたのであるから添削《てんさく》して戴くべく私はすぐと友人を通じて先生に手紙を差上げた。それはたしか後の法学士の矢野義二郎[*1]君であったが、それ以来私は句が出来るに従って君を通じては先生に見て戴いていた。これが私の俳句に於ける先生との接触の初めであった。

第一回の添削に、陳腐《ちんぷ》だとか平凡だとか一句一句の批評の中に「ゆで栗を峠で買ふや二合半」という句をほめて戴いてそれに俳諧の本道を得べき動機を得た事を感ぜねばならぬ。先生は私にとっては俳句の手ほどきをしていただいた方でこの点に於ても忘れることの出来ない恩師である。子規先生を始め後に依て以て色々教訓を得又《また》助言を受けた人は多々あるが、俳句に就いての私の師匠は夏目先生一人である。

この先生に添削して貰うという事についても一つ語って置きたい事がある。その原稿を送るに当って必ず熊本の友人を介したという点である。というのは私は先生に直接書信をするのが何となく晴れがましく一種の羞恥を感ずるのであった。矢野君は帰省の度に先生が君の事を話していたよとか君の俳句の事など語っていたよなど話して呉れるので先生はもはやよく自分の事を知っていられると分り乍《なが》ら猶《なお》直接の音信を憚《はばか》っていた。是は矢張先生に対する私の畏敬の心に基くには違いなかったがさりとて一図《いっと》に恐縮するのではなくて同時に敬慕に堪えぬ情が伴うていたのであった。一方に畏敬一方に愛慕それに羞恥を感ぜねばならぬ順序になる。さてそうなるのが抑《そもそも》先生その人の例の表面極めて真面目なのに内部は甚だ温い情が籠るという事と相映照《あいえいしょう》するのであろう。心の情は犇《ひし》とこたえ乍ら屹とした森厳さにたやすくは近よれぬかの意中の情人に対するようなものであったのかもしれぬ。是は私ばかりでなく又この添削の時分ばかりでなく後に親く先生に私淑した人達の始終先生に就て斯《こ》ういう温厳の二面のあった事を見落さざる所であろう。

□

話は先生の閲歴を辿り乍ら一寸《ちょっと》横道に這入《はい》った嫌いはあるが、この時代先生は熊本で俳句の会などへも出られていたらしく俳句を作っていられた事であろうが、尚《なお》是より先松山にいられた時分やまだ東京を去られぬ時分に句も盛《さかん》にやっていられた事と思う。その内私は一高に入るべく東京へ出たので根岸草庵＊2へ通ったりその他東京の先輩友人と共に研鑽する様になって先生への方の添削は願わない事になった。先生も亦その後東京へ移られ一高に大学に教鞭を執られる様になったので、久しく疎遠になっていた先生を今度は私はお宅へ訪問して行った。是が私が書斎に於ける先生、否寧《むし》ろ教室外に於ける先生との対面の最初であった。その頃はもう例の猫が茶の間から書斎書斎から茶の間と家中を頻《しきり》に横行し、「吾輩は猫」の材料が族々と醸されつつある時代であった。先生と一所に飯を食うという事が後には当り前になって宅へ帰って食う様な心持になってしまったけれど第一回の御飯を戴いた時は只もう情の露で炊いた愛の飯と外《ほか》思われなかった。

この頃には先生ももう俳句を余り作られないで、私も亦先生に俳句の話を試みようともしなかった。寧ろ先生を折角訪ねて来るというはもっと大きな用の為めでなければ総ての世の疲れから休む為めに来るか或は却《かえっ》て俳句以外の小説とか文章とかのみならず寧ろ思想上の問題などまで伺う方が重になっていた。俳句に関しても別に多くの俳人と交際せられる事もなく只《ただ》子規氏と交通せらるる位であったろう。

その内「猫」が出て「幻の楯」が出て先生は「ホトトギス」その他に創作を発表せら

れるようになり、その後暫く連句や新体詩をやられる事はあったが俳句からは益《ますます》とおざかられた。

又程なく先生は大学を辞されて、朝日新聞社へ入社され、遂に小説家として立たれ、したがって俳句の方は余程稀れな場合を除いた外は、全く作られなかった。

明治四十三年に先生は大病を以って長与《ながよ》胃腸病院へ入られ、その快復期に於て久し振りで俳句の話が出て、作ろうかといわれて一所に十句ばかり作った事があった。之を動機にその後もよく病後の要慎期の退屈凌ぎにとそそのかしては句作をした。その後の度々の大病の予後《よご》には尚読書や執筆を禁じられていたので書や書画を始められたがその間々《まま》には時々私が句に誘いなどした。そして古臭い句を作られると私がかまわず「先生の句は十八世紀だ」とくさすので外の人に「東洋城が来ると発句をつくらされるので困る。」などと負惜みを云って居られたという。併《しか》しそれも不健康の時期の事で健康が回復するともうすぐ読書三昧それから又執筆三昧と進んで行って句作など打切りである。

その内に昔ほんの少し習われた謡曲が始まる事になって句を作って遊ぶ代りに今度は一所に謡《うたい》を歌って遊んだ。謡は運動になるから先生の様に坐って書いたりいろいろ読んだりばかりしている人にはよいなどというてすすめたのが始めであった。その運動用の謡がいつか下掛《しもがか》り連《れん》*3の乗ずる所となって先生の書斎へ本式に宝生《ほうしょう》新《あらた》*4氏が通うという事になった。それからは先生からか自分からかどちらからか言い出して又しても謡に夜を更かす事が多かった。先生は下掛で自分が観世《かんぜ》*5という二流合同で盛《さかん》に乱声を近隣に響かしたものだ。そうして俳句の事は頓《とん》と出なくなった。それでも先生は私の家の句会に来て下さったことが二、三度ほどあったが、その外には発句の会などに出られた事は皆無であった。

句作などなさらなくなった後には人が短冊などに染筆を乞う者ある時どうかすると短冊に向って新らしく作って書かれる事があったが是とてもほんの気まぐれの出来事で先ずその後は句作はなさらなかったというてよかろう。

先生の俳句の歴史は大凡《おおよそ》斯の如きものである。併し是とても私と先生との関係を辿っての叙説であるから私に縁の遠い処は漏れている訳でその正史に対して是は外伝とでもいうべきであろう。尤も東京へ帰られての後の事は大体に悉《つ》くしている積りだし、又その以前も朧《おぼ》ろ気《げ》乍ら大体の輪廓位は是で窺われようと思う。

さて先生御自身の俳句の歴史は上述の如しとしてさらば先生の俳諧史上の位置とかいう事はどうかというに、是はもっとよく先生の俳句の全体を講究した上でなくては言えないが、少くも是だけの事は今言えると思う。即《すなわち》、先生は俳句界に於ける当面の所謂《いわゆる》大立物ではなかったという事である。というのは私にとってこそ師匠であるが世の一般には先達とか先生とかいう側の方でもなかったし、さりとて又作家として自ら銘を打って出られる様の人でもなかった。俳句という者が土台先生にとっては御自身の芸術的立場という程の者ではなかったらしく、寧ろ先生の内にある或者をその時その折序《ついで》是によければとて俳句に盛られたばかりの事ではなかったろうか。殊に自《おのずか》らなるこの先生の態度が先生をして所謂俳句界という或範囲の内に押込ましめなかったのである。斯く先生は俳句教育に関する側も自己製作に属する側も孰《いず》れも俳句の社会的氛囲気《ふんいき》の外にあられたが唯先生の俳諧の気分が高く優れているからその作品が自然他より認識せられ高唱せられたに過ぎぬのであろう。要之《ようするに》先生の俳諧はもっと大きなものであった。俳句にのみ依る以上にその俳味は色々な他のものを通して発散していた。即ちそれは小説にも現われたろうし随筆にも現われたろうし乃至《ないし》哲学書画談話行動等一切に示現して衆庶を感化していられた。換言すれば先生の俳諧は俳句を教えるとかよい句を詠むとかいう以上に更に大きな役目を果たされたものといわねばならぬ。〔中略〕

□

斯《か》く先生の俳句に就て語って来ると、どうしても最後に先生の俳句その者を説かねばならぬ、が是は匆卒《そうそつ》の際によく全体に亘って究むる余裕もない事であるから今は僅に手近に在る先生の短冊の内から二、三を挙げて断片的にdeux mot〔簡単に説明〕を費す事としよう、且つそれも句その者の評釈に渉《わた》る事は避けて寧ろ一句一句によって一回でも余計に先生の俤《おもかげ》を偲《しの》ぶよすがとなす事に重きを置き、追悼の意味に於ても紀念の意味に於ても可成《なるべく》最適当な方法を採《と》ろうと思う。先ず第一に

すみれ程な小さき人に生れたし

という句。是は流石《さすが》先生でなければ云えない事と思う。写生とか客観描写とかいう事は多士済々であるが斯《こ》ういう理窟の句を作《な》すものは太《はなは》だ鮮《すくな》い。元来そういう理想の高い人が多くないからでもあるが。春ののどかな気分の下に生れた小さい美しい菫の花、その菫の花の小さきが作者固有の情緒にあわれ触れる、そこに菫と作者との間に或一致がある、即ちその菫の花をめでいつくしみ昵近《じっきん》*6になる極《きわみ》作者が菫と合体し同化する、そこに先生の人格が伴いそこに先生の情調が流れる。この種の理想句は兎角《とかく》に月並に堕して鼻持もならぬのが多い中に是は又非常に高遠な非常に純美な芸術を見せらるるものかな。この句、一面に一種の人生観を胚胎し他面に人情の温かい処を保有している。「菫程な

小さき……」という処に自然の一微物に対する人間の省慮《せいりょ》とその美しい同情とがほの見え「小さき人に生れたし」という点に人、人と大きな顔をしていれど観ずれば人亦《また》天地の間の一粟《いちぞく》*7に過ぎぬと悟っていっそ始めから小さい併し穢れも迷いもない菫程な小さき物に生れて来たい、との様な人生観が根をさす。この句に斯《か》かる二方面が現わるると同時に先生の斯《こ》ういう二面が偲ばれるではないか。又

ある程の菊投げ入れよ棺の中

というのは、大塚楠緒子《なおこ》女史の物故《ぶっこ》*8の際先生が悼まれた句であるが、是は先生が丁度《ちょうど》或時の大病の揚句《あげく》の事で、先生が女性らしい女性として、常に感心していられた楠緒子さんをこの世から失われた事ではあり尚自分の病気につけて一入《ひとしお》哀惜同情の思いに堪えぬものがあったと見える、この句を見ると何度見てもいつも涙でグッショリ濡れている様に思われる。是も前句でいうた様に人の情の温い処から出立している句であるが此方《こちら》は又更にそれ一方で走っている。或人恐くは世間の多くが先生を以て頗《すこぶ》る人情に疎い偏屈な冷淡な人の様に思うているが、若《も》しそんな見えがあったとせばそれは物に覆われている時で先生の胸中胸底は当《まさ》に温い情の源泉たる心の焔がもえていたのである。先生は句を作る為めに句を作られた人でないから徒《いたずら》に虚偽な句を作って居られぬ。洵《まこと》にこの句の

如き先生の温かい美しい人情が溢れ流れているではないか。自分以外の人には総て反抗的だとか学問以外に人情を解しないなどという世評は太《はなは》だしい誤解である。先生は唯《ただ》物の順なるを立場にせられた、故に物順なれば唯々《いい》としていられるが一旦順でないと何人《なんぴと》も容易にその関所を越えしめられないばかりである。

お降《さが》りになるらん旗の垂れ工合*9
蓮の葉に麩《ふ》はとゞまりぬ鯉の色

いかにも自然で面白い。余の人だと見た儘《まま》の写生にしてもそこに多少の技巧を用ゆる、又多くは技巧を凝らして却《かえっ》て自然に遠いものにして仕舞うが、先生のは始めから技巧などという事は更に無頓着である。それは誰しも句作の心得はそうなければならぬが先生程云いたい事だけ言い出して知らん顔をしているという様なのは近代には珍らしい。想《おも》うに是は先生の頭が非常によいので透視というか何というか物なり事なりとに角句境が疾《と》くに頭の中に写ってしまって写ったらそのまま直ぐ現われ出るという風に句が出来一向に理屈がなく自然に無造作に万事行く点が当代に尊く有りがたい。この無造作な淡泊な点はやがて先生の江戸子気質を窺わしめるにも足る。晩年先生は先生一流の画をよく描かれたが、固《もと》より習われたのでも何でもない言わばまあ自己流の画であったに拘《かかわ》らず矢張《やはり》拘泥しない無造作な斯ういう点がよく出ていた。

蓮切りに行つたげな椽《えん》に僧を待つ

良寛に毬《まり》をつかせん日永かな

蓮の句の如きは見たなり思うたなりを言いたい様に言い捨てた前句の様な無造作が玆《ここ》にもあるが是は亦《また》句に現われた境涯その者が随分と磊落《らいらく》である。毬の句に至っては磊落を通り越していっそ呑気なものである。先生は書に於ても良寛をほめて居られ現にその幅《ふく》をも所持して居られるがそれも畢竟良寛の人物を面白く思っていられた事と並行していたに違いないが、この句でも面白い妙な坊さん良寛が一生子供を相手に遊んで暮らしたという事に立停って見ている事が既に面白いが春の日の永きにつけてもその坊さんに毬をつかせようと思いつくなどは奇想であり又呑気なものである。殊にその良寛に一番毬をつかせて見よう、と一寸考える処などは蓋《けだ》し解脱《げだつ》の人でなくては考え得まい。良寛が先生か先生が良寛か毬が良寛か先生が毬か、先生にこの種の磊落呑気な気分もあった。今の俳句というものとかくむずかしくやかましい今日の世の中にこうした呑気な句が出来るという事に先生の貴い余裕を思わせるというのだ。〔後略〕

（『新小説』臨時号、大正六年一月）

漱石先生と運座（抄）

守能断腸花《しゅのうだんちょうか》

『倫敦塔』を読んでからの漱石先生思慕の熱は自分にとって可成《かなり》異状なものであった。教科書など授業を受けるときの外《ほか》覗いてみた試しがない位《くらい》自分の頭は漱石先生のことで一杯になっていた。

学友の総てはその頃流行の自然主義の小説にかぶれて漱石先生の小説を一種の遊びに過ぎないなどと高言していた。自分は興奮した。そして出来ることなら彼等と剣を握って迄も漱石論を闘《たたか》わそうとも思った。

爾来《じらい》自分は（以前からもそうであったが）何人にも文芸に就ては話すまじと誓《ちかっ》た。而《そ》して漱石先生の著書と云えば月謝を費《つか》い込みしてさえ出版される毎に買入れないものはなかった。貧乏書生にとって漱石先生の著書は決して安価なものとは云えなかった。それでいて厳しい叔父の監督の下にいた自分は前借でどんどん『鶉籠《うずらかご》』『漾虚集《ようきょしゅう》』『草合《くさあわせ》』

『猫』などを本屋の棚から自分の貧しい本箱の上に移して悦んでいた。そして同窓には馬鹿な男と思われつつどうにか学校を出た。*1 成績は八十名の内尻《うち》から一番であった。漱石先生には甚だすまない申分ではあるがこの名誉あるケツから一番の成績は卒業試験準備中『鶉籠』に熱中していたことが三分通り原因をなしていた。あとの七分は当然自分が負うべき頭の低劣によることは云うまでもない。

その後自分は俳句をやる様になってからは漱石先生が俳句をお作りになっていることを先生の小説中で知《しっ》ていた。自分は何となく心強さを感ぜずには居られなかった。

偶然自分は先生にお目にかかる機会を得た。時は丁度、先帝陛下崩御の年、*2 大正元年十一月二十五日の事であった。城師〔松根東洋城〕から久々での句会を開きたいから是非胡刀《ことう》氏*3 と二人連れで来て呉れるよう懇篤な案内の葉書を頂戴した。その頃の城師の住居は今の筏の舎の真正面に当る向河岸の二、三軒引込んだ処にある路次深の二階家であった。胡刀氏と私は共に好都合だったのでその日に御邪魔に上った。*4 二階の城師の書斎兼句座に通されるとそこには既に〔籾山《もみやま》〕柑子、〔岩崎〕霞渓、牛歩、真一郎の諸君が居られた。皆だまりこくって無我の境に打ち沈んで居たので吾々二人が突然円座の中に飛び込んで来たのを不思議そうな顔して一斉に白分達二人へ視線を集中された。自分はこの時の座に居た諸君と殆んど一面識を持ていなかったため一寸《ちょっと》の挨拶をして座に着いたきり暫《しばら》く沈黙の時を続けていた。暫くして柿色の法衣をつけていた牛歩和尚が席題は落し水と天長節の二題で句数は無制限ですと親切に仏のような声で教えてくれた。その時ふと城師の座に見えないのを気付いた。するとまた牛歩和尚は城師の来客と一緒に昼食をたべに出かけられたことを教えてくれた。

やや暫くして玄関の格子を荒々しくあける城師の帰宅をそれと知った。すぐ二階へとんとん上ってくる足音は来客ともに二人であることが分った。城師は吾々一同を一渡り見廻しになって、

「イヤどうも大変お待たせしました」

「よくお出かけでしたね」

と特に胡刀氏と自分に慇懃《いんぎん》な挨拶をされた。そして円座の後をめぐって机の側にあった大きなモスリンの座布団の上にどかと座られた。後から一緒に来たお客様は縁側に立った儘《まま》暫らく運座の席をじろじろ見ながら別段中に這入《はい》ろうともしないで居た。城師はお客様に向って、

「先生お這入りなさいませんか」

とぶっきらぼうに云われた。お客様に先生と云う尊称を城師が云われたので急に自分は好奇の耳をそばだてた。縁側に立って居たその先生の顔は非常にあごから下が多角形な感を私に与えた。そして角ばった肩の所有者であった。

「君、それじゃ少し邪魔をするかな」

と円座の真中に狼藉としていた硯筆、短冊の上を蛙のように飛越えて城師と私との間に座を占められた。

飛越えるときその先生は大きな声で「失敬」と云われた。奇異な目でその先生を見て居た自分は隣の胡刀さんに誰でしょうとそっと聞いて見た。胡刀さんは知らないと静かに首を振った。而《そ》してまた隣りの人に（牛歩君だったと覚えて居る）誰ですときかれた、牛歩君は夏目さんであることを胡刀さんに教えてくれた、胡刀さんはその話を私に取次いでくれた。私はその話をきくと突然に怪しい心臓の響を感じた、日頃の漱石先生思慕の情は渦を巻いて貧弱な私の頭の中をかけ廻った、私の目は異様に輝いた先生の一言一句もききもらさじとじっと心を落ちつけた。

壁際にうずくまっていた先生はだまってぼんやりと吾々凡人の顔を眺められた。その内城師と先生との間にこんな会話が替された。

「先生どうです一ツお作りになりませんか」

先生は手近にちらばっていた半紙へ何事か無駄書をされながら何とも城師に答えられなかった、而《そう》して人を引きつけるような懐しみを包んだ口辺からは微かな笑《えみ》さえ漏されていた。城師は再び、

「先生此処《ここ》に居られる連中は皆な古い句ばかり作られるのです、どうです先生も古色蒼然としたところをお作りになりませんか」*5

先生の微笑は破れて田螺《たにし》のようにぽつりぽきり答えられた。

「俳句は僕はもう暫く作ったことがない、昔正岡（子規先生）のいる時には面白いとも思って盛《さかん》に作ったこともあったがね……」

遠い松山時代に思を走せた先生はあまり俳句に興味のないらしい口振りであった。そしてまた、

「俳句を作っていると人間は駄目になってしまうよ、俳人は廃人に通ずるからね」

一流の先生の皮肉が出て来た。座にいる城師始め一同この先生の口さがないお言葉には唯《ただ》微笑を以てそれを迎えるより外はなかった。城師は、

「まあ今日は先生も所謂《いわゆる》廃人になってお作りになりませんか」

再応城師がお勧めしたけれど先生は無駄書の手を止めず微笑して居られる計《ばか》りであった。

暫く立《たっ》て〆切の時間がきた。先生は何時《いっ》の間にか無駄書の手をやめられ壁に寄添うた儘眠そうに瞼《まぶた》を下《おろ》されていた。作句中の城師は短冊と筆を下に置かれ、

「少し横になったらどうです」

と云われた。先生はじかに畳の上に横になられた。城師は手を烈しく叩いて下から老婢をよばれた。老婢は恭しく一枚の毛布を襖《ふすま》より引き出されて静かに先生の体へかけられた。間もなく先生は吾々の方を向きながらかすかに睡眠の呼吸をもらされた。体は海老のように腰から下を丸く折られて甚だ無造作のものであった。

一度締切しようとした時間は城師の遅れて帰られたため延された。一題宛《ずつ》撰句する予定が二題一時に選句することに改められた。釣瓶《つるべ》おとしの秋の日は遠慮なく庭後の松枝へ落ちて行った。淡々として仮睡の夢をむさぼっていられた先生は容易に目ざめる様子も見えなかった。再び締切時間が来た。皆の手で箱の中に投げ入れられた短冊は浄書されはじめた。

秋の日はまたたく間に夜気を見せた。静かな眠りに落ちていた先生は皆の話声に目を

覚された。毛布を掻きのけてやおら起きられた先生は直ちに威儀を正されてまぶしそうについたばかりの電灯を見上げられた。すると先生は懐中に手を入れられて何か探し物をされた。腹の底から引ずり出されるようにして先生の手に見えたものは物古びたお粗末の懐中時計[*6]であった。片側の凸凹した跡が淋しく自分の目に映《うつ》た(先日城師にこの時計の話をきいたら先生が中学校教師時代から持て居られたものであると教えて下すった)。先生はじっと時間を見られながら傍にあったハンケチの小さい包みを取り上げた。包を開いて取りだされたものは秋の夜の灯にはあまり淋し過ぎる一個の薬瓶であった。大病後の先生はこうして片時も薬を離さずにいるのであった。先生は瓶を二、三度振られた。そして喇叭《ラッパ》飲み式に瓶の口を唇へ当てた。病後のせいか普通の人より特に突起して見えた先生の咽喉仏《のどぼとけ》は薬を飲み下ろす毎《ごと》にぐりぐり活発な廻転運動をした。そして今度は運座の茶菓子に盛られた細かい塩せんべいの盆を膝元へ引寄せられそれをぽりぽりと旨《うま》そうに召し上られた。自分は大病後のお体であんな堅いものをたべられて差支えないものだろうかとはらはらしながら心配していた。先生は一向そんなことには無頓着にお盆の上へ顔を蓋するようにして盛んに塩せんべいを味われていた。口を動かした先生は出しぬけに城師へ向われて

「君、僕はお湯へ行くから、一寸《ちょっと》手拭をかしてくれ給え」

と云われてついと立ち上りながら時計と同じく可成《かなり》に古物な黒色の蟇口《がまぐち》を出された。中味をあらためながら、

「湯銭はあるかな」

と独語された。

「こまかいのを上げましょうか」

城師が心配すると、

「これでも湯銭位はあるよ」

とばかり古色蒼然たる蟇口を上下にちゃらちゃら二、三度ふられた。老婢から手拭と石鹸を受取った先生は直ぐ湯へ出かけられた。

短冊の清書は程なく終った。城師の発議で先生にも撰をして戴くことにきめ湯からお帰りになるまでを一座の者は雑談に時を消《ついや》した。話題は主として先生の身上に関していた。城師は近来先生が持病の外に神経衰弱に悩《なやま》されておられることやまた訪問客の攻撃を避難するためよく城師の処へ飄然《ひょうぜん》と来られることなど話された。

色々の先生に関する噂や質問が城師と一同との間にあった。先生の健康に就て日頃先

生と親しくして居られる城師はあまり楽観的な話をなされなかった。

約半時間後に先生は洗湯からお帰りになられた。濡れ手拭を欄間に掛けて先生はまた城師と私との間に座を占められた。浴後の先生のお顔は晴々として額のあたりは電気の光に心持よく輝いていた。

「先生も撰句して下さい」

城師が云われると軽くうなずかれて
「やって見よう」

と機嫌よく承知をされた。

句稿は順々に銘々の膝から膝へと順序よく廻された。隣に居られた先生はまだ撰句に不馴れな自分が遅々として句稿を廻さないのに気をいらしてか、

「まだすみませんか」

と丁寧な言葉で催促された。少しく逆上気味であった自分は好い加減にして句稿を先生に御手渡しした。先生は一句一句に目を通されていた。晦渋な句に出会《でく》わすと筆を握った儘《まま》手を頤《あご》の処へ持て行てじっと考えて居られた。一枚の句稿を見終ると先生は隅の余白へ丸の中に漱の字を書かれてから城師にそれを廻された。数枚の句稿が万遍なく一巡

してから撰句は真中のお盆の上に出された。撰句は例の通り城師がお読みになった。一番最後に城師は漱石先生選と声高に読み上げた。

どんな句を先生はお撰みになるのかと当初から期待していた自分は耳を澄して城師の口元を見ていた。透き通るような城師の声は続け様に私の耳を打った。それは意外にも五句程私の句を先生が取ったからである。予期しないこの出来事は再び軽い心臓の鼓動を自分に与えた。

撰後の句評に城師と先生との間に大分議論があった。

　淋しきがうれしき菊の三日かな

城師が第一番に月並だと先生の撰ばれた私のこの句を鎗玉に上げられた。胡刀氏も賛成された。先生は、

「淋しいものはうれしいものだ」

と答えられて又、

「よく味って見ると、淋しいものはどこかうれしいところがあるように自分は思う、深い意味は別問題としてそう云う心持を自分は面白く見たからこの句を取《とっ》た、別に諸君の云われるような月並臭があるとも思わない」

といわれた。私は先生が作者に対し意見を徴しはしまいかとはらはらして居たが、より以上問題が進まなかったためこの句の評はそれで納ってしまった。次は又先生の撰に這入った私の句であった。

水落すところどころや利根の月

この句を平凡ですねと城師は云われた。撰者として自分の撰んだ句には当然責任を負うと云うような態度で先生は答えられた。

「勿論あまり上手な句ではないが利根と云うので広々とした感じを自分に思い起させたから取ったのだ」

尚《なお》二、三城師との間に押問答があったけれど結局先生は選に入れてもよい句だと城師の平凡説に敗けて居られなかった。

自分の句が計らず先生の弁護に依て一縷《いちる》の望をつなぎ得た事は漱石宗の自分にどの位の喜悦と満足を与えてくれたかとても想像以上のものであった。

今度は先生が、

落水《おとしみず》＊7どんぢりにある水車かな　霞渓

この句を見つけ出して批難された。

「どんじりは汚ない言葉である、芝居などで五人男[*8]とかなんとか云う連中が順番に舞台の真中で文句を並べる時、一番尻《しり》の奴《やつ》がさてどんじりに控えしはとか云うが自分はあの言葉をどうも好まない、その意味でこのどんじりにある水車をいやな句だと思う」

城師は黙してはいない。

「自分は下品な句だとは思わぬ、言葉の汚い奇麗は少しも句の上品下品に関係しない、落し水が流れて行く川下の水車をどんじりにあると云った処に滑稽もあり俳諧味もあると思う」

此処《ここ》でまた言葉の上品下品と云う関係があったように記憶しているが思い出せない。

先に注文した夕食が銘々の前に運ばれた。城師は釜あげ位《ぐらい》は召しあがってもいいでしょうと先生に勧めて居られたが昼食の遅かった先生はたべたくないと云われた。霞渓君と牛歩和尚はチュウチュウ熱そうに釜上げをやられ、胡刀氏と自分は先生の鼻先で餓鬼のように親子丼を平らげた。皆んなの食事中先生は体を横に腕枕をされて鴨居《かもい》の水彩画を見つめられていた。食後の茶を啜っていた城師に、

「この絵は商売人《くろうと》の描いたものじゃないのだろうね」

と尋ねられた。

「そうですこれは工科の学生が描いたものですが素人としては上手な方じゃないでしょうか。なんでも浅井先生の門下[*9]になってしばらく画をならった事のある男です、句も一樹《いちじゅ》と云って相当に作ります。何時《いつ》ぞやこの男は先生の処へ私と一緒に伺ったことがある筈です」

先生は記憶にないと云った様な様子をせられてまだ画面から目を離さないで居られた。そして、

「工科の一学生が描いたものとしてはまずくとも仕方がないが師匠に就て習ったことがあるとすれば今少し何とかなっていそうなものだ」

才気溢るる一樹君の名画も先生にかかってはあまり好意を持たれずにしまった。〔中略〕

尚《なお》一樹君の絵に同情を持《もっ》て居られた城師は、

「先生横になって画を見ちゃだめですよ。ちゃんと座《すわっ》て御覧になれば上手に見えます」

「横から見たって何処《どこ》から見たって下手なものは下手だよ」

と先生は笑いながら答えられた。この時私は先生と城師との関係が師弟を離れて父子の如く親密に自由に有り得たことを羨まずには居られなかった。

食後の話題は主として先生から出た。先生と柿色の法衣を着た牛歩和尚との間に天機洩すべからずとも云うべき珍談があった。それは先生の住んで居られた早稲田と牛歩和尚のお寺のある隅田村との優劣論であった。話の筋道は只《ただ》頗る面白いことであったことだけは覚えているが頭の鈍い私は今総てを忘れてしまった。

又寄席の好きな先生は先生の大学時代と今日との寄席の変遷を先生一流のユーモアーに富んだお言葉で話された。この話は多分『硝子戸の中』にお書きになったように覚えている。

城師のお職掌柄《しょくしょうがら》話*10は何時か先帝御大葬のことに移っていった。城師は好い記念物があるからと云て押入の中から大葬使たりし城師御自身着用の冠、帯刀、沓《くつ》を先生の前に取り出された。先生はいちいち数奇な目を放て時代を離れたこの由緒ある記念品を眺められた。弓のようにそり反《かえっ》た帯刀は先生はやっと声をかけて抜かれた。そして皆の前に玩具のような中身をピカピカさせながら振って見た。

「こりゃ家の小供達が喜びそうな物だ」

と云いつつまたその鞘へ身を納められた。先生は面白半分装束《しょうぞく》を着けて見ようと神主のかぶるような冠を尤《もっと》もらしく頭に乗せられた。帯刀は無器用に兵子帯《へこおび》の間へさされて反《そ》りを上に向けるのか下へむけるものか城師に尋ねられた。無雑作に出来上った漆塗の沓を暫《しばら》くはかれた先生はつと立上って、どうだと真面目な顔をされた。皆は一斉に吹出してしまった。然しあの温情に満ちたどこともなく威のある先生のお顔は単に一時の滑稽とのみ自分には思われなかった。

秋の夜は更けた。先生はもう遅いからと云って傍にあったセルの袴を自《みずか》らおつけになった。細長い城庵の路次に闇を潜って先生がお帰りになられたのはそれから間もなかった。

先生と私との関係は只の一回の同座のみでかくの如くはかなく且つたよりないものであった。然し先生より間接直接に受けた崇高偉大なる人格の放射はこの哀れな私の一生を通して片時たりとも忘れることの出来ないものになってしまっている。

一句を奉る。

とぼ〳〵と先生枯野を行くや否や

（大正六年一月九日）

（『渋柿』大正六年二月）

漱石先生と謡《うたい》（抄）

野上豊一郎

謡《うたい》は或る時期に於いてはたしかに先生の生活の可なり重要な一部分であった。丁度《ちょうど》、書や画がそうであったと同じように。ずっと以前、熊本時代に宝生流（上掛《かみがかり》）を稽古して居られたそうだが、その頃のことは私は知らない。本式に稽古を始めたのは明治四十一年頃で、宝生新氏（下掛《しもがかり》宝生流）が早稲田南町の家まで出かけて教えていた。勧めたのは高浜虚子氏であった。私も高浜氏に勧められて始めたのであるが、安倍《あべ》〔能成〕や私の始めたのは先生より少しおくれていた。安倍の方が私より半年位早かったかも知れない。小宮〔豊隆〕も始めたが、小宮はもっと後である。鈴木〔三重吉〕と森田〔草平〕は決して謡の仲間入をしなかった。寺田〔寅彦〕さんは子供の頃、家で少しばかりやらされたことがあると云っていたが、謡ったのを聞いたことはない。松根〔東洋城〕君は早くから観世《かんぜ》をやっていて、器用にうたっていた。そういった連中が先生の周囲にいて、機会さえあればよく謡った。一時は木曜会が謡会になりそうな時期もあった。こまるのは森田や鈴木で、つまらなさそうな顔をして聞いていたり、ひやかしたりしているが、後では茶の間の方へ遁《に》げ出して行くことがよくあった。先生は初めのうちはおもに虚子さんを相手に、また東洋城君を相手に謡っていた。たまに坂元君[*1]、皆川君[*2]などと謡うようなこともあった。われわれも稽古が少し進んでからは一緒に謡って貰った。美声で、声に幅があり、癖はあるが節扱いが器用で、ちょっと追っ付けそうに思えなかった。謡をうたったり、書や画をかいたりすると、その間は俗世間の苦痛が忘られるというようなことをよく云い云いして居られたが、私は先生が屢々《しばしば》一人で謡をうたっていたのを知っている。日に依っては、午前に謡い、午後に謡い、更にまた晩にも謡うといったようなことさえあった。「日記」[*3]にもそういうことがちょいちょい出て居る。例えば明治四十三年六月の或る日、胃潰瘍の嫌疑で外出歩行を禁ぜられ、病症のはっきりするまで謡もやめた方がよいと云われて病院から帰った日でさえ、読書しているうちに眠くなったからと云って「富士太鼓《ふじだいこ》」をうたい、晩食後また「花月《かげつ》」をうたった。それから数日後に病症が決定して入院したのであるが、健康がそんな風になっていながら、而《し》かも一人で一日に二番謡ったりするのは、乱暴と云えば乱暴である。御自分でも「是で悪くなれば自業自得也」と書いていられる(「日記」明治四三・六・一三)。

「花月」といえば、「花月」は先生の好きな謡の一つであった。殊に小唄が気に入っていたように思う。その前の年の夏、「それから」を書いていた頃、或る日、松根小宮両君が先生の家に泊り、翌日炎暑の酷烈を物ともせず、朝三人で一番、ひるからまた一番うたい、そうして晩には先生が一人で一番うたったことが「日記」にあるが、その時の謡がまた「花月」であった。

いつだったか、謡ではどんな物がお好きですと聞いたら、修羅物《しゅらもの》*4が気持がよいと云われたのを記憶している。修羅物も公達物《きんだちもの》*5の多少優艶な調子のものを好んで謡われた。「清経《きよつね》」「忠度《ただのり》」「通盛《みちもり》」などはよく一緒に謡った。「朝長《ともなが》」「巴《ともえ》」なども好きな部類に属していたように思う。どっちかというと、先生は少しいかものぐい*6の傾向があって、「角田川《すみだがわ》」「大原御幸《おおはらごこう》」「花筐《はながたみ》」「安宅《あたか》」なども割合に早く片づけてしまった。おれは趣味でやるのだから、月並な順序などに拘泥しなくともよいという腹であったかも知れない。

我々の清嘯会《せいしょうかい》*7(宝生新氏と尾上始太郎《おのえもとたろう》*8氏とを教師とする稽古会)が神田錦町三丁目の高野金重氏の家を稽古場にしていた頃、それからその向《むかい》の岩藤という家の二階を借りて、稽古場にしていた頃、よく謡本をかかえて先生も稽古に見えたが、或る日宝生さんの前に坐って「砧《きぬた》」を出すと、これをお始めになりますか、と宝生さんがにやにや笑った。むずかしけりゃよしましょうか。なに、やりましょう、どれも同じことです。と云ったような調子で始めた。

謡会というものは何処《どこ》へ行っても厭味《いやみ》な空気のありがちなものだが、その点われわれの会は実にさっぱりしていた。これは自慢してよいと思う。つまりお互い下手をまる出しにして、下手で鎬《しのぎ》を削ろうという意気込であったからだ。会の出来たのは四十二年の春であったが、三月下旬、西神田倶楽部《クラブ》で（たしか第一回の）謡会を催し、ほやほやの競進会をやった。番組は初心者の寄合所帯だから、番組らしい番組になる筈はない。「紅葉狩」（安倍能成）、「三山《さんざん》」（小宮豊隆）、「清経」（夏目漱石、永田博）、「七騎落《しちきおち》」（菅能《かんのう》近一）、「舟弁慶」（安倍能成、野上豊一郎）というような具合で、番外として「蟬丸」（シテ茅野良太郎、ツレ高浜虚子、ワキ河東碧梧桐《かわひがしへきごとう》、ワキヅレ宝生新）、これだけが先ず模範謡という格であった。その時の謡会を先生が評して、斯《こ》う「日記」につけてある。――「皆々初心。高野〔金重〕さんは御経を上げる様な声を出す。菅能さんは応接をするような言葉を使う。天下斯《かく》の如き幼稚なる謡会なし。その代り誰も通《つう》をいうものなく、至極上品也。」之は正に適評である。虚子、碧梧桐両氏の謡は幼少の頃からやっていて、度々舞台にも出て、手に入ったものであったが、我々と来ては全くものになっていなかった。小生はどうかというと、それより十日ほど前、東洋城君の寓居(その頃は赤坂見付の風呂屋の奥に在った)で、先生、山崎楽堂、主人及び小生四人で、風のひどい晩であったが、「清経」「桜川」「舟弁慶」をうたった。その時の先生の批評がいけない。――「東洋城は観世、楽堂は喜多、臼川《きゅうせん》〔野上豊一郎〕と余はワキ宝生也。従って滅茶苦茶也。臼川五位鷺《ごいさぎ》の如き声を出す。楽堂の声はふるえたり。」実を云うと、それに相違はなかったのであるが、斯ういう日記が発表されてしまうと、今以って五位鷺のような声を出しているようで、甚だ人聞きがよくない。併し今更不平の持って行き場がないので困っている。

その頃は、先生の日記を見ても、われわれの日記を出して見ても、毎日のように謡とか能とかいうことが書いてあり、今から考えると少しどうかしていはしなかったかと思われる位熱心であった。それだけ幾らか進歩したと見えて、先生の批評も変って来ている。同じ年の五月二十八日の条下には、おひるから西神田倶楽部の清嘯会素謡会に出席した記事がある。番組は「関原与市」「桜川」「紅葉狩」「融《とおる》」「猩々《しょうじょう》」、相変らず体を成さない番組であるが、先生は「桜川」のシテをうたわれた。安倍がそのワキで、私は

「融」のシテであった。その日の「日記」の中の先生の評。——「諸君皆上手になる。高野さん丈《だけ》が相変らず念仏の様な節を出す。」云々。

その頃の謡頻繁《ひんぱん》の状態は先生の「日記」や「書簡」を見ても大体わかることであるが、入院とか長い旅行とかの時期を除いては、時に多少の濃淡はあっても、殆んど謡と無関係で過ごされる月はなかったと云ってもよい。それほど先生は熱心で好きであったが、師匠の宝生さんはとかく稽古を怠りがちであった。待ちきれなくなって、先生の方から清嘯会の稽古場へ出かけて来ることも珍らしくなかった。或る時などは、たしか四十二年の五月頃であったが、遂に我慢しきれなくなり、弟子の方から師匠へ手紙を出して以後稽古をことわると通告した。併し、その通告の手紙と入れちがいに宝生さんが早稲田南町へ出かけたので、実はさっき断りの手紙を上げた所だといぅと、それはどうもと云ったきりで、また稽古が始まった。これは先生と宝生さんの性格を知った者には、ふたりの面目が躍如としていて微笑される。

宝生さんの忙しい時には、故人となった尾上始太郎氏が代稽古に行くことがあった。先生から虚子さんへ宛てた手紙にもあるが、私にも或る時、君、尾上という人はうまいねと云われたことがあった。尾上さんの謡は実際私も推賞していた一人である。それから一と頃は、まだ十八、九の少年であった古鍛冶《こかじ》剛君[*9]が代稽古に行っていた。これは謡がうまいというのではなく、教わって覚えていることを正直にやるだけであるが、堅苦しくて融通のきかない性質だけに、教わる方で少しでも調子がわるいと、ぴしぴしとやっつけた。漱石先生この少年の前では子供のように取扱われていた。併し、先生の方でもあれはよい、これからあれを寄越してくださいと、宝生さんに云ったほど気に入っていた。

先生の謡の調子は、先生の画の如く箇性的であった。上手かというと、上手であったとは云えないが、下手かというと、決して下手でもなかった。声量は十分にあり、つやのある、密度の多い声柄であるが、それだけ節まわしがねばりがちなので、重《おも》ぐれ[*10]て聞こえることがあった。だから三番目物[*11]のやや位のある曲などは引立って聞かれるが、さらりめに運んで強く謡うべきものなどになると、あまり得意ではなかった。そういう点を古鍛冶少年は無遠慮に直したが、なかなか直らなかった。「さん候」という一句を五度も六度も先生にやり直させている所を見て大いに痛快を感じたことがあった。〔後略〕

（『漱石全集』（昭和三年版）月報第十五号（昭和四年五月））

夏目先生と書画（抄）

滝田樗陰《ちよいん》

〔前略〕

先生が書画に志されたのは、恐らく今から十数年前からのことだと思う。当時書画に趣味の乏しかった僕などは、うッかり気が附かずにいたけれども「吾輩は猫である」の中にも主人公が猫の写生をやって、あの口の悪い猫から散々罵倒されている所があったようだから、あの前から、既に幾らかずつやって居られたものと見える。その後、水彩画も可なり熱心にやられたそうだ。その当時の物は、今、小宮君の手にあるとの話である。

また野上臼川《きゆうせん》氏の家で見た極密の竹林兼《けん》松林山水の如きは、その一部に不手際なところがあるに拘《かかわ》らず非常な苦心の作で、こんな密な物を先生は何時《いつ》書かれたろうと臼川氏に聞いたら、今から三、四年前に書かれたとのことだから、先生の書画の道に志されたのは、僕が伺うようになった数年前からであることは疑いない。然し本当に熱心になって、その熱心の程度が側の人を驚かし且又《かつまた》その上達の著しく目に見えて、専門の書画家をして殆《ほと》んど驚嘆の声を発せしめるようになったのは、最近一年間のことではないかと僕には考えられる。

熱心と云えば、先生の書画熱というものは、随分高かった。その熱度の百度以上の患者たる僕をさえ屢々《しばしば》驚かした程である。こう云うことを言って好いか悪いか分らないが、僕から見れば先生の近来の本当の興味は小説を去って書画に移っていたと云いたい位いだ。現に「明暗」を書かれる一ケ月前に、微恙《びよう》＊1の為めに臥床されていた時に、小説の趣向はもう出来ましたかと訊いたら――

「まだ何にも考えていない、実は画のことを考えて、小説が終ったならば、三幅対の大作を一つやりたくって漸く考案が纏まった」

と、云うようなお話があったのでも、そう思われる。また池辺三山氏の書を非常に褒めて、日本では徳川時代にもそれ以後にもあの位いの人は無いと云っていられた。そして何処《どこ》かで三山氏の画も見られたそうで、「画もまたうまい、あの男は書画をやれば確かに日本一になった、新聞記者などになって惜しい事をしたものだ。尤《もっと》もそう云ったら池辺は屹度《きっと》書画なんかは士君子の末技だとか余技だとか云って怒るだろうが、僕にはどうも新聞記者よりも其の方が好かったように思う」と言われて居《お》ったのでも、先生の興味の在るところが分ろう。

また僕も現に先生に対《むか》って、——

「先生のこの頃の興味の中心は小説よりも書画にあるようですね」と言った。と、

「そりゃそうさ、一方は商売で一方は道楽なんだから、話だって商売よりも道楽の方が面白いんだよ」

と言って居られたので益々《ますます》明らかである。

先生の書は、書体はいろいろに変っていて——即ち肉細の細長い字があったり、又肉太の円味を帯びた字があったりして、一見しては全く別人の手になったような物があって、一概に云うことは出来ないけれども、大体坊主臭い字のように思う。俗字と云うのは先生の最も嫌われたもので、吾々が見て相当に好い文字だと思うものでも、これは俗字でいかんいかん、実にいかんと云うような批評をよく下された。

坊主臭いと云っても、先生の最も好く親しまれたのは、松山の明月和尚、*3 越後の良寛、この二人の物は大分賞翫《しょうかん》もされ、亦《また》時には稽古もされたように思う。また黄檗《おうばく》*4 の物も大

分お好きであったようだ。先生の書かれる物には時として良寛風に見えたり、明月風に見えたり、或いは黄檗の坊主らしい物も多いようだ。尤も近来は「書苑」[*5]やその他の法《ほう》帖《じょう》などを大分集められて、色々な書風に就て種々研究を重ねられたようであり、従って時として随分変った書風も試みられたようだが、全体として見れば何うしても先生の書には禅坊主らしい風格が最も多いようである。

△

先生は長鋒《ちょうほう》[*6]の筆を好まれて、吾々の使う物の二倍もあるような長い毛を自由に操られて、一点一画にも細心の注意を払いながら、心静かに書かれた。僕自身の趣味から云えば、もっと大胆に、もっと豪放に一気に揮灑《きさい》された方が好いと思って、ときどきそのことを申したこともあるが、そう一気に書かれることは極めて稀れで多くの場合は、一字一字、或は一線一線、考え考え書かれると云う風であった。

けれども、それだからとて、筆に勢いがないと云うのではない。落着いた、品の好い、位置の正しい物を書かれるのが先生の御趣意で、僕等が見て筆力奔放などと思うものは、恐らく先生には虚勢を張ったように見えたり、或いは俗気紛々たるもののように見えたらしい。

先生はよく「どうしてこうまずいのか、今少しうまい筈だ」と云って、自分の書かれた物に多くは満足の意を表わされなかった。然しそれは先生の理想の標準に照して自ら卑下されるのであって、他の人の文字よりも悪いと云う意味では決してない。現代の人で、先生の褒められたのは、前に言った三山氏位《くら》いの者で、大抵の人のは「いかんいかん」とか「ごまかしだね」とか云って、中々容《ゆる》されるものではなかった。

そして又口癖のように、僕は少し稽古すると書に就ては自信があるとか、今に見てい給えもっとうまくなるからとか言って居られたから、今四、五年も或いは今一、二年でも生きて居られたら確かに今よりもずっと上達されただろうと思う。尤も今の物でも我国の現代のうちでは最も脱俗高雅の文字で、真に眼識ある人士の驚嘆を博するに足り、後代に至っては益々《ますます》その光輝を発する物たることは疑を容《い》れないところである。

△

先生が御自分の書かれる書画を苟《いやし》くもされないことは非常なもので、気に入らないものは何枚でもズタズタに裂いて、誰が何と云っても決して之を人に渡されなかった。尤も、余り親しくない人に義理づくに書かれる場合には多少意に満たない物でも渡されたようであるけれども、僕等には先生の気に入らない物は絶対に渡されなかった。紙を十枚持って行って、二枚も出来るのは上乗の成績の方で、大抵一枚位いのことが多かった。甚だしきは、半截《はんせつ》*7を一枚書くに十五枚の紙を書きつぶされたことがある。そうなると紙の惜しいと云うよりも先生の骨折られるのが気の毒で、「もう大抵でいいでしょう」と言っても、先生は中々きかれなかった。も一枚、も一枚と云って、紙の有りだけ書いて終《しま》うまでは決して承知されなかった。

二、三年前の「日本美術」の口絵になって出た、先生が横山大観画伯に贈られた書の如きは、絹を十枚書きしくじられて、どうしても絹は駄目だと云うんで、今度は紙に書きかえられた。つまりあれは十一枚目だそうである。

僕が屛風の二枚折一双《いっそう》(全紙四枚)を書いて貰う為めに費した紙は無慮《むりょ》六十枚前後で、三、四回続けて十五枚乃至《ないし》二十枚を持って行って、辛うじて出来たものである。又「帰《き》去来辞《きょらいのじ》」の巻物も三度書き代えられたが、その前に稽古の意味で書かれた紙を入れると、やはり巻物に要した紙の二十倍以上費して居る。

そんなに書かれても、その中で先生の最も気に入ったのを一枚だけを下さるので、他は皆いくら側で惜んでもべたべたと棒を引いて、それから一字も完字のないようほど迄にこまごまに千切《ちぎ》られるのを例とした。その一枚を択《えら》むにも絶対に先生の眼識に依るので、他の人々が皆挙《こぞ》って他の物を択んだところで先生は頑として動かないで、「もしそれが厭なら止せ」と言われた。

自分の書いた物を如何に大事にせられたかの一端は、今の話でも分るだろう。

先生が他人の書に感服せられなかった事は前にも言ったが、先生のお宅によく見えた森と云う人*8にやられた手紙に依ると、僕が先に先生の私淑して居られたと云った彼《か》の明月和尚の書を批評せられて、近来は余り感服しなくなったと云うようなことを書いてあり、また正岡子規などもモット生きていたら明月のように成っただろうと書いてあるそうだ。つまり晩年の先生は勿論子規や明月よりも遥かに上になって居ると自覚して居られたように書いてあるそうだ。これは又聞《またぎ》きに聞いたことである。いずれ、こう云うことは先生の書簡集の公けにされる時に明かになるだろうと思う。

曽《かつ》て伊達家の第二回売出し*9の時であった。先生も見に行かれたが、そこには一休の書があった。それが二千円か三千円かで売れたと云う噂を聞いて先生は、それを評して、「何処《どこ》が好いのか、僕があれを貰ったら糞を拭いてしまう」と激語を発せられた。

それから僕が虚子の短冊を持って行って、「実に気持の好い文字ですね」と言ったり、桂月《けいげつ》*10の書は厭味がなくて良いと言ったりしても、どうしても先生は余り褒められないで、例の通り「ごまかしだね」と言われた。

△

話が余り長くなるから画のことに就ては簡単に申しますが、僕の最も多く書いて頂いたのは、四君子《しくんし》*11がおもで、短冊とか色紙とか或いは半截とかにその四君子を書いたものは可なり多く有《も》って居る。中でも竹が一番先生のお気に入りのもので、色々な格好の竹を自由自在に書かれた。蘭は僕が昨年半截に書いて頂いた時に、「蘭を書くのは生れて初めてだ」とのお話であったが、百穂《ひゃくすい》画伯*12や素明《そめい》画伯*13などは、その初めて書かれた蘭を非常に敬服して居られたし、その後色紙に写生をして頂いたりなんかして蘭も数多く書かれたがどうも竹ほどにはうまくないように僕には考えられる。

梅は最初のうちは最も困難を感じて居られたが、何時《いつ》の間に稽古されたのか、近来は非常にうまくなって、古木も、稚木《わかき》も垂枝《しだれ》も直枝も自由に書れたようである。〔中略〕

蘭は不思議にも初めからうまくて、書でも画でもあの位い書きしくじられる先生が蘭に於ては殆んど書きしくじられる事がなかったのはどう云うものか。かの陶淵明《とうえんめい》の「採菊東籬下、悠然見南山*14」の詩句を愛誦された先生の気分とよくよく合って居《お》ったものと思われる。

その他山水画にも大分研究を積まれて、この方面に於ては主として支那風のものを狙われたようだ。支那の古代の名画の板本は大分集められて、これは最近の先生の最も心を喜ばしたものであるらしい。それらの影響が先生の画にも表われて、少し密な山水画を書かれるようになったが、その作品は多く支那趣味のものであった。

△

私の最も多く書いて頂いたものは、以上のように水墨を主とした四君子の様なものであるが、この以外に先生は長い閑のある時分には、五日も六日も家の内に閉じ籠って、着色の極密の山水を試みられた。それはモウ非常な大努力で、その三、四幅はお宅に深く蔵して居られるようだ。僕もその二、三幅を拝見したことがあるが、水墨の四君子とは又違った味のあるもので、他日先生の書画集でも公にされることがあったら、その苦心と努力とで世間を驚かすに足ることと思う。

（『新小説』臨時号、大正六年一月）

4

雨月荘談片

真鍋嘉一郎（談）

最初松山へ来られた頃は、いつも洋服を着て来ない先生だったね。その以前に金子量太*1という高等商業出の英語の先生があって、生徒に質問をしてそれに答えると、「まあ好し好し」と云ったような処を That will do と英語で返辞をしたものだ。先生はそんな事は云われなかった。しかし風采は優っていたよ。身丈《せい》は低かったがね。金子という先生は身丈も高く、いつも洋服を着ていた。何しろ洋服を着て来る先生は偉いと思っていた時分のことだからね。処が、先生は和服だ。しかし風采は優れて、どこか華族の坊ちゃんのような所があったよ。始終《しじゅう》俳句集か何かを懐中《ふところ》にして、どこか又《また》口上云いのような風采もあったね。

"Sketch Book"*2 を教わった。Broken Heart の章なぞ声に抑揚を附けて朗吟されたものだね。Voyage の章も教わったが、講義は巧いもので、宛然《まるで》講談を聞くようじゃった。

西川という英語の先生[*3]は札幌農科大学の出身で、これが赤シャツだよ。舟木[*4]はクワッケンボスの英国史[*5]を教えていた。それから「サー・ロージャー・デ・カヴァリー」[*6]を教えて、「夏目はアーヴィングを教えるが、それよりも六《むつか》ケしいものを教える」と云って威張っていた。四年級の時にはミルトンを教わった。夏目先生は「君等はミルトンを読むのか」と笑っていられた。そう云われても、自分達は勿論ミルトンを読む資格があると思っていたので、「夏目先生は、ありゃ英語が出来ないのだ」と思っていた。

西川から"Vicar of Wakefield"[*7]を教わって、ヴィーカーと発音していたのを、夏目先生から「それは君、ヴィカーと発音するんだよ」と云われたが、何しろこちらは二年間ヴィーカーで通して来たんだから、先生の方が間違っていると頑張って、なかなか承知しなかったこともある。

矢張《やはり》アーヴィングの中にnew yearという言葉が出て来て、先生は百八の鐘の音を聞くとか何とか云われた。その時「百八の鐘とは何ぞなもし」と訊いて、「百八の鐘を知らぬか」と叱られた。しかしこいつは先生の方が無理だ。何しろこちらは東京へ出て来て、初めて百八の鐘を聴いたんだからね。

誰かを新橋のステエションへ見送りに行った時、久し振りに先生に逢った。「久し振りだね、もう医者になったか」と訊かれるので、「医者になりました」と答えた。すると、「君に診て貰うのは心配だが、俺が小便をするから、糖尿病の気《け》があるかどうか見てくれ」と云われた。それから身体は診《み》せないで、小便ばかり診せられる。つまり小便医者にされてしまったんだよ。

その後谷干城《たにたてき》さん*8が病気をされ、青山さん*9の代理として僕が診察に行ったことがある。それが新聞に出た。すると、先生が「君も谷さんを診るようになったか。それなら大丈夫だろう。俺のも診てくれ」と云われ、ここで初めて僕も医者になった。で、先生が亡くなられる前にも、奥さんは遠慮していられたようだが、先生は「真鍋を招《よ》んでくれ、かねて約束がしてあるから」と云い出され、そこで僕が最後の御看病をするようになった次第だ。兎《と》に角《かく》、先生もこちらを馬鹿にし、こちらも最初は先生を馬鹿にしてかかったが、あんな偉い先生をと思うと、妙なものだね。

なお雨月荘*10の支那料理の卓に向いながら、編者〔森田〕は不図《ふと》「どうも支那料理というものは名前のおぼえられないもので、ここで御馳走になるのは差支えないが、自宅《うち》で註文して取寄せようとすると困る。好い加減に、あれだ、あれだ、あれに似たようなものだなぞと云って頼むと、飛んでもな

い物を持って来られることがある」と云い出したら、それに伴《つ》れて、同席の岩波茂雄君のいわく、

或日先生が僕の店へ立ち寄られた時、午飯時《ひるどき》になって、先生がかねて嗜好の、何とか言うものを註文されるのだが——それがつまり角煮の事だったのだが——先生その名を知らない。此方も知らない。その先生の説明される形その他を手真似つきの説明で中華第一楼に註文した。それがやっと通じて持って来たのが、それでも間違いなく角煮でよかった。東坡方肉《トンポーロウ》*11のことだよ。

それから僕が日光へ遊びに行って、十日間許《ばか》り店を留守にしたことがある。すると、先生から「商売人が十日も留守にすることがあるか！」と叱られた。なお暑中見舞の印刷物を、当然伺うつもりだったから、先生の許は省く筈であったのに、名簿から省かれず、一様に先生のお宅へも配達されて叱られたことがある。

最後に、先生と一緒に浅草の十二階*12下をぶらついて、矢場の女の噂をしたこともあるね。

なお編者は、嘗《かつ》て寺田さんから「或禅坊さんが先生は幾歳《いくつ》で死んだと云うから、五十だと云うと、五十にしてはませた男だったねと云っていた。吾々はもう先生の死なれた年を越しているが。全く先生はませてましたね」と云われたことがある。ませたという言葉がいかにも禅坊主らしくて面白いが、一体何という坊主だろうと云い出すと、松岡譲君がその間の消息をよく心得ていた。いわく、

あれは川越の手前の野火留《のびどめ》*13という所にある平林寺の住職大休和尚ですよ。この平林寺という寺

は松平伊豆守の菩提所だと云いますがね、或年ここで先生の法要を営んだことがある。その時寺田さんも一緒に行かれた。この寺の客間には、今でも松平家の定紋の附いた襖があって、住職が緋の座蒲団の上に坐って挨拶しますよ。この大休和尚というのは、一度は妙心寺の管長にも坐ったことがあるが、釈宗演《しゃくそうえん》*14の弟子で、年は宗演より上なんです。自分でも宗演のような才気のないことは能《よ》く知っていて、「作務は俺がしてやるから、お前は勉強せよ」と、若い時から宗演を助けて来たものだそうですよ。本当の薪割《まきわり》坊主だったのですね。今でもとぼけた坊主で「故人の年は幾つか」と訊くから、「五十で死んだ」と答えると、「ませた男でしたな」と云ってました。真個《まったく》その位の事云いそうな坊主ですよ。　云々《うんぬん》

（『漱石全集』（昭和十年版）月報第十八号（昭和十二年四月））

漱石先生と私（抄）

佐藤恒祐《こうすけ》

〔前略〕

肛門周囲炎

先生の痔疾をどうして私のような名もない、而《しか》も専門外の医者が治療することになったか、皆様も定めし不思議に思われましょうが、いったい先生は、大袈裟なことは御嫌であったらしく、私にも最初に申されました。どうも度々《たびたび》大きな病気をして、毎年のように大きな病院に入院するのがいやになりました。今度も八月——明治四十四年——大阪に行った処が、又例の胃が悪くなったので、湯川病院に約一と月入院して、漸く良くなって帰ってきたばかりで入院手術というような騒ぎはいやだから何とか人に知られないように、今度の痔だけは簡単に治療したいと思う。そこで私の手当で何んとかならんか、といわれるのでありました。私も診察の結果、大抵いいでしょうとお引き受けしたのでありました。それまで先生に一面識もない私がどうして先生の処に参《ま》いることになったかというと、その前年、明治四十三年──先生は胃潰瘍を患われ、恢復《かいふく》後修善寺温泉の転地先で再発し、死生の境を超えられて、帰京後長与《ながよ》胃腸病院に病を養われ、幸にして全快されましたが、今夏も又大阪で再発というような訳で、先生は平常も胃腸がお悪かった。胃酸過多であるとかその外色々の胃腸障碍《しょうがい》にたえず悩まされて居られたそうであります。それでその主治医というのが最初私の同窓森成麟造《もりなりりんぞう》君＊1であったが、同君は間もなく越後に帰郷開業する事になったので、その後は牛込の赤城下町──赤城神社の脇の坂道に開業していた須賀保《すがたもつ》＊2という、これも私の同窓の後輩でありました。この須賀君は森成君と一しょに胃腸病院の助手を長い間やって居ったが、明治四十三年の末か四年の初め頃に、赤城下町に開業したのでありました。先生の御住いとは近い許《ばか》りでなく、最初胃腸病院に先生が入院された時の顔馴染でもあるので、その須賀君が先生の主治医として、胃腸の方の治療をやって居った。処がこの須賀君と私は碁敵《ごがた》きでありまして、日曜日などには行ったり来たりして、よく烏鷺《うろ》＊3をたたかわしたものであります。それで明治四十四年九月何日頃でありましたか、私が須賀君の処にまいりまして、しきりに碁をやって居った処へ、漱石先生のお宅から電話がかかりまして、「大阪で入院中も多少肛門に不快な感じがあったが、帰りに汽車で揺られたせいか昨晩から大変痛むようになったから、来て診て貰いたい」という話であった。それで須賀君碁を止めて南町の先生の処に早速診に行ったが、戻って来ての話に大分肛門が腫れて居るから、君は専門じゃないとしても、外科も多少は判るだろうから、一つ行って診て貰いたいというのでありました。私は遠慮したのでありましたが、漱石先生は大変入院を嫌って居られるからどうすればよいか判断だけして貰いたいから、一緒に行って貰いたいというので、私も先生のお宅にまいることになりました。先生はあの有名な書斎の脇の室に寝《やす》んで居られましたが、局部を診ると、肛門の後側左方が大分発赤腫脹《ほっせきしゅちょう》＊4して居る。これはどうしても手術より他あるまい。肛門周囲膿瘍《のうよう》であります。熱と痛みのために昨晩は殆んど眠られなかったと云って居られました。併しまだ充分には化膿していないと思ったので一両日湿布を施し、その上から蒟蒻巴布《こんにゃくパップ》で暖めてごらんなさい。充分暖め膿を持った所で、小切開を加え膿を出して仕舞えば苦痛は取れるから、万一創《きず》が癒らなかったらば、あとのことはあととして、入院がお嫌いとあれば、お宅でそんなことにしましょう、ということに決り、湿布と巴布《パップ》をお勧めして、その日は帰ってきました。次の日に電話があり、暖めたら大層楽にはなったが、兎《と》に角《かく》今日も来て貰いたいというので、行って見ると、一と晩暖めたので充分化膿し、明かに波動を触れるようになった。そこでコカイン麻酔のもとに充分大きく切開したが、勿論搔爬《そうは》などはできない。可成《かな》り多量の排膿があった。手術後当分の所は毎日私が通って手当をする事になり、その後先生は創の手当に長い幾月かを通院されたのでありますが、病歴と手術後の経過を記載した先生のプロトコール*5は震災の折に烏有《うゆう》に帰しましたので、先生の日記だの、方々に出されたお手紙などで大体どんな経過を取ったか解ると思いますが、お手紙のうちに却々《なかなか》面白いことがあるので、ここに読んでみようと思います。手術を致しました日取りは記録を失ったので解りませんが、先生が大阪から帰られたのが九月の十四日でありますから、恐らく十七日か十八日と思います。

痔疾に関する先生の書簡

手術後二、三日を経た九月二十日には寺田寅彦さんに宛ててはがきを出して居られます。それには

肛門切開本日頃より少し楽になり候只今《ただいま》は不足の睡眠取り返し中に候時々御来訪を待つ

風折々萩先づ散つて芒《すすき》哉

〔中略〕

これで見ると、手術後約一ヶ月を経過して漸《ようや》く少し歩行が出来るようになったのであります。

〔中略〕

創口の治癒に余り長くかかるので先生は若《も》しか結核性ではないかと、それを大層心配されて居りましたが結核性のものではありません。併し十一月頃には全く外痔瘻《がいじろう》の状態となって、そのまま年を越し、翌四十五年春になっても、瘻孔《ろうこう》の塞がる模様が見えません。

四月六日帝大三浦内科*6入院中の野上豊一郎氏宛見舞状の中に、

今は上野も向島も花の真盛《まっさかり》新聞では毎日消息を聞かぬ事なし、小説まだ済まぬ故何《ど》処《こ》へも不参《まいらず》尤《もっと》も隔日に神田の医者*7へ赴く途上江戸川*8の分は電車より賞翫《しょうかん》、云々。

とあります。

痔　瘻

これ等の先生の手紙から見ると、九月に肛門周囲膿瘍を切開してから翌年四月まで通院して居られたことが判ります。先生は隔日に私の処に几帳面に来られまして、ガーゼの詰めかえをやって居られました。瘻孔の深さは一センチ半位であまり深くはなく、二、三回掻爬をして見ましたが、中々直りませんでした。完全に癒すには再手術を施し、ことによったら括約筋を切開しなくてはなるまいと、度々御勧めしましたが、書きものの御都合などでのびのびになったのであります。只今読んだ野上氏へのお手紙にも、小説が終えないとありましたが、その小説は『彼岸過迄』であります。

『彼岸過迄』

この小説は明治四十五年正月二日から朝日新聞に連載されたのでありますが、そのはしがきの一齣に、『彼岸過迄』というのは、元日から始めて、彼岸過迄書く予定だから、単にそう名づけた迄に過ぎない。実は空しい標題であるとありますが、ここに面白い挿話があるのであります。只今申しました通り、九月中旬に切開手術をしてから十二月になっても瘻孔が完全に直る風がない。先生は前の年から度々大患を悩《わずら》われて新聞に筆を取られないので、新聞社から催促を受けたから、来年そうそう執筆したいと思う。この創作の外に、春の彼岸頃にもなれば少し目論見《もくろみ》がある——恐らくそれは、旅行だろうと思いました——。それで痔の方が癒らないと予定の目論見に差支《さしつかえ》が起るので、彼岸頃までに癒るかどうかというのが前年十月頃の先生の質問でありました。斯《こ》う瘻孔になっては彼岸迄に癒るかどうかは問題で、確かなお受け合いはできませんが、直らんと云った方が近いかもしれません、完全に直すには是非共今一度手術をしなければ駄目だと思うと申しました。処がそれから引続き隔日に通って居られましたが、歳も暮れになって、数日、先生は来られなかった。すると翌年、正月二日から『彼岸過迄』という題目で小説を朝日新聞に書き始められて、四日か五日に見えたので、「いよいよ先生かかれましたな」というと、「イヤ、先達《せんだって》企《くわだて》があると申しましたが、癒らんというならそれは止めることにして、小説を書くことにしました。そこで標題だが、正月から彼岸迄に痔の方が癒るか、小説の方がかき終るか、根較べをやるつもりだから、彼岸過迄とつけたんだ」と、斯う申して居られました。果して瘻孔は癒らず、その年の九月に至って再手術を行うことになったのであります。〔中略〕

痔瘻の手術

先生の日記にある通り、大正元年九月二十六日、肛囲膿瘍切開後、丁度《ちょうど》一年経った所で、愈々《いよいよ》再手術をやることに決りましたが、どうして再手術をすることになったかに就いて述べる。『彼岸過迄』は前年の四月二十九日で終ったのですが、フィステル*9の方は却々《なかなか》癒らなかった。根気較べをするといわれた病気の方が負けたのであります。併しそうこうしているうちに、五月頃でもありましたか、自然に瘻孔は閉塞して、マア外観的にはなおった状態となり、何んとしても消息子*10が這入《はい》らなくなったので、先生は大に安心されました。しかし私は、斯《こ》ういうことはほんとに癒ったかどうか決して安心できません、と云ったが、その時はまたその時ということで、大変喜んで居られました。処が果してその年の九月の下旬になって、このフィステルから再び膿が出るようになった。そこでその月二十六日に、コカインの局所麻酔のもとに、手術をすることになったのであります。先生の日記で見ると、九月二十六日入院手術、十月二日退院とあります。瘻孔を消息子で探って見ると、一センチ半位の所で硬い瘢痕組織に突き当り、それからさきはどうしても消息子が進行致しません。そこで瘻子《ろうし》を切開して、瘢痕組織を一部切除して見た所が腸に通じて居った。つまり完全痔瘻であった。それでやむなく肛門括約筋の一部を切離してきたない組織を搔爬《そうは》し、タムポンを施して手術は簡単に終りました。

手術後の経過が大層よろしく、一週間で退院されたのでありますが、手術後幾日位で治癒したか私の記憶にもありません。恐らく三、四週間は外来で通われたと思う。経過のよかったことは、十月十一日寺田寅彦氏宛先生の書簡によっても判ることで、

拝啓十二日には早朝神田錦町の医者からすぐ上野へ参る積故《つもりゆえ》九時頃文展*11の前のあたりで御待合被下度《おまちあわせくだされたく》云々

とありますから、手術後二週間で可なりの活動を始められたようであります。〔中略〕

破れ障子

漱石先生は、平素から胃腸がお弱かったらしいのですが、胃潰瘍は明治四十二年秋、満洲旅行の出発前に兆して居ったものらしく、胃の具合が悪いために、予定の出発を一船延《のば》されたということであります。『満韓ところどころ』にも旅行中、幾度か胃痛を我慢して、俥《くるま》に乗ったということが出て居ります。翌四十三年になってからは、胃腸の障《しょう》碍《がい》は益々《ますます》昂じて、遂に胃潰瘍の診断の下に六月中旬から七月一ぱい、胃腸病院に入院して治療されました。診療の結果、一時は大層よくなられたので、八月修善寺温泉に行かれたのであるが、そこで潰瘍が再発して、大出血を起して九死一生の境を越えて、十月

十一日に辛うじて帰京されました。着京後直ちに胃腸病院に入院、翌四十四年二月迄治療されたので漸《ようや》く快癒されました。所がその八月に関西旅行中、大阪で潰瘍がまたまた再発し、帰京後には肛門周囲炎が起るというような訳で、その頃の先生は胃腸病の連続という有様でありました。肛周膿瘍《こうしゅうのうよう》の切開後、私の所に通院治療をして居られる間も、兎角《とかく》、胃腸の具合はよくなかったらしく、便通なども思うようではなかったものと見えて、先生は大便に関することを、よく私に質問されたものであります。先生の日記にある大便と屁と、どちらが臭いか、ということなども、その一つであって、大便の色、形、太さなど話題に上ったことは申す迄もありません。胃潰瘍を患ってから此方《こっち》殊に肛門の手術後は、大便が非常に細くなって、時には真田紐《さなだひも》のようにひらたくなることもあると、先生は云って居られ、またこの頃は便秘に悩まされ勝ちであるが、その代りよく屁が出るようになり、その屁が如何にも奇妙な音をたてるとも云って居られました。鏡子未亡人著『漱石の思ひ出』にも屁のことは出て居り「この頃胃は悪し、肛門は悪しで、よく瓦斯《ガス》が出るのですが、それが寔《まこと》に妙な音を響かせます。中村さんでしたか菅（須賀？）さんでしたか、何誰《どなた》かがおいでになっていてその奇態なおならを聴きつけて、まるで破れ障子の風に鳴る音だとか仰言《おっしゃ》ったので、それから破れ障子は面白い、全くその通りだというので、落款をほらせる折に「破障子《はしょうじ》」というのをたのんで、自分の書に捺していました」とあります。現にここに梅沢兄[*12]が持参された先生の書幅にもその落款が用いられてあります。破れ障子のことは、私は須賀君の生前に彼から聞かされて居りました。そんなことからして、先生はお子さん方と『いろは歌留多《かるた》』遊に興ぜられるときは、いつでも「へをひって」と「あたまかくして」という札がお得意であったそうであります。

（『日本医事新報』第九二七号、昭和十五年六月）

〔後略〕

漱石さんの思出（抄）

森成麟造《もりなりりんぞう》

八月十七日病院の応接室で東京朝日新聞社会記者松崎天民《てんみん》＊1と印刷した名刺を前にして若い洋服の紳士は強度の近眼鏡を掛け乍《なが》ら猶《な》お且《か》つ目をテーブルに接着しつつ縷々《るる》陳述された。その要点は夏目先生が修善寺温泉へ転地療養中痼疾再発し苦悩を訴えて居らるるから誰か即刻往診して呉れと東京朝日新聞社の名に於ての依頼である。

副院長平山金蔵さんに相談の結果兎《と》も角《かく》私が直ちに往く事になった。当時長与《ながよ》院長は病気引籠《ひきこもり》中であったから電話でその旨を報告旁々《かたがた》往診の了解を求めた処、取次の人の声で「御苦労乍ら行って宜敷《よろしく》して呉れ給え序《ついで》に温泉に浸って両三日保養して来給え」との返事であった。

天民さんは莞爾《かんじ》として「夫《そ》れでは午前十一時新橋発で願います社の坂元君＊2が御伴《おとも》致しますから」と愴惶《そうこう》辞去された。汽車はヒタ走りに東海道を駈け上る。夫れでも私達には緩散漫歩の様に思《おもわ》れた。三島駅で伊豆線*3に乗り換いてから殊更《ことさら》この感を深くして神経を苛ら立てた。

之れは過日の東海道大水害*4の為めで一両日前漸《ようや》く復旧全通した計《ばか》りである。箱根方面は殊に惨害甚しく塔の沢温泉は全滅し流失家屋数戸溺死拾数名と報導されて居る。一刻も急ぐ吾々の眼には富士の秀峯も韮山《にらやま》の反射炉*5も何等反映しない。

私「迚《とて》もノロ助の汽車ですネ」

坂元「エエそれでもまだ後戻りしない丈《だ》けが取柄ですよ」

終点大仁《おおひと》で汽車を乗り捨て自動車に納《おさま》る。

沿道の児童は一々最敬礼する。大《おおい》に悠然と構えた。内心頗《すこぶ》る忸怩《じくじ》たらざるを得ない。

史跡にも気候にも恵まれた修善寺温泉へは、しばしば高貴の御方が御成り遊ばさるる為め菊屋旅館*6が高級自動車一台を奮発して御乗用に供したので伊豆半島唯一の自動車である。〔中略〕

私達は午后五時頃得意然として菊屋本店の玄関へ下り立った。

取敢えず女中に導かれて漱石さんの室へ通る。十五畳敷の中央に仰臥して居らる。憔悴した漱石さんの打ち凹んだ眼底には、満足と安心の色が漂い枕頭に侍《はべ》って不安に駆られつつある東洋城さんにも大に安堵の風が見えた。

而《そ》して御両人の談話を綜合すれば大略《おおよそ》次の経過を物語る。

北白川若宮様*7が菊屋別邸に御避暑遊ばされたので、式部官の〔松根〕東洋城さんが随行仰せ付けられ当地に滞在中漱石を誘われたのであった。

「東洋城が居るから万事安心して静養出来る」と喜び勇んで菊屋本店へ転地されたのは八月八日である。最初は大に温泉情緒を味い、気分も頗る爽快に、食慾も頓《とみ》に亢進したが数日前より稍《やや》不快を感じて来た。

ここの温泉宿は全部伺い料理で一日三回献立定価表を各客室に持ち廻り一々注文を承るのである。処がその料理たるやカツレツはかみ切れない程の板状で、お刺身は三センチ立方位の肉塊である。最初胃に微鈍痛を覚え当地野田老医の診察を受けたが漸次増悪《ぞうあく》して遂に吐血を見るに至った。

松根さんは宮様の御用の暇を見計っては漱石さんの看護に勉められたがどうも症状は思わしくない。

「私が全責任を負いますから修善寺へいらっしゃい」と極力すすめた関係上、東洋城さんは気が気でないので朝日新聞社へ電話で万端手筈を打合わした結果私は只今この室へ顔を突《つき》ん出した次第である。

アイスクリーム一つ平らげて診察に取り掛った私は、「オヤッ？」と内心に絶叫した。病勢甚だ険悪の兆が見えたからである。

私はハッと困惑し全くゲレンコに陥った。＊8 この険悪の状態にある患者を振り捨てて私丈《だ》けが如何《いか》にして帰京出来ようぞ、焦眉《しょうび》の救急処置は絶対安静が唯一の必要条件であって、移動は思いも寄らぬ事柄であり従って東京へ連れ戻る抔《など》徹頭徹尾不可能に属する。然し乍《なが》ら治療上不便な且つ騒々しい旅館におく事は、甚だ気の毒であると同時にこの書入れ時期《どき》に病人を置く宿の主人に対して非常に同情に堪えない。

去り乍ら入院さすべき適当の医院なきを奈何《いかん》せんやだ。

或は数日後の急変に？　このまま？　と不幸な転期も想像されない事もない。私は一両日の予定で、且つ時間切迫の関係で同僚諸君に碌々《ろくろく》引継もせずに来たのであるから、唯徒《いたず》らに何日になれば連れ戻り得るか予想も付かない患者を擁して便々と幾日迄も逗留を許されないのであるが、省みればこの憐れなる患者をこのまま放擲《ほうてき》して帰京するは情に於て迚《とて》も忍び難い事である。

私は全く窮し適応の進退に行き詰った別室で松根、坂元両氏と鼎座《ていざ》協議を重ね大至急奥さんに来て頂く事にした。

松根さんは早速病人の枕頭に、私はその儘《まま》沈思黙座、今後に処すべき治療方針に就いて考慮した。

兎《と》も角《かく》も胃腸病院へ詳細なる病状を報告するに先立って諸般の準備と薬剤の打合せと に野田医院を訪れた。

約一時間を経て私は薬瓶をブラ下げ乍ら菊屋へ帰ってもまだ坂元さんは受話機を握って東京朝日新聞社とお話中である。

私は医者と看護婦の役目を受け持ち、坂元さんは事務を担当する事に約束して、その夜は病人を真中に私共は左右に床を並べた。

翌晩は廿日盆で煙花大会があった。渓谷を隔てた対岸の修禅寺精舎《しょうじゃ》から一発二発と打ち揚がる花火は、両国の川開に比《くら》ぶれば貧弱なものではあるが、温泉情緒の一景物として聊《いささ》か病苦を慰め得べく高欄近くに病床を曳き出して漱石さんを中心に煙花見物を催した。

丁度《ちょうど》宿より冷えた西瓜《すいか》を山盛に呉れたので漱石さんにその汁丈《だ》けを進めた。

大空に輝く燦爛たる閃光に眩惑されながら一同パクツイて居る間にどうした機勢《ハズミ》か漱

石さんは西瓜の種子を一粒嚥下《えんげ》した。

コリャ、シマッタ？　と後悔したけれども最早如何《もはやいかん》とも致し難い。

その晩は内心頗《すこぶ》る不安に駆られつつ私は夜を明かした。

壁間の軸は某将軍の剣戟云々の詩で欄間《らんま》に掲げられた扁額は後藤新平[*9]さんの書である。今を時めくこの大臣の少年時代は我《わが》長与称吉先生の子守小僧であった。今や長与先生は腹膜炎で日一日と余命を削られつつ夫《そ》れでも猶《な》お漱石さんの病状を案じて居られるのである。

私は感傷的にならざるを得ない。廿一日正午頃奥さんは来着されたので一同安堵の胸を撫で下し留守番から漸く開放された様な気分になった。

奥さんのお話に依ると、お子さん達が茅ケ崎に避暑中過日の大水害があったので夫れを見舞に行かれた後へ吾々の電報が東京、茅ケ崎、横浜と奥さんの後計《ばか》り追ったとの事である。

私は早速自分の苦衷を披瀝した所奥さんは意外な事を聞くものかなと云った表情で「夫《それ》は甚だ困る、何んとか都合して呉れませんか」と口を極めて抗議を申された。

御尤《ごもっとも》なお説で私は一言半句も継げない。早速院長に宛て

ナツメ　ヤマヒ　キケン　ボクカヘルヤイナヤ　モリナリ

と打電した、折返して

ソノチニ　トヾマリ　カンゴニドリヨクセヨ

と厳命的な返電を受取った。

好的《ヨシ》、飽く迄頑張って最善の努力を試みよう、夫れにしても私一人では甚だ懸念だから一応大家の来診を求めて今後の対策を講じようと決意した。

例に依って坂元さんは再び電話室へ閉じ籠って東京と交渉される。私は直ちに病院に宛て

フクキンチヤウノ　ライシン　タノム　と打電した。

この夜遅く渋川玄耳《げんじ》＊10さんは両朝日新聞社を代表して見舞われた。而《そ》して如何なる犠牲も吝《おし》まないから万全の秘術を尽されたいと申出られた。

廿二日、廿三日は稍《やや》小康を保ったので看護を奥さんに依頼して午後一時間許《ばか》りずつ坂元さんと散歩した。

廿四日午後五時頃杉本副院長＊11が来診された。私は責任の一半を解除され肩の重荷を下ろした様な身軽さを感じた。

杉本さんは頗る呑気な顔で「大丈夫です間もなく御帰京出来ますよ」と断定したので一同愁眉を開いた様に見受けられた。

杉本さんと私は本館二階で今や浴後の一盞《いっさん》を傾けんとした刹那、中庭を隔てて彼方《かなた》の病室から、けたたましく「誰か来て下さいよ？　森成さん？」と絹を突ン裂く様な奥さんの声がした。

周章狼狽して駆け付けた時は、真紅の血が迸《ほとばし》り散って惨状目も当てられぬ。室の中央に奥さんの膝に俯臥《つっぷ》して居られる蒼白の漱石さんを見出したのである。

私は突差《とっさ》の間に漱石さんに寄添って無意識に手を取った。

予《かね》て用意の注射を準備しつつ「お気分は如何ですか」と問うて見た。目を閉じた儘《まま》「ハア楽になりました」と微かに返答があったので稍《やや》安心し乍《なが》ら注射した。

杉本さんも手伝って兎《と》も角《かく》漱石さんを蒲団の上へ安静に寝かし様子如何《いかに》と看守って約十分間位経ったと思う頃再びゲーッと響く乾嘔《かんおう》*12と共に反側《はんそく》して仮死の状態に陥り脈搏がバッタリ止ってしまった。

サア大変！　万事休矣《きゅうす》！

私は胸中搔《か》き挘《むし》らるる如き苦悶と、尻が落ち付かない様な不安とに襲われ、全身名状すべからざる一種の圧迫を感じた。この現象は畢竟《ひっきょう》自分が大狼狽して居る結果で、この危急の際僕迄が狼狽しては駄目だ、と悟った瞬間反撥的に度胸がクソ落ち付きに落ち付き払った。目前に横たわる臘細工の病体を冷静に物質視するとドッカと胡坐《あぐら》をかいて猛然ズブリズブリと注射を施した。

コレデモカ？　コレデモカッ！　と力を籠めて注射を続けた。

病人の腕を握って検脈して居られた杉本さんは、突然「脈が出て来た!!」と狂喜して叫ばれた。

成程小さい脈が底の方に幽《かす》かに波打って居るではないか。

この時の喜び！　この時の気持！　只々《ただただ》両眼から涙がホロリホロリと溢《こぼ》れ出るのみである。

私はこの一大難関を突破して、歓喜と神明の加護に対する感謝とに満ち満ちて、元気好く再び注射を繰り返したが然し次の不安が心底から湧き出でた。

1　この儘《まま》順調に恢復し得るであろうか

2　予後は如何《いかん》

3　万一気の毒な事情に到達する前に子供衆に一目なりと逢わすべきや否やこの相談は勿論独乙語《ドイツ》ではあるが、注射を続け乍《なが》ら杉本さんと私との間に応酬されたのである。突然病人は瞳を視張って私を視詰めながら「私はまだ死にませんよ」と云って再び瞑目した。

何んたる皮肉の事だろう！　何《ど》うして斯《か》く迄皮肉に出来上って居る病人であろう？　悲劇喜劇の衝突とは正にこの場面である。一同に歓声が揚り宿屋全体が万才で揺いだ。私は始めて我に返り周囲を見廻した。今迄私の念頭には病人と杉本さんと自己の三体以外に何物の存在をも認めなかったのである。否、世の凡《すべ》てを全然忘れ果てて居たのである。脈は幸い次第次第に力強く顕われて来たので、今度は亡血《ぼうけつ》補充の目的を以て食塩注射を行う為め野田医院へ使を走らせた。

リンゲル氏液は既に準備してあるが、肝心の注射器はまだ東京から到着して居ない。止《やむ》を得ず破損したイルリーガートル[*13]を唯一の武器にこの闘病の第一巻は了ったのである。奥さんは枕頭に、坂元さんと私は漱石の両手を握ったまま夜を徹し、杉本さんは心配顔に夜半二、三回回診された。

払暁《ふつぎょう》杉本さんは帰京された。大至急附添看護婦に薬品と医療器械とを持参させる約束で。

その後は私は病人に関する一切を引受けた。看護婦が来着する迄の二日間は全く無我夢中で働いた。

病人に冷水を飲ますべく階下へ降りて、僅か二合入の土瓶を持って十二、三段の階段を登る事さえ頗る苦痛となった。二、三段登っては休み四、五段登っては小憩しなければならない程呼吸促迫し心悸亢進し迚《とて》も胸苦しかった。

斯《こ》ンナ事で意気地がないと切歯しても、事実是《これ》が動かない。心身全く綿の如く疲れ果てて時々眩暈《めまい》さえ覚ゆるに至った。

第一着に駆け付けたのは、安倍能成（目下京城大学教授）さんである。腸チフス全快後沼津で静養中の夢を電報で呼び起され、愴惶《そうこう》として見舞われたのは大患の翌払暁であった。

この人の名はアンバイヨクナルとも読み得るので、我々一同は快癒の瑞兆だと縁起談《えんぎばなし》に喜び、安倍さんはまだ蒼白い顔で「ソレでは僕の名前が功一級に価するのだ」と微笑しつつ三、四日間坂元さんに代って事務を処理された。

松根さんは宮様に随行中で、京都から数日遅れて戻って来た。その他親類の人や、友人の方、御弟子さん達が数十名一時に来訪せられたので菊屋は勿論新井館も時ならぬ雑踏を極めた。新井館の息子さんは、画家なるが故に美術家文士教育家等の客人が多いとの話であった。

見舞客には色々の名士が多いが、今一々覚えて居ない。〔中略〕斯《か》くして愈々《いよいよ》帰京の日が近づいた。而して漱石さんは時々思い出した様に一日も早く帰って長与院長にお礼を申し述べたいと云って居られたのである。（昭和七年、八年発行の「久比岐」掲載より抜筆）

（『頸城文化』第八号、昭和三十年十二月）

漱石氏の禅

富沢珪堂《けいどう》

　私はよく人から漱石氏の禅に就いて聴かれることがある。そうして漱石氏がよほど禅を修行されたために、漱石氏のたださえ非凡なところへ、一層の偉大さを発揮しているかの如く考えている人も尠《すくな》くないようである。この際これらの人に向って、私の看た漱石氏の禅を少し書いて見るのもいいと思っている。漱石氏が最初禅に志して来られたということは、この頃の学生や若い人達のような、人真似坐禅でなく、すこぶる深刻な、真面目な動機からであったことは言う迄もない。

　第一禅というものの正体がどんなものであるか、その謎の正体を見届けたい、同時に生死《しょうじ》の問題も片づけて見たい、いらいらして落ちつかない心持ちを何とかして落ちつきたい、千差万別の境に処して洒々落々《しゃしゃらくらく》、行くとして可ならざるなき古人の行履《あんり》*1に自分も行って見たい。

こうした大疑団《だいぎだん》に立脚して、その当時の円覚寺専門道場の師家《しけ》であった、楞伽窟宗演《りょうがくつそうえん》和尚*2に就いて、坐禅もし、参禅もされたのであった。それはたしか『門』という小説の主人公をして、一端ではあるが如実に物談《ものがた》っていられる。

然し坐禅をしたからと言って、又参禅をしたからと言って、必らずその人が悟り得るかということは断言出来ない、随って漱石氏が宗演和尚の鉗鎚下《けんついか》*3に、豁然《かつねん》として大悟されたかどうかも解らない、又解らなくてもいい、それは漱石氏の禅であり悟りである以上、他からかれこれ穿鑿すべきでないと思う。

ただ私をして言わしむれば、漱石氏自身が『ただの凡夫で恐縮しています……』*4と言われたこの一語の中にこそ漱石氏の禅もあり、悟もあり、漢来れば漢現じ胡来れば胡現ずる底《てい》*5の、自由且つ自在なるものがあって、かの翠巌《すいがん》が夏末《げまつ》*6に望んで眉毛を拈《ねん》じつつ衆を接得した話頭に髣髴《ほうふつ》たるものがあるとも言えるのである。

古人の語に、悟前《ごぜん》も壁立万仞《へきりゅうばんじん》、悟後《ごご》も壁立万仞*7、ということがあるが、悟ったからと言って水瓶から火が出るような奇蹟があるわけでもなく、悟らないからと言って別に何等変りのない事実は、悟前も壁立万仞なら、悟後もまた壁立万仞で、どうすることも出来ない処に、禅の妙処があり、悟の妙用とでも謂《いい》つべきものがある筈である。

悟りは独り禅の専用物ではなく、禅門の師家《しけ》が、竹篦《しっぺい》を握って頑張っている室内にのみ転っているのでは決してない。蜜は却《かえ》って汝が辺にあって、用、不用、はその人の如何《いかん》にある。

この意味に於て漱石氏は、悟った人でもなければ悟らない人でもない、『ただの凡夫で恐縮して』いられながら、然も空手《くうしゅ》にして筆を執り、空手にして無絃の琴を弾じ、妙機妙用に逍遥しつつ、明暗双々の境地に安住していられたのであった。

（昭和四、六、三、）

（『漱石全集』（昭和三年版）月報第十七号（昭和四年七月））

漱石先生（抄）

梅垣きぬ（談）

〔前略〕

聞いとくれやっしゃ、あたしが今日こうして気楽に暮しているのも、ほんまに先生のお蔭どっせえ。先生のお書きやしたもんの中には、人にはたよられても、自分は人をあてにするなちう意味が書いておしたやろ、それがちゃんと、あたしの心底《しんそこ》に沁み附きました。そやよってこうして安心して暮しているのやおへんかいな。あたしは神様も仏さんも拝ましまへんけど、先生だけは夏目神社や思うて拝むのどす。

苦しい苦しい思うている時に、そう云うええ事の書いてあるもんを読んで、あたしは見ん恋にあこがれるように、先生を神さんにしてこがれていましたわ。どうぞして一遍逢いたいもんやおもうた願いが、やっと十年目に叶うたんどっせえ。

大正四年の三月どす、「一力《いちりき》」＊1で大石忌《おおいしき》＊2のあった時、先生が来ておくれやしたやおへんかいな。十年もこがれた先生を、初めて見たのはその時どす。それから続いて二十日ほど、毎日お目にかかったんどした。そのいっち初めお目にかかる時もどす、大友《だいとも》のお多佳さんとこ＊3へお花に行っ＊4ていましたら、一草亭《いっそうてい》さんからお多佳さんへ、先生のおいる大嘉《たいが》＊5へ来い云うて電話やおへんか。そんでお多佳さんが早速にお行きやすのどっしゃろ。まあ！　あんたちうたら仕合せなんや云うて、きつうお多佳さんが羨しかったのどす。もう堪りまへんがな、どうぞあたしにも一遍逢わしとくれやす云うて、一生懸命お多佳さんに頼んだんどっせえ。その晩は待ちましたけど音沙汰なしどっしゃろ。ぐずぐずしてたら、いつおいにやるや知れまへん＊6よって、もうどうにも待ち切れんのどす。

あけの日は恰度《ちょうど》中村楼へ宴会に行っていましたけど、会がすむと直ぐお君さんを誘うて、合乗り＊7で大嘉へ押し掛けたんどっせえ。なんぞお土産でも云うて、お菓子もけったいなさかい鳩居堂《きゅうきょどう》＊8で梅が香を買うて大嘉の玄関へ押し掛けて行ったんどす。恰度またお多佳さんが行ってはりましたよって、一寸《ちょっと》下へ呼んでもろて、お君さんと二人で、声だけでもだんないさかい、*9聞かしておくれやす云うて頼んだんどすわ。そしたらお多佳さんが二階へお上りて、先生にお都合を聞いておくれやしたんどす。そして上ってもだんない云う事どっしゃろ、あたし襖《ふすま》の此方《こっち》から「えろうあつかましおすけど、どうぞお目にかからしとくれやっしゃ」と云うて、やっとお座敷へ這入《はい》りました。あの時は先生と津田さん*10と、お多佳さんの三人切りどしたわ。こう床の間の柱にもたれておいやした先生が、さあ、ずっと此方へ云うて、近う寄ってもだんない云う意味で、やさしう云うとくれやした時には、勿体《もったい》のうて、胸がどきどきしてなんにも云えしまへんのやがな。その初対面の時の感じが、日本語の上手な西洋人のおじいさんちう感じどっしゃろ、うれしおしたえ。ほんまにあんなうれしかった事て知りまへんえなア。そしてその時の話が、どだい下品な汚ない事ばっかりどしたわ。初対面もなにも、そんな角張った事は抜きで、何やら話のつづきから先生ちうたらこうお云いやすの。おいどの穴が乾いたら、ほろほろ粉《こな》が落ちるお云いやして、金ちゃんもそうやないかおいやすのどっせ。へえ、まあそうどっせえなア。こうあたしもお返事せんなりまへんやろ。先生とは初めから、そんな風でお目に懸って来たんどす。

もうお座敷へ出ましてもな、辛気《しんき》臭《くそ》うてどむなりまへんがな。このお客さんはよいなはらんかいな。そんなに何遍おもたかしれまへんえ。三十分でも大事おへんのや、一寸お顔が見たいおもて、まるで間夫《まぶ》にでもあいに行くように、お座敷をそこそこに切り上げたもんどっせえ。

その晩はこわい話ばっかりしましてな、とうとう、先生が幽霊ちうもんはあるお云いるやおへんかいな、こんなえらいお方がお云いるのどすよって、ほんまにあるもんかしら思いましたえ。先生とお君さんとあたしが、こう膝を突き合して、夜通しそんなこわい話ばっかりしたんどす。よう覚えまへんけどそんなお話の中ででも、たんとええ事を聞かしておくれやしてな。まあその晩はそんな訳でおそなりましたよって、あたしだけ大友へ泊りました。先生は下の六畳でお寝《やす》みやしたわ。朝になって御飯のお給仕をしようおもて、もう三畳の間《ま》には御所どきの縫い模様のひわと紫のだんだんのおふとんで、ちゃんとおこたが出来ておしたよって、洗面所においる先生をお迎えに行ったんどす。「先生お目覚めどすか」云うて、なんの気なしにふと先生を見たやおへんかいな。そしたらこう鼻の頭《あたま》から、額もびしょびしょの汗どすのや。たらたらと流れているようやおへんか。あたしびっくりしましてな、「先生！　おあんばいが悪るおすか、」申しましたら、

「いや、なに——」云うて、両手で洗面場をつかまえて、ぺちゃんぺちゃんと其所《そこ》へ坐っておしまいるやおへんかいな。さあ、えらいこっちゃ、こらどむならん、こんな所へお坐りやしたらいかん云うて、あたしが腰を持ち上げるようにして、おこたのとこへお伴《つ》れしたんどす。そして、どないどす云うて、なんぼお聞きしても、なにもお云いやしまへんやろ。心配どすがな。そしたらやっと、津田を呼んでくれお云いやすよって、大亀谷[*11]にいやはった青楓《せいふう》さんへ、直ぐに使いを上げたんどす。その日は生憎《あいにく》、あたし弦声会の稽古でな。仕様がおへんさかい、ちょこちょこと稽古に行って来て、先生のとこへ大急ぎで帰って来たら、ええ工合に津田さんがおいでやした。あの時はあたし、きつうお多佳さんに怒られましたわ。あんたが夜通しして饒舌《しゃべ》るよってや云われた時には、心配で心配で、もしもの事でもあったらどないしよう、ほんまに、いても立っても堪りまへんなんだ。

毎日お見舞いに行かなどむなりまへんやろ。どうぞ早うようなってお呉れやす祈って、何にもかもほっちゃらかしで、暇をこしらえては行ったんどす。おあんばいが大分ようおなりやして、大嘉へお帰りてからどす。南東の縁先へ出て、よう日向ぼっこをしておいやしたええな。其所へ毎日行くのどっしゃろ、画を描いておいやす先生と、面白い洒落を云うてはうれしがっていたんどすわ。あたしチャリ(滑稽)を云うもんどすよって、遂々《ついつい》＊12 蝶六《ちょうろく》＊13 や云われて仕舞いました。

＊14 もう仕様がおへんよって、人事《ひとごと》のようにして白状しますわ。あたしが今のうちのおやじの事で煩悶している時どすがな。金之助の男はいろでもなし旦那でもなし、一体なんと云うたらええか、東京へ帰って名を考えて見るおいやした。そのお返事のこん先《さき》に、うちのおやじが国で嫁はんもろたやおへんか。あとでどうしてその事をお知りやしたか、そんな男の事は諦めて、他に男を捜せ云うて手紙をおくれやした。あの時はあたし、きつう先生を恨みましたわ。なんちうきつい事云わはる先生やろおもて恨みました。けど今から考えると、ほんまにええ事を云うとくれやしたんどす。

東京へお帰りやす時に、お君さんと一緒に、何年かかっても大事おへんさかい、どうぞ書いておくれやす云うて、画帖を無理にお頼みしたんどす。そしたら、預かっていると気に懸って仕様がない云うて、直きに書いて送っておくれやした。今ではそれが、あ

たしの大事な宝になりましたやおへんかいな。〔中略〕

こんな事がおすやろ、「明暗」の中に、「来たか長さん待ってたほい」[*15]、あれ「追分」のどすがな。誰にあんな事お聞きやしたか、ちゃんと本の中に書いたあるやおへんか。そらあたしかて、星の事は教えましたえ。先生はあれで七赤《しちせき》どっしゃろ[*16]。一白、二黒、云うて、あたし教えてお上げした事がありますの。そしたらそれも、ちゃんと本にお書きやしたやろ。なんせあたしは、好きで好きで堪りまへんよって、先生がうんこにでもお行きやしたら、ついて行っておいど拭いて上げたいと思う位どすのやわ。

お死にやす前の、きつうお悪い時どっせえ、今カンフルの注射した、それを食塩注射や云うて、津田さんから度々電報が来ますやろ。胸がわくわくして、さっぱりなにも手に附かんのどす。今呼吸《いき》を引取られた云う電報の来た時には、もうお座敷を断って、うちでお仏檀にお灯明を上げて、ほんまに殉死でもしたい云う気どした。〔後略〕

（『漱石全集』（昭和三年版）月報第十二号（昭和四年二月））

庭から見た漱石先生

内田辰三郎（談）

私の妻《さい》はおしんと申しましたが、夏目家ではお梅と呼ばれていました。千駄木時代に永く御奉公したのですが、一度お暇《ひま》を頂いて、二度目に西片町のお宅へ上《あが》って、間《ま》もなく手前の許《ところ》へ嫁《とつ》いで参ったのです。これが生きて居りますと、いろいろお話もございましょうが、大正六年の正月、夏目先生に一箇月程後《おく》れて亡くなりました。で、おしんは私《わたくし》どもへ参りましてからも、先生のお宅で早稲田へお越しになる時には、お手伝いにも上るし、三番目のお嬢さん*1が泣いて困るというので、自宅《うち》へ連れて来て、一晩お泊め申したこともございます。それからも、よく子供衆の平常着《ふだんぎ》なぞを縫わせて頂いて居りました。先生が満韓旅行へお出掛けになったのは、明治四十二年でしたかね。たしか九月末のことだと思いますが、奥様から「先生が帰るから、お前の亭主に来て貰って、玄関前だけでも手入れをして置け」と云われたのだそうです。その以前から、奥様のお実《さ》家《と》*2の時分から出入りをしていた植木屋が、酒で内臓を毀《こわ》して死んだというので、よく私に来い来いと云われましたが、私もこういう意地っ張りなものですから、「女房の世話になった家《うち》へ、恩誼で使って貰うのは厭だ」と云って、しばらく行かなかったものです。が、そう云われるものだから、玄関前だけの手入れをするという約束で出掛けました。これが夏目さんへ伺うようになった抑《そもそ》もの初めでございます。

なに、玄関前と申しましても、小さな馬車廻しがあって、その中に隠《かく》れ蓑《みの》*3が一本、椿が一株、比翼檜葉《ひよくひば》が二本、銀杏《いちょう》が一本、〆て五株あるきりでした。それに門脇の塀に添うて、下の長屋との境には檜葉が植え込んであって、屋敷中では七十四本もありましたかね。ですが、その時分は未《ま》だ借家のことですから、丁寧なことは要らない、長い鋏でじょきじょき刈込んでしまえば、造作はないのです。で、遣《や》ってしまって、「これでお暇を頂く」と申しますと、「今に先生も帰るから、もう少し遣ってくれ」と云われるので、又茶の間の前の手入れにかかりました。あそこには檜葉が二本、百目柿《ひゃくめがき》が二本ありましたね。それから玄関脇に椿が一株、玄関の袖垣の裏から玄関前へ枝の出ている楓が一本ありました。又袖垣の裾には錦糸梅*4が一株ありました。茶の間と反対になった書斎の前へ廻ると、玄関に接近した所に他行《たぎょう》の松(傘松)*5が一本あった。それから小梅桜に芭蕉も一株あった。ずっと雨落ちの外には竜の鬚《ひげ》*6が一列に植え込んであって、その中に木賊《とくさ》もいくらか交《まじ》っていましたよ。先生はこの木賊と芭蕉が好きで、「何とか木賊を殖《ふ》やすわけに行かないかな」と云われるものだから、油粕に人糞を混ぜた肥料《こやし》を人知れず遣って置くと、年が経つにつれ、だんだん木賊がはびこって、それに蒸れて、終いには竜の鬚がなくなってしまいました。

その時分でした、宝生新《ほうしょうあらた》*7という謡いの先生から犬の仔を一疋《ぴき》貰われたのは。先生はそれにヘクタという名を附けて可愛がって居られ、御自分で湯に入ってる時なぞ、私を喚《よ》んで「犬を洗ってやれ」と云われる。「後で洗ってやりましょう」と云うと、「いや、俺も手伝うから、ここで洗ってやれ」と云われるものだから、ごしごし石鹼で洗ってやったこともありました。それ位可愛がっていられる犬でも、そのヘクタが木賊の中に寝転がっていると、玄関から洋杖《ステッキ》を持って来て、ぴしゃぴしゃ叩きながら追い退《の》けられる。こうなると、木賊と犬とどっちが可愛いか分らないですよ。その犬が皮膚病に罹って、柳町*8の七軒寺に近い、亀山善七という犬医者の許《ところ》へ入院したことがありました。たしか大正二年のことでしたかね。私がその犬医者の許へ見に行くと、「昨日先生が来られましたよ」と、向うで云うことがございました。あれで先生も時々その犬を見舞いに行かれたのですね。

いや、話は前後してしまいましたが、先生が満洲から帰られて四日目、たしか十月の二十日前後だと思いますがね、奥さんが私を喚んで、「植木屋、お前は果報者だよ、先生があの植木屋は朴訥《ぼくとつ》で正直者らしいから、俺は好きだ。つづいて来るようにしろと云われた」と、こう仰しゃるので、私も「奥さん、担《かつ》いじゃ不可《いけ》ませんよ」と笑ってましたが、それから引続いて出入りするようになりまして、今日《こんにち》迄三十年近くもお世話になっている次第でございます。

ですが、最初の間は夏目先生のお宅もそう仕事はありませんでしたから、私はそれ迄親方に連れられて参っていた他のお顧客様《とくいさま》へも伺っていました。丁度《ちょうど》明治四十三年の八月、あの東京から箱根を荒した大洪水の時でした。私は本所三囲稲荷《みめぐりいなり》＊9の近くにある大川平三郎＊10さんのお邸へ仕事に行って居りました。そのお邸には大川さんの父親に当る御隠居さんが住んでいられましたが、二、三日して水も退《ひ》いたので、谷中《やなか》の別荘へお移りになりましたから、私もそちらへ随《つ》いて参りました。すると、その晩御隠居さんがいろいろ植木の話しをされる。これはなかなかの玄人で、私の方が教えられる位でしたが、その間《うち》にお臥《やす》みになったから、不図《ふと》新聞を見ると、夏目先生が修善寺で大吐血をされたという記事が載っているではありませんか。私はその晩よく眠られませんでした。明くる朝そちらの奥さんが私の顔色を見て、「お前、何《ど》うかしたのかえ、御隠居さんに叱られでもしたのか」と訊かれるので、「実はこうこうだ」と答えると、「それでは直ぐに見舞って上げたがいい」と云われるから、早速お暇《ひま》を頂いて早稲田へ駆け着けました。が、夏目の奥様はその以前から修善寺へ行っていらっしゃる、お子供衆は茅ケ崎へ避暑中というようなわけで、奥様の阿母様《おかあさま》＊11に当る御隠居さんが一人ぽッつりと留守居をしていられました。遠方のことではあるし、私もただ気を揉むだけで、何《ど》うすることも出来なかったような次第でございます。

ええ、裏庭に文鳥の墓と猫の墓がありましたね。が、あれはいずれも私が行く前に出来ていたもので、車屋なぞに頼んで埋めたものでございましょう。猫の墓はただ木の棒杭《ぼうつくい》が立っているだけで、小さな九輪の塔になったのは先生が亡くなられてからです。そうですか、その木標に

この下に稲妻起る宵あらん

と書いてありましたかね。私は亡くなられてから、先生が「文鳥の墓のそばの杉菜を大切にしてくれ」と云われた夢をまざまざと見ましたよ。ええ、杉菜の外に土筆《つくし》も出まし

たから、お嬢さん方が採るにいいと思って、あの辺は箒も使わないで、枯葉も一つずつ手で取るようにしていたものです。

雛子《ひなこ》さんが亡くなったのは明治四十四年の十一月でしたかね。[*12] 私はその前日藤《ふじ》という子守と雛子さんの両手を引いて、門の所まで来て別れましたが、それからお嬢さんは夕飯を喰べにかかると、何やらむずかって反《そ》り返ったまま、それ限《き》りになっておしまいだと云うことです。そんな事とは知らない私は、明くる朝他へ廻る所があって、少し後れて参りますと、いきなり女中から「植木屋さん、大変ですよ」と云われ、驚いていると、先生が立って来て、「植木屋、雛子が死んだ、端書は着いたろう」と云われました。今から思えば、その端書でも大切にして置く所でしたが、もう見当りません。

大正四年八月中のことだと記憶《おぼ》えてますが、門内の未申《ひつじさる》[*13]の隅にあった借家を借りていた、吉田という小学校の先生が立ち退いたので、その跡を借り受けて、庭に花壇なぞを拵え、お嬢さん方の勉強部屋に宛てられたことがありました。花壇には金蓮花《きんれんげ》、雁来紅《がんらいこう》、雛芥子《ひなげし》、かんなぞを植えました。浜菊という小さい紫の花もありました。或日のこと先生が喚んでるというから行って見ると、先生はその小家《こいえ》の縁側に腰掛けたまま、手帳と鉛筆を持って待ち構えているんです。そして、目の前の花を一々訊かれました。で、先ずかんなから始めると、「ははあ、それが檀特《だんどく》*14というんだな」と云われる。それから、周《まわ》りの垣根に絡めてあるのが金蓮花《きんれんか》、縁に面したのは雛芥子ですと云うと、「うむ、これが虞美人草だな」と点頭《うなず》かれる。更に、これは鶏頭だが、雁来紅といって、赤より外に変色しないから、詰らない鶏頭ですなぞと申上げると、それを一々手帳に留めて置かれました。

　この時、私は一つ心を打たれたことがあるのです。と云うのは、話しの途中で、「植木屋、知らないことは知らないと云ってくれなきゃ困る、間違いは書けないからね」と、一本釘を差されたからですね。私ははっとして急所を突かれたような気がした。と云うのは、何時《いつ》でしたか、ずっと前のことですがね、私が書斎の前を通りかかると、先生が喚び留めて、「あそこにある、あの黄色い花は何だ?」と訊かれる。「あれは錦糸梅です」と答えると、「何時か錦糸梅だと云ったのとは、葉が違うじゃないか」と反問された。先生もはっきり指を差して訊かれたのでない、ただあそこにある黄色い花はと云われるもんだから、わたしもうっかりそう答えたのです。で、「ああ、あれなら美女柳です、間違えました」と云い直したことがありました。それと記憶《おぼ》えていたもんだから、先生から「知らないことは知らないと云え、間違えては困る」と云われると、私としては何だか急所を突かれたような気がしたんですね。

大正五年——先生が亡くなった年の二月、支那焼の鉢に入れた君子蘭の到来したことがありました。その時も先生から「この植木は町で買って、どの位するものか」と訊かれました。鉢は三円五十銭位の値打のものとして、植木は仲間の相場ではせいぜい一円位のものだが、この鉢に添えば、下目に見ても五円は出されたでしょうねと答えて置きました。「そうかな」と、その日はそれで終えましたが、後日になって、「梅の話しでは、お前は六反歩〔約六千平方メートル〕も畑を作ってるそうだが、花物や野菜ばかり作っていないで、苗木でも仕立てたら何《ど》うだ？　五年十年の間には相当の利益になるだろう」と云って下さったことがありました。それと云うのは、一、二、三の三箇月は植木屋の暇な時分ですから、その間に私は近所の荒地を均《な》らして、それを借りて花物なぞを作っていました。出来ると、それを畑のまま反《たん》で幾許《いくら》というように植木の商売人に卸していました。こいつは余り儲けにならないが、勝負は早いのです。そりゃ先生の云われるように、梅の苗でも仕立てたら、永い間には財産を拵えることも出来たでしょうが、何分高利貸が抵当流れに取った地面を借りているんですから、何時《いつ》取上げられるか分らない。折角《せっかく》親切に云って頂いても、どうもそう云う訳には行かないのでした。が、夏目さんのお家《うち》のお蔭で、私も妻に死なれてから三人の子供を成人させて来ました。それだけが目《め》附《つ》けものだと思っていますよ。

（『漱石全集』（昭和十年版）月報第十二号（昭和十一年十月））

5

松山と千駄木

久保より江（談）

そうですね、「坊っちゃん」の中に主人公がいか銀という骨董屋の家から萩野という老人夫婦の離座敷《はなれ》へ引越したとある、その萩野（実は上野〔森田草平注記〕）の隠居というのは、わたくしの母の父で、つまり上野の家は母の実家《さと》に当るわけでございます。両親が東予[*1]の方へ参っておりましたので、小学校へ通う都合上、わたくしは祖父母の許に預けられていたのでした。祖父は「坊っちゃん」の中にもあります通り始終謡いばかりうたっている好人物で、一家は祖母が切り廻していましたが、これがなかなか面白い婆さんで、先生のお座敷へ参って、いろんなお話を伺って来ては、わたくしどもに話してくれたのは、主としてこの祖母でございました。それに、当時祖父母の家には出戻りの伯母が一人いまして、今日まで生きておりますれば、七十五、六歳にもなりましょうか、まあ先生よりは六、七歳の年長でした。この伯母がいましたればこそ、先生のお世話を申すことも出来ましたので、伯母がいなければ、ああして先生に入《い》らして頂くようには多分ならなかったろうと存じます。

　先生のいらした明治二十八年には、わたくしは十二歳でございました。その後千駄木のお宅へ初めて伺いました時も、「大きくなったね」と仰しゃった程、よく覚えていて下さいました。先生がいらしったのは二階のある離家《はなれ》で、母屋からは廊下つづきで行かれるようになっていました。今はそれを二軒に仕切って、離家の方へは、元の不浄口に門を拵えて、そこから出入《ではい》りの出来るようになっているのを、わたくしも先年見てまいりました。最初先生は離家の下座敷の方《ほう》に寝起きしていらっしゃいましたが、正岡さんが入らしてから二階へお移りになったのでございます。さあ、「坊っちゃん」の中にあるように、伯母がお芋の煮っころがしばかり喰べさせて置いたか、その辺はよく存じませんね。でも、松山は肴《さかな》に不自由のない、随分お廉《やす》い土地ですから何《ど》うかと思います。兎《と》に角《かく》、先生の写真帖*2の中に出ているのは母屋で、先生が一年足らずお住いになったのは離家の方ですから、その点は間違いのないように書いて置いて頂きとうございます。

　先生が奥様と初めてお見合いをなすったのも松山時代であったと覚えています。いえ、それは冬の休暇に東京へお帰りになった上でなすったので、それが済んでから松山へ戻っていらしって、お見合いの席上引物《ひきもの》に出た鯛をむしゃむしゃ召上ったというお話も、先生御自身の口から伺ったように存じます。それから奥様のお写真も拝見しました。ですから、わたくしなぞは奥様のお若い頃のお写真をよく存じ上げているわけでございますわね。ええ、先生のお座敷へはよくお邪魔して、いろんなお話を聞かせて頂きました。夜分晩《おそ》くなりますと、母屋へ帰る廊下の途中に竹なぞが茂って暗かったものですから、「赤い毛のお化けが出るよ」なぞと仰しゃって、よく脅《おど》かされたものでございます。「赤い毛のお化け」というのは、つまりわたくし自身のことを仰しゃったのでその時分わたしの頭の毛が赤かったからでございます。東京で初めてお目に懸った時も、「大きくなったね」と仰しゃって下さったのはいいが、すぐその後から「能《よ》く髪が結えるようになりましたね」と、そこまで覚えていられたのにはいささか閉口してしまいました。

さあ、松山時代のことで、その外に覚えていることと申しましては、そうそう、何時《いつ》か伯母が先生から頼まれて、一楽《いちらく》の反物*3を見立てて買って参りまして、従姉《いとこ》がそれを縫って差上げたことがございました。先生もその時分は和服はあまり持ってらっしゃらなかったので、大層珍らしそうにしていらっしゃいました。従姉というのは伯母の連子《つれこ》で、やはり上野の家にかかっていたのでございます。わたくしは先生のお座敷へもよく伺いましたが、特に正岡さんの下のお座敷へはしょっちゅう遊びに行って、句会なぞのある時も側《そば》を離れませんでした。何時《いつ》か小学校の展覧会に刺繡を出そうとして、わたくしが何かの本の表紙から取って紅葉の下画をかきましたら、子規さんがその上に「行く秋の眺めなりけり竜田川」という俳句を書いて下すった時の嬉しかったことは、今でも忘れませぬ。それからお二人に連れられて、泉祐三郎の照葉狂言《てりはきょうげん》＊4を見に行ったこともございます。そして、帰路《かえり》には先生方に両手を引かれて、ぶら下るようにしながら、寂しい屋敷町を戻って来たことをはっきりと覚えています。そうそう、夏目先生が熊本へ赴任されて、松山をお立ちになる時、わたくしは絵が好きだというので、呉春《ごしゅん》と景文《けいぶん》＊5の版画を記念に頂きました。まだその辺に残っている筈でございます。その事も序《ついで》に書き添えて置いて下さいませ。

東京では主として奥様にばかりお目に懸っていました。その時分の先生はどうも御機嫌の悪い日が多く、たまたまお目に懸っても取り附く島がないようでしたから、大抵は奥様とお話ししては帰り帰りしました。ですから、お弟子さん方《がた》の中でも、野村伝四《でんし》＊6さん位を知っていますだけで、他の方は一人も存じません。そうそう、何時かも先生が奥様のお留守中女中さんを二人とも返しておしまいになった所へ行き合せたこともありました。「さぞお困りでしょう」と申しますと、奥様はああいう気性の方ですから、「なに、仕出屋《しだしや》から取り寄せて喰べさせて置くから構わないのよ」と仰しゃってでございました。先生が縁側に立って、お向うの下宿屋の二階にいる学生さんに、何か云い返しをしていらしたと云うのも真実《ほんとう》でしょうね。或時、わたくしが先生に向って、「恒子さん〔次女〕はよく先生に似てらっしゃる」と申上げると、「なに似てるもんか」と仰しゃった、その権幕に喫驚《びっくり》したこともございます。

その代り奥様には大層可愛がられまして、よく売出しの買物のお供や、高等学校や大学の月給を取りにいらしゃるお供をいたしました。又よく割勘で奥様と御一緒に芝居見物にも参りました。まあ本郷座*7あたりが主《おも》でしたね。中洲《なかず》*8で伊井蓉峰《いいようほう》*9が「猫」の芝居をいたしました時も、招待状が来たというので、奥様の御弟姉方《ごきょうだい》と御一緒に連れて行って頂いた事がありました。何でもその時は先生の方から「久保も好きだから連れて行ってやれ」と云い出されたのだそうでございます。御機嫌のよい時にはそんな風でございました。で、行って見ると、例の泥坊が這入《はい》って山の芋を盗んで行く場面を演《や》りましたが、奥さんに扮した役者が大きな円髷《まるまげ》に結って、水色の扱帯《しごき》一つで出て来られたのには困ってしまいました。だって奥様が円髷にお結いになった所を見たことは一度もありませんものね。

私はその頃よく出歩いていましたので、踵《かかと》の曲った靴を穿いてたこともあったんでしょうね。すると、それが直ぐ先生に目附《めっ》かって、「女がそんな靴を穿くもんじゃない」と云われたことがありましたっけ。間もなくそれを又「猫」の中に書いておしまいになったから驚きましたわ。(「吾輩は猫である」の十章参照。)あの中へ出て来る雪江さんという、苦沙弥《くしゃみ》先生の姪に当る女学生は、多分わたくしと奥さんのお妹さんとを一緒にしてお書きになったものでございましょうね。ええ、その時分わたくしはもう結婚していましたが、久保が洋行中で留守でしたものだから、内所《ないしょ》で袴を穿いて歩いていましたの。それから久保が洋行から帰ると同時に福岡へ赴任することになりましたので、わたくしも一緒に参って、その後はずっと先生のお宅へも御無沙汰することになってしまったのでございます。

福岡からは年に一度は上京して参りましたが、それも僅かな日数の滞在で、前以《まえもっ》て申上げる暇もなく、たまに突然お伺いしても、好い塩梅《あんばい》にその都度《つど》先生にも、又奥様にもお目に懸ることが出来ました。明治四十年頃のことだと存じますが、奥様が「この頃は肴屋《さかなや》の払いが月二十円にもなって困るのよ」と仰しゃってたのを伺ったこともございます。ええ、早稲田へお移りになってからのことだと思います。（早稲田南町への移転は四十年の九月中である。）おわり。

実際、漱石先生が他人の服装、持物なぞに目を附けられることの素早かったことは、一人より江女史ばかりでない、いろんな人の談話にも出て来る所で、これは先生が生れつきの都会人であった処から、自ら制しようにも制し切られなかったものであろう。同時に又それが作家として万遍なく観察の行きとどいた所以でもある。

私自身も正月の元日に初めてフロックコートを着用して年始に行ったというので、早速「永日小品」の第一日にその不《ぶ》ざまな様子を摘発された。*12 それればかりでなく、「森田という奴は、途中で美しい女に逢っても決して目を附けない、あれは自分の恋人でもなけりゃ、全然《まるで》異性の美しさが解らないんだね」と、褒められたんだか貶《くさ》されたんだか、兎に角私の審美眼の鈍であることを始終云われ云われした。但しこの言葉の後半は、その場に居合せた鈴木三重吉君が附け足したもののようにも思われるから、念のために断って置く。が、先生のその言葉を裏附けるものとしては、こういう事実もある。何日であったか、私は先生のお供をして明治座の芝居見物に行ったことがあった。誰が何んな芝居をしていたか、すっかり忘れてしまったが、その時分は今のように椅子席ではない、枡の中に四人乃至《ないし》五人ずつ納まって、膝の上に掛蒲団を掛けながら、神妙に見物していたものだ。間もなく私は左の花道の側《がわ》の桟敷《さじき》に、二十四、五とも見える一人の芸者が来ているのに目を留めた。その顔が私の気に入った。で、会稽《かいけい》の恥辱を雪《そそ》ぐ*13のはこの時だとばかり、先生の耳の端《はた》へ口を持って行って、「左の桟敷に一人綺麗なのが来ていますよ、一寸《ちょっと》御覧なさい」と囁いたものだ。処《ところ》が、先生は「うむうむ」と点頭《うなず》いたまま、舞台にばかり見入って、一向そちらを見ようとしない。私はじれったくなって、先生の膝を揺振《ゆすぶ》りながら、「左の桟敷を御覧なさいよ」と大きな声で促した。すると、先生は迷惑そうに振向きながら、「分ってる、分ってる。俺《おれ》はもう疾《と》うから知ってるよ」と云われた。これには私もぎゃふんと参った。

フロックコートの意趣返しをここでするわけではないが、これも先生のお供をして、何日か小石川の安藤坂*14の上から左へ入って、金富町へ抜ける急な坂を降ったことがある。先生は例によって恰好《かっこう》の好いフロックかモーニングかを着ていられた。が、背後《うしろ》に立って上から見下ろすせいか、どうも先生の頭ばかり大きくて肩幅が狭く、その間に釣合いの取れないのが目立って感ぜられた。で、前へ出て先生と並んで歩くようにしながら、思った通りをあけすけに言明した。すると、先生は苦い顔をして聞いていられたが、やがて「君はそんな事今になって気が附いたのか、余計なことを言うもんじゃない」と叱られた。が、そう云われるだけ先生には、これは大分《だいぶ》徹《こた》えたらしい。（森田草平附記）

（『漱石全集』（昭和十年版）月報第五号）（昭和十一年三月）

真面目な中に時々剽軽《ひょうきん》なことを仰しゃる方

山田房子（談）

そうですね、夏目さんへは、本郷の西片町にお住いの時分から参りまして、早稲田南町へお移りになってからも、四年程御厄介になっておりました。いいえ、千駄木時代のことは、お話しには聞いていましたが、わたくしは存じません。丁度《ちょうど》わたくしが伺ってから間もなく純一さん〔長男〕がお生れになって、あの方はわたくしが手に懸けて育てました。つまり純一さんが生れてから、一番末の雛子《ひなこ》さんが亡くなる迄、あのお宅にいたわけですね。純一さんは大人しい、手の懸らぬ子でしたが、次ぎの伸六さん〔次男〕は小さい時からよくひきつけたりして、ひいひい泣く子で御座いました。そうですか、今はそんなにお強壮《じょうぶ》におなりですかねえ。でも、あの時分はわたくしもお梅さんも随分困りましたわ。へえ、お梅さん*1(当時先生の宅に書生をしていた西村誠三郎君の妹、西村君は『それから』の中の門野《かどの》だというような噂を立てられた人)が亡くなりましたか。東五軒町*2の方へ嫁《かた》づかれたとは聞いていましたが、ちっとも存じませんでしたね。

旦那様はああいう小説なぞお書きになる方ですから、矢《や》っ張《ぱり》静かなことがお好きでしたね。子供がぎゃあぎゃあ泣いたり、わたくしどもがあんまり笑って騒いだりすると、お気に召さないようでした。いいえ、そんなひどい肝癪をお起しになったようなことは、わたくしのいる間には御座いませんでしたね。そりゃ千駄木にいらっしゃる時分は、よく奥様をお困らせになったこともあるとは聞いていましたが……実は、わたくしもあちらへ参ります前に、旦那様という方は、あれですわ、まあ神経衰弱が高《こう》じたとでも申しますかね、時々気が変になって、奥様のお留守中に女中さんを二人まで追い出してしまいになったことがある。親類の者だって容赦はなかろうから、その積りで行けと注意されて参りました。で、わたくしも最初《はな》はびくびくもので勤めていましたが、前にも申しましたように、わたくしが伺いましてからは、決してそんな事は御座いませんでした。それは、どちらかと云えば、わたくしは旦那様には可愛がっていただいた方でしょうね。それは、自分の口から申しては可笑《おか》しゅうございますが、お掃除をして、机の上の物を一つ片附けるにも、硯は硯、筆は筆、ぺーパカッタはぺーパカッタというように、ちゃんとあるべき所に置いてないと気が済まない、いわば几帳面《きちょうめん》な質《たち》でしたし、それに黙ってあまり物を云わない方でしたから、そこが一致していたのでございましょうね。

奥様とは決して仲が悪いことはない、そういうことはありませんが、滅多にお二人で話しをしていらっしゃることはありませんでした。そりゃ奥様とお話しになるよりも、木曜会に入らっしゃる皆さん方とお話しになる方が余っ程愉快そうに見えました。木曜会では大抵《たいてい》夜の一時、二時頃になる。他《ほか》の方々は皆さんお帰りになっても、松根さんと小宮さんはよく泊っていらっしゃいました。お書斎に、先生を真中にして三つ床を並べて敷いたことをよく覚えていますわ。それでなくとも、旦那様は夜分晩《おそ》くまで読んだり書いたりしていらっしゃいますから、朝お目覚めになるのは、どうしても九時、十時になる。冬の寒い朝なぞ、寝間着の丹前を頭からすっぽり被って出ていらして、湯殿へ入らっしゃりがけに、茶の間を覗いては、よく「栄子、栄子は何うした？」と声をお懸けになりました。お子さん方の中では一番栄子さんを可愛がっていらしたようで御座いますね、確に。それから朝飯は大抵紅茶と麺麭《パン》でお済しになりました。お夕食の時には、お膳をお書斎へ持って行って、奥様がお給仕をなさる。まあ、その時位のものですね、お二人でお話しになるのは。ああ、そうそう、胃酸過多とかでお薬を毎食後お用いになっていましたが、牛肉もよく召上りました、それはもう毎晩のように。

木曜日の外《ほか》には、お客様はあまり御座いませんでした。よく入らしったのは謡いの先生(宝生新氏)でございます。ある時わたくしがお茶を持って参りますと、丁度《ちょうど》雛子さんのお生れになった時分で、隣の座敷から赤ン坊の泣声が聞えてまいりました。

「ああ、お子さんがお生れになったようですね」と、宝生さんが仰《おっ》しゃる。すると、旦那様は顔を顰《しか》めて、

「うむ、又生れた。どうも子供を沢山生む女は下等だ！」と、噛んで吐き出すように仰しゃるじゃありませんか。宝生さんは、

「そりゃあ奥さんばかりのせいじゃない、先生もお悪いんだから仕方がありませんよ」と笑っていらっしゃる。わたしはもう聞いていて極《きま》りが悪くて堪りませんでしたから、急いで茶碗を下に置いて出て来ると、

「ああ、お房さんが顔を真赧《まっか》にして逃げ出した」と、旦那様も一緒になって笑ってらっしゃいました。そういう方で御座います。

ある時又こんな事がございました。その日わたくしは朝から気分がすぐれませんでしたので、女中部屋に引込んでいますと、旦那様が珍らしく茶の間へ出ていらっしゃいまして、わたしの姿が見えぬものだから、そこにいらしった奥様に、

「お房さんは何《ど》うしたんだい？」とお訊ねになりました。

すると奥様は、多分お裁縫《しごと》か何かしていらしたんだと思いますが、顔も上げないで、

「ええ、何だか朝から気持ちが悪いように云ってましたから、寝ているんでしょ」と仰しゃいました。

「ふうむ」と云ったまま、旦那様は御自分で戸棚の中の菓子箱をお捜しになります。胃のお悪いせいか、甘い物が大層お好きでございました。

そこへ折悪しくわたくしが、少し気分が好くなったもんで、何の気もなく茶の間へ出て参りました。旦那様は振り返って、わたくしの顔を御覧になると、いきなり

「お房さん、気持ちが悪いというが、悪阻《つわり》でもあるのかい」と仰しゃるんですよ。

わたくしはもう吃驚《びっくり》して、

「あらッ！」と云った切り、真赧《まっか》になって引込んでしまいました。

その後で奥様は、「まあ馬鹿なことばかり云って！　そんな事を仰しゃると、この家《うち》には他に男はないんだから、責任はあなたにかかって来ますよ」と、たしなめるように仰しゃってで御座いました。旦那様はお菓子を一つ摘んで、むしゃむしゃと頬張ったまま、別に何とも仰しゃいませんでした。

が、それからと云うもの、わたくしの病気が一日で癒《なお》ったというので、「お房さんの半日悪阻《つわり》、半日悪阻！」と、松根さん方にまで云われて、本当《ほんと》に困ってしまいました。全く夏目先生という方は、しずかに黙ってらっしゃるかと思うと、ひょい、ひょいと面白いことを仰しゃる方で御座いましたわね。

ええ、奥様は少しお裁縫《しごと》でもなさると、すぐに肩が張って、よく按摩をお取りになりました。朝もお子さん方を学校へお送り出しになる時は起きてらっしゃいますが、それから又お臥《やす》みになって、随分長くお寝《よ》っていらっしゃいました。まあ、旦那様が洋服でも召してお出掛けになる時、そのお召替えのお世話を御自分でなさる位のものでしたね。でも、裏庭にあった「猫のお墓」なぞへは、毎日欠かさず、きちんきちんと仏飯をお供えになって、そういう点は誠に感心な方だと思って見ておりました。そうですか知ら？ただお詣りとか、御祈禱とかいうことがお好きなだけですか知ら？　わたくしは又あちらのお家へは、『猫』のために好い事があるようになったから、それでお詣りになるんだとばかり思っていました。

修善寺で大層お煩いになった時には、わたくしはお子さん方のお供をして、茅ケ崎《ちがさき》に避暑しておりました。ええ、貸別荘と申しましても、漁師の家の棟つづきになった座敷を借りていたのでございます。そうですか、あの時電報が参って、三人のお嬢さん方を茅ケ崎の停車場まで送って参りましたが、その時汽車の中にいて、お三人を修善寺まで連れて行って下さったのは、あなた〔筆記者　森田草平〕で御座いましたかね。

（『漱石全集』（昭和十年版）月報第二号（昭和十年十二月））

雛子の死 （「雨の降る日」の思い出）

夏目鏡子

明治四十三年の三月桃の節句の前の晩、お雛様を飾って宵雛のおまつりをして、お若い門下の方々が幾人かおいでになって白酒をのんだりしていらっしゃる時に、私共の一番季《すえ》の女の児が生まれました。節句にちなんで雛子《ひなこ》と名づけました。これが早く亡くなるからでもあったでしょうが、智慧も早く、非常なおしゃまっ子でございました。一年半もたった四十四年の秋頃には、よちよち裏で遊んで居ては、自分も見様見真似《みようみまね》で猫の墓にお水を上げに行って、序《ついで》に自分もその水を飲んで了《しま》うという案配でちっとも目が離せません。それが又中々の疳癪《かんしゃく》持ちの意地悪《わ》るでございました。

十一月末のことでございました。この日も夕方長女の筆子に長いことおんぶされたり、それからおもり*1と一緒に猫の墓のあたりで遊んでおりました。そのうちに夕飯時になります。いつもですと、小《ちいさ》いのばかりがうじゃと集るのですから、とても大騒動なので、この雛子とその上の小い男の子〔次男伸六〕の方とだけは、めいめいお守《も》りがおんぶして外へ避難して、さて皆のごはんがすんだ頃を見計らってかえって来て、それから御飯をやるという方法でやって居たのですが、この日はどうしたはずみか、御飯を一足先きにたべさせて、それから外へ行くというので、茶の間の隣の六畳で始めました。ところが自分一人で御飯を頂こうというので、おもりのもっている匙《さじ》を取り上げて、お茶碗片手に、「こう？　こう？」と片言まじりに食べ方を聞きながら食べておりますうち、急にキャッというなり茶碗をもったまま仰向けにたおれて了《しま》いました。一体この子でもこの上の男の子でも、疳《かん》が強くて、ひきつけることがしばしばありまして、誠に男の子などは障子をしめちゃいやだと駄々をこねてるのを閉めたとあって、いきなりひきつけるなどといった工合で少々極端なのでしたが、その代りひきつけたからといって皆でなれっこになって居りますから、顔に水を打《ぶ》っかけると、又息を吹きかえすといった位簡単なのでもあったのです。この女の子もこのでんで前に四、五度ひきつけたことがあったので、又かと大して驚きもせず、子守が万事呑み込んで水を吹きかけますが、これは又どうしたことか、いつものように手取早《てっとりばや》く息を吹きかえしません。

その時、私は外《ほか》の子供たちと一緒に茶の間で御飯を食べかけていたのですが、隣りの騒ぎもいつものものと聞き流してそのまま箸を運んで居りましたが、何だか長いのが気になりますので出て参いりました。そうしていつもやるように水を吹っかけて呼んだり揺すったりして見ましたが、ぐたりとして白眼をむいたまま一向《いっこう》ききめがございません。どうも自分たちの手におえそうもないので、すぐ前のお医者さんを呼びにやりました。

医者がかけつけてすぐ注射をして下さいます。反応がありません。どうも様子が変だから、ともかく洗腸をして見ましょうといってその仕度にかかりますと、すっかり肛門が開いているというので、びっくりして了いました。これはいけない、いつもかかりつけのお医者さんをというわけで急ぎ立てました。

丁度《ちょうど》その時、書斎には中村古峡[*2]さんが見えて居りまして、夏目と話をしてらっしゃいました。雛子の様子が変なので夏目を呼びにやらせますが、夏目もいつものものだと高をくくってるのでしょう、一向来てくれません。とうとう私が駆け込んで、貴方大変ですから来て下さいといったわけで引っぱって参いりました。しかし主治医が来て下すって、いろいろ手を尽くし品をかえてやって見ましたが、注射もきかず、人工呼吸もきかず、薬は元よりうけつけず、辛子《からし》湯も効なく、何もかもききめがありませんでした。どうにも仕方がありません。といってあきらめて了うには、余りに呆気ない、うそのような咄《とっ》嗟《さ》な出来事で、みんなぼんやり何かにつままれたような気持になって了《しま》いました。誠にこれ迄沢山の子供たちも一人残らず生長して来て欠けたものもないので、なお更《さら》のことこんな始めての不幸に参いって了ったわけでございます。がどう考えても夢のようで、ついさっきまで元気にしていた吾が子が、ぽっくり死んで了ったという感じがして来ないのでありました。

けれども亡くなりました上は、如何に夢心地でなげいて居ても是非がありません。ともかく形ばかりのお葬《とむらい》を出してやらなければならないのでございますが、さてここに一つの困ったことがおこりました。というのは私たちは分家をして居りまして、家から葬式を出したこともなく、又誰の位牌もないので法事をしたこともないので、きまった菩提寺というものがないのでございます。一体夏目の本家は代々、小石川小日向《こびなた》の本法寺という浄土真宗の名刹《めいさつ》の門徒で、そこに先祖からのお墓もあるのですが、夏目が余り真宗を好みません上に、本法寺の檀下になるという気もしないので、どうしたものだろうと言って居たのですが、この場合、急にうまい分別もなく、兄さんなどもともかく今度は本法寺に頼んだらよかろうということで、ではこん度のところはというので本法寺にきまりました。

さて葬式となっても、仰々《ぎょうぎょう》しい馬鹿騒ぎは困るし、第一それに子供ではあるし、普通の盛《も》り物だの花だのというを嫌って、何とか突飛《とっぴ》でなく、しんみりみんなで身内のものを葬うという気持になれることがないかと申して居りましたが、そのうちにふと西洋に居てあちらのお葬式を見た印象から思いついたとか申しまして、誰彼れの区別なしでみんなで送ってやろう、これが一番いいという至極簡単な思い付きで、葬式の日には、葬場の本法寺へみんなで馬車を連らねてついて行くということに致しました。

御通夜になって本法寺から通夜僧が来ます。夏目は、おれは通夜なんか嫌いだ、みんなかえってねた方がいいじゃないかといって居りましたが、私たちが死体を守る為めだからなどと申しまして、それはそのまま続けてやりました。自分ではいい加減おそくなってからねて了《しま》ったようでございました。

その時、夏目が申しますには、

「おれなんぞ死んだって通夜なんかしてくれるなよ」

というので、私の母が

「でもみんなでこうやってついているのは、一つには死んだ仏に明日はおわかれするそのお名残りを惜しんでいるのですが、その外《ほか》鼠でも出てかじったりなんかしないように死体を護ってついてるのでございますよ。若《も》し貴方の時に、誰でもついてなくって鼻でもかじられたらどうなさいます」

と申しますと、夏目は興がって、

「そうなったら、かえって痛い痛いって生きかえるかも知れませんね。」

と皆を笑わして居りました。

その通夜僧が余り上品な方ではなく、よせばいいのに何でもかつがしめる*5ような話を致します。

「お寺では何でも頂戴致します。死んだ仏のものは、皆どこでもお宅では気味悪がられたりしますので、何でも頂きますし、又お宅によっては供養の為めとあって遺品を御寄進なさいます方もございます。」

というような話から、

「どうかそんなものがございましたら御遠慮なく。」

と気をきかした積りで、今にも何でも貰らって行こうといった素振《そぶり》をします。

「例えばお棺におかけになってる白いきれ、あんなものでも頂きます。」

に、とうとう夏目もあいそがつきたという風に

「いや、あれは葬儀屋から借りたものです。」

とにべもなくそっ方《ぽう》を向いて挨拶して居りました。

こうして棺を本法寺へもって参いりまして、お経を上げて貰い、そうして落合の火葬場でやきました。

お骨にしましてからしばらく家におきましたが、家が狭くもあり第一子供たちが多いので気にもなりますしするので、埋葬する迄お寺へ預けることになりました。ところが私が埋葬書だけもってるとどこかへなくしそうな気がしてましたので、お骨の箱の中へ入れたまま、それなり寺へあずけて了《しま》ったのです。

それからしばらくしてから雑司ヶ谷《ぞうしがや》に墓地を買いましたので、いよいよそこへ埋葬しようということになって、お骨を寺に貰いに行くと渡してくれません。寺の方では、寺の墓地へ墓を立てさせて金にしようという魂胆なものと見えて、此方《こっち》から使にやったものには何のかんのと理窟を構えて、どうしても手渡してくれないのです。埋葬書ぐるみお骨をとられてるのでどうすることも出来ません。そこで、始めから本法寺にお墓をこさえる意志はないのでしたが、こう露骨になれば愈々《いよいよ》いやになって、意地にも早く取り戻そうということになり、かといっていい加減の使を差し向けておいたんでは先方が動かないので、そこで私の弟[*6]にたのみまして、弟の知り合いの弁護士の手で告訴状を書いて貰い、そうしてやっと取り戻したのでした。お骨は雑司ヶ谷の墓地に埋めました。夏目が自分で小さい墓標を書いてやりました。

その後、墓をたててやろうというので、津田青楓さんに御墓の設計をお願いしましたことなどもありましたが、とうとう墓は造らずにしまいました。

（『漱石全集』（昭和三年版）月報第六号（昭和三年十月））

父　漱石

松岡筆子

父は半可通の文学好きの女を大変嫌いました。常々自分の娘にあんな風になられては堪らないと口癖のように申して居りましたそうですが、そのせいか絶対に私たちに小説類を読ませて呉れませんでした。下の妹たちはまだそういうものを読む年齢には達して居りませんでしたが、私とすぐの下の妹とは全く禁じられて居りました。自分が小説家丈《だ》けに所謂《いわゆる》生なかのきざな文学少女や、殊に当時はやった新らしい女などという種類がひどく嫌いだったからでございましょう。母も小説嫌いだったものですから、だからたまたま読んででも居ようものなら、あらお姉様が本をよんでるわとばかりに下の妹達から言いつけられたものです。殊に父の小説と来たら——それが単行本になっていようが、新聞にのっていようが、——これは全く文字通りの厳禁で、新聞さえ碌《ろく》に読ませてくれませんでした。弟たちの教育にはかなり熱心のようであっても、私たち女にはあくまで放任主義でしたが、この一点ばかりはかなり厳格でありました。ですから私が父の小説を読んだのは父が亡くなってからでございます。が、そういうものの読みたい年頃になって居た私には、かなりつらい事でありました。

×

父は一生書斎の人でした。朝起きるときから夜寝る迄、殆《ほと》んど全く書斎で暮らして居りました。四十近くなってから御承知のとおり小説を初めて書き出した頃には、随分興にのって無理をしたものだそうですが、大病をしてから後というものは、新聞にのる小説一回分がその日の日課のようで、毎日午前中にきちっと書き上げて居りました。そしてそれを自分でポストに入れに行きました。外へ出るのはそれと中食後の短い散歩位のもので、あとは小説を書いていない時でも、薄暗い書斎に閉じこもって居りました。その間何をしていたか書斎とは縁のない私には分かりませんが、大概本を読んで、あきると絵や書を書いて楽《たのし》んでいた様子でございました。

父は胃が悪かったので、始終薬をのんで居りました。大概日に六回のむのでございます。よく父の薬のオブラートをつつんだことを覚えて居ります。それから食事は朝はきまってトーストでした。夜はこれもきまってロース四半斤《しはんきん》〔約一五〇グラム〕のすき焼がつきものでした。けれど私たちと一緒に食べるということはありませんでした。いつも母が小《ちいさ》い黒塗の膳を運んで、母に給仕をさせながら一人で食事をして居たのです。

×

機嫌のいい時の父は本当にやさしいなつかしみのあるよい人でした。その反対に悪い時の怖いことと言ったら、家中びくびくもので足音をしのばせて歩いて居りました。その悪いと言いましても、その日その日の気分でよくなったり悪くなったりするのではなく、凡《およ》そ十年目毎《ごと》に長い期間の不機嫌の日が来るのでございます。その時は全く父を狂人だと思い思い致しました。ひどい乱暴の絶頂などには、子供心にこのまま死んでくれたらなどと、後から考えると申訳のない程此方《こちら》も残酷な気持になったこともありました。今でもその味気ない気持をおぼえて居りますが、母のその時の苦労を考えますと、自ずと涙がにじむ程悲しい気分にさせられます。しかしその暗い雲が通り過ぎますと、又ほがらかな日が長く長く続いていつも奥深い微笑をたたえた父があるのでございます。

×

機嫌のいい時は父は時々どうかすると私たちの部屋をのぞきました。そうして絵を描いたりしていると下手だな一つ描いてやろうかなどとダーリヤなどを描いてくれたことがございます。或る時私たちの部屋に父の描いた絵を沢山貼りつけて置いたことがございました。その時代よく遊びに来た親戚の者や若い人たちが、呉れないかと申しますので何気なしにやってしまいますと、いつの間にか四、五枚へりました。それを知った時父は非常におこりまして、下手だからお前達のものにやったのに、人にやるとは何事ですか、お父様の恥晒しになりますといってひどく叱られました。そしてすぐに一枚残らず自分の手で破いて了ったことがございます。父は書きためた書画《しょが》屑《くず》を年末にもすのを習慣にして、書いても気に入らないと書いてもすぐその場で破りました。それ以来父の絵は一切私たちには貰えなくなりました。

×

父は随分呑気でした。敷島と朝日[*1]とどちらが値がいいのか知らなかったり、若い時には早稲田田甫《たんぼ》を歩いて稲を見てあれは何という草だと連れの人にたずねたという話もききましたが、年をとってもやはりそういうところがありました。或る日父の兄の娘が私どものところへ遊びに来ました。その従妹《いとこ》というのは丁度《ちょうど》すぐ下の妹と同年配でございました。すると父が私どもの遊んでいるところへ参りまして、従妹に向って、あなたのお名前何というのと尋ねました。余りに可笑《おか》しいので皆でくすくす笑って居りますと、なおも真顔でお家《うち》はどこと尋ねるので、こんどはこらえかねて声を揃えて笑いましたら、あんまり皆に笑われるので何がそんなにおかしいかと変《へ》んな顔をして居りましたので、母が丁度側に居りまして、あなたそれは御兄様のところの子供でございますよと申しましたら、父は驚いてへーといったきり、何もいわずに従妹の顔ばかりながめて居りました。その時ばかりは皆で腹をかかえて笑い崩れました。

×

まだ小さな時のことでございますが、私たちがいろは歌留多《かるた》を取って居ると父が時々入れて呉れと言って入って来ました。父はいつも『頭かくして』という札を後生大事にねらっているのでございます。それをどうかすると私たちに取られてしまいます。その時は両手で頭をかかえて参ってしまうのでございました。

それから小さな妹達とよく相撲をとって居たことがございました。父が亡くなった後であんなにお相撲ばかりとっていないで、そのひまに絵でも描いて貰っておけばよかったと妹達が述懐していたことがあります。それ程ですから家中で一番父に親しみのあるのはこの二人でございます。

×

胃の悪い癖に父は甘いものと脂っこいものとが好きなようでした。ことに散歩に出ると殆んど毎日のようにお砂糖のつけた南京豆の小袋を買って参りました。それを机の上においたり袂《たもと》に入れたまま忘れてしまったりして、母に見附かっては小言を言われて居ったようでございます。死床につく発病の前日なども、ある宴会によばれて上野の精養軒で塩のついた南京豆を沢山頂いたようでございます。*2

×

不機嫌の時の出来事を二、三書いて見ましょう。

或る時父は人形を買ってやるというので妹たちを連れて出かけました。妹達はうれしくてうれしくて有頂天になって歩きました。そうして一時《いっとき》も早く人形屋へ行こうものと父の前をとっとと駆け出して行くのでした。

人形屋の前につきました。振りかえって見ると後から来た筈の父の姿が見えません。そうしていくら待っても父は人形屋の店頭に姿を見せないのでございました。仕方なしにがっかりして帰って見ると、父はむずかしい顔をして机によったまま書物から目を離そうともしないのでございました。

けれどもその後機嫌のなおった時、大きな人形が父の手から与えられました。今でもそれに夏冬の衣がえ迄して大切に秘蔵して居ります。

父はかなり倹約でした。ある時弟たちが空気銃を買って下さいと申しましたけれども、それが生憎《あいにく》上等なものかで、父が中々承知してくれません。それでそれなりになってしまいましたところ、その後弟たちを連れて上野あたりに散歩に出かけました。すると山下の大道に空気銃で人形をころがしたり達磨《だるま》を落したりする遊び場がありました。父は何を思ったかあれをやって見ろと申します。けれども人の見ている前で、しかも大道のことですから上の弟は流石《さすが》に尻込みをいたしました。と、今度は下の弟に打てと命じるのだそうでございます。これも勇気が出ません。すると父は空気銃がほしいというからせっかくうたせてやろうというのにと申して、大変な見幕で怒ったそうで、この時ばかりは腕白な弟たちも全く色を失ったということでございます。

×

不機嫌の最中のある夜のこと、私とすぐ下の妹とが、それまで腫れ物に障わるように静かに気をつけていたのでしたが、どうしたはずみか急に二人で声を揃えて笑ってしまいました。はっと気がついた時には、書斎から女中部屋へジリジリンと性急なベルが鳴ります。失策《しま》ったと思う間もなく、女中が父からすぐ来いという達しだと伝えます。仕方がないからしおしおと書斎へ行きますと、父はだまって二人を睨《にら》めて居ります。ややあって蒲団をもって来なさいという命令です。小さくなって蒲団の上に坐わると、父はそのまま黙って本を読んで居ります。そうして十分もしたかと思うころに、大きな目玉でぎょろりと睨むのです、睨まれる度に二人とも縮み上がります。その中《うち》に口の中に唾がたまります。それを音なく呑み込もうとするのでございますが、何しろ静かな夜のことで物音一つしない時とて、びっくりするような音がごくりと鳴ります。と父が又容赦もなく頭を擡《もた》げてぎゅっと睨めます。

その夜父の監視の下で二時間ばかり静坐をさせられました。あんなつらいことはございませんでした。

×

これは早稲田に移ってからの話ですが千駄木で「猫」を書いている当時にも、前に坐わらされて睨まれました。その頃はまだ七つ八つの小《ちい》さい事ですから一たまりもありません。余りの怖さにわあっと泣きますと、眉間《みけん》を押されて倒れて了《しま》いました。怖いったらありませんでした。それ以来父は怖いものという隔てが出来て、機嫌のいい時でも何だか怖ろしくて口がきけないのです。それで思い出すのは修善寺の大患の後で幸い一命を取止めて東京にかえりました時に、まるで学校の総代が見ず知らずの名士の前につん出た時*3のように非常な勇気を奮って車に近づき、おどおどしながらお父さま、いかがでございますといったものですが、父は懶《ものう》かったのでしょう。何とも返事をしてくれませんでした。一体私も父に近づきたく父も機嫌のいい時にはなずませたかったのでしょうが、とうとう亡くなる迄妙に両方で言いそびれた形になって親しむ事が出来ませんでした。

×

これは母から聞いた話でございますが、親類の葬式に母と二人で列なりました時の事、式が終って帰える時母が父をさがしても居りませんので不思議に思いながら家にかえって参りましたら、父はちゃんと先に帰って居りましたので驚いたということでございます。翌日のお骨拾いには礼服まで着かえた母をどうしてもやらせなかったということもあったそうでございます。こんな時には電話の受話器を外したりして家中で逆らわないようにつとめました。

×

こうしたいやな日の終った後では、父らしいやさしい父が又いつもの通り黙々として書斎に籠って居りました。父の亡くなったのは私の十八の十二月で、その時父は五十歳でございました。ただうかうかと過ごした所為《せい》か、父の俤《おもかげ》は今でもはっきりと眼の前に浮びますものの、これはと思うような話も今は思いあたりません。去年母の「思ひ出」*4が出て、この中の話にも入ってるのがありますが、私たち子は子の目で、じっくり父を見ましたら、又別の味もあり、外に色々逸話も思い出して来る事でしょうが、今はただ旧稿に筆を入れて見たに過ぎません。

（『漱石全集』（昭和三年版）月報第十八号（昭和四年八月））

父の周辺（抄）

夏目純一

「漱石の周辺」ということを話せというが、ぼくはご存じのとおり十歳のとき、父に死なれているので、幼いときの記憶しかない。すでに父より長く生きている。父を知っている人は、母をはじめ、弟子という人たちも多く亡くなってしまった。ぼくの記憶の中の父と父の周辺にいた人たちの話を、とりまぜて話すことになるかもしれない。ただぼくは、いろいろの人が父について書いたものを、それほどくわしく読んでいないし、この話をするについても、改めて見直したりしなかった。

この題目は、ごちゃまぜにして話してよいのだが、自分の記憶と、母や姉から聞いた、いわば父の家族から見た、或は経験した部分と、父のお弟子を通じて知ったり、考えたりしたこととの、二つにわかれると思う。

ぼくの記憶にある父は、それほど複雑ではない。可愛がられたという記憶と恐ろしかったというものがある。父についていろいろのことを人が書いている。たとえば、親切であったとか、弟子たちを可愛がった、とかいうような類だ。ぼくはもちろん子供であるから、弟子や知人よりも、父は愛してくれたにちがいない。しかし、まずぼくが長く気になっていたことは、父がときどき常人ではないようなことがあった、といわれていることだ。父は癇癪《かんしゃく》もちだったという。たしかにそういう面があった。ぼくが何歳のころか、ともかく学校へ行きだしたころだ。矢来《やらい》の交番のところを通って、学校から帰ってくるのだが、そこで演歌師が毎日歌っていた。ぼくはそれを聞いていて、おぼえてしまったのだ。それはそのころ流行の「カチューシャ可愛や*1」というのであった。或る日帰ると、従兄の夏目小一郎*2というのが来ていて、その人と遊んでいた。この人は父の兄の長男で、ぼくよりだいぶ年上であった。その肩車に乗って遊んでいるとき、なんだか陽気になって、大きな声でおぼえてきた「カチューシャ可愛や」を歌った。するとガラッと唐紙があいて、父が血相かえて出てきて、物凄い勢《いきおい》で撲り倒された。ぼくは肩車から落ちてしまった。起きあがってみたら、父はもういないのだ。唐紙が元どおりしまっていた。そのときは、なんで撲られたのか、さっぱりわからなかった。あとで考えると、そんな歌は下品だから、歌ってはいけないということだろう。口で言ってくれれば納得がいくわけだが、そうじゃないのだ。こういうようなことは、はっきりおぼえている。ぼくは暁星《ぎょうせい》*3へ入れられたので、フランス語を小学校一年のときから教えられた。父は自分が教えてやる、というので、その前へ坐ったが、遊びたい盛りなので、勉強に身が入らない。すると父は癇癪をおこして「バカヤロー」と言い、或るときはぶん撲られた。母が「小さい子供にがみがみ言っても仕方がないでしょう」と言うと、「俺はできないやつは大嫌いだ」と言った。

しかし、一面こんなこともある。或るとき昔の同級生にあった。彼が「子供のころお前の家へ行って、よく遊んだな。お父さんの書斎の廻り廊下を走りまわって、かくれんぼや鬼ごっこをした。或る日かくれんぼで、どこへかくれていいかわからないので、お前のお父さんの部屋へ入っていった。お父さんは本を読んでいたから、その股の中へ入ってかくれていた。そうしたら誰も探しにこないんだ。あんまりこないので、いやになって自分の方から出てしまった。」ぼくはこんな話は、はじめて聞いたが、父はふだんはそのくらいやさしい人だ。ぼくは父とよく相撲を取った記憶がある。

誰の書いたものか忘れたが、父はいつも一人で飯をたべていた、とあった。しかし、そうではないので、朝飯は家族と一緒だ。ぼくたちは味噌汁で飯をくったが、父だけはパンだった。ぼくらが味噌汁で父は紅茶だ。自分でバタをたっぷりつけて、たべているのが、うまそうに見えた。ぼくらもそれを貰いたいので、早くたべてしまって、くれるのを待っていた。くれなければ学校へ出かけないので、父も笑いながらぼくらにくれた。夜は書斎で一人でたべていた。母が給仕をしていた。そのころはもう胃カイヨウをわずらったあとだと思うが、ビフテキをたべたり、脂の多い肉をたべていたようだった。若いときは相当大食だったと聞いたが、ぼくらの見たときは、それほどではなかった。食物については、あまりうるさい人ではなかったように思う。母は多分ビフテキなどは作らず、よそから取ったのではないかと思う。

神楽坂の田原屋[*4]という店へ、きょうだいと一緒に父に連れられてよくいった。ぼくらがキョロキョロしたり、ピシャピシャ音をさせてたべたり、ガチャガチャ、フォークなどの音をさせると、やかましく叱った。あんまりうるさいのでうまくなかった。

後にベルリンで和辻哲郎さんに逢ったとき父がぼくを撲った、というような話をしたら、それは君が可愛いからなのだ、と簡単に答えた。和辻さんとはよく一緒にテニス等をして遊んだ楽しい思い出がある。また日本へ帰ってからはよく外《ほか》の人達と銀座尾張町にあった竹葉《ちくよう》[*5]につれて行ってもらった。しかし君が可愛いからと言う答えにはどうも納得がいかないことがあった。父が自分を愛してくれたという記憶を、掘りだせばいくつかあるだろう。たとえば何か買ってくれといえば、たいていかなえられたように思う。或るとき、靴をほしいといったら茶色の上等の靴[*6]を一緒に買いに行ってくれた。翌日学校へはいてゆくと、黒い靴でなければいけない、といわれた。それをきいた父は、黒い靴墨でもぬるんだなといった。しかし父がケチだったという記憶は少しもない。

父が絵を描いているのを見た記憶がある。書斎の廊下に坐りこんで、午後絵を描いているのを、たびたび見た。山水などを描いているときには、いかにも楽しそうに、一枚の絵を幾日もかかって描いたようだ。きぬかつぎのような形の山、そこに滝があったり、道が見えかくれしている。松の木がへんな形で描いてあったり、馬や人がいる。たぶん、そういうことをしているときは、大変気持がよかったのだろうと思う。いろいろな人が、父からそれらの絵を貰っていったようだが、家にはほとんど残っていなかった。字を書くこともあった。父の絵や字は、立派なものだという人がある。後年ぼくが教わった小学校の先生に会ったところが、「お前がお父さんの絵のことを書いた作文をおぼえている」といった。それによると、ぼくが、「父はよく絵を描きます。あまりうまくないのです。ぼくがそんなの上手でないだろうといったら、父は「おれが名を書くと、みんながほしがるんだよ」といった。」

父は好きで書や絵などを、ときどき買うことがあったらしいが、いずれも安いものばかりで高いものは買わなかった。後には有名になって値の出たものもあるが、当時としては人の知らないものばかりだった。その中に良寛、雲坪《うんぺい》*7、蔵沢《ぞうたく》、明月*8などがあった。蔵沢と明月は、ともに松山の人だから、そこへいったころ、すでに注目していたのであろう。朝日新聞の文芸欄を担当していた当時、自分とは傾向のちがう作家にも興味を示すことがあった。それは中勘助、長塚節《たかし》その他の若い人たちであろう。

これはあまり人が言っていないようだが、父は啄木にも金を送っている。*9 貧乏で病気で気の毒だというだけでなく、或る程度認めているから、やったのだろうと思う。

父が癇癪をおこすことは、ぼくの経験を話したが、母や姉の話を、少しつけ加えてもよいと思う。

父はたしかに神経質で几帳面であった。母は父のようではなかった。しかし今考えてみると、母が父と同じように神経質だったら、多分参ってしまったろうと思われる。父の遺した日記の中で、戦前の全集には省いておいたものがあった。それは父が母のことを悪く書いておいたところだ。戦後になって、もう発表してもよかろうというわけで、小宮さんが、その部分を雑誌「世界」に発表した。そして小宮さんが、原稿料は夏目の奥さんに送れと言ったと聞いた。その金がついたときに、母は「どうせわたしの悪口でも書いたのを出したんでしょう」といって気にもかけず、雑誌を見ようともしなかった。

母は呑気というかずぼらなところがあった。父の方は早起きであったが、母は寝坊であった。そこで父が、十時までも寝ているような女は、普通の女じゃない、いかがわしいたちのやつなんだ、といったらしいが、なおらなかった。父の方があきらめの境地に至ったのだろう。

母については結婚当時はそれでも自分の理想的な妻に教育してやろう、という気があったらしく、ロンドンからの手紙などでも、随分書いている。しかしそう簡単に人間を変えることなど出来るわけはないから、しまいにはあきらめてしまったのだろう。しかし、ぼくは夫婦喧嘩をしたところを、見たことがない。一番上の姉はよく見たという。ぼくが撲られた話はしたが、母も相当手ひどくやられたらしい。そうして、もっとも機嫌の悪いときには、火鉢の火を畳の上に、ポンポン投げるので、危くてたまらなかったということだ。しかし母は、父のことを話すとき、けっしていやな人だったという気振《けぶり》はなかった。後年母はぼくたちと話しているときにも、よくとんちんかんのことを言った。子供たちはみんな笑いものにしたが、そういうとき、「お前たちはわたしのことを笑うけれど、お父様はぜったい笑わなかったよ。ちゃんと親切に教えてくれた。」と父のまじめでやさしかった事を話した。

　結局母は父のためにはいい奥さんではなかったかも知れないが父を心から愛し尊敬していたのだと思う。母を悪妻のようにいうのは当らない。ぼくたちにしてみれば、母はごく普通の女だったと思う。また、父だって好意を持った女の一人くらい、いたかもしれないが、几帳面で、あとのことを先に考えるような性格だったから、それがブレーキになって、浮気などしなかったのだろう。

　父も母もわれわれに貧乏たらしい感じを与えなかった。困りはしなくとも、金はなかったのだが、子供たちに貧乏のような思いをさせなかったのは、父も母も同じようなことを考えていたからだろう。

　ぼくは前にも記したが、自分を父が撲ったりしたことを、合点しにくかった。人が「君を愛していたからだ」などといっても、素直に受取れない。ところが或るとき、千《ち》谷《たに》七郎という人の『漱石の病跡』[*10]という本を、のぞいてみたことがある。それによると漱石は病気であったというのだ。躁鬱病《そううつびょう》のことである。父が憂鬱になったり、荒れたりしたのは、そういう病気のためかと思ったら、ひじょうに嬉しかった。たいていの人は、親が精神の病気を持っていたといえば、むしろ悲しく思うのだろうが、ぼくの場合には逆なのだ。つまり、あんなにぼくたちを可愛がってくれた人が、ふとしたときには乱暴をする。それを考えると、もやもやしていたのに、病気だときいてから、気分がさっぱりした。

こういう父の心のいろいろな面を知ることができると、父が人に接したときのことが、いくらか理解できるような気がする。〔後略〕

（『図書』昭和四十五年七月号）

注

「猫」の頃

高浜虚子　明治七—昭和三四。俳人・小説家。本名清。愛媛県松山出身。仙台の旧制二高(後の東北帝大)中退。

＊1　**ホトトギス**　当初、松山で正岡子規らが創刊した俳誌だったが(通称、松山版)、資金難のため、上京していた虚子が引き継ぎ(明治三一)、俳句・写生文・小説などを掲載して発展した。

＊2　**四方太**　坂本四方太《しほうだ》(明治六—大正六)。俳人・小説家。本名四方太《よもた》。鳥取県出身。東京帝国大学(以下、東大と略称)国文学科卒。子規が唱えた「叙事文」に感銘して多くの写生文を『ホトトギス』に発表。自伝的小説『夢の如し』(明治四二)は漱石が批評した。東大附属図書館に勤務。

＊3　**鼠骨**　寒川鼠骨。明治七—昭和二九。俳人・写生文作家。本名陽光《あきみつ》。松山出身。京都の第三高等中学(旧制三高。以下略称、三高(後の京大))中退。同校在籍時に同宿した河東碧梧桐《かわひがしへきごとう》の影響で子規に師事し、京都新聞、新聞『日本』などに勤務、大正末期からは、子規庵の保存に務

めた。代表作に筆禍で入獄した経験を描いた『新囚人』。

＊4　**左千夫**　伊藤左千夫。元治元年—大正二。歌人・小説家。本名幸次郎。千葉県出身。明治法律学校(現、明治大)中退。実業を志して牧場勤務の後、独立して「乳牛改良社」を開業。そのかたわら短歌の抒情にめざめ、子規と論争するが、敗れて子規門に入った。子規の根岸短歌会で活躍、その没後は『馬酔木《あしび》』を創刊(明治三六)、『阿羅々木《あららぎ》』の中心的歌人でもあった。小説に『野菊の墓』。没後に『左千夫歌集』。

＊5　**節**　長塚節。明治一二—大正四。歌人・小説家。茨城県出身。茨城中学を病気で中退。子規の『歌よみに与ふる書』に感激し、入門。伊藤左千夫とともに『馬酔木』の中心人物となり、小説では漱石の推挙で『土』(明治四三)を朝日新聞に連載するが、喉頭結核に冒され死去。旧作を含む晩年の歌集に『鍼《はり》の如く』。

＊6　**文章会**　「山会」と呼ばれている。

＊7　**帝国文学**　上田万年《かずとし》ら東大の卒業生・在学生が創立した帝国文学会の機関誌(明治二八—大正九)。漱石『趣味の遺伝』、森鷗外『北条霞亭《かてい》』などの小説や、上田敏、高山樗牛らの評論などが掲載された。

＊8　**冗文句**　長すぎる無駄な言葉。

＊9　**剪採**　ここでは文章を練り上げること。

＊10　**斟酌**　ここでは相手の気持を察して手加減すること。

腕白時代の夏目君

篠本二郎　生没年未詳。ただし漱石と同年代で、昭和初期に亡くなったことは、本文および月報初出の小宮豊隆解説によって明らかである。篠本は小学校三級から外国語学校に転じ、大学予備門に進んだという。鉱物学の専門家で、五高(熊本)・七高(鹿児島)教授を歴任し、それ以後は鉱山調査に当ったらしい。五高では漱石より先任。

*1　**牛込薬王寺前町**　現、新宿区。新義真言宗豊山《ぶざん》派の寺院、薬王寺の前なのでこの名がある。

*2　**余と夏目君とは三級**　当時の学制は目まぐるしく変化するが、漱石(当時塩原姓)は浅草時代に養家の隣町、寿町《ことぶきちょう》の戸田学校第八級に入学(明治七)、第四級を終えたころ養父母が離婚したため塩原姓のまま生家に戻った。市谷柳町の市谷学校第三級に転校したのは明治九年である。篠本の記憶違いか。一級の期間は六ヵ月。

*3　**牛込加賀町**　現、新宿区。江戸時代に金沢加賀藩邸があったことによる町名。

*4　**牛込甲良町**　現、新宿区。江戸時代に幕府作事《さくじ》棟梁《とうりょう》・甲良豊前《ぶぜん》邸があったことに由来する町名。

*5　**夏目君の邸**　牛込馬場下横町(現、新宿区喜久井町一)。喜久井は夏

目家の家紋(前頁の図参照)。

＊6　**根来**　現、新宿区。徳川幕府に仕えた和歌山藩の根来組鉄砲同心の住居があったことに由来する通称。当時市谷仲之町。

＊7　**焼餅坂**　焼餅屋が店を開いていたことによる坂の名。甲良町と山伏町の間の坂。

＊8　**玉川鮎之助**　芸人。経歴未詳。

＊9　**読本の四**　Charles J. Barnes 編、*New National Readers* の第四読本。ニューヨークで出版されたが、日本国内で戸田直秀らによる複製も作られた。第五読本まであり、明治大正期に流行した高級な英語教科書。

＊10　**大学予備門**　東大に入学する前課程として一ツ橋の東京英語学校を東大所属とし、「東京大学予備門」としたのが始まり。英語専修課は明治一六年に設立し、同一九年、第一高等中学校となり、二七年、第一高等学校と名称変更(以下、一高と略称)。

＊11　**戸塚村**　現、新宿区戸塚。牛込区に隣接し、当時の夏目家から近い。

＊12　**曩日**　先日。

＊13　**独りを慎む**　『大学』に「君子は独《ひとり》を慎む」。他人が先にいない時も行動を慎むこと。

予備門の頃

龍口了信　慶応三―昭和一八。広島県出身、一高、東大国史学科卒。広島尋常中学教員。のち上京して高輪中学校主。

＊1　**芳賀矢一**　慶応三―昭和二。東大国文学科卒。国文学者。福井県生まれ。東大教授、国学院大学長。漱石と同じ船でヨーロッパに行き、ドイツ留学。帰国後、国文学研究の基礎を築いた。『国文学史十講』『攷証《こうしょう》今昔物語集』など。

＊2　**中村是公**　慶応三―昭和二。広島県出身。正式名是公《よしこと》、通称「ぜこう」。旧姓柴野。東大法律学科卒。漱石の親友。南満洲鉄道総裁、東京市長などを務めた。漱石『満韓ところどころ』参照。

＊3　**斯波有造**　明治二一年当時は主税局次長、東京市区改正委員(『東京著名録』)。のち行政裁判所評定官。貞吉(明二一―昭和一四)はその長男。福井市生まれ。学習院高等中学卒。オックスフォード大留学後東大英文選科を出、万朝報《よろずちょうほう》入社。万朝報編輯局長。大正一四年末から衆議院議員当選六回。

＊4　**和達陽太郎**　生没年未詳。静岡県出身。漱石とは第一高等中学時代の同級生。東大電気工学科卒。水落露石《みずおちろせき》宛の書簡に、あまり口をきいたことはないが、「よく出来た人です」とある(『漱石全集』書簡二二五五)。

＊5　**跡見女学校**　明治八年、跡見花蹊《かけい》が神田区(現、千代田区)猿楽町に「上流社会」の女子教育をめざして創立した女学校。同二〇年に小石川柳町(現、文京区)に移転。埼玉県新座《にいざ》市の跡見

学園女子大の前身。

＊6　**靖国神社**　九段の招魂社を明治一二年に改称。大祭などの祭時には競馬が行なわれた。

＊7　**牛込の若宮町**　若宮八幡神社に因む町名。

＊8　**川田甕江**　天保元―明治二九。漢学者、東大教授。『古事類苑』の編纂に参加。

＊9　**さいかち坂**　皀莢《さいかち》の樹で有名だった。サイカチはマメ科の落葉高木で、夏には緑黄色の花が咲く。

＊10　**お父さん**　芳賀真咲《まさき》。歌人・神官。湊川は神戸の湊川神社、塩竈は宮城県塩竈の塩竈神社。

＊11　**半井桃水**　万延元―大正一五。本名冽《きよし》。小説家、東京朝日新聞記者。長崎県対島《つしま》出身。代表作『胡沙《こさ》吹く風』。樋口一葉を指導したことで知られる。漱石が桃水の小説を愛読していたことは不明だが、一葉の小説に関心を持ったためとも考えられる。

＊12　**菊池謙二郎**　慶応三―昭和二〇。号、仙湖《せんこ》。水戸の生まれ。東大国史学科卒。歴史学者。山口高校教授、仙台の二高校長。藤田東湖の全集を編纂したことで知られる。

＊13　**得能文**　のち文学博士、東京高等師範(現、筑波大)教授となった(『東京人名録』)。

＊14　**白石元治郎**　慶応三―昭和二〇。旧姓前山。白石武兵衛の養子。福島県出身。東大法律学科卒。東洋汽船会社取締役、日本鋼管社長(『東京社会辞彙』)。

＊15　**小川町**　当時神田区、現、千代田区神田小川町。小川亭では女義太夫も盛んだった。

＊16　**新富座**　歌舞伎劇場。万治三年、森田座として京橋の木挽町《こびきちょう》(現、中央区)に創設。江戸三座

（他の二座は、中村座、市村座）の一つ。座元は代々森田家。以後場所は移動するが、明治五年新富町（現、中央区新富）に移り、八年から新富座となった。一二代守田勘弥は演劇改良に尽力した。

＊17　**松本という店**　『東京流行細見記』（明治一八）の、「牛肉屋養助」の項に「じんぼ丁松本」とある。

＊18　**天保銭**　明治後も一文は一銭で通用したが、天保銭は質が悪いので八厘となった。

＊19　**山座円次郎**　慶応二―大正三。外交官。福岡県出身。東大法律学科卒。英国大使館参事官を経て、北京公使となったが、同地で死去。漱石は外交官として湖北省にいた橋口貢に、山座の死を悼み、「あの男は同級でしたが話をしたことは一度もありません」と記している（『漱石全集』書簡二〇四一）。

＊20　**町屋**　商家。猿楽町は現在は千代田区。

＊21　**小野梓**　嘉永五―明治一九。号、東洋。土佐藩出身。明治前期の思想家。米英両国に留学後、雑誌『共存雑誌』を発行、民権思想を啓蒙した。大隈重信らとともに立憲改進党結成、東京専門学校（現、早大）創立にも関与。東洋館は彼が経営した書店。代表作『国憲汎論《はんろん》』。

＊22　**水野**　水野錬太郎。慶応四―昭和二四。政治家。東大法律学科卒。内務大臣・文部大臣を歴任。なお漱石の談話『一貫したる不勉強』には予備門の同級生として「外国語学校の水野繁太郎氏」の名があるが、これは漱石の記憶違い、または筆記者の誤りであろう。

＊23 **福原**　福原鐐二郎《りょうじろう》。明治元—昭和七。三重県出身。東大法律学科卒。文部官僚。漱石の博士号辞退問題のときは文部省専門学務局長として漱石を説得しようとした。のち東北大総長、学習院長。

＊24 **正木**　正木直彦。文久二—昭和一五。東大法律学科卒。東京美術学校(現、東京芸大)校長として文展開催を建議、明治四十年実現。

＊25 **立花銑三郎**　慶応三—明治三四。福岡県出身。東大哲学科卒。学習院教授。明治三二年にドイツへ留学したが、病気でロンドンから帰国中に船中で死去。漱石は大学卒業時、立花に学習院への就職を依頼したこともあり、帰国する彼を船まで見送った。

＊26 **薗田宗恵**　文久三—大正一一。大阪府泉出身。真宗本願寺派の僧侶。東大文科卒。本山の文学寮教授となり、渡米後、仏教大学長。

＊27 **中川小十郎**　慶応二—昭和一九。京都出身。東大政治学科卒。文部省を経て、京都法制学校(立命館大学の前身)を創立。漱石とは予備門の受験のため成立学舎で知り合い、予備門では橋本左五郎、太田達人《たつと》らとともに漱石を含む「十人会」を作った。

夏目君と私

狩野亨吉　慶応元—昭和一七。哲学者。秋田県出身。代々学者の家系に生まれ、大学予備門、東大数学科、同哲学科卒。四高(金沢)、五高(熊本)教授を経て明治三一年一高校長。同三九年、京大の初代文科大学長となったが、文部省の天降《あまくだ》り総長任命に反対して辞職。以後東京大塚で書画の鑑定売買をして過ごした。唯物論・自然主義・無神論の立場から「日本の自然科学思想史の最初の開拓者」として安藤昌益《しょうえき》・本多利明《としあき》らの独創性を発見した。漱石がもっとも敬愛した先輩。朝日新聞社入社決定の際、漱石は京都下鴨の狩野宅に宿泊した。

＊1　**文学亡国論**　与謝野鉄幹『亡国の音』(明治二七年、新聞『二六新報』に連載)などを指すと思われる。当時の鉄幹の詩歌は「虎剣流《こけんりゅう》」と呼ばれ、勇壮な「ますらを」調で旧来の御歌所《おうたどころ》的「たをやめ」ぶりと対立した。

教員室に於ける漱石君

村井俊明　生没年不詳。松山中学校教員。その他の経歴不詳。

＊1　**上野の家**　本棟と廊下続きの離れの二階家(漱石は愚陀仏庵《ぐだぶつあん》と称した)。漱石は最初一階に居たが、子規が同宿して二階に移った。後掲、久保より江「松山と千駄木」参照。お婆さんは依《より》江《え》の伯母。

車上の漱石

近藤元晋　生没年不詳。松山中学の同僚。のち東京府第二高等女学校(小石川区竹早町の東京府女子師範学校(現、東京学芸大学)に勤務。

＊1　**正岡子規が松山へ戻って来て**　子規は新聞『日本』から日清戦争の取材のため中国へ派遣され、帰国目前の船中で大喀血、神戸の病院に入院していた。漱石のところに寄寓したのは八月二七日。

＊2　**松風会**　明治二七年、子規の教えを受けた松山尋常高等小学校教員および松山の俳人が結成した俳句の会。注4—7の人名は小、中学校教員会員。

＊3　**柳原極堂**　慶応三—昭和三二。碌堂《ろくどう》とも。松山生まれ。本名正之《まさゆき》。地元の『海南新聞』に関わり、子規とともに『ほとゝぎす』を創刊(松山版)、東京の高浜虚子に委ねるまで二〇号を編集。著書『友人子規』。

＊4　**伴狸伴**　本名伴政孝。松山小学校教員。

＊5　**大嶋梅屋**　本名不詳。松山小学校教員。

＊6　**中村愛松**　本名一義。松山小学校校長。

＊7　**野間叟柳**　本名門三郎。松山小学校教頭。

＊8　**住田校長**　漱石赴任時の松山中学校長。

＊9　**横地校長**　横地石太郎。石川県出身。東大応用化学科卒。漱石赴任時の松山中学教頭。のち校長。東大出は漱石と横地の二人だけだった。

＊10　**明の宋谿濂**　宋濂《そうれん》(一三一〇—一三八一)。中国の元末・明初の学者。字《あざな》は景濂《けいれん》。明代の翰林《かんりん》学士。著書に『元史』など。

＊11　**「鳥雲に入る」**　『漱石全集』第一七巻に「わかるゝや一鳥啼て雲に入る」(七八六)。

＊12　**小石川竹早町**　旧御箪司町《おたんすまち》を中心に明治二年に出来た町名。北部と西部に坂。現、文京区。竹早町の第二高等女学校は、現、竹早高校。

＊13　**小石川の柳町**　小石川柳町。現、文京区。江戸時代から伝通院領で町家が開けた。

＊14　**善光寺前の急な坂**　文京区小石川三丁目伝通院の東方にある善光寺月参堂の前を東方に下る善光寺坂のふもとに昔の伝通院裏門があった(横関英一『江戸の坂 東京の坂』による)。

＊15　**伝通院**　徳川家康が母(水野氏)の死を弔うために建てた寺。浄土宗京都智恩院派。小石川表町。

＊16　**例の大きな銀杏の樹**　小石川久堅町《ひさかたちょう》の光円寺境内に開祖の行基《ぎょうき》が植えたという銀杏の大木があり、その木の「乳こぶ」を煎じて飲むと乳の出がよくなるといわれた(『東京社会辞彙』)。

＊17　**下村為山**　慶応元—昭二四。日本画家・俳人。本名純孝。牛伴《ぎゅうはん》とも号す。松山市出身。従兄の内藤鳴雪を通じて子規と知り合い、俳句、俳画を作った。昭和二〇年の東京大空襲で右半身不随となり、家財も失って疎開先の富山で死去。

夏目君の片鱗

藤代素人　明治元―昭和二。本名禎輔《ていすけ》。独文学者。千葉県出身。東大独文学科卒。明治三三年、東大講師のとき、漱石、芳賀矢一らとドイツ船プロイセン号でドイツ留学。帰国後、京大教授。主著『文芸と人生』。

＊1　**御前能**　貴人の前で演ずる能。

＊2　**S君**　おそらく菅虎雄(後掲、大塚保治「夏目君と大学」注1参照)。

＊3　**立花君**　立花銑三郎。前掲、龍口了信「予備門の頃」注25参照。

＊4　**リースと云う独逸人**　Riess, Ludwig (1861-1928). ユダヤ系ドイツ人。歴史学者。明治二〇年、招かれて東大で史学を講じ、明治三五年帰国後、ベルリン大学の講師・助教授。

＊5　**スコッチの背広**　スコットランドで織られたツイードの背広。

＊6　**「啼く蟬よりは中々に……身を焦がす」**　河竹黙阿弥の歌舞伎『早苗鳥伊達聞書《ほととぎすだてのききがき》』(「実録先代萩」、明治九年初演)に、「泣く蟬よりもなかなかに、鳴かぬ蛍が身を焦がす。お家のお為め思はぬならば」とある。もとは都々逸だったらしいが、元文二年初演(竹本座)の『御《ご》所桜《しょざくら》堀川夜《ほりかわよ》討《うち》』にも似た句がある。

＊7　**『哲学雑誌』**　文科大学有志の「哲学会」の機関誌。漱石は二三年秋入学当初から入会したら

しい。二四年秋から二六年秋まで編集委員を務めた。小屋(のち大塚と改姓)、藤代、芳賀、立花らも同時期に委員に選ばれている(岡三郎「『哲学会』会員ならびに『哲学(会)雑誌』編集委員としての夏目金之助」(二〇〇二年版『漱石全集』第八巻月報)による)。

＊8　**英国の催眠術師の記事**　「哲学会雑誌」(明二五・五)の『催眠術』を指す。無署名。原文は眼科医で医事ジャーナリストだったアーネスト・ハートのトインビー・ホールでの講演だという。

＊9　**『英国詩人の天地山川に対する観念』**　大学三年当時、文科大学文学談話会での講演記録(明治二六・一)。

＊10　**今の東大文科学長**　上田万年《かずとし》(慶応三―昭和一二)。国語学者。東京出身。東大名誉教授。日本語の改革に尽力。

＊11　**岳父**　鏡子夫人の父、中根重一《じゅういち》(嘉永四―明治三九)。大学南校(東大の前身の一つ)や東京医学校でドイツ語を学び、新潟の病院で通訳をした後、上京して官吏となる。貴族院書記官長。

＊12　**腑に落ちない廉**　漱石は英文学の取調べのため留学するのだと思っていたが、辞令には「英語研究ノ為満二年間英国へ留学ヲ命ズ」とあったので、それを上田万年に質しに行って不審を晴らした。

＊13　**農科の稲垣君**　稲垣乙丙《おとへい》。東大農学科卒。後年の満韓旅行で京城へ着く前に「龍山」から乗車して再会し、さらに仁川へも、龍山から同乗案内してくれた人物と思われる。ヨーロッパへは陸軍から派遣された戸塚と合わせて一行五名。

＊14　**高山樗牛**　明治四―三五。本名林次郎。評論家。山形県出身。仙台の二高、東大哲学科卒。小説『滝口入道』や評論『美的生活を論ず』などで青年層の高い支持を得たが、結核のため夭逝。

＊15　**森村組**　明治八年に森村市左衛門が銀座四丁目に開店した洋服店。ただし森村は明治二九年に仕事をやめ、新川洋服店に店名が変更された(安藤更生『銀座細見』)。『東京流行細見記』(明治一八)の「洋服屋縫《ぬい》」の項目に、「ぎんざ森村」とある。

＊16　**中常盤**　後出の向陽亭とともに、神戸や長崎で故国を離れる(または外国から帰国した)日本人が立ち寄った料理屋。

＊17　**馬耳塞の曲**　フランス革命に因むフランス国歌。ドイツ帝国の盟主であるプロイセンの非公式の「国歌」も同じメロディだった。

＊18　**ピーク**　香港島で一番高い山。イギリス植民地時代にヴィクトリア女王の名を取って名づけられたヴィクトリア・ピーク。標高五五二メートル。中国名、太平山、扯旗山《ちえきざん》(旗を振る山の意)。

＊19　**一橋時代**　予備門時代。

＊20　**坪井先生**　坪井久馬三《くめぞう》(安政五―昭和一一)。大阪出身の歴史学者。東大で応用化学科などいくつもの学科に転じ、最終的に文科卒。留学してベルリン大学ほかで近代歴史学を学び、帰国後『史学研究法』によって、理論よりも史実の考証を強調した。明治三七年から文科大学長。

＊21　**赤毛布の奥山見物**　赤毛布を背負った田舎者が賑わっている浅草の奥山へ行くようなものだ、の意。

＊22　**ペスツム**　ペストゥム。イタリア、サレルノ湾に面した町。ギリシア神殿の遺跡がある。森鷗外訳『即興詩人』にくわしい説明がある。

＊23　**モン・セニーの隧道**　アルプス山脈のフランスのサヴォワ地方とイタリアのピエモンテ地方を結ぶ「モン・スニ」トンネル。かつてはモン・スニ峠の頂上(二〇八三メートル)が両国の国境だったが、現在はフランス領。ナポレオン軍がイタリア侵攻の際峠越えをした。漱石一行は夜間汽車通過でアルプスも見なかったのであろう。

＊24　**谷本君**　谷本富《とめり》(慶応三―昭和二一)。高松出身の教育学者。東大哲学科選科修了。明治三三年ヨーロッパ留学。のち京大教育学講座担当。

＊25　**「戦争で日本負けよと夏目云ひ」**　この句については『漱石全集』ほかにも言及はない。事実は不明。

＊26　**常陸丸**　日本郵船の輸送客船(明治三二年進水式)。日露戦争勃発(明治三七・二)直後に、ロシアの浦塩《ウラジオ》艦隊により撃沈された(水野広徳『此一戦』参照)。それ以前から「縁起の悪い船」という評判があったことは未詳。

＊27　**O君**　岡倉由三郎(明治元―昭和一一)。英語学者。神奈川県生まれ。東大英文選科修了。岡倉天心の弟。東京高等師範(現、筑波大)教授。文部省留学生として明治三五年渡英。一時期漱

石と同宿した。「朋《とも》に異邦に遇ふ」(『漱石全集』別巻所収)。

＊28 **ケンジントン博物館**　正式にはヴィクトリア・アンド・アルバート博物館のこと。大英博物館に次ぐ大博物館。当時の留学生がよく訪れたそうだが、本文の藤代と一緒の訪問を加えれば漱石は三回ここを訪れたことになる。

ロンドン時代の夏目さん

長尾半平　慶応元—昭和一一。鉄道官吏。新潟県出身。東大土木工学科卒。明治三三年から当時の台湾総督、後藤新平の命でヨーロッパに出張。各地を見学していた。公費が希望どおり使えたので、金銭に余裕があった。『永日小品』の「下宿」と「過去の臭ひ」に「K君」として登場するが、官吏なのでその贅沢な生活を描くのに実姓を変更したのだろう。漱石はロンドン着後、二週間ほどホテルに泊ったが、一一月一二日に最初の下宿に移った(85 Priory Road, West Hampstead, N. W. 6)。現存。女主人はミス・マイルド。戸籍上の父はドイツ人で、ウェスト・エンドで洋服店を経営していたフレデリック・マイルド。彼女の実父死亡後、母親と結婚した相手である(出口保夫『ロンドンの夏目漱石』、稲垣瑞穂『漱石とイギリスの旅』などによる)。

＊1 **翌日金を持って来て返してくれた**　この借金の話は、『道草』五十九に描かれている。

夏目君と大学

大塚保治　明治元―昭和六。美学者。歌人・小説家の大塚楠緒子と結婚して、旧姓小屋を改める。群馬県出身。東大哲学科卒。ドイツ・フランス・イタリアに五年間留学、帰国後、ケーベル辞任後の東大美学講座主任教授となる。漱石は楠緒子夫人とも親しい交際があり、その弔句に「有る程の菊抛《な》げ入れよ棺の中」（明治四三・一一）。

＊1　**菅虎雄**　元治元―昭和一八。福岡県久留米出身のドイツ語学者。東大独文学科卒。五高、一高、三高の教授を歴任。五高・一高では漱石の同僚。親友の一人で、転宅など世事に疎い漱石をしばしば助けてくれた。一時中国へ教えに行ったこともある。

＊2　**ロイド氏**　Lloyd, Arthur（1852–1911）. イギリス人。明治一八年宣教師として来日。慶応義塾教授。二六年再来日し、東大英文学科講師になり、漱石と同僚。

夏目先生を憶う

吉田美里　生没年未詳。五高時代の教え子。東大法律学科卒、外交官。

＊1　**咫尺した**　非常に近い距離にいた。

＊2　「**オピヤム、イータア**」　ド・クインシー（De Quincey, Th., 1785–1859）『阿片常用者の告白』

(*Confessions of an English Opium Eater*, 1822)。

＊3　小松原隆二　五高時代の教え子。明治三三年に東大英文学科を卒業。のちイギリス留学。八高(現、名古屋大学)校長。

＊4　京城に居る矢野法学士　矢野義二郎(明治九―昭和二〇)。松山中学、五高で漱石に学ぶ。東大政治学科卒。逓信省に入省。朝鮮統監府通信管理局に勤務し、京城に来た漱石を訪ねた。

＊5　多々羅三平　『吾輩は猫である』の粗忽な登場人物。モデルは五高時代の教え子で夏目家の書生をした俣野《またの》義郎と目されていた。俣野はそれを嫌って漱石に抗議、漱石は単行本で三平の出身地を九州の久留米から唐津に変更した。俣野は東大法律学科を卒業後、三井物産を経て満鉄に入社、大連で漱石を案内した。

＊6　内田周平　安政元―昭和一九。号、遠湖。浜松生まれ。東大で医学を学んだが中退、儒学者となり、五高、哲学館(現、東洋大)で儒学を講じた。明治四四年、南北朝正閏《せいじゅん》問題が起ったとき、大日本国体擁護団を組織して国定教科書を改定させた。

＊7　ボルヤンと云う独逸人　五高のドイツ語教師。その他の経歴は不詳。

＊8　枕辺や星別れんとするあした　この句の前付けに、「内君の病を看護して」とある。

＊9　ネセッサリ、エンド、サッフィシェント　necessary and sufficient(必要十分)。

私の見た漱石先生

木部守一　生没年未詳。福岡県出身。五高時代の教え子。学習院大学部卒業後、外務省に入り、満鉄に転じた。『漱石全集』書簡一六八(明三二・五・九)立花銑三郎宛に、五高工科三年の木部が学習院大学部の法・文系を受験したいと言うので入試に関して教えて欲しいと記されている。漱石は「多望の人間」「英語の如きは先第《まず》一等」と木部を評価していた。

＊1　**マコーレーの「ヘスティングス伝」**　マコーレー(Macaulay, Thomas Babington, 1800–59)は、『イギリス史』や伝記的エッセイで知られるイギリスの歴史家・政治家。ヘイスティングス(Hastings, Francis Rawdon, 1754–1826)はアイルランド、ベルファースト出身の軍人・政治家。同家初代の侯爵。アメリカ独立運動で活躍し、インド総督となり、シンガポール島を購入した。その伝記。

＊2　**ティンダル**　John Tyndall (1820–93). イギリスの物理学者。透明物質中に多数の微粒子が分散している場合、光が散乱してその通路を観察できるというチンダル現象の発見で知られる。

＊3　**ヘルムホルツ**　Helmholts, Hermann von (1821–94). ドイツの生理学者・物理学者。聴覚についての共鳴器説、エネルギー保存の法則を唱えた。

＊4　**「ベルファスト・アドレセス」**　未詳。チンダルとヘルムホルツのベルファーストにおける講演か。

＊5　**田丸先生**　田丸卓郎(明治五―昭和七)。五高教授。旧南部藩士の二男として盛岡に生まれる。一高、東大物理学科卒。明治三五年ドイツ留学、帰国後、理学博士、東大教授。ローマ字論者でもありヘボン式ではなく日本式の綴方を唱えた。当時の五高で博士は一人だけだったという。

＊6　**庇蔭**　かばい助ける。

＊7　「ジェムス・オブ・イングリシュ・プローズ」　Gems of English Prose.「イギリス散文の珠玉」の意。この教科書、未詳。ただし漱石はマッケイ編の *A Thousand and One Gems of English Poetry* を所有していた。木部の記憶違いでなければ"Prose"の篇もあったことになる。

＊8　**プライヴェーション**　privation. 困窮。

＊9　**ヴェイン**　vein. ここでは気分に作用されること。

＊10　**ヴァニティ**　vanity. 虚栄。

＊11　**マグニチュード**　magnitude. 大きさ。

＊12　**今村有隣**　弘化二―大正一三。旧金沢藩士。郷里で英・蘭語を、幕末に横浜でフランス公使館のカションにフランス語を学び、箕作麟祥《みつくりりんしょう》に学ぶ。明治二年大学南校(東大の前身の一つ)に勤務したのを振出しに、東京外国語学校、一高教授、教頭を歴任。

＊13　**ハンブルでキャンディッドな気持ち**　humble(高ぶらない)でcandid(率直)な気持。

＊14　**三宅雪嶺**　万延元―昭和二〇。本名雄二郎。評論家。金沢出身。政教社を創立し雑誌『日本人』により「国粋主義」を唱える。『真善美日本人』『同時代史』など。

＊15　**田尻稲次郎**　嘉永三—大正一二。財務官僚。薩摩藩士として慶応義塾などに学び、米国に官費留学し滞在九年。帰国後福沢諭吉の推薦で大蔵省に入り、主税局長、大蔵次官を歴任。大正七年から東京市長。

我等の夏目先生

大島正満　明治一七—昭和六〇。札幌出身の魚類学者。一高で漱石に英語を習い、東大動物学科卒。米国留学後、高校勤務のかたわら、絶滅危惧種の国鱒《くにます》の研究で農学博士号取得。父・正健は札幌農学校でクラークの弟子。

＊1　**白線帽の三年間**　一高の制帽は白線入り。

＊2　**ホトトギス**　発表誌は『帝国文学』の誤り。

＊3　**博言学博士イーストレーキ**　Eastlake, Frank W. (1858-1905). アメリカ、ニュージャージー州出身。明治一七年来日、同二一年、磯辺弥一郎とともに神田に国民英学会を創立。多数の学生に英語教育を施した。「東湖」と号した親日家だった。本文中の「博士の小辞書」は、彼が編纂した『ウェブスター和訳字彙《じい》』(明治二一)。

＊4　**梅月**　湯島天神下にあった甘い物屋。梅の形の小型の最中が評判だったという(鏑木清方『明治の東京』)。漱石は大の甘党だった。

東京帝大一聴講生の日記

金子健二　明治一三—昭和三八。英文学者。新潟県出身。東大英文学科卒。米国留学後、静岡、姫路高校校長、昭和女子大学長。著書に『人間漱石』。

＊1　サイラス・マーナー　ジョージ・エリオットの小説 *Silas Marner* (1861)。主人公の名でもある。

＊2　アンビギャス　ambiguous. あいまいな。

＊3　森氏　森巻吉(明治一〇—?)。石川県出身。早稲田の文科に学び、帰郷して四高卒業後、東大英文学科卒。一高教授、同校長。明治四〇年一月、『帝国文学』に短篇「呵責」を発表し、漱石からその文章を厳しく批判されている(『漱石全集』書簡七六七)。

＊4　石川林四郎　明治一二—昭和一四。英語・英文学者。栃木県出身。東大卒、六高教授。東京高師教授、東京文理科大(この二校は現、筑波大)教授。『コンサイス英和辞典』『コンサイス和英辞典』を編纂。

＊5　六道の辻　仏教で人間が生前の善悪によって分けられる六迷界(地獄、餓鬼、畜生、修羅、人間、天)の辻。

＊6　フロレンツ宛の端書　フロレンツ(Florenz, Karl, 1865-1939)は、ドイツの日本学者。明治二

二年に東大に招かれ、大正三年までドイツ語学・文学を講じた。『漱石全集』書簡一〇九二に、「独乙のプロフェソーは蒟蒻問答の様ナ愚論ヲシテ居ルノデハナキカ」とある。葉書の差出人は変名でフローレンツをからかったのであろう。漱石宛の匿名葉書は今のところ現われていない。

＊7　**姉崎氏**　姉崎嘲風(明治六―昭和二四)。本名正治《まさはる》。哲学者・宗教学者。京都出身。三高を経て東大哲学科卒。在学中に高山樗牛らと親交を深め、『帝国文学』を創刊した。のち東大教授。

＊8　**この講師と上田敏氏との比較論**　『読売新聞』明治三八・一・二三。

＊9　**コグニチーブ・エレメント**　cognitive element. 認識的要素。

一高の夏目先生

鶴見祐輔　明治一八―昭和四八。群馬県出身。父の生地の岡山中学を経て一高、東大政治学科卒。拓殖局官吏から鉄道院に転じ、新渡戸稲造《にとべいなぞう》に随行して欧米各国を歴遊、昭和三年政界入りしたが、第二次大戦後、公職追放を受けた。昭和二八年にカンバックして参議院議員。第一次鳩山内閣の厚生大臣。著書に『英雄待望論』、小説『母』など。評論家の鶴見和子、俊輔の父。

＊1　**スティーヴンソン**　Stevenson, Robert Louis (1850–94). エディンバラ出身の作家。『宝島』『ジキル博士とハイド氏』などで有名。晩年、療養のためサモア諸島に移住したが『ゼ・アイ

ランド・ナイト・エンターテーンメント』はそのころの文集か。オズボーンとの合作『難破船』『引き潮』などか、未詳。談話「予の愛読書」で、漱石は「西洋ではスチヴンソンの文が一番好きだ」と語っている。

＊2 **この二つの話** この英国王とインドの王族の話、および師団長と下士官の話はそのまま『吾輩は猫である』十一に出て来る。南阿戦争は一八九九―一九〇二年にかけて、イギリスがトランスヴァール共和国やオレンジ自由国を侵略した戦争。

思ひ出るまゝ

寺田寅彦 明治一一―昭和一〇。物理学者・随筆家。筆名・吉村冬彦。高知県出身。五高で田丸卓郎に物理を、漱石に英語と俳句を学ぶ。東大物理学科卒。地震の研究で有名。東大教授。随筆集に『冬彦集』『柿の種』など。

＊1 **ニツケルの袂時計** 漱石は生涯ニッケル製の上等ではない懐中時計を愛用し、教室へ行くとそれを先ず卓上に置くのが習慣だった。

＊2 **午前七時の課外講義** 五高でも一高でも、漱石は課外の早朝講義を引受けていた。

＊3 **坪井の邸** 漱石に先立って五高に赴任した狩野亨吉が住んでいた内坪井町七八番地の借家。狩野が一高に赴任した後、漱石が住む。

＊4　**青豆のスープ小鳥のロース**　寺田と洋食を食べるとき、漱石がよく頼んだ料理。『寺田寅彦全集』書簡三七三参照。

＊5　**スチユヂオ**　漱石が購読していたイギリスの美術雑誌 *The Studio*。

夏目先生の俳句と漢詩

＊1　**この集**　この本文は昭和三年版『漱石全集』月報第三号に掲載された。次の配本が『初期の文章及び詩歌・俳句』の巻だったのでその先触れを兼ねていたのだろう。

漱石先生の書簡

鈴木三重吉　明治一五―昭和一一。小説家・童話作家。広島市出身。三高を経て東大英文学科卒業。在学中に処女作『千鳥』(明治三九)を漱石に認められ、千葉県成田中学校教頭を務めながら創作の道に進む。代表作『小鳥の巣』『桑の実』など。漱石没後、児童文学に専念し、雑誌『赤い鳥』によって画期的な業績を残した。

＊1　**この書簡集**　この本文は昭和三年版『漱石全集』月報第六号に掲載されたが、次の配本が第七巻『書簡集』だった。

ケーベル先生と夏目先生その他

安倍能成　通称能成《のうぜい》。明治一六―昭和四一。哲学者・文芸評論家。松山市の医師の子として生まれ、一高に進み、野上豊一郎、小宮豊隆、藤村操、岩波茂雄らと知り合う。東大哲学科ではケーベルに学び、漱石にも近づく。京城大教授、一高校長を経て、敗戦直後の文部大臣、学習院長を務め、戦後の教育改革に尽力した。

＊1　「ケーベル先生」　後出の「戦争から来た行違ひ」とともに漱石執筆文。『漱石全集』第一二巻所収。

＊2　**ケーベル**　Koeber, Raphael von (1848–1923). 父がドイツ系ロシア人で国籍はロシアにあったが、彼自身はドイツを祖国とみなしていた。ショーペンハウアーの哲学を学び、ピアノの名手でもあった。明治二六年来日、東大講師として西洋哲学、西洋古典学を講じた。広い学識と清潔な人格、世俗を好まぬ清貧な生活で学生たちから尊敬された。大正三年に職を辞して故国(ドイツ)に帰ろうとした寸前に第一次世界大戦が始まり、帰国を断念、横浜の友人宅に身を寄せ同地で死去した。漱石はその「個人主義」的生き方に敬愛の念を抱いていたようだ。後出する「ケーベル先生の告別」は「自分の指導を受けた学生に「左様なら御機嫌よう」といふ一句を残して行きたい」という依頼を受けて、漱石が東京朝日紙上に執筆した(大正三・八・一二)。

＊3　**深田康算**　明治一一—昭和三。山形県出身。二高を経て東大哲学科卒。大学院時代の五年間をケーベル宅に寄寓し、研鑽を重ねる。ドイツ、フランス留学後、京大教授。西洋美学・美術史の基礎を築いた。

＊4　**久保勉**　明治一六—昭和四七。哲学者。愛媛県出身。海軍兵学校を出て日露戦争に従軍し、戦後に東大哲学科選科を修了。恩師ケーベル宅に住みこみ、師が死去するまでその許を離れなかった。深田康算とともに『ケーベル博士小品集』を翻訳、編著『ケーベル博士随筆集』もある。

夏目先生の「人」及び「芸術」

和辻哲郎　明治二二—昭和三五。倫理学者・思想史家。兵庫県(現、姫路市)出身。一高を経て東大哲学科卒。ケーベル、大塚保治、岡倉天心らの影響を受け、ショーペンハウアーの研究をもとに人間の倫理を追究。谷崎潤一郎・小山内薫らの第二次『新思潮』にも参加。文化史的・思想史的研究にも手を拡げ、『古寺巡礼』『風土——人間学的考察』など多数の著書で日本人の心性を考察した。京大助教授を経て東大教授。昭和三〇年、文化勲章を受章。漱石への心酔は大正二年から。引用されている漱石書簡は、『漱石全集』書簡一九一二の抜粋。この書簡は『心』の「先生」が青年「私」に対する態度と似通う面がある。

松浦嘉一　明治二四―昭和四二。英文学者。名古屋市生まれ。東大英文学科卒。法政大予科、東大、お茶の水大教授などを歴任。ジョン・ダン(Donne, John, 1572-1631. イギリスの詩人。セント・ポール教会の首席司祭)の研究者。『ダン抒情詩選』やアリストテレス『詩学』の翻訳で知られる。なお本書では、これに続いて分載された日記体の文章「漱石先生の詞」(昭和三年版『漱石全集』月報第一四号)を一括して収録した。「大正四年十月〇日」の部分からが後者にあたる。全体では大正三年一一月から同五年一月にかけての日記抜粋である。

＊1　**シャバンヌ**　フランスの画家(Chavannes, Pierre Puvis de, 1824-98)。パンテオンの壁画で有名。

＊2　**ディバイン**　divine. こうごうしい。

＊3　**探幽、宗達、光琳**　探幽は狩野探幽、江戸初期の画家。宗達は俵屋(屋号)宗達、桃山から江戸初期にかけての画家。光琳は尾形光琳、江戸中期の画家。いずれも華麗な装飾画で名高い。

＊4　**平井金三**　平山金蔵という長与病院の医師がいるのでそれと混同したらしい。平井は、詩人・小説家の平井晩村(群馬県前橋出身。本名駒次郎。明治二七―大正八)のことと思われる。早大高等師範部卒、雑誌『文庫』『新声』などに詩や民謡を投稿、報知新聞入社。一高の友人

を通じて漱石に民謡集『野葡萄』の序文を依頼したが、折悪しく漱石は朝日新聞入社の相談で京都に行っており、帰京してそれを執筆した。『野葡萄』は出版が大幅に遅れ、大正四年となった。晩村は序文原稿を受取り早速礼の挨拶に行ったが漱石は外出中で会えず、持参のケーキは子供たちと漱石が食べてしまった（『漱石全集』書簡八二八）。

＊5　**太刀山**　明治一〇―昭和一六。富山県出身。当時の人気力士。明治四四年、第二十二代横綱となる。優勝十一回。

＊6　**馬関**　下関の別称。

注釈

小宮豊隆　明治一七―昭和四一。独文学者・評論家。福岡県出身。東大独文学科卒。東北大教授。著書『夏目漱石』（昭和一三。改訂版、岩波文庫）、『漱石の芸術』（昭和一七）など。昭和四十年版『漱石全集』編者。

＊1　**中川芳太郎**　明治一五―昭和四。愛知県出身。東大英文学科卒。八高（現、名大）教授。受講ノートから漱石『文学論』の素稿を起こした。

＊2　**両三日前赤ん坊生る**　明治四一年一二月一七日、次男伸六誕生。

永久の青年——夏目漱石氏——

久米正雄　明治二四—昭和二七。小説家・劇作家。長野県出身。東大英文学科卒。在学中、芥川龍之介らと第三次・第四次『新思潮』を創刊。漱石の長女筆子への恋と破局を描いた『破船』や『受験生の手記』で知られる。俳号三汀《さんてい》。

漱石先生の顔

松岡譲　明治二四—昭和四四。新潟県出身。小説家。東大哲学科卒。在学中に第四次『新思潮』に参加。漱石の長女筆子と結婚。著書に『法城を護る人々』や『漱石先生』『漱石の漢詩』など。現在の『漱石全集』附録に「漱石写真帖」があるが、留学時代のものは一枚もない。

＊1　**松本文三郎**　明治二—昭和一九。金沢出身。東大哲学科卒。大学時代の友人。早大、東大で教えたのち、京大文科大学開設とともに京大教授。

＊2　**松本亦太郎**　慶応元—昭和一八。群馬県出身。東大哲学科卒。京大教授、東大教授。実験心理学を開拓し、両校に心理学実験室を創設した。

先生と我等

菊池寛　明治二一―昭和二三。本名寛《ひろし》。小説家・劇作家。香川県出身。高松中学、東京高等師範を経て一高入学。芥川、久米、松岡らと同級。卒業直前、友人・佐野文夫の窃盗罪を背負って退学。京大英文科に転じた。在学中第三次『新思潮』に参加、第四次にも加わる。戯曲『父帰る』、小説『恩讐の彼方に』『藤十郎の恋』などで名声を得、さらに『真珠夫人』によって大ブレイク。『文芸春秋』を創刊、芥川賞、直木賞を設定した(昭和一〇)。日本文芸家協会会長でもあった。本文には一人仲間を離れて取り残されたことへの無念さや、芥川らに対する羨望も滲んでいるようである。

＊1　**成瀬**　成瀬正一。明治二五―昭和一一。仏文学者。横浜生まれ。東大英文学科卒。在学中、芥川龍之介、久米正雄らと第四次『新思潮』を創刊、ロマン・ロランに傾倒し、卒業後すぐに(大正五)、アメリカ、ヨーロッパに留学。のち九州大教授。漱石の成瀬宛書簡(『漱石全集』二四八四)に、ニューヨーク安着祝いと芥川、久米、菊池の評判が記されている。

＊2　**押川春浪**　明治九―大正三。小説家。本名方存《まさあり》。愛媛県出身。東京専門学校(現、早大)卒。在学中に『海底軍艦』(明治三三)を出版し、その冒険に富んだ小説で一躍少年読者の熱狂的歓迎を受けた。以後も続々と冒険小説を発表、雑誌『冒険世界』の主筆を務めた。

＊3　**「和泉屋染物店」**　木下杢太郎作の戯曲。初出明治四四年(初演大正三)。

＊4　武者小路の「その妹」　戯曲(大正四)。武者小路実篤には、漱石『それから』を論じた「『それから』に就て」もある。

黒　幕

中勘助　明治一八—昭和四〇。詩人・小説家。東京生まれ。一高を経て東大英文学科入学。漱石に英語を学んだが、漱石が朝日新聞社に入社するや国文学に転じて同科卒業。身体が弱く、人附き合いが下手な彼の将来を漱石は案じていたようだ。弱いようで偏屈で強情な彼を、漱石は自分の一時期に似ていると感じたのかもしれない。兄の発病で家計を支えることになった勘助は『銀の匙』(大正二)を漱石の推薦で東京朝日新聞に連載、次いで続編『つむじまがり』を同紙に発表、作家の道に入った。勘助には追想「漱石先生と私」(『漱石全集』別巻参照)もある。

＊1　涎くり　涎たらし。

＊2　寺入り　ここでは寺小屋に入門すること。

＊3　首になってまで……「お役にたった」　浄瑠璃『菅原伝授手習鑑《すがわらでんじゅてならいかがみ》』(竹田出雲・並木千柳ほか作(初演延宝三))にある科白。

漱石君を悼む

鳥居素川　慶応三―昭和三。ジャーナリスト。本名赫雄《てるお》。熊本県出身。独逸協会専門学校を中退し新聞『日本』に入社。日清戦争の従軍記者として活躍。明治三〇年大阪朝日新聞社入社。編集局長。

＊1　**石田三成が島左近を抱えた**　島左近は戦国時代の猛将で、石田三成が自分の禄高の半ば近くを割いて彼を招いた。

＊2　**糺の森**　京都市左京区下鴨にある森、またそのあたりの地名。

＊3　**禅僧の挂錫**　僧が錫杖を掛け、長く一所に滞在することを示す。

＊4　**君と四迷君と自分と東京神田川に鰆魚を……**　特派員としてペテルブルグへ行く二葉亭と、漱石、鳥居素川が鰻料理の神田川(現、千代田区外神田)で会食した。鰆はウナギの俗字。

始めて聞いた漱石の講演

長谷川如是閑　明治八―昭和四四。評論家。旧姓山本、本名万次郎。東京生まれ。東京法学院(現、中央大)卒。新聞『日本』を経て大阪朝日新聞社に移る。小説『?』(のち『額の男』と改題)を発表、漱石の批評を受ける。大正七年朝日退社後、雑誌『我等』で言論活動を続けた。東京朝日新聞の山本笑月は実兄。

＊1　**高原蟹堂**　高原操。後掲、「師匠と前座」参照。

＊2　**小西勝一**　安政五―昭和一五。大阪朝日新聞創業以来の元老、営業部長。大阪朝日新聞社は旧国名「摂津」にあるので、「摂津守」と呼ばれた(『漱石全集』書簡一五四四)。

＊3　**本多静一郎**　本多精一(明治四―大正九)の記憶違いか。大阪朝日新聞記者。武生藩《たけふ》(現、福井県)の家老の長男。

師匠と前座

高原操　明治八―昭和二一。福岡県出身。五高時代の漱石の教え子。東大哲学科、京大政治学科卒。大阪朝日新聞社に入社、のち編集局長、主筆。漱石の大阪講演で前座をつとめる。

＊1　**池田寅次郎**　五高、東大法律学科卒。のち大審院院長。

＊2　**土屋忠治**　大分県出身。五高時代、夏目家の書生。東大法律学科卒。弁護士。

＊3　**俣野義郎**　前掲、吉田美里「夏目先生を憶う」注5参照。

＊4　**教科書は“Opium Eater”と“Attic Philosopher”**　前者はド・クインシー『阿片常用者の告白』、後者は、エミール・スーヴェストル(Souvestre, Emile, 1806–54)の *Un Philosophe Sous Les Toits* (1850)の英訳、*An Attic Philosopher in Paris* のことと思われる。岩波文庫『屋根

裏の哲人』（木村太郎訳）参照。日本では「アチック・フィロソファ」の名で知られている。

＊5　**画図湖**　熊本県にある江津湖。漱石は「名家の見たる熊本」の中で、水前寺と画図湖の風景を絶賛している。

＊6　**後醍院**　後醍院正六（明治四―昭和七）。大阪朝日新聞社員。盛岡藩士の栃内家に生まれ、鹿児島の後醍院家を継いだ。東京専門学校（現、早大）卒。東京朝日新聞社などを経て大阪朝日新聞社の京都支局長。一高、東大法科大学選科修了。卒業後、同志社などの教員を経て大阪朝日新聞の論説記者。経済面を担当。明治三八年、外遊後、東京日日新聞社長。同社と大阪毎日の合併に際して、東京朝日に入社、大正七年から大阪朝日に転じた。

＊7　**湯川病院**　大阪市今橋三丁目の湯川胃腸病院。明石に始まり、和歌山、堺、大阪と続いた連続講演、および連日の接待で疲労、病気が再発したのであろう。

追想の断片

馬場孤蝶　明治二―昭和一五。本名勝弥。英文学者。高知市出身。明治学院卒。島崎藤村らと交わり、雑誌『文学界』に参加。日本銀行勤務、のち慶応大教授。

＊1　**上田敏**　明治七―大正五。詩人・評論家、外国文学者。東京生まれ。別号柳村。東大英文学科卒。『文学界』同人。明治三六年、恩師・ラフカディオ・ハーンの辞任を受けてアーサー・

ロイド(前掲、大塚保治「夏目君と大学」注2参照)、夏目金之助(漱石)とともに東大英文学科講師、外遊後、京大教授。尿毒症で急死。訳詩集『海潮音』『文芸論集』など著書多数。

＊2　**外濠線**　旧江戸城の堀端を一周していた当時の市電の一つ(幸橋から松住町)。

＊3　**三田文学**　慶応の三田文学会が明治四三年に創刊した文芸雑誌。『屈辱』は同誌明治四四・五、七、九月に掲載された。

＊4　**隴を得て蜀を望む**　欲には限りがないことのたとえ。三国時代、部将の司馬懿《しばい》が隴地方を平定し、続けて蜀を攻め取ろうとしたときに、魏帝の曹操が発した言葉に由来する。

＊5　**中江兆民**　弘化四―明治三四。哲学者・ジャーナリスト。土佐(高知県)出身。翻訳にルソー『民約論』『維氏《いし》美学』、著書『三酔人経綸問答』『一年有半』など。

＊6　**斎藤緑雨**　慶応三―明治三七。批評家・小説家。伊勢(三重県)出身。本名賢《まさる》。『小説八宗』などのパロディ批評を得意とし、『油地獄』『かくれんぼ』などの小説でも著名。

＊7　**ウード**　Wood, Augustus (1855–1912). アメリカ出身の英文学者・哲学者。明治二五年から二九年まで東大で英文学を教授。漱石の師。漱石にはウード『詩伯「テニソン」』の訳がある。

＊8　**本郷の若竹**　本郷区東竹町(現、文京区本郷二・三丁目)にあった寄席「若竹亭」。昭和初めまで存続。

＊9　**越路**　二代竹本越路《こしじ》太夫《だゆう》。天保七―大正六。義太夫の太夫。大阪生まれ。本名二見亀次郎(金助とも)。江戸へ出て巡業。二代越路太夫を名乗り、美声と気品の高さで名声を得る。明治

三六年、師の名を継ぎ六世春太夫を襲名。同年小松宮親王の遺志による「摂津大掾」名を受領した。

＊10 **造兵**　小石川(現在の後楽園あたり)にあった造兵廠《ぞうへいしょう》。当時、陸海軍の兵器製造工場、およびその管理機関。

漱石先生の憶出

戸川秋骨　明治三—昭和一四。英文学者・評論家。本名明三。熊本県出身。明治学院卒、東大英文選科修了。明治学院で島崎藤村、馬場孤蝶と知り合い、『文学界』同人となる。旧制山口高校で教えた後、慶応大教授。著書『英文学講話』『欧米紀遊 二万三千哩《マイル》』など。

＊1 **最明寺殿の雪の日の徒歩**　謡曲『鉢の木』で有名な、北条時頼(鎌倉幕府執権)が、雪の日、佐野源左衛門常世の家に宿を借りたときの逸話に基づく絵。

＊2 **書翰**　明治四五年五月二八日附(『漱石全集』書簡一六四三)。

＊3 **「班女」の曲**　世阿弥作の狂女物の謡曲。扇好きで「班女」とあだ名された遊女の物語。

＊4 **生田長江**　明治一五—昭和一一。評論家・翻訳家。本名弘治。鳥取県出身。東大哲学科卒。翻訳に『ニーチェ全集』、ダヌンチオ『死の勝利』など。

＊5 **先生は……直ちに一書を寄せられ**　『漱石全集』書簡一三四二(明治四三・七・三)。

＊6　**神田さん**　神田乃武《ないぶ》(安政四―大正一二)。英語学者。幕臣松井永世の二男で、神田孝平の養子となる。明治四年、森有礼に従って渡米、アマースト大学卒。東大博言学講師、一高、学習院、東京高等商業(一橋大学の前身。同大は現在、国立《くにたち》市に移転)教授。漱石の大学院時代の指導教授。貴族院議員。

＊7　**戸山の原**　当時は広い野原だった。現、新宿区戸山。

夏目さんと英吉利

平田禿木　明治六―昭和一八。英文学者・随筆家。東京生まれ。東京高等師範(現、筑波大)英語専修科卒。『文学界』創刊に加わる。オックスフォード大留学後、東京高師、学習院教授などを歴任。翻訳に『エリア随筆集』、随筆に『禿木随筆』など。

＊1　**シモンズ**　Symons, Arthur William (1865–1945)を指すと思われる。イギリスの詩人・批評家。『象徴主義の文学運動』で日本文壇に大きな影響を与えた。岩野泡鳴訳として、『表象派の文学運動』(大正二)がある。

＊2　**亀清**　亀清楼。浅草区(現、台東区)柳橋にあった高級料亭。

＊3　**柳光亭**　柳橋にあった高級料亭。

＊4　**エチュウド**　練習曲・習作。

＊5　**メレディス**　Meredith, George (1828–1909). イギリスの詩人・小説家。『エゴイスト』など。漱石は『メレディスの訃』でその死を悼み、野上豊一郎の問に答えて、ほとんどの作品を読んだ、そのアフォリズム・警句は、誰にも真似の出来るものじゃない、と語っている。

＊6　**ジョオジ・ムアー**　Moore, George Augustus (1852–1933). アイルランド生まれの作家。パリでの生活に馴染み、フランスの自然主義的作風をイギリスに導入した。

＊7　**シング**　Synge, John Millington (1871–1909). アイルランド生まれの劇作家。『海へ騎《の》り行く人々』など。次世代のアイルランド劇作家に大きな影響を与えた。

＊8　**エルガア**　Elgar, Sir Edward William (1857–1934). イギリスの作曲家。聖譚曲、交響曲など多数。行進曲『威風堂々』。

＊9　**バタッシイ公園**　Battersea Park. テムズ川南岸にある有名な公園。漱石がよく散歩した。

＊10　**クラパム**　Clapham Common(クラパム・コンモン)はクラパムの共有地。漱石は最初のホテルを入れてロンドンで五回宿を代わったが、その最後の下宿地。地下鉄クラパム駅近く、ロンドン西南の町外れにあった。現在はその通りの向いに漱石記念館がある。

＊11　**鉄銭花**　鉄線花。キンポウゲ科の蔓草。茎が針金のように強く、他の物に巻きつく。

＊12　**スピンスタア**　spinster. 中高年の独身女性。女主人はミス・リール(Miss Leale)。

＊13　**チェアリング・クロス**　Charing Cross. チャリング・クロス通り。ロンドンの繁華街の一つで、古本屋が多数ある。

＊14　**十八世紀英文学の自然といった題目**　正しくは「英国詩人の天地山川に対する観念」。

＊15　**神田男などが……軽く氏を揶揄**　前掲、戸川秋骨「漱石先生の憶出」(注6)では神田の送別会と漱石や藤代の帰朝歓迎会を兼ねたものとなっているが、ここでは漱石らの送別会となっている。どちらが正確なのか不明。

＊16　**上野精養軒**　明治九年四月に築地精養軒の支店として上野公園内に開店。漱石が鷗外と同席したのは明治四〇年四月一八日。

思い出二つ

野上弥生子　明治一八―昭和六〇。小説家。旧姓小手川、本名ヤヱ。上京して明治女学校(火災後の巣鴨校)卒業。同郷の野上豊一郎と結婚。漱石に師事して創作に励む。長篇小説『真知子』『迷路』など。文化勲章受章。

＊1　**バルフィンチの『伝説の時代』**　Bulfinch, Th., *The Age of Fable, or Stories of Gods and Heroes,* (1855)の訳書『伝説の時代　神々と英雄の物語』(大正四)。漱石の序文は『漱石全集』第一六巻収録。

＊2　**わん屋**　わん屋書店。現在、千代田区神田神保町にある能楽専門店。明治二六年に一六世宝生九郎の許しを得て『宝生流嘉永版謡本』を刊行。以後、宝生流謡本の版元となる。社名は先

祖が紀州で椀の製造販売を行なっていたことに由来する。

＊3　**長男**　野上素一。のちイタリア文学者。京大教授。

夏目先生と春陽堂と新小説その他

本多嘯月　?―大正六。『新小説』(春陽堂)の編集者。春陽堂には後藤宙外が責任者だったころ入社したらしい。やがて『新小説』編集主任となり、多数の漱石本を春陽堂から刊行した。

＊1　**斎藤阿具君の住邸**　斎藤阿具(慶応四―昭和一七)は埼玉県出身。東大史学科卒業の歴史学者。漱石とは寄宿舎で同室。二高教授時代ヨーロッパに留学、その千駄木の留守宅を漱石に貸していた。のち一高教授。

＊2　**動坂**　当時本郷区駒込動坂町。現、文京区。

＊3　**大観音**　本郷区駒込蓬萊町(現、文京区向丘)にある光源寺の通称。約五メートルの十一面観音像があることに由来する名。

＊4　**精勁俊辣**　語調が強く、手きびしいこと。

＊5　**竹風登張**　登張竹風《とばりちくふう》(明治六―昭和三〇)。本名信一郎。独文学者。広島県出身。東大独文学科卒。二高教授、東京高等師範(現、筑波大)教授。高山樗牛らとともにニーチェに関する評論で知られる。

＊6　**二六新聞**　『二六新報』として明治二六年一〇月末に創刊された新聞。秋山定輔が中心人物。何度も発禁、経営不振で改名したが、『草枕』評が掲載された当時の名は『東京二六新聞』。

＊7　**阿部邸**　幕末に老中を務めた阿部正弘邸。

＊8　**金尾文淵堂**　金尾種次郎(明治一二―昭和二二)が興した出版社。明治三八年に大阪から東京に進出、漱石や二葉亭の家に出入した。

＊9　**橋口五葉**　明治一三―大正一〇。本名清。洋画家・版画家。鹿児島県出身。東京美術学校(現、東京芸術大学美術学部の前身)卒。『吾輩は猫である』の装丁を担当。漱石と多数の絵葉書の交換をした。兄の貢が五高で漱石の教え子だった縁による。

＊10　**『草合』**　明治四一年九月、春陽堂から刊行。収録作『野分』および『坑夫』。

＊11　**赤坂仲ノ町に大館**　「漱石一夕話」に「「天下の篆刻家〇〇堂大我」といふ大変な人が来た」とある人物か。ここでは自分が大我を訪ねたことになっていて事実は不明。

＊12　**器計**　うつわ。ここでは人間の器量。

＊13　**浜村蔵六**　五代浜村蔵六(慶応二―明治四二)。篆刻師。漱石の内田魯庵宛書簡一一七九(『漱石全集』)に『文学評論』(春陽堂刊)の「背の字と石摺様の文字は浜村蔵《(ママ)》のかけるもの」、「漱石山房の印は大直といふ爺さんの刻せるもの」とある。

＊14　**津田青楓**　明治一三―昭和五三。本名亀次郎、旧姓西川。画家。西川一草亭(華道家、漱石と親しい交流あり)の弟。京都府出身。浅井忠に絵を習いフランス留学。高村光太郎らとヒュ

ウザン会を創立。率直な人柄を漱石に愛され、『道草』などの装幀をした。著書に『漱石と十弟子』。後掲、梅垣きぬ「漱石先生」参照。

＊15 **横山天涯**　明治四—大正四。本名源之助。新聞記者・社会問題研究家。富山県出身。貧民社会の実地調査をまとめた『日本之下層社会』で名高い。

＊16 **黒川文淵**　本姓名、高瀬安治。元治元—昭和一五。評論家・小説家。千葉県出身。千葉師範学校(のちの千葉大教養部)を卒業し、富津《ふっつ》の小学校長を経て上京、文筆生活に入る。小説に『詩篇　若葉』、評論に『現代作家の本領』。

＊17 **西片町**　当時の二葉亭の家は本郷西片町十番地にノ三四で夏目家と近かった。

＊18 **中村古峡**　明治一四—昭和二七。本名蓊《しげる》。奈良県出身。苦学して一高、東大英文学科卒。一時朝日新聞社に入ったが、漱石に親炙して小説家となり『殻《から》』を発表、その後、精神医学に転向して精神病の研究書『変態心理の研究』を著し、千葉県で開放療法を実践した。漱石の愛娘・雛子が亡くなったとき、来訪していた客。

＊19 **池辺君**　池辺三山(元治元—明治四五)。熊本出身。別号鉄崑崙《てっこんろん》。東京朝日新聞主筆として同紙の充実を計り、現在の基礎を築いた。文芸欄に二葉亭、漱石を招いたのもその功績の一つである。

＊20 **西園寺首相の文士招待会**　明治四〇年六月、西園寺公望《きんもち》が当時の主な文士を招待して歓談する会(雨声会)を開いたが、漱石は取次役の巌谷小波を通じて辞退した。

＊21　**北海道に籍を置いて居られる**　明治一七年の改正徴兵令は国民皆兵を唱え、官立学校在籍者、身体障害者、戸主・嫡男以外は満二〇歳から四〇歳までの男子が兵たることを義務づけられていた。漱石は明治二一年に塩原から夏目へ復籍し、二六年に大学を卒業するので、心配した父が手を打ったのであろう。明治二五年四月に分家して戸主となったのである。彼は大正三年六月に早稲田南町七に戸籍を移した。

＊22　**宝井馬琴**　嘉永五―昭和三。講釈師。一二歳で初高座、やがて父の名を継いで琴凌と名乗り、明治三三年から四代目宝井馬琴を襲名。武芸物を得意とした。

＊23　**乃公**　俺様。

＊24　**本郷の岩本という日蔭町の寄席**　日影町(現、文京区本郷四丁目)の裏通りにあった岩本亭。

＊25　**松林伯知**　本名松野正一郎。安政三―昭和七。講釈師。明治三〇年代後半の真打の一人。

＊26　**柳家小せん**　初代小せん(明治一六―大正八)。廓咄《くるわ》を得意として売り出したが三〇歳で失明、腰も立たず妻に背負われて楽屋入りし、「盲の小せん」と評判だった。久保田万太郎『今戸橋』(大正四)が、「せん枝」の名でその落魄した生活を描いている。

＊27　**円喬**　四代目橘家円喬(慶応元―大正元)。本名桑原清五郎。江戸本所に生まれた。八歳で三遊亭円朝の門に入り、しばらく大阪で修行、二一歳で帰京して四代目円喬を名乗る。三代目柳家小さんが「名人」だと賞め称えたという。大正元年、三遊亭円朝を襲名するはずだったが、末広亭で独演会を開いた直後に死亡。

＊28　**円右**　初代三遊亭円右。万延元―大正一三。本名沢木勘次郎。江戸本郷竹町に生まれた。円朝門に入り、二四歳で真打。芝居咄、人情咄を得意とした。

＊29　**〇一の俄師**　江戸太神楽の一派、丸一。俄《にわか》狂言を演ずる。

＊30　**猿若町**　東京台東区の旧町名。天保の改革の際、芝居小屋を浅草聖天町に集めて名づけた。一丁目(中村座)、二丁目(市村座)、三丁目(森田座)。

＊31　**松居松葉**　松翁とも。明治三―昭和八。劇作家。二代目市川左団次と組んで演劇改良を志した。

＊32　**後藤宙外**　慶応二―昭和一三。秋田県出身。東京専門学校(現、早大)卒。島村抱月と組んで雑誌『新著月刊』創刊。明治三二年から春陽堂の『新小説』編集主任。「田園生活」を唱え、明治三四年から猪苗代湖西岸に別宅を構え、毎月一週間上京の生活を始めた。小説に『ありのすさび』、回想集『明治文壇回顧録』など。

＊33　**泉鏡花、柳川春葉**　ともに尾崎紅葉門下の当時売れっ子作家。鏡花(明治六―昭和一四)は金沢生まれ。『照葉狂言』『高野聖』『婦系図』など名作多数。春葉(明治一〇―大正七)は春陽堂に入社し、『新小説』編集に携わって多くの家庭小説を書いた。代表作『生《な》さぬ仲』(大正元)。

＊34　**春陽堂主人**　創始者は鷹城《ようじょう》・和田篤太郎(安政四―明治三二)だが、この時期には病死していたはずで、二代社主・未亡人梅子か。

＊35　**鰭崎英朋**　明治一三―四三。本名太郎。画家。『新小説』の口絵や広津柳浪『河内屋』など

の挿絵を描き、春陽堂と関係深かった。

＊36 **高崎春月**　『新小説』に多数の短篇や雑文を寄稿している。

＊37 **小林管理**　春陽堂四代目、和田利彦(養子)の妻・静子の実父・小林直三が同社の後見人だった(山崎安雄『春陽堂物語』による)。

＊38 **お留守居茶屋**　参勤交代で大名が国入りした間に、留守居役が交際費を潤沢に使った茶屋を指す。

＊39 **深川の平清**　深川の土橋際にあった会席料理屋。平野屋清兵衛。料理の最後に出る鯛の潮汁が評判。

＊40 **亀戸の橋本**　柳橋妙見(現、江東区亀戸一丁目近辺)にあった江戸の会席料理屋。梅見客で賑わった。

＊41 **山谷の八百善**　浅草(現、台東区)吉野町にあった日本料理の老舗。

＊42 **一ト船**　業界用語で一回の印刷の冊数か。不詳。

＊43 **算勘にあたじけない**　勘定に細い、けち臭い。

夏目漱石

中村武羅夫　明治一九—昭和二四。編集者・小説家・評論家。北海道空知郡出身。小栗風葉『青

春』に憧れて上京、新潮社社長佐藤義亮《ぎりょう》と知り合い、編集を手伝う。明治四一年から作家訪問記を同誌に掲載(『現代文士廿八人集』の名で刊行)して注目され、病床の国木田独歩の談話『病牀録』筆録で編集能力を発揮した。評論集『誰だ？　花園を荒らす者は！』。

＊1　**三宅やす子**　明治二三―昭和八。お茶の水高女(現、お茶の水女子大)卒。主婦の立場から女性問題を取り上げた。代表作『奔流』。漱石に師事。夫は昆虫学者で東大動物学科教授・三宅恒方。

＊2　**福原何とかいう人**　福原遼二郎。前掲、龍口了信「予備門の頃」注23参照。

＊3　**鈴木三重吉氏の夫人の告別式**　鈴木ふじ(明治四四年結婚)とは京都時代からの知り合い。ふじは大正五年七月に腸チフスで死亡した。

先生と俳句と私と

松根東洋城　明治一一―昭和二九。俳人。東京生まれ、愛媛県宇和島育ち。松山中学で漱石に英語を学ぶ。一高から東大に進んだが中退、京大仏法学科卒。宮内省に入り、式部官、書記官などを歴任。大正四年から俳誌『渋柿《しぶがき》』を主宰。

＊1　**矢野義二郎**　前掲、吉田美里「夏目先生を憶う」注4参照。

＊2　**根岸草庵**　正岡子規の住居。

＊3　**下掛り連**　宝生流下掛り(ワキ方)の人々。

＊4　**宝生新**　明治三―昭和一九。本名朝太郎。ワキ方宝生流十代目宗家。ワキ方の名人と呼ばれた。

＊5　**自分が観世**　東洋城の能は観世流だった。

＊6　**昵近**　馴れ親しむ。

＊7　**天地の間の一粟**　一粒の粟《あわ》のように小さなもの。

＊8　**大塚楠緒子女史の物故**　大塚楠緒子(明治八―四三)は歌人・小説家。東京生まれ。東京女子師範付属女学校(お茶の水高女の前身)を卒業。佐佐木信綱に短歌を学び、『心の花』同人。漱石の友人・小屋保治と結婚。東京朝日新聞に『空薫《そらだき》』などの小説を連載したが、胸を病んで死去。

＊9　**お降りになるらん……**　「お降り」は正月三が日に降る雪や雨の忌詞《いみことば》。二句ともに明治四〇年の作。『漱石全集』第一七巻参照。

漱石先生と運座

守能断腸花　(推定)明治二〇―大正一三。本名未詳。栃木県足利出身。別号痩仏《そうぶつ》。横浜商業を卒業し、横浜火災海上保険会社に勤務。同社の火災保険の再保険課長。大正七年ごろから松根東洋城主宰の俳誌『渋柿』の中心メンバーの一人となり、給仕として入社した秋本不二男に目をかけていたが、大正一三年、病むこと十日、三七歳で急逝した。

＊1　**学校**　横浜商業学校。

＊2　**先帝陛下崩御**　明治天皇崩御。

＊3　**胡刀**　大村胡刀。渋柿派の中心的俳人。

＊4　**牛歩**　伊東牛歩。俳人、僧侶。東京生まれ。子規の俳句を学んだ。綾瀬(現、足立区)の正王寺住職。

＊5　**皆な古い句ばかり**　子規没後、河東碧梧桐に従った一派は新しい俳句をめざしたが、東洋城に従う『渋柿』派は古典的な句作が多かった。

＊6　**物古びたお粗末の懐中時計**　漱石はニッケル側の安時計しか持たなかったという(鏡子)。前掲、寺田寅彦「思ひ出るまゝ」注1参照。

＊7　**落水**　稲を刈り取る前に田の水を流し去ること。

＊8　**五人男**　通称「白浪五人男」(河竹黙阿弥作の歌舞伎脚本『青砥稿花紅彩画《あおとぞうしはなのにしきえ》』)の有名な科白。「さてどんじりに控えしは」と言うのは、南郷力丸。

＊9　**浅井先生**　洋画家の浅井忠《ちゅう》。安政三―明治四〇。江戸生まれ。幼少から花鳥画を習ったが明治に入って洋画に転じ、明治九年から「お雇い外国人」の師フォンタネージ(イタリアの風景画家。Fontanesi, Antonio, 1818-82)に正式な西洋画法を学んだ。明治二二年、わが国最初の洋

画団体「明治美術会」を創立、のち東京美術学校(現、東京芸大)教授となったが、明治三三年フランスに留学。三五年帰国時にロンドンで漱石と会った。帰国後は京都に移り、京都高等工芸学校(京都工芸繊維大学の前身)の教授。門下に梅原龍三郎、安井曽太郎など。代表作「グレーの秋」など。『ホトトギス』の表紙・口絵・挿絵も描き、『吾輩は猫である』の中編と下編の挿絵も描いている。一樹はその門下生らしい。

＊10 **城師のお職掌柄** 東洋城は式部官として、明治天皇の葬儀に列なった。

漱石先生と謡

野上豊一郎 明治一六—昭和二五。英文学者・能楽研究家。大分県臼杵《うすき》に生まれる。号臼川《きゅうせん》。一高時代、漱石に英語を学び、東大英文学科卒。以後漱石に傾倒してヨーロッパ文学の研究・紹介、日本文化の海外普及に努めた。宝生新について謡を稽古し、『能の幽玄と花』など多数の能楽研究書がある。夫人は小説家・野上弥生子《やえこ》(前掲「思い出二つ」参照)。

＊1 **坂元君** 坂元雪鳥《せっちょう》(明治一一—昭和一三)。漱石の五高時代の教え子。旧姓白仁《しらに》。名、三郎。東大国文学科卒。朝日新聞記者となり、社命を受けて漱石に朝日入社の下交渉をする。修善寺の大患の時は宿に張りついて応接係をした。

＊2 **皆川君** 皆川正禧(明治一〇—昭和二四)。会津(現、新潟県東蒲原郡)に生まれる。東大英文

学科卒。七高(現、鹿児島大)、水戸高校(現、茨城大)教授などを歴任。漱石没後、受講ノートを元にして『英文学形式論』を編集した。

＊3　**明治四十三年六月の或る日**　六月十三日の日記にこの記述がある。「是で悪くなれば自業自得也」とは少々乱暴だが、漱石は胃腸病の心配よりも気分が晴れることを望んだのだろう。「富士太鼓」「花月」以下、曲目の説明は省略する。

＊4　**修羅物**　武人の霊を主人公として、戦いを題材とした能。

＊5　**公達物**　貴族の子息を中心とする曲。

＊6　**いかものぐい**　普通の人が好まないものをわざと食べること。

＊7　**清嘯会**　神田錦町の西神田倶楽部を借りて謡の稽古をした。そこから明治四三年一月に脇方育成を目的とする「霞宝会」が生まれた。漱石も虚子も発起人の一人である。

＊8　**尾上始太郎**　下掛り宝生流の能楽師。大蔵省に勤務。代稽古をつとめた。

＊9　**古鍛冶剛**　宝生新の弟子。

＊10　**重ぐれて**　重くるしいこと。

＊11　**三番目物**　正式の五番立ての能で、三番目に演ぜられる能。美女の霊、草木の精などを主人公とする優美な曲。「井筒」「江口」など。

夏目先生と書画

滝田樗陰　明治一五―大正一四。本名哲太郎。秋田県生まれ。東大英法学科中退。『中央公論』に入社、編集主幹となり同誌を当時の中心的存在に育て上げた。

＊1　**微恙**　軽い病気。

＊2　**俗字**　ここでは書体が俗っぽい字。

＊3　**松山の明月和尚**　享保一二―寛政九。江戸中後期の真宗大谷派の僧。山口出身。松山の円光寺和尚。書にすぐれ、良寛や寂厳と並び称された。漱石は松山時代からその書を欲しがっていたが、大正三年に地元の村上霽月《せいげつ》（明治二―昭和二一。本名半太郎。松山時代親しくした俳人、『ほとゝぎす』（松山版）編集、愛媛銀行頭取）の好意でやっと入手した（『漱石全集』書簡二〇九二）。

＊4　**黄檗の物**　京都府宇治市の黄檗宗の禅僧が書く書画。

＊5　**「書苑」**　明治四四年一一月に創刊された月刊の書道雑誌。漱石は創刊号から第七巻第二号まで所蔵していた。

＊6　**長鋒の筆**　柄も穂先も特別に長い筆を指す。

＊7　**半截**　唐紙《とうし》などの全紙を縦に半分に切ったもの。

＊8　**森と云う人**　森円月。森宛書簡二四七〇（『漱石全集』）で漱石は「近頃の鑑賞眼少々生意気

に」なって、明月の書は「今一息」、「器用が天巧に達して」いないと批評している。森は松山出身で松山中学教員を経て『東洋協会雑誌』の編集者。本名次太郎(明治三―昭和三〇)。

*9 **伊達家の第二回売出し** 旧大名伊達家所蔵の美術品などの売出し。第一回、大正五年五月一六日、漱石が行ったのは七月四日の第二回売出し。

*10 **桂月** 大町桂月(明治二―大正一四)。評論家・随筆家。本名芳衛。高知県出身。一高を経て東大国文学科卒。『帝国文学』の編集委員を務め、『美文韻文 黄菊白菊』などで人気があった。

*11 **四君子** 中国・日本の絵画で、梅・菊・蘭・竹を指す。その高潔さを君子にたとえる。

*12 **百穂画伯** 平福《ひらふく》百穂(明治一〇―昭和八)。日本画家。本名貞蔵。秋田県角館《かくのだて》生まれ。東京美術学校(現、東京芸大)卒。「平民新聞」に時事漫画を描き、「无声会《むせいかい》」を結成、新日本画運動を起す。アララギ派歌人としても知られる。

*13 **素明画伯** 結城素明(明治八―昭和三二)。日本画家。本名森田貞松。東京美術学校の日本画科、洋画科卒。平福百穂らと「无声会」を結成。東京美術学校教授。素明の画に漱石が賛をしたものがいくつかある。『漱石全集』第一八巻(「(題結城素明画)」)参照。

*14 **「採菊東籬下、悠然見南山」** 「菊を採る東籬《とうり》の下、悠然として南山を見る」。中国・六朝時代、東晋の詩人陶淵明(三六五―四二七)の詩「飲酒 二十首 幷《ならびに》序」第五首の一節。漱石『草枕』の画家は、この境地に憧れて旅をしている。

真鍋嘉一郎　明治一一―昭和一六。愛媛県出身。松山中学時代の教え子。一高、東大医科卒業の臨床医学者。東大教授。ドイツに留学してレントゲン学を導入。温床療法で有名。大正五年の漱石の糖尿病には主治医となり、臨終にも立合った。

＊1　**金子量太**　松山中学の英語教師。高等商業は神田一ツ橋にあった商業学校。その一部(外国語)はのち東大予備門に併合された。

＊2　**"Sketch Book"**　アメリカの小説家、ワシントン・アーヴィング(Irving, Washington, 1783-1859)の『スケッチブック』。明治大正期の英語教科書として広く使用された。

＊3　**西川という英語の先生**　不詳。札幌農科大学は北大農学部の前身だが、当時は東北帝大の農科大学だった。

＊4　**舟木**　不詳だが、松山中学の西洋史教師らしい。

＊5　**クワッケンボスの英国史**　オランダ系アメリカ人・カッケンボス(Quackenbos, George Payn, 1826-81)はニューヨーク生まれ。コロンビア大学で法律学専攻。以後ニューヨークの諸学校で教鞭を執り、英文法、歴史書など多数。法学博士。日本には福沢諭吉が買いこんで来て広まったらしい。英文教科書の定番として各校で用いられた(『丸善百年史』による)。中村正直は「格乙堅薄《かつけんぼす》」の『米利堅志《めりけんし》』について触れているが、『英国史』はあったかどうか不詳。

＊6　「サー・ロージャー・デ・カヴァリー」 Sir Roger de Coverley. アディソンが創刊したイギリスの雑誌『スペクテイター』に登場する仮空の人物。保守的で時代遅れな田舎地主。漱石も『文学評論』第三章でしばしば言及する。

＊7　"Vicar of Wakefield" 『ウェークフィールドの牧師』。アイルランドの詩人・小説家ゴールドスミスの小説。田舎牧師、プリムローズ博士を主人公とする。

＊8　谷干城　天保八—明治四四。土佐藩士、幕末・明治の軍人・政治家。陸軍中将。西南戦争の際、西郷軍の猛攻撃から熊本鎮台を守った。貴族院議員、子爵。

＊9　青山さん　青山胤通《たねみち》(安政六—大正六)。旧苗木藩(岐阜県)出身。東大医科卒。同医学部教授。当時の内科の権威。

＊10　雨月荘　上野不忍《しのばず》池畔にあった中華料理店。

＊11　東坡方肉　中国北宋の詩人、蘇東坡《そとうば》(蘇軾)が好んだのでこの名があるという。

＊12　浅草の十二階　「十二階」は浅草千束《せんぞく》町にあったレンガ造り十二階の凌雲閣(明治二三年建設)の通称。大正一二年の関東大震災で中途から折れ曲り、危険なので破壊された。「十二階下」はその周囲に私娼が多く、淫蕩な場所とされていた。矢場女《やばおんな》は小さな弓で的を射る射的場の女だが、私娼の一種でもあった。

＊13　野火留　現在、埼玉県新座《にいざ》市野火止。江戸時代は川越藩の領地。松平定信が領主のときに整備された。

＊14　**釈宗演**　安政六―大正八。臨済宗の僧。福井県出身。鎌倉の円覚寺、建長寺の管長を経て、東慶寺に庵室楞伽窟《りょうがくつ》を構えた。漱石は明治二七年暮から二週間ほど円覚寺に参禅し、宗演から「父母未生以前本来の面目」とは何か、という公案を与えられた。

漱石先生と私

佐藤恒祐　泌尿器科の医師。福島県出身、仙台医専(東北大医学部の前身)卒。東京神田錦町に佐藤診療所を開く。

＊1　**森成麟造**　後掲、森成麟造「漱石さんの思出」参照。

＊2　**須賀保**　仙台医専卒。長与胃腸病院助手を経て、牛込赤城下町(現、新宿区)に内科医院を開業。漱石は慢性胃腸病で、以前から須賀を主治医としていた。

＊3　**烏鷺**　黒石と白石で碁を表わす。

＊4　**発赤腫脹**　医学用語で赤く腫れていること。

＊5　**プロトコール**　Protokoll. 医学用語で臨床試験計画表。

＊6　**帝大三浦内科**　東大医学部教授三浦守治(安政四―大正五)が主任の内科。この引用は『漱石全集』書簡一六一七。

＊7　**神田の医者**　佐藤診療所。

＊8　**江戸川の分**　江戸川（神田川）沿いの桜。ここで「江戸川」とは、隅田川の支流、神田川の関口（文京区）から飯田橋（千代田区）近辺までを指す。漱石は早稲田南町の自宅から江戸川橋の市電江戸川線始発（終点）の駅まで歩き、佐藤の医院に通った。

＊9　**フィステル**　Fistel. 瘻管《ろうかん》（痔瘻）のこと。

＊10　**消息子**　ゾンデ（Sonde）。患部に挿しこむ細い器具。

＊11　**文展**　明治四〇年に創設された文部省美術展覧会の略称。現在は日展（官営ではない）に引き継がれている。

＊12　**梅沢兄**　未詳。医師であろう。

漱石さんの思出

森成麟造　明治一七―昭和三〇。新潟県高田生まれの医師。仙台医専卒。長与胃腸病院に勤務し、漱石が修善寺で倒れたときに担当医として派遣された。のち郷里の高田で森成胃腸病院を経営。漱石が切望していた良寛の書を発見して斡旋した（『漱石全集』書簡二三九八、二四〇四）。

＊1　**松崎天民**　明治一一―昭和九。新聞記者。岡山県生まれ、本名市郎。苦学して大阪、東京朝日新聞などの記者となり、探訪記事を得意とした。

＊2　**社の坂元君**　坂元雪鳥。前掲、野上豊一郎「漱石先生と謡」注1参照。

＊3　三島駅で伊豆線　当時の東海道線は国府津から御殿場・沼津まわりなので、修善寺へは沼津から三島へ行き伊豆線(豆相線)に乗る。

＊4　東海道大水害　明治四三年八月四日以来の大雨で諸河川の堤防決壊、汽車、電話電信不通、箱根の福住楼も流出の大惨事となった。

＊5　韮山の反射炉　幕末の韮山代官、江川太郎左衛門が西洋砲術を学び、反射炉で砲台を作った。

＊6　菊屋旅館　現存。ただし当時の本館は移転して別置。

＊7　北白川若宮様　北白川宮成久《なりひさ》親王。明治二〇―大正一二。当時陸軍砲兵中尉。

＊8　ゲレンコに陥った　ドイツ語 Gelenk(関節、ちょうつがい)から進退の方針に迷うことか。

＊9　後藤新平　安政四―昭和四。水沢藩士の子。満鉄総裁ほか、各大臣、東京市長を歴任。伯爵。

＊10　渋川玄耳　明治五―昭和元。本名柳次郎。佐賀県出身。熊本第六師団の法官部にいたころ、漱石が関係した俳句会、紫溟吟社《しめいぎんしゃ》に参加。日露戦争後、東京朝日新聞入社。社会部長。著書に『東京見物』『世界見物』。

＊11　杉本副院長　長与胃腸病院の副院長、杉本東造。東大医学部卒。

＊12　乾嘔　音だけの空嘔吐。

＊13　イルリーガートル　ここでは注射器、灌注のための器具。

漱石氏の禅

富沢珪堂　敬堂とも。明治二四—昭和四三。神戸の祥福寺で修行、同寺の鬼村元成《きむらげんじょう》とともに漱石と文通を始め、大正五年十月下旬に二人で訪問、一週間ほど夏目家に滞在した。昭和四年以降、鎌倉円覚寺の帰源院住職。

＊1　行履　歩んだ跡。

＊2　宗演和尚　前掲、真鍋嘉一郎「雨月荘談片」注14参照。

＊3　鉗鎚　かみそりと、つち。禅宗で教導の意。かみそりで頭を剃り、つちで身を打つ。

＊4　『ただの凡夫で恐縮しています……』　この言葉は鬼村元成宛書簡(『漱石全集』二二三二)にある。まだ鬼村・富沢と面会する前である。

＊5　漢来れば漢現じ胡来れば胡現ずる　漢軍が来れば漢軍が見え、胡軍が来れば胡軍が見えるように、ありのままの現実が見える。

＊6　翠巌が夏末に望んで……　『碧巌録《へきがんろく》』第八則の翠巌(五代)令参《れいしん》の説話にある。夏末は僧が九〇日間、夏の日に一室に籠ってする修行(夏安居《げあんご》)が開けた日(旧暦七月一五日)。翠巌が衆に向かって、自分は第二義門に下っていろいろと説いたから、仏罰によって眉毛が落ちたであろうと問いかけた説話。言説に頼るのは仏法を謗《そし》る結果となる。

＊7　古人の語に、悟前も壁立万仞、悟後も壁立万仞　『碧巌録』第一〇則にもとづく言葉。宗教

家が悟ったつもりでも、上を見れば釈迦や弥勒《みろく》などの菩薩たちが勢ぞろいして大光明を放っているし、下界には生き物たちが小虫のようにうようよしている。どちらも絶壁のように自分の前に立ちふさがる。向上と向下の転機にある修行者の心胸を説明したもの。

漱石先生

梅垣きぬ　一六歳で祇園の芸妓・金之助となり、小説好きで文学芸者の名を取る。晩年は祇園で三味線の師匠。

＊1　**一力**　祇園でもっとも有名な料亭・万亭。

＊2　**大石忌**　浄瑠璃『仮名手本忠臣蔵』の大星由良之助(赤穂浪士の頭領、大石内蔵助がモデル)が放蕩したことに因み、一力で行われる。

＊3　**大友のお多佳さん**　祇園大友楼の女将、磯田多佳(明治一二―昭和二〇)。

＊4　**お花**　花札。

＊5　**大嘉**　北大嘉《きたのたいが》。京都市上京区(現、中京区木屋町三条上ル)にあった旅館。漱石が泊った宿屋。

＊6　**いつおいにやるや知れまへん**　いつ(東京へ)お帰りになるかわかりません、の意。「おいにやる」は「お去《い》にやる」。

＊7　**お君さんを誘うて、合乗りで**　お君さんは同輩。人力車の相乗り。

＊8　**鳩居堂**　三条寺町にある香・筆墨などを商ぅ名店。東京銀座にもある。「梅が香」はお香。

＊9　**だんないさかい**　京都弁で、「構わないから」の意。

＊10　**津田さん**　津田青楓。前掲、本多嘯月「夏目先生と春陽堂と新小説その他」注14参照。

＊11　**大亀谷**　現、京都市伏見区大亀谷。京阪電車墨染駅が近い。

＊12　**遂々**　とうとう。

＊13　**蝶六**　「せり込み蝶六」(町田嘉章命名)。富山県魚津に伝わる民謡。「せりこみ」は口速《くちば》や、「蝶六」はちょろける(不安定な状態で揺れる)が訛ったものと言われ、歌に合わせてめまぐるしく踊る。

＊14　**うちのおやじ**　男、愛人。

＊15　**「来たか長さん待ってたほい」**　諸説あるが、高野斑山《はんざん》・大竹紫葉《しよう》共編『俚謡集拾遺』(大正四)に「碓氷峠《うすいとうげ》の権現様よ、私が為には守り神、スイ、来たか長さん待ってほい、お前ばかりが可愛《かわゆ》うて、朝越《あさごえ》なろかいなあ」など。なお漱石がこの「追分節」を作中に書いたのは、『明暗』ではなく『道草』二十六。健三の兄の名が長太郎。

＊16　**七赤**　陰陽道で九つの星に五行と方位を組み合わせ、人の生年に当てはめて吉凶を判断する、中国伝来の占星術。『道草』五にそういう場面がある。

庭から見た漱石先生

内田辰三郎　夏目家出入の植木屋。生没、経歴は不詳。

＊1　**三番目のお嬢さん**　夏目栄子(明治三六―昭和五四)。

＊2　**奥様のお実家**　牛込区(現、新宿区)矢来町三番地にあった中根家。

＊3　**隠れ蓑**　ウコギ科の常緑小高木(約六メートル)、夏に緑色の小花を付ける。

＊4　**錦糸梅**　オトギリソウ科の半落葉低木(約一メートル)。七月ごろ大きな黄色の花が咲く。

＊5　**他行の松(傘松)**　多行松《たぎょうしょう》。アカマツの一変種。枝が四方に広がり垂れて笠の形をした松。

＊6　**竜の鬚**　蛇《じゃ》の鬚。ユリ科の常緑多年草。二〇センチほどの細長い葉を叢生。それを鬚に見立てた名。初夏に淡紫色の小花が総状《ふさ》に咲く。

＊7　**ヘクタ**　謡の師匠、宝生新から貰った愛犬。この犬、「ヘクトー」とその死については『硝子戸の中』(三)に記されている。

＊8　**柳町**　当時牛込区の市谷柳町。

＊9　**三囲稲荷**　向島にある稲荷神社。俳人其角《きかく》が「夕立や田を見めぐりの神ならば」の句を神前に供えて、雨乞いをしたことで有名。

＊10　**大川平三郎**　万延元―昭和一一。製紙技師・実業家。渋沢栄一の遠縁に当り、その書生をして大学南校(東大の前身)で地理・歴史を学ぶ。王子製紙に入社。アメリカ留学後、パルプ製出

機を発明。のち富士製紙社長。

＊11　**奥様の阿母様**　中根勝子。

＊12　**雛子さんが亡くなった**　雛子は五女。後掲、夏目鏡子「雛子の死」参照。

＊13　**未申**　南西の方角。

＊14　**檀特**　カンナ科の多年草。鑑賞用。高さ二メートル程度。夏から秋にかけて鮮紅色の花を総状につける。

松山と千駄木

久保より江　頼江とも。明治一七―昭和一六。旧姓宮本。愛媛県出身。漱石の松山二番目の下宿は、頼江の母方の祖母・上野家の離れで、彼女は一時両親と離れ、母の実家で暮らしていた。のち『ホトトギス』に俳句、『明星』に短歌を発表。医学博士・九大教授、久保猪之吉と結婚。著書に『より江句文集』など。

＊1　**東予**　旧国名「伊予」(現、愛媛県)の東部。

＊2　**先生の写真帖**　松岡譲編纂『漱石写真帖』(昭和三・一二。非売品)。現在の岩波版『漱石全集』附録「漱石写真帳」には、上野家の写真はない。

＊3　**一楽の反物**　一楽織。綾織にした精巧な絹織物。

＊4　照葉狂言　能や狂言を歌舞伎風にくずし、はやり唄、小唄を交え、三味線を入れた民間演芸の一種。江戸末期から明治中期まで流行。泉祐三郎はその座頭の名前か。泉鏡花『照葉狂言』参照。

＊5　呉春と景文　松村月渓《げっけい》(宝暦二―文化八)とその異母弟、松村景文(安永八―天保一四)。ともに京都の人で、江戸後期の画家。呉春は与謝蕪村、円山応挙に学び、四条派の祖として詩情に富んだ花鳥風月を描いた。弟の景文は兄を助けて四条派の興隆に寄与した。

＊6　野村伝四　明治一三―昭和二三。鹿児島県出身。東大英文学科卒。作家志望で漱石の知遇を得たが、一本立ちするには至らず、岡山、山口、大阪などで中学教員を務めた。作品に『二階の男』『月給日』など。

＊7　本郷座　本郷春木町一丁目にあった劇場。明治一〇年に出来た春木座が火災で焼失した後、明治三四年に創立。新派の興行が多かった。

＊8　中洲　当時日本橋区(現、中央区)。天明五年に浜町と深川の間を江戸市中の堀を浚った土砂で埋め、町中として賑わったが、明治一九年にふたたび工事をし繁華の地となった。

＊9　伊井蓉峰　明治四―昭和七。本名申三郎《しんざぶろう》。東京出身。河合武雄、喜多村緑郎と並んで新派劇の中心俳優。芸名は依田学海が付けた。

＊10　奥さんのお妹さん　鏡子夫人の妹の時子。

＊11　袴を穿いて　靴とともに当時の女学生の風俗。『吾輩は猫である』十一に女学生の風俗とし

て出ている。

＊12　**不ざまな様子**　『永日小品』の冒頭「元日」に、年始に来た一人が「フロックを着てゐる」とあり、鏡子の『漱石の思ひ出』にも、「森田さん」がフロックコートを着ていて、冷やかされた話がある。

＊13　**会稽の恥辱を雪ぐ**　春秋時代に越王勾践《こうせん》が呉王夫差《ふさ》に会稽山の戦いで敗れた屈辱を、長年かかって晴らした故事にもとづく。

＊14　**小石川の安藤坂**　金富町へ抜ける急な坂、金剛寺坂のこと。

真面目な中に時々剽軽なことを仰しゃる方

山田房子　鏡子夫人の母方の従妹。明治四〇―四四年にかけて仲働きとして同居。漱石夫妻が親代りとなり、名古屋の人物と日比谷大神宮で結婚したが、半年ほどで離婚。

＊1　**お梅さん**　西村しん。夏目家では梅と呼ばれた。西村誠三郎(濤蔭《とういん》)の妹で、夏目家に奉公していた。鏡子によれば夏目夫妻が仲人で結婚したが、「七年目かに」お産のとき死亡。西村は早大の政経科出身。一時夏目家で書生をし、満洲に渡って満鉄などに勤め、満洲宣伝協会長となった。

＊2　**東五軒町**　当時牛込東五軒町。筑土八幡町の北。江戸川(前掲、佐藤恒祐「漱石先生と私」

注8参照)が流れている。

雛子の死

夏目鏡子　明治一〇―昭和三八。漱石夫人。雛子は五女(明治四四―四五)。

＊1　**おもり**　お守り、子守。

＊2　**中村古峡**　前掲、本多嘯月「夏目先生と春陽堂と新小説その他」注18参照。

＊3　**夏目の本家**　夏目家の当主は三兄の直矩で、漱石は分家(前掲、本多嘯月「夏目先生と春陽堂と新小説その他」注21参照)。

＊4　**小石川小日向の本法寺**　真宗西本願寺派の寺院。文治三年江州《ごうしゅう》(現、滋賀県)堅田に創建。後、小日向(現、文京区)水道端二丁目に移る。開山は僧良秀《りょうしゅう》。蓮如上人七〇歳の自作木像(裏書あり)がある。

＊5　**かつがしめる**　ここでは縁起をかつがさせること。

＊6　**私の弟**　中根倫《ひとし》。岡山の六高、東大政治学科卒。精工舎に勤務。のち木工場経営。

父　漱石

松岡筆子　明治三二―平成一。漱石夫妻の長女。漱石門下生の松岡譲(前掲「漱石先生の顔」の注参照)と結婚。

＊1　**敷島と朝日**　前者は明治三七年から昭和一八年まで売っていた官製煙草。吸口付き。当初敷島二十本八銭、朝日は同六銭。漱石は一日二箱程度吸っていた。

＊2　**ある宴会**　上野ではなく、築地精養軒で行われた辰野隆・久子の結婚披露宴(大正五年一一月二一日)。この日午前に『明暗』一八八回を執筆、郵送。この回が絶筆となった。

＊3　**つん出た**　突出した。「突きでる」の音便。

＊4　**母の「思ひ出」**　鏡子の『漱石の思ひ出』(松岡譲筆録。昭和三)。現在、文春文庫など。

父の周辺

夏目純一　明治四〇―平成一一。漱石夫妻の長男。音楽家。

＊1　**「カチューシャ可愛や」**　島村抱月が大正三年に芸術座の公演(帝国劇場)で上演したトルストイ『復活』の中で、松井須磨子が唄った「カチューシャの唄」。作詞、島村抱月・相馬御風、作曲、中山晋平。「カチューシャかわいや／わかれの辛さ／せめて淡雪とけぬ間と／神に願いをララかけましょか」と続く。全国的に大流行し、文部省令で小学生は歌うことを禁じられた。

＊2　**夏目小一郎**　兄・夏目直矩の長男。早大に入り、翌年八高に入り直し、東大卒業。大阪朝日

新聞社に入社。『漱石全集』(二〇〇二年六月)月報三—五に座談会「漱石を偲ぶ」再掲があり、西川一草亭、津田青楓、磯田多佳、梅垣きぬらと一緒に小一郎も出席しており、カチューシャを歌ったのは純一と伸六兄弟と一緒だったと発言している。

＊3　**暁星**　千代田区九段上にある暁星学校。小学校一年からフランス語を教えるのが特色。

＊4　**神楽坂の田原屋**　洋食屋。二〇〇二年閉店。

＊5　**竹葉**　銀座のてんぷら屋。

＊6　**茶色の上等の靴**　『明暗』「二三」に似たような話がある。

＊7　**雲坪**　山本雲渓、通称雲平のこと。安永九—文久元。現在の今治市で生まれ、大阪で医術を学ぶ一方、円山派の森狙仙《そせん》に就いて絵画修業。今治藩絵師となり猿の精密画で名を挙げる。

＊8　**蔵沢、明月**　蔵沢は吉田蔵沢。享保七—享和二。本名良香。松山藩士で南画家。墨竹画で知られる。漱石は修善寺の大患のとき、森円月からその墨竹画を贈られている。明月については前掲、滝田樗陰「夏目先生と書画」注3参照。

＊9　**啄木にも金を送っている**　石川啄木とは朝日新聞での知り合い。啄木は漱石の葬儀にも参列している。

＊10　**千谷七郎……『漱石の病跡』**　昭和三八・八、勁草書房から出版。サブタイトル「病気と作品から」。

解　説——漱石万華鏡

十川信介

本書には漱石の面影を偲ぶよすがとして、生前の漱石と直接に対したことのある人物の回想、四九篇を収めた。同種のものとしては、先に現行『漱石全集』別巻(第一次一九九六年、第二次二〇〇四年)に、『漱石言行録』があるが、本書ではできるだけそれとの重複を避け、また親疎の別なく、たとえ一度しか対面したことがない人物でも、彼の一面を捉えている文章を掲載することとした。松根東洋城の句会ではからずも同席した守能断腸花の文章がそれである。

逆に、正岡子規の書簡や、芥川龍之介の回想文のようにひろく知られているものは、その一端が前記『言行録』に収録されていることでもあり、割愛した。高浜虚子・寺田寅彦ら知名人の経歴もごく簡単に記し、過去の『漱石全集』の編者、森田草平、小宮豊隆の回想も、前者は本書収録文への追加訂正、後者は鈴木三重吉の書簡をめぐる「注釈」にとどめた。両者にはともに精密詳細な漱石論の大著『夏目漱石』(のち増訂版、題名変更もあり)があるので、委しくはそちらを参照していただきたい。

回想には基本的に記憶違いや、自分との関係を強調する主観性がつきまとう。本書収録文も例外ではあるまい。だがその主観の裏に、対象への強い関心が表われていることも事実である。収録文を発表した当時の筆者の立場が、それぞれに夏目漱石なる人物を万華鏡のように照らし出していることも疑えない。同年輩の友人、弟子、編集者、文壇人の立場は違うし、家族の立場はまた違う。男性と女性の相違もあるだろう。だがその相違を越えて共通するものが見えて来るのもまた当然である。教師として言えば、彼は時間に正確で、表面的なきびしさの裏にやさしさを秘めた「先生」だった。ごまかしは彼はすぐ見抜いた。最初は親しみにくくても、打ち融けてくると独特な皮肉で笑わせた。質問には誠実に答え、判らないことは判らないと言った。それは彼らが一人前になっても変らない。要するに漱石はつねに自分が思うところを率直に述べ、相手にも同じ態度を求めていたわけである。「個人主義」者としての彼の真骨頂である。漱石山房で繰りひろげられた対話は、その模様を伝えている。

友人相手では、この傾向はさらに強くなるが、ことに自分の技巧を誇り、自分の文章に酔う「所謂《いわゆる》文士」には、通人、遊蕩児と並べて痛烈な批判を残している(森田草平宛書簡、『漱石全集』五三四)。芥川龍之介・久米正雄宛書簡二四五一の、「牛」になって「人間を押すのです。文士を押すのではありません」という訓《さと》しも、「文士」に対する彼の評価を示したものだろう。

ところが家族相手になると、どうもその態度が怪しくなる。鏡子夫人に対して、彼はその不満を延々と「日記」に書きつけているし、筆子「父 漱石」や純一「父の周辺」には突然態度が変わって、なぜ怒られたのか解らなかった記憶が記されている。思うに時代のせいもあって、漱石は妻子、ことに女性に対する接し方がぎこちなかったのではなかろうか。彼は家族だからこそ、一番自分の発言を理解してくれるはずだ、と思っていても、家族にはその気持が通じない場合があった。鏡子『漱石の思ひ出』には夫婦喧嘩がたびたびあったことが記されており、筆子「父 漱石」には、口惜しくて泣いたことが回想されている。まだ子供だった純一は、父の突発的な怒りにただ驚くしかなかった。

しかし漱石の漱石たる所以は、そういう「自分」を作品の中でみつめ直し、晩年の『行人』や『道草』に描いた点にある。ただし、絶筆となった『明暗』では、夫婦は対等の立場で暗闘を繰り返すが、残念ながら未完のため決着は着いていない。早く『吾輩は猫である』(十一)の中で、独仙や迷亭は、文明が発達すればするほど人間の個性は発達し、夫婦もたがいに「自己」を主張して離婚が増えると予言していたが、この問題は漱石が悩み考え続けた難問だった。

松浦嘉一の本書収録文は、木曜会で漱石が「死が僕の勝利だ……死は僕にとりて一番目出度《めでた》い、生の時に起った、あらゆる幸福な事件よりも目出度い」と語って、芥川はじめ満座の者を一瞬「重々しい沈黙」で包んだことを思い出している。松浦は日記をつけていたから、それに従えば大正三年秋のころである。彼の十一月の日記では、「意識が滅亡しても、俺というものは存在する」とも語ったそうだ。漱石に対する思い出も、もちろんその作品群も、こういう人物の遺産としていつまでも読み返されるだろう。人間として生まれた以上は「義務」として能力の限りを尽すべきであり、死ぬからといって悲観することもない。肉体の死は万人に平等で、「絶対」的なものである。だが、その精神は違う。「生死ハ透脱スベキモノナリ回避スベキ者ニアラズ」(『漱石全集』「断片」六八A)。「人の名声がなくなるといふ本当の意味は其人の行動なり作物なり言論なりが死んでしまふといふ意味である。夫等《それら》が死んでしまふといふ意味は夫等に接触する凡ての人に何の働らきも起さないといふ意味である」(「断片」六五A)。その意味で「漱石」は没後百年の今も生き続けているのである。

なお本書の注を執筆するに当たって、二〇〇二年版『漱石全集』の注解に多くを教えられた。最近の辞書では、『日本近現代人名辞典』(吉川弘文館)や『新潮日本人名辞典』も有益だった。知友に依頼して判明した項目もある。一々お名前を記さないが、厚くお礼を申し上げる。また岩波書店編集部の村松真理さんには、資料蒐集および乱雑な原稿の整理でお世話になった。あらためて謝意を表したい。

〔編集付記〕

一、初出は各篇末尾に示したが、岩波書店版『漱石全集』別巻(第二次刊行、平成十六年七月)および月報(第二次)、また過去の『漱石全集』(昭和三年版)月報に掲載されたものについては、そちらを底本に用いた。以下に示す通りである。(以下、「昭和三年版」以外は現行版全集を指す)

「「猫」の頃」　昭和三年版月報第一号(昭和三年三月)
「腕白時代の夏目君」　別巻
「予備門の頃」　月報第二十七号(平成十六年六月)
「教員室に於ける漱石君」　月報第十二号(平成十五年三月)
「夏目君の片鱗」　別巻
「ロンドン時代の夏目さん」　別巻
「夏目君と大学」　月報第二十四号(平成十六年三月)
「夏目先生を憶う」　月報第二号(平成十四年五月)
「我等の夏目先生」　月報第二十八号(平成十六年七月)
「東京帝大一聴講生の日記」　月報第十三号(平成十五年四月)
「一高の夏目先生」　月報第十七号(平成十五年八月)
「思ひ出るまゝ」　別巻
「永久の青年」　月報第十号(平成十五年一月)
「先生と我等」　月報第二十八号(平成十六年七月)
「漱石君を悼む」　昭和三年版月報第十一号(昭和四年一月)

「師匠と前座」　別巻
「夏目さんと英吉利」　月報第十七号(平成十五年八月)
「思い出二つ」　別巻
「夏目漱石」　月報第十号(平成十五年一月)
「漱石先生と運座」　月報第十四号(平成十五年五月)
「漱石先生と私」　月報第七・八号(平成十四年十・十一月)
「漱石さんの思出」　月報第二十号(平成十五年十一月)
「真面目な中に時々剽軽なことを仰しゃる方」　別巻

二、原則的に漢字の旧字体は新字体に、仮名づかいは寺田寅彦「思ひ出るまゝ」を除いて現代仮名づかいに統一し、適宜読み仮名を付した。
三、本文中の〔　〕は編者による補記である。
四、「其(それ・その)」「此(これ・この)」「彼(あれ・あの)」の三字のみ、読みやすさを考慮して平仮名に改めた。平仮名を漢字に変えることは行わなかった。
五、底本の明らかな誤植は訂した。
六、本文中、当時の社会通念に基づく、今日の人権意識に照らして不適切な記述が見られるが、文章の歴史性に鑑み、原文通りとした。

(岩波文庫編集部)

漱石追想《そうせきついそう》

2016年3月25日　第1刷発行
2016年5月16日　第2刷発行

編　者　十川信介《とがわしんすけ》

発行者　岡本　厚

発行所　株式会社　岩波書店
〒101-8002 東京都千代田区一ツ橋2-5-5

案内 03-5210-4000　販売部 03-5210-4111
文庫編集部 03-5210-4051
http://www.iwanami.co.jp/

印刷・精興社　製本・牧製本

ISBN 978-4-00-312011-8　　Printed in Japan

読書子に寄す

――岩波文庫発刊に際して――

岩波茂雄

真理は万人によって求められることを自ら欲し、芸術は万人によって愛されることを自ら望む。かつては民を愚昧ならしめるために学芸が最も狭き堂宇に閉鎖されたことがあった。今や知識と美とを特権階級の独占より奪い返すことはつねに進取的なる民衆の切実なる要求である。岩波文庫はこの要求に応じそれに励まされて生まれた。それは生命ある不朽の書を少数者の書斎と研究室とより解放して街頭にくまなく立たしめ民衆に伍せしめるであろう。近時大量生産予約出版の流行を見る。その広告宣伝の狂態はしばらくおくも、後代にのこすと誇称する全集がその編集に万全の用意をなしたるか。千古の典籍の翻訳企図に敬虔の態度を欠かざりしか。さらに分売を許さず読者を繫縛して数十冊を強うるがごとき、はたしてその揚言する学芸解放のゆえんなりや。吾人は天下の名士の声に和してこれを推挙するに躊躇するものである。このときにあたって、岩波書店は自己の責務のいよいよ重大なるを思い、従来の方針の徹底を期するため、すでに十数年以前より志して来た計画を慎重審議この際断然実行することにした。吾人は範をかのレクラム文庫にとり、古今東西にわたって文芸・哲学・社会科学・自然科学等種類のいかんを問わず、いやしくも万人の必読すべき真に古典的価値ある書をきわめて簡易なる形式において逐次刊行し、あらゆる人間に須要なる生活向上の資料、生活批判の原理を提供せんと欲する。この文庫は予約出版の方法を排したるがゆえに、読者は自己の欲する時に自己の欲する書物を各個に自由に選択することができる。携帯に便にして価格の低きを最主とするがゆえに、外観を顧みざるも内容に至っては厳選最も力を尽くし、従来の岩波出版物の特色をますます発揮せしめようとする。この計画たるや世間の一時の投機的なるものと異なり、永遠の事業として吾人は微力を傾倒し、あらゆる犠牲を忍んで今後永久に継続発展せしめ、もって文庫の使命を遺憾なく果たさしめることを期する。芸術を愛し知識を求むる士の自ら進んでこの挙に参加し、希望と忠言とを寄せられることは吾人の熱望するところである。その性質上経済的には最も困難多きこの事業にあえて当たらんとする吾人の志を諒として、その達成のため世の読書子とのうるわしき共同を期待する。

昭和二年七月

《日本文学（古典）》〔黄〕

古事記　倉野憲司校注
日本書紀　全五冊　坂本太郎・家永三郎・井上光貞・大野晋校注
万葉集　全五冊（既刊四冊）　佐竹昭広・山田英雄・工藤力男・大谷雅夫・山崎福之校注
竹取物語　阪倉篤義校訂
伊勢物語　大津有一校注
玉造小町子壮衰書　―小野小町物語　杤尾武校注
古今和歌集　佐伯梅友校注
土左日記　紀貫之　鈴木知太郎校注
蜻蛉日記　今西祐一郎校注
源氏物語　全六冊　山岸徳平校注
紫式部日記　池田亀鑑・秋山虔校注
紫式部集　付大弐三位集・藤原惟規集　南波浩校注
枕草子　池田亀鑑校訂
和泉式部日記　清水文雄校注
更級日記　西下経一校注
今昔物語集　全四冊　池上洵一編

三条西家本 栄花物語　全三冊　三条西公正校訂
堤中納言物語　大槻修校注
新訂 梁塵秘抄　後白河院撰　佐佐木信綱校訂
西行全歌集　久保田淳・吉野朋美校注
撰集抄　西尾光一校注
建礼門院右京大夫集　付平家公達草紙　久松潜一・久保田淳校注
古語拾遺　斎部広成撰　西宮一民校注
王朝物語秀歌選　全二冊　樋口芳麻呂校注
落窪物語　藤井貞和校注
新訂 方丈記　市古貞次校注
新訂 新古今和歌集　佐佐木信綱校訂
金槐和歌集　斎藤茂吉校訂
問はず語り　後深草院二条　玉井幸助校訂
保元物語　岸谷誠一校訂
平治物語　岸谷誠一校訂
新訂 徒然草　西尾実・安良岡康作校注
平家物語　全四冊　梶原正昭・山下宏明校注

神皇正統記　北畠親房　岩佐正校注
宗長日記　島津忠夫校注
御伽草子　全二冊　市古貞次校注
わらんべ草　大蔵虎明　笹野堅校訂
太平記　全六冊（既刊二冊）　兵藤裕己校注
好色一代男　井原西鶴　横山重校訂
武道伝来記　井原西鶴　横山重・前田金五郎校注
芭蕉紀行文集　付嵯峨日記　中村俊定校注
芭蕉おくのほそ道　付曾良旅日記・奥細道菅菰抄　萩原恭男校注
芭蕉俳句集　中村俊定校注
芭蕉七部集　中村俊定校注
芭蕉連句集　中村俊定・萩原恭男校注
芭蕉書簡集　萩原恭男校注
芭蕉俳文集　全二冊　堀切実編注
蕪村俳句集　付春風馬堤曲 他二篇　尾形仂校注
曾根崎心中・冥途の飛脚　他五篇　近松門左衛門　祐田善雄校注
女殺油地獄・出世景清　近松門左衛門　藤村作校訂

折たく柴の記	新井白石 松村明校注
東海道四谷怪談	鶴屋南北 河竹繁俊校訂
鶉衣 全二冊	横井也有 堀切実校注
近世畸人伝	伴蒿蹊 森銑三校註
紫文要領	本居宣長 子安宣邦校注
新訂 一茶俳句集	丸山一彦校注
一茶 七番日記 全二冊	丸山一彦校注
南総里見八犬伝 全十冊	曲亭馬琴 小池藤五郎校訂
増補 俳諧歳時記栞草 全二冊	曲亭馬琴編 藍亭青藍補 堀切実校注
近世物之本江戸作者部類	曲亭馬琴 徳田武校注
北越雪譜	鈴木牧之編撰 京山人百樹刪定 岡田武松校訂
東海道中膝栗毛 全二冊	十返舎一九 麻生磯次校注
頼山陽詩選	揖斐高訳注
こぶとり爺さん・かちかち山 —日本の昔ばなしI	関敬吾編
わらべうた —日本の伝承童謡	町田嘉章 浅野建二編
菅原伝授手習鑑	竹田出雲 守随憲治校訂
山家鳥虫歌 —近世諸国民謡集	浅野建二校注
誹諧 武玉川 全四冊	山澤英雄校訂
俳家奇人談・続俳家奇人談	竹内玄玄一 雲英末雄校注
砂払 —江戸小百科 全二冊	山中共古 中野三敏校訂
蕉門名家句選 全二冊	堀切実編注
耳嚢 全三冊	根岸鎮衛 長谷川強校注
色道諸分 難波鉦 —遊女評判記	西水庵無底居士 中野三敏校注
弁天小僧・鳩の平右衛門	黙阿弥 河竹繁俊校訂
近世風俗志 (守貞謾稿) 全五冊	喜田川守貞 宇佐美英機校訂
橘曙覧全歌集	水島直文 橋本政宣編注
嬉遊笑覧 全五冊	喜多村筠庭 長谷川強・江本裕 渡辺守邦・岡雅彦 花田富二夫・石川了校訂
吉原徒然草	上野洋三校注
詩本草	柏木如亭 揖斐高校注
井月句集	復本一郎編
江戸端唄集	倉田喜弘編

《日本思想》〔青〕

風姿花伝 (花伝書)	世阿弥 野上豊一郎 西尾実校訂
世阿弥 申楽談儀	表章校註
五輪書	宮本武蔵 渡辺一郎校注
広益国産考	大蔵永常 土屋喬雄校訂
葉隠 全三冊	山本常朝 和辻哲郎 古川哲史校訂
養生訓・和俗童子訓	貝原益軒 石川謙校訂
三浦梅園自然哲学論集	尾形純男 島田虔次編注訳
新訂 日暮硯	笠谷和比古校注
蘭学事始	杉田玄白 緒方富雄校註
講孟余話 旧名講孟劄記	吉田松陰 広瀬豊校訂
吉田松陰書簡集	広瀬豊編
塵劫記	吉田光由 大矢真一校注
崋山・長英論集	佐藤昌介校注
兵法家伝書 付 新陰流兵法目録事	柳生宗矩 渡辺一郎校注
人国記・新人国記	浅野建二校注
海国兵談	林子平述 村岡典嗣校訂
上宮聖徳法王帝説	東野治之校注
柳子新論	山県大弐 川浦玄智訳註
世事見聞録	武陽隠士 本庄栄治郎校訂 奈良本辰也補訂

《日本文学(現代)》〔緑〕

怪談 牡丹燈籠	三遊亭円朝
真景累ヶ淵	三遊亭円朝
塩原多助一代記	三遊亭円朝
小説神髄	坪内逍遥
当世書生気質	坪内逍遥
桐一葉・沓手鳥孤城落月	坪内逍遥
雁	森鷗外
阿部一族 他二篇	森鷗外
山椒大夫・高瀬舟 他四篇	森鷗外
渋江抽斎	森鷗外
舞姫・うたかたの記 他三篇	森鷗外
みれん	シュニッツラー 森鷗外訳
うた日記	森鷗外
鷗外随筆集	千葉俊二編
森鷗外 椋鳥通信 全三冊(既刊二冊)	池内紀編注
浮雲	二葉亭四迷 十川信介校注
あひゞき・片恋・奇遇 他一篇	二葉亭四迷訳
其面影	二葉亭四迷
今戸心中 他二篇	広津柳浪
河内屋・黒蜴蜓 他一篇	広津柳浪
野菊の墓 他四篇	伊藤左千夫
漱石文芸論集	磯田光一編
吾輩は猫である	夏目漱石
坊っちゃん	夏目漱石
草枕	夏目漱石
虞美人草	夏目漱石
三四郎	夏目漱石
それから	夏目漱石
門	夏目漱石
彼岸過迄	夏目漱石
行人	夏目漱石
こころ	夏目漱石
硝子戸の中	夏目漱石
道草	夏目漱石
明暗	夏目漱石
思い出す事など 他七篇	夏目漱石
文学評論 全二冊	夏目漱石
夢十夜 他二篇	夏目漱石
漱石文明論集	三好行雄編
倫敦塔・幻影の盾 他五篇	夏目漱石
漱石日記	平岡敏夫編
漱石書簡集	三好行雄編
漱石俳句集	坪内稔典編
漱石・子規往復書簡集	和田茂樹編
文学論 全二冊	夏目漱石
坑夫	夏目漱石
五重塔	幸田露伴
努力論	幸田露伴
幻談・観画談 他三篇	幸田露伴
辻浄瑠璃・寝耳鉄砲 他一篇	幸田露伴

露伴随筆集 全二冊	寺田透編
天うつ浪 全二冊	幸田露伴
子規句集	高浜虚子選
病牀六尺	正岡子規
子規歌集	土屋文明編
墨汁一滴	正岡子規
仰臥漫録	正岡子規
歌よみに与ふる書	正岡子規
筆まかせ抄	正岡子規
花枕 他二篇	正岡子規
金色夜叉 全二冊	尾崎紅葉
三人妻	尾崎紅葉
多情多恨	尾崎紅葉
不如帰	徳冨蘆花
自然と人生	徳冨蘆花
武蔵野	国木田独歩
愛弟通信	国木田独歩

晩翠詩抄	土井晩翠
蒲団・一兵卒	田山花袋
時は過ぎゆく	田山花袋
温泉めぐり	田山花袋
新世帯・足袋の底 他二篇	徳田秋声
藤村詩抄	島崎藤村自選
破戒	島崎藤村
家 全二冊	島崎藤村
千曲川のスケッチ	島崎藤村
新生 全二冊	島崎藤村
嵐 他二篇	島崎藤村
夜明け前 全四冊	島崎藤村
藤村文明論集	十川信介編
にごりえ・たけくらべ	樋口一葉
大つごもり・十三夜 他五篇	樋口一葉
明治劇談 ランプの下にて	岡本綺堂
高野聖・眉かくしの霊	泉鏡花

歌行燈	泉鏡花
夜叉ケ池・天守物語	泉鏡花
草迷宮	泉鏡花
春昼・春昼後刻	泉鏡花
鏡花短篇集	川村二郎編
日本橋	泉鏡花
照葉狂言	泉鏡花
婦系図 全二冊	泉鏡花
外科室・海城発電 他五篇	泉鏡花
辰巳巷談・通夜物語	泉鏡花
海神別荘 他二篇	泉鏡花
鏡花随筆集	吉田昌志編
化鳥・三尺角 他六篇	泉鏡花
鏡花紀行文集	田中励儀編
俳諧師・続俳諧師	高浜虚子
俳句への道	高浜虚子
回想 子規・漱石	高浜虚子

泣菫詩抄　薄田泣菫
有明詩抄　蒲原有明
上田敏全訳詩集　山内義雄・矢野峰人編
小さき者へ・生れ出ずる悩み　有島武郎
一房の葡萄 他四篇　有島武郎
寺田寅彦随筆集 全五冊　小宮豊隆編
藪柑子集　吉村冬彦
柿の種　寺田寅彦
与謝野晶子歌集　与謝野晶子自選
与謝野晶子評論集　鹿野政直・香内信子編
入江のほとり 他一篇　正宗白鳥
長塚節歌集　斎藤茂吉選
腕くらべ　永井荷風
つゆのあとさき　永井荷風
濹東綺譚　永井荷風
珊瑚集—仏蘭西近代抒情詩選　永井荷風訳
荷風随筆集 全二冊　野口冨士男編

摘録 断腸亭日乗 全二冊　永井荷風・磯田光一編
すみだ川・新橋夜話 他一篇　永井荷風
雨瀟瀟・雪解 他七篇　永井荷風
あめりか物語　永井荷風
ふらんす物語　永井荷風
荷風俳句集　加藤郁乎編
煤煙　森田草平
斎藤茂吉歌集　山口茂吉・柴生田稔・佐藤佐太郎編
斎藤茂吉歌論集　柴生田稔編
斎藤茂吉随筆集　阿川弘之・北杜夫編
桑の実　鈴木三重吉
千鳥 他四篇　鈴木三重吉
鈴木三重吉童話集　勝尾金弥編
小僧の神様 他十篇　志賀直哉
万暦赤絵 他二十二篇　志賀直哉
暗夜行路 全二冊　志賀直哉
高村光太郎詩集　高村光太郎

北原白秋歌集　高野公彦編
北原白秋詩集 全二冊　安藤元雄編
迷路 全二冊　野上弥生子
友情　武者小路実篤
銀の匙　中勘助
鳥の物語　中勘助
菩提樹の蔭 他二篇　中勘助
犬 他一篇　中勘助
中勘助随筆集　渡辺外喜三郎編
中勘助詩集　谷川俊太郎編
若山牧水歌集　伊藤一彦編
新編 みなかみ紀行　若山牧水・池内紀編
新編 百花譜百選　木下杢太郎画・前川誠郎編
新編 啄木歌集　久保田正文編
啄木詩集　大岡信編
吉野葛・蘆刈　谷崎潤一郎
幼少時代　谷崎潤一郎

谷崎潤一郎随筆集　篠田一士編
文章の話　里見弴
里見弴随筆集　紅野敏郎編
萩原朔太郎詩集　三好達治選
郷愁の詩人 与謝蕪村　萩原朔太郎
猫町 他十七篇　萩原朔太郎 清岡卓行編
恩讐の彼方に・忠直卿行状記 他八篇　菊池寛
半自叙伝・無名作家の日記 他四篇　菊池寛
随筆 女ひと　室生犀星
出家とその弟子　倉田百三
苦の世界　宇野浩二
神経病時代・若き日　広津和郎
新編 同時代の作家たち　広津和郎 紅野敏郎編
羅生門・鼻・芋粥・偸盗　芥川竜之介
地獄変・邪宗門・好色・藪の中 他七篇　芥川竜之介
河童 他二篇　芥川竜之介
歯車 他二篇　芥川竜之介

蜘蛛の糸・杜子春・トロッコ 他十七篇　芥川竜之介
侏儒の言葉・文芸的な、余りに文芸的な　芥川竜之介
芥川竜之介書簡集　石割透編
芥川竜之介俳句集　加藤郁乎編
芥川竜之介随筆集　石割透編
厭世家の誕生日 他六篇　佐藤春夫
小説永井荷風伝 他三篇　佐藤春夫
日輪・春は馬車に乗って 他八篇　横光利一
上海　横光利一
宮沢賢治詩集　谷川徹三編
童話集 風の又三郎 他十八篇　宮沢賢治 谷川徹三編
童話集 銀河鉄道の夜 他十四篇　宮沢賢治 谷川徹三編
山椒魚・遙拝隊長 他七篇　井伏鱒二
川釣り　井伏鱒二
井伏鱒二全詩集　井伏鱒二
伊豆の踊子・温泉宿 他四篇　川端康成
雪国　川端康成

山の音　川端康成
川端康成随筆集　川西政明編
三好達治詩集　桑原武夫 大槻鉄男選
三好達治随筆集　中野孝次編
詩を読む人のために　三好達治
中野重治詩集　中野重治
藝術に関する走り書的覚え書　中野重治
夏目漱石 全三冊　小宮豊隆
檸檬《レモン》・冬の日 他九篇　梶井基次郎
蟹工船 一九二八・三・一五　小林多喜二
小林多喜二の手紙　荻野富士夫編
防雪林・不在地主　小林多喜二
独房・党生活者　小林多喜二
風立ちぬ・美しい村　堀辰雄
菜穂子 他五篇　堀辰雄
富嶽百景・走れメロス 他八篇　太宰治
ヴィヨンの妻・桜桃 他八篇　太宰治

斜陽 他一篇	太宰治
人間失格 グッド・バイ 他一篇	太宰治
津軽	太宰治
お伽草紙・新釈諸国噺	太宰治
青年の環 全五冊	野間宏
日本唱歌集	堀内敬三 井上武士 編
日本童謡集	与田凖一編
小林秀雄初期文芸論集	小林秀雄
中原中也詩集	大岡昇平編
ランボオ詩集	中原中也訳
晩年の父	小堀杏奴
風浪・蛙昇天 —木下順二戯曲選I	木下順二
玄朴と長英 他三篇	真山青果
随筆滝沢馬琴	真山青果
新編 近代美人伝 全二冊	長谷川時雨 杉本苑子編
みそっかす	幸田文
土屋文明歌集	土屋文明自選

随筆集 団扇の画	柴田宵曲 小出昌洋編
いちご姫・蝴蝶 他二篇	山田美妙 十川信介校訂
貝殻追放抄	水上滝太郎
銀座復興 他三篇	水上滝太郎
随筆集 明治の東京	鏑木清方 山田肇編
幕末維新パリ見聞記 —成島柳北「航西日乗」・栗本鋤雲「暁窓追録」	井田進也校注
島村抱月文芸評論集	島村抱月
石橋忍月評論集	石橋忍月
立原道造詩集	杉浦明平編
立原道造・堀辰雄翻訳集 —林檎みのる頃・窓	
野火/ハムレット日記	大岡昇平
中谷宇吉郎随筆集	樋口敬二編
雪	中谷宇吉郎
中谷宇吉郎紀行集 アラスカの氷河	渡辺興亜編
伊東静雄詩集	杉本秀太郎編
古泉千樫歌集	土屋文明 橋本徳寿編
冥途・旅順入城式	内田百閒

東京日記 他六篇	内田百閒
西脇順三郎詩集	那珂太郎編
草野心平詩集	入沢康夫編
評論集 滅亡について 他三十篇	武田泰淳 川西政明編
耽溺	岩野泡鳴
新編 山と渓谷	田部重治 近藤信行編
日本児童文学名作集 全二冊	桑原三郎 千葉俊二編
山月記・李陵 他九篇	中島敦
新選 山のパンセ	串田孫一自選
小川未明童話集	桑原三郎編
新美南吉童話集	千葉俊二編
摘録 劉生日記	岸田劉生 酒井忠康編
量子力学と私	朝永振一郎 江沢洋編
科学者の自由な楽園	朝永振一郎 江沢洋編
新編 おらんだ正月	森銑三 小出昌洋編
自註鹿鳴集	会津八一
窪田空穂歌集	大岡信編

明治文学回想集 全二冊　十川信介編
梵雲庵雑話　淡島寒月
鷗外の思い出　小金井喜美子
明治のおもかげ　鶯亭金升
新編 学問の曲り角　河野与一　原二郎編
碧梧桐俳句集　栗田靖編
林芙美子随筆集　武藤康史編
林芙美子紀行集 下駄で歩いた巴里　立松和平編
放浪記　林芙美子
山の旅 全二冊　近藤信行編
日本近代文学評論選 全二冊　千葉俊二　坪内祐三編
吉田一穂詩集　加藤郁乎編
浄瑠璃素人講釈 全二冊　杉山其日庵　内山美樹子　桜井弘編
食道楽 全二冊　村井弦斎
酒道楽　村井弦斎
五足の靴　五人づれ
尾崎放哉句集　池内紀編

ぷえるとりこ日記　有吉佐和子
日本の島々、昔と今。　有吉佐和子
江戸川乱歩短篇集　千葉俊二編
堕落論・日本文化私観 他二十二篇　坂口安吾
桜の森の満開の下・白痴 他十二篇　坂口安吾
風と光と二十の私と・いずこへ 他十六篇　坂口安吾
大地と星輝く天の子 全二冊　小田実
久生十蘭短篇選　川崎賢子編
六白金星・可能性の文学 他十一篇　織田作之助
夫婦善哉 正続 他十二篇　織田作之助
わが町・青春の逆説　織田作之助
歌の話・歌の円寂する時 他一篇　折口信夫
死者の書・口ぶえ　折口信夫
釈迢空歌集　折口信夫　富岡多惠子編
折口信夫古典詩歌論集　藤井貞和編
汗血千里の駒 坂本龍馬君之伝　坂崎紫瀾　林原純生校注
山川登美子歌集　今野寿美編

加藤楸邨句集　森澄雄　矢島房利編
明石海人歌集　村井紀編
日本近代短篇小説選 全六冊　紅野敏郎・紅野謙介　千葉俊二・宗像和重　山田俊治編
自選 谷川俊太郎詩集
訳詩集 月下の一群　堀口大學訳
訳詩集 白孔雀　西條八十訳
茨木のり子詩集　谷川俊太郎選
第七官界彷徨・琉璃玉の耳輪 他四篇　尾崎翠
大江健三郎自選短篇
M／Tと森のフシギの物語　大江健三郎
辻征夫詩集　谷川俊太郎編

《別冊》

増補 フランス文学案内　渡辺一夫　鈴木力衛
増補 ドイツ文学案内　手塚富雄　神品芳夫
ギリシア・ローマ古典文学案内　高津春繁　斎藤忍随
ことばの贈物 ―岩波文庫の名句365　岩波文庫編集部編
読書のすすめ　岩波文庫編集部編